Juan Goytisolo
Jagdverbot
Eine spanische Jugend

Aus dem Spanischen
von Eugen Helmlé

Carl Hanser Verlag

Die Originalausgabe erschien 1985 unter dem Titel *Coto vedado*
bei Seix Barral in Barcelona.

1 2 3 4 5 98 97 96 95 94

ISBN 3-446-17255-6

Satz: Fotosatz Otto Gutfreund GmbH, Darmstadt
Druck und Bindung:
Freiburger Graphische Betriebe, Freiburg
Printed in Germany

La lucidité est la blessure la plus rapprochée du soleil
René Char

I

Ahnenforschung, sagt der sarkastische Erzähler in Andrej Belyis *Petersburg*, läuft am Ende doch immer darauf hinaus, berühmte Geschlechter auf Adam und Eva zurückzuführen. Abgesehen von dieser entscheidenden und unbestreitbaren Entdeckung führen Verzweigungen und Auswüchse des mütterlichen und väterlichen Stammbaums so gut wie nie – außer vielleicht bei einigen wenigen aristokratischen Familien – zu dieser hochtrabend als Nacht der Zeiten bekannten Vorhölle. In meinem Fall – väterlicherseits und mütterlicherseits Sproß eines ganz gewöhnlichen bürgerlichen Geschlechts – reichen die Informationen über meine Vorfahren, die ich in der Kindheit aufgeschnappt habe, nicht über die erste Hälfte des neunzehnten Jahrhunderts hinaus. Dennoch hatte sich mein Vater in einem Anfall von Größenwahn, der seinen Unternehmungen und finanziellen Pleiten vorausging beziehungsweise sie einleitete, ein Familienwappen ausgedacht, in dem, soweit ich mich erinnern kann, Lilien und rote Felder vorkamen: er hatte es selbst auf ein Stück Pergament gezeichnet, das eingerahmt im Korridor unseres Hauses in Torrentbó hing und das, wie er meinte, der unwiderlegbare Beweis für unsere adlige Abstammung war. Während der langen Sommerabende, die sich so recht für die Beschwörung wehmütiger Erinnerungen und für Anekdoten aus längst vergangenen Zeiten eignen, lauschte mein Onkel Leopoldo den Ausführungen über die angeblichen Wappen mit einem skeptischen Lächeln: kaum hatte sein älterer Bruder uns den Rücken gekehrt, teilte er uns seinen Verdacht mit, daß des Urgroßvaters Reise ohne Wiederkehr von Lequeitio nach Kuba, wo er sehr jung angekommen war und schnell ein Vermögen erworben hatte, vielleicht mit der Tatsache zusammenhing, daß er sich gezwungen sah, mit einem Milieu zu brechen, das ihm wegen des Stigmas seiner unehelichen Abstammung feindlich gesinnt war. Warum hätte er sich sonst, nachdem er reich geworden war und sich durchgesetzt hatte, mit großem Prunk in Katalonien und nicht im Baskenland niedergelassen? Dieses Exil und der Bruch mit der übrigen Familie ist ein Rätsel und wird es immer bleiben. Auf jeden Fall, so die Schlußfolgerung des Onkels, entsprang die Geschichte mit dem Wappen und dem Adel nur der zügellosen väterlichen Phantasie: unsere baskischen Vorfahren waren zu keiner Zeit Edelleute gewesen.

Wie dem auch sei, Urgroßvater Agustín, dessen imponierendes und herrschaftliches Bild in meiner Kindheit den Vorsitz über die gespenstische Versammlung von Ahnenporträts in Torrentbó führte, war dank seiner erbarmungslosen Ausbeutung reichlich vorhandener und billiger Arbeitskräfte, nämlich der Sklaven, zu einer der großen Persönlichkeiten der kubanischen Zuckerindustrie geworden. Die Art und Weise, wie er innerhalb weniger Jahre ein unermeßliches Vermögen zusammengerafft hatte, verriet einen harten, autoritären Charakter, einen von Stolz und Ehrgeiz besessenen machtbewußten Menschen, der sich seines guten Rechts absolut sicher war. Als Besitzer der Zuckerfabrik San Agostín in der Gemeinde Cruces bei Cienfuegos erwarb er im Laufe der Zeit zahlreiche Plantagen und Güter sowohl auf der Insel als auch im Mutterland. Dem Ordnungssinn seines Sohnes Antonio verdanken wir ein regelrechtes Archiv von Dokumenten – persönliche Briefe, Rechnungen, Wechsel, Geschäftskorrespondenz, Quittungen, Fotos –, mit deren Hilfe ein Historiker, der sich für die Geschäfte, Sitten und Gebräuche sowie die Lebensweise einer wohlhabenden Kolonialistenfamilie interessierte, sowohl Ideologie, Glauben und Streben der einstigen Zuckeraristokratie als auch den Einfluß der großen politischen Umwälzungen in den Kolonien verdeutlichen könnte; angefangen bei den ersten Unabhängigkeitskämpfen und der Aufhebung der Sklaverei bis hin zu den Ereignissen, die ihren Höhepunkt mit der Sprengung der *Maine* und der direkten Einmischung der Nordamerikaner fanden. Über die nach Kuba gehende oder von dort kommende Post lassen sich die häufigen Reisen meines Urgroßvaters zwischen Barcelona, Havanna und Cienfuegos rekonstruieren, ebenso sein Entschluß, die Verwaltung der Zuckerfabrik und der Inselplantagen seinem Sohn Agustín anzuvertrauen, während mein zukünftiger Großvater Antonio und das »Fräulein Trina« in großem Luxus auf den Besitzungen und Ländereien in Katalonien lebten, ferner die lange Liste der Unpäßlichkeiten meiner Urgroßmutter, Doña Estanisláa Digat y Lizarzaburu, die einzig und allein durch tröstende religiöse Übungen und fromme Gelübde gelindert wurden. Wie der späte Fund dieses Materials auf mich wirkte, davon kann sich der Leser eine Vorstellung machen, wenn er noch einmal die eine oder andere Seite meines Buches *Identitätszeichen**, vor allem aber das erste Kapitel von *Johann ohne Land* überfliegt. Der von meinem Vater sorgfältig gepflegte Familienmythos löste sich angesichts der kruden Wahrheit eines Universums aus Gewalt und Plünderung, mit Frömmigkeit verkleideten Freveltaten, unvorstellbarem Mißbrauch und Gemeinheit in Rauch auf. Ein hartnäckiges verborgenes Schuldgefühl, sicherlich ein Überbleibsel der zugrunde gegangenen katholischen Moral, erhöhte noch mein bereits geschärftes Bewußtsein von der sozialen Ruchlosigkeit Spaniens und von dem hoffnungslos parasitären, dekadenten und seichten Charakter jener Kreise, denen ich angehörte. Ich hatte gerade die marxistische Lehre entdeckt, und die genaue Beschreibung der Privilegien und Ungerechtigkeiten des Bürgertums paßte haargenau zu der in jenen vergilbten Briefbündeln beschworenen Wirklichkeit.

So kam es, daß ich mit drei- oder vierundzwanzig Jahren – der Zeitpunkt fiel genau mit einer der Finanzkatastrophen meines Vaters zusammen, die uns beinahe in den Ruin getrieben hatte – zum Weggefährten der verbotenen kommunistischen Partei wurde. Meine Entscheidung läßt sich sowohl mit der hastigen Lektüre der allmählich unterderhand in Spanien zirkulierenden

* Am Ende des Bands befindet sich eine Bibliographie der Werke Juan Goytisolos.

Flugblätter und Bücher erklären als auch mit der Tatsache, daß ihre Theorien auf treffende Weise die Mißgeschicke und Schicksalsschläge meiner eigenen Familie illustrierten. Den kubanischen Revolutionsprozeß, der einige Jahre später begann, erlebte ich so im Innersten als eine strenge historische Strafe für die vergangenen Verbrechen meiner Vorfahren, als befreiende Erfahrung, die mir, wenn ich mich begeistert in diesen Prozeß einschaltete, helfen sollte, mich von der schweren Last zu befreien, die ich trug. Der Brief im letzten Kapitel des Romans, der meine Trilogie abschließt, ist authentisch, auch wenn ich aus Gründen der Einpassung in den Roman bei der Abschrift einige Änderungen vornehmen mußte. Andere, ebenfalls anklagende und verletzende Briefe sind noch in meinem Besitz. Ohne Anspruch auf Vollständigkeit, nur um die Gemütsbewegungen wiederaufleben zu lassen, die sie hervorgerufen haben, will ich mich darauf beschränken, hier jene Briefe wiederzugeben, deren Beredsamkeit mich jeden Kommentars enthebt.

Cienfuegos, 25. Sept. 1873

Sr. D. Agustín Goytisolo
Liber Gebieter, diser Brief soll zur Kentnis bringen das ich gestern am 24. dem jungen Her Agustín 300 Goldpesos übergeben habe damit er mir den Wexel gibt und er sagt das er ihn mir nicht geben kann ich kann ihm heute nicht nützlich sein wegen meiner Krankheid wie euergnaden wissen und hoffe von euergnaden das sie etwas zu ihm sagen ich bin im Hause von Vicente und er beköstigt mich auch und bezahlt mir die Apotekkosten und ich hoffe das euergnaden dem jungen Her Agustín sagen das er ihn mir gibt damit ich sehe ob ich meine Krankheit lindern kann wenn ich sonstwohin ziehe denn ich bin ziemlich totkrank und wenn euergnaden sich darüber erkundigen will kann er Personen fragen denen er vertraut ohne mehr für heute erflehe ich den Seegen für euergnaden und für das Fräulein Trinidad und die übriege Familie ihr Dienstmädchen Factora Goytisolo.

Euergnaden wollen sich erinnern das sie mir den Wexel angeboden haben und jetzd wo ich seh das euergnaden zögert muß ich darauf bestehn und seh das ich ihn auch so nicht bekomme und ich weis nicht was ich mache soll denn wenn euergnaden wünscht das ich zum Feld arbeiten geh und auf dem Boden schlafen muß soll ers mir sagen dies wird die Entschädigung für meine Arbeit sein ich hoffe auf euergnaden und auf die Jungfrau von der Barmehrzigkeit das man mir Wexel gibt die Amme F. G.

Cienfuegos 30. Juli 1882

Sehr verehrter Herr durchdrungen von tiefstem Schmerz teile ich Ihnen die traurige nachricht mit vom Ableben Ihres alten Negers Cándido, meinem geliebten Ehemann, der am 23. dieses Monats zu einem besseren Leben aufbrach und damit wie auch wegen seiner liebenswürdigen Eigenschaften der ganzen Familie und den Freunden ein gemeinsames Gefühl verursacht hat und ich bin überzeugt daß auch Sie in der Seele einen gleichen Kummer verspüren und ich bitte Sie ihn in Ihren Gebeten zu bedenken und bei dieser Gelegenheit bin ich Ihnen zu Diensten bei allem was Ihnen beliebt. Gott behüte Sie viele Jahre

Ceferina Goytizolo

Cienfuegos. 22. Abril 1884

Sr. D. Augstín Guaitisolo,

Sehr geschätzter Gebieter, ich wünsche daß sie und die ganze Familie sich beim Erhalt dieses Briefes einer vollkommenen Gesundheit erfreuen wie ich das auch für mich wünsche und daß alles voller Glückseligkeit ist und für die Señora den Segen für das Fräulein Fermina Trina Luisita Jesefita Gott begleite sie tausend Jahre und ich danke Ihrem Sohn Augstín für die Gefälligkeiten die er mir hier erwiesen hat bei einem Unglück über das ich nicht sprechen will und vor dem er mich nach Gott errettete und ich erwarte die Anweisungen meines Hern den ihr Knecht den großen Wunsch hat zu sehn noch mehr als ihm zu schreiben und daß er mir die Gunst erweisen möge mir auf diesen Brief zu antworten um ihn an Ihrer statt zu küssen der sie nicht mein Gebieter sind sondern mein Vater.

Vicente Goitisolo

Aber ich nehme hier etwas vorweg, was ich erst viele Jahre später gelesen habe. In den Sommerferien meiner ersten Gymnasialjahre dokumentierte sich die glorreiche Vergangenheit der väterlichen Familie vor allem in den tabakbraunen, ein wenig verblaßten Fotos, die Zeugnis ablegten von ihrem herrlichen Glanz. Die Abbildungen der Zuckerfabrik – der Rohrzuckerzug mit der Aufschrift Goytisolo y Montalvo, seine für die Zuckerrohrernte bereiten Waggons, das Viertel mit den Lagerhallen und den Behausungen der Negersklaven, der Maschinensaal, in dem der Zucker raffiniert wurde – und der zahlreichen Besitzungen des Urgroßvaters – der kleine Palast in Cienfuegos, das prächtige maurische Chalet, das er in Ensanche de Barcelona gebaut hatte, sein Wohn- und Geschäftshaus an der Plaza de Cataluña, das jetzt der Banco de Vizcaya gehört – all diese Abbildungen waren der anschauliche Beweis für eine Größe, die, obgleich längst vergangen, ein immanentes Gefühl der Überlegenheit verleihen konnte – und meinem Vater auch verlieh. Die gebundene Sammlung der alten, verschwenderisch mit zeitgenössischen Bildern, Stichen und Daguerreotypien ausgestatteten *Ilustración Española y Americana* trug dazu bei, daß sich meine naive Phantasie mit den räumlichen und geschichtlichen Daten beschäftigte, die mit der Familienepopöe zu tun hatten. Die kubanischen Kolonialbilder, Physiognomie und Kleidung der Unabhängigkeitskämpfer, die Verabschiedung der sich nach Havanna einschiffenden Freiwilligen durch das Volk sind wesentlicher Bestandteil kaleidoskopischer Erinnerungen, die eng mit meiner Kindheit verbunden sind. Der kubanische Mythos und das kubanische Abenteuer bekamen so in meiner Vorstellung, und zwar bis zum Beginn der Pubertät, die Gestalt eines verlorenen Paradieses, eines vor meinen Augen scharf belichteten Gartens Eden, der sich seitdem wie eine Fata Morgana in Luft aufgelöst hat.

Großvater Antonio hatte in Kuba die Tochter einer reichen Familie eingewanderter Spanier englisch-menorcinischer Herkunft geheiratet, die sanfte, strahlende, ferne Catalina Taltavull y Victory, deren Jugendbildnis ihre melancholische Hinnahmebereitschaft des Schicksals erahnen läßt. Nach der Veräußerung des Stammgutes auf den Antillen hatten sich auch die Taltavulls in Barcelona niedergelassen, wo der Bruder meiner Großmutter ein sorgenloses und luxuriöses Leben führte, das von der Seitenlinie der Familie aufs strengste verurteilt wurde. In *La Habana para un infante difunto* hat Guillermo Cabrera Infante, bei der Aufstellung einer Liste der Bewohner des alten Herrenhauses, in dem er mit seinen Eltern und seinen Geschwistern lebte, einen ihm vom Hörensagen bekannten Neger Tartavul erwähnt, der in Wirklichkeit wohl ein Taltavull gewesen sein muß, Abkömmling irgendeines Sklaven meines Urgroßvaters väterlicherseits, der, wie es damaligem Brauch entsprach, unter dem Familiennamen seines Herrn ins Standesamtsregister eingeschrieben war. Diese Goytisolos und Taltavulls gibt es auch heute noch auf Kuba, und mein Bruder José Agustín ließ sich mit einem von ihnen, der zufällig auch noch den gleichen Vornamen hatte wie ich, fotografieren. 1962 hörte ich bei einem kurzen Abstecher in die Stadt Trinidada bei Cienfuegos von einem anderen Juan Goytisolo, der wegen seiner Hexenkünste berühmt war und schließlich in den Bergen Zuflucht suchen mußte, um, wie es scheint, vor der Wut irgendeines gekränkten Ehemannes zu fliehen.

Das Leben meiner baskisch-kubanischen Familie in Barcelona zu rekonstruieren ist nicht schwierig: zu den wohlgeordneten Bündeln von Dokumenten und Briefen meines Großvaters Antonio kommt in meinem Gedächtnis noch der gesamte Hintergrund von Erinnerungen hinzu, die mein Vater an den stillen Sommerabenden in unserem Haus in Torrentbó mit seiner Schwester Catalina und seinem Bruder Leopoldo austauschte. Dank ihrer endlosen Gespräche im Garten oder auf der Veranda weiß ich, daß meine Großtante Trina, eine eindrucksvolle, schnurrbärtige, katholische alte Jungfer, die, wie Leopoldo behauptete, das Aussehen eines Grenadiers hatte, einen kleinen Hofstaat von Vikaren und Domherren um sich scharte, Gefährten ihres geregelten Lebens und Nutznießer ihrer großzügigen Almosen. In ihrer dekorativen Rolle als Schoßhündchen wohnten sie ihren mondänen Gesellschaften bei, boten ihr den Arm an, wenn sie die Straße überquerte, hielten ihr zuvorkommend den Sonnenschirm und erbten so bei ihrem Tod all ihre Habe. Überaus fromme Blutegel, schloß der Onkel mit spöttischem Gesicht. Tante Catalina tat so, als höre sie den Kommentar nicht, und auf ihrer ewigen Chaiselongue liegend, betete sie halblaut ihren Rosenkranz herunter. Der Starrsinn meines Großonkels Juan Taltavull, eines verschwendungssüchtigen Nichtsnutzes, war ebenfalls Gegenstand von Kommentaren und Glossen: um seine Gäste in seinem luxuriösen Wohnsitz in Caldetas angemessen zu empfangen, hatte er in einem Anfall von Größenwahn einen Sonderzug für sie reservieren lassen. Er und Tante Angeles arbeiteten nicht, sondern lebten von den Zinsen ihres Kapitals, und als dieses Kapital aufgebraucht war, verkauften sie nach und nach Hab und Gut, bis sie schließlich völlig mittellos waren. In dieser unangenehmen Lage habe ich sie gekannt. Sie lebten nun zurückgezogen in einer riesigen, eleganten Wohnung an der Rambla de Cataluña, ohne daß sie in der Lage waren, ihren prunkvollen Lebensstil, an den sie sich zu ihrem Unglück gewöhnt hatten, beizubehalten. Beide starben nach dem Krieg, und von ihren vier Kindern habe ich lediglich zwei kennengelernt oder Kontakt mit ihnen gehabt: Tante Mercedes und einen Sohn, Juanito, der zur Schande und zum Entsetzen der ganzen Familie in die Fußstapfen seines Vaters trat. Im Eßzimmer in Torrentbó hing ein Jugendbildnis meines Großonkels Juan, auf dem er, lächerlich mit dunklem Spenzer und dunkler Hose bekleidet, auf einer Art rotem Bänkchen oder Schemel sitzt: sein finsterer, mürrischer Ausdruck, die gespreizte Würde und Angestrengtheit des Gesichts, die mißtrauische Verkrampftheit seiner Haltung hätten einen Übelwollenden zu der Annahme verleiten können, er sei vom Künstler bei der bescheidenen Tätigkeit der Stuhlentleerung überrascht worden.

Meine Großmutter, deren Porträt in der unveränderlichen Anordnung der den Raum schmückenden Galerie parallel und symmetrisch zu dem seinen hängt, hat nicht die geringste Ähnlichkeit mit ihm. Catalina Taltavull bietet hier das Bild eines zarten und sanften jungen Mädchens, das, von der patriarchalischen Gesellschaft, in der es lebte, zur unbedeutenden Rolle einer treuen und selbstlosen Ehefrau verurteilt, Opfer einer unaufhaltsamen Folge von Mutterschaften wird, die frühzeitig sein Leben zerstören sollten. Regelmäßig von Großvater Antonio geschwängert, hinterließ sie ihm, als sie mit siebenunddreißig Jahren im Wochenbett starb, zehn Erben, Mädchen und Jungen. Nachdem ihr Mann Witwer geworden war, widmete er sich mit christlicher Resignation der klugen Verwaltung seiner Güter und der strengen Erziehung seiner Kinder. Während sein Bruder Agustín die kubanischen Besitztümer übernahm und die Zuckerzentrale von Cruces auflöste, die nach den großen wirtschaftlichen und politischen, durch den Unabhängigkeitskampf und die nordamerikanische Invasion hervorgerufenen Umwälzungen unproduktiv und kostspielig geworden war, versuchte Antonio, dem der mitreißende Schwung seines Vaters und dessen untrüglicher Sinn für Geschäfte abging, mit allen Mitteln seine gehobene gesellschaftliche Stellung vor dem allmählichen Abstieg und den Wechselfällen des Schicksals zu retten. Ein großer Teil seiner Korrespondenz aus den Anfängen des Jahrhunderts betrifft die Beziehungen zu Kuba. Ein Schreiben seines Rechtsanwalts, kurze Zeit nach dem Ende des Krieges mit den Vereinigten Staaten erstellt, gibt auf höchst bezeichnende Weise Auskunft sowohl über den geistigen Zustand der wohlhabenden Schichten der kubanischen Bevölkerung nach dem Schock der spanischen Niederlage als auch über die Gefahr einer radikalen Revolution, bei der die Mitglieder der Unabhängigkeitsbewegung die Hauptrolle spielten: »Wenn auch der Wiederaufbau des Landes langsam vorangeht, weil es noch so viele Dummköpfe gibt, die von Macheten und Gewehren reden, womit sie nur die Kinder einschüchtern können, ist das Wichtigste doch, daß es vorangeht. Große Unternehmen wechseln täglich den Besitzer, und das Geld der Fremden wird das Leben und den Wohlstand auf diesen mit soviel Blut und Tränen genetzten Feldern Kubas wiedererstehen lassen. Wie auch immer die Zukunft des Landes auf politischem Gebiet aussehen mag, die Insel wird eine Blütezeit erleben, wenn die Amerikaner auf die eine oder andere Weise in ihre Geschicke eingreifen.«

Obgleich der Briefwechsel mit Kuba nach der Teilung des Erbes zwischen den beiden Brüdern spärlicher wird, sind die das spanische Leben betreffenden Dokumente von beachtlichem Interesse. Anhand dieser Dokumente können wir das tägliche Leben eines begüterten, konservativen, strengen und frommen kubanischen Spaniers nachvollziehen, dessen Verhalten, Gefühle und Ideen mir von jeher eine tiefe Antipathie eingeflößt haben und immer einflößen werden. Ihre sprichwörtliche Knausrigkeit, die von allen, mit denen sie zu tun hatten, bestätigt wurde, kannte einzig und allein in religiösen Dingen eine Ausnahme. Als Onkel Leopoldo erklärte, daß er sein Geld lieber wie Onkel Juan Taltavull mit Freßgelagen und Nutten auf den Kopf hauen würde, statt sich wie »andere« für die Kirche finanziell zugrunde zu richten, zielte der Pfeil ganz eindeutig auf diese unnütze Freigebigkeit. Allerdings war diese außergewöhnliche Großzügigkeit keineswegs völlig uneigennützig: als guter Sohn von Kaufleuten gehorchte Großvater Antonio einer zwar nicht unmittelbaren und greifbaren, aber immerhin metaphysischen Rentabilitätsrechnung. Als Lohn für seine treuen und regelmäßigen Dienste für die Sache der Kirche hatte Pontifex Leo XIII. die Güte besessen, ihm, seinen Nachkommen und allen Verwandten der Seitenlinie bis zur dritten Generation mit einem Diplom, das, versehen mit dem Foto des Papstes sowie mit Stempel und Unterschrift, prunkvoll eingerahmt in dem Haus in Torrentbó hing, *in articulo mortis* vollen Ablaß zu gewähren. Wenn ich auch der etwas vulgären Meinung meines Onkels bin, daß jene Lossprechung von den Sünden, die mich, welches Verbrechen ich auch immer begehen würde, vor den Höllenstrafen bewahrt, ihn ein Heidengeld gekostet hat, so mußte die wundersame überirdische Aufrechnung für einen Gläubigen von der Art meines Großvaters unendlich viel anziehender erscheinen. Die ewige Glückseligkeit für sich und die Familie zu sichern war allem Anschein nach eine höchst rentable Geldanlage: es war die Fortsetzung eines unantastbaren und vorteilhaften Gesellschaftssystems im Jenseits, wie jenes Paradies, das sich die im Tal der Toten begrabenen ägyptischen Adligen ausdachten, deren unterirdische Kapellen ausgeschmückt sind mit Darstellungen des herrlichen Lebens mit feinen Speisen, Getränken, Dienern und Opfergaben, das sie erwartet, sobald sie diese Welt verlassen haben. Ihm eine solche Berechnung vorzuwerfen – eine regelrechte Todesversicherung, abgeschlossen für sich und die Seinen – wäre nicht nur überflüssig und unangebracht, sondern auch ein empörendes Zeichen von Undank.

Der ernste und stolze Charakter meines Großvaters, seine traurige Witwerschaft, die Hartnäckigkeit, mit der er seine Töchter und Söhne einer strengen religiösen Erziehung unterwarf, treten in dem Briefwechsel zutage, den er während ihrer Internatsjahre bei den Jesuiten oder den Nonnen vom Heiligen Herzen mit ihnen führte. Die erbaulichen frommen Bücher aus jener Zeit, Pflichtlektüre meiner Tanten und Onkel während der Sommerferien, spiegeln eine seltsam manichäische Auffassung von einer Welt wider, die aufgeteilt ist zwischen Gott und der Sünde und die der Genesis weitaus nähersteht als dem Evangelium. Dies zu wissen informiert uns besser als jede Analyse über das ultramontane Denken unserer vermögenden Klassen in der Zeit der Restauration. Ein zerlesenes Exemplar des *Gebets an den heiligen Joseph* aus der Bibliothek von Torrentbó, das ich beim Schreiben dieser Zeilen zufällig in der Hand habe, berichtet aufs genaueste über eine Reihe von Wundern, bei denen die göttliche Gerechtigkeit unterschiedslos Freidenker, Gotteslästerer, Gewerkschaftler, Republikaner, Masturbanten und Feinde des Papstes vernichtet: »In einem bestimmten Dorf hat sich ein Beispiel für die Rache des Himmels zugetragen. Dort hat der Herr Pfarrer am Mittag die Sterbesakramente zu einem Kranken gebracht. Als er die Kirche verließ, kam er an einer Kneipe vorbei, in der drei Männer an einem Tisch saßen. Zwei von ihnen standen auf und nahmen ihre Kopfbedeckung ab, als sie das heilige Sakrament erblickten, der andere jedoch, weit davon entfernt, es ihnen gleichzutun, fing an, sich über sie lustig zu machen, und in der Annahme, damit seine Tapferkeit und seine Geistesgaben unter Beweis zu stellen, stieß er eine niederträchtige Lästerung gegen Jesus Christus und die Allerheiligste Jungfrau Maria aus. Kaum hatte der Unglückliche seine Gotteslästerung ausgesprochen, als er in Gegenwart seiner erschrockenen Kameraden bewußtlos zu Boden fiel. Man holte einen Arzt, rief den Kaplan der Pfarrei, doch alle Fürsorge war umsonst. Dreimal versuchte der Pfarrer vergeblich, dem Sterbenden die Beichte abzunehmen: die Gotteslästerung war sein letztes Wort. Zehn Stunden wand er sich in entsetzlichen Krämpfen, bevor er starb, nicht ohne sich zuvor im Todeskampf die Zunge abgebissen zu haben.« – »Ein anderes Individuum, das am liebsten gottlose Zeitschriften las, wurde so zornig, als es sah, daß seine Tochter weißgekleidet das Haus verließ, um sich in einen Nachbarort zu begeben, wo der Herr Bischof das Sakrament der Firmung spendete, daß es seiner Tochter Schleier und Blumenkranz herunterriß und sie dann in ein Zimmer sperrte. Nach einigen Tagen stürmte ein scheuendes Pferd, das bereits durch das ganze Dorf gerast war, ohne jemandem zu schaden, in das Haus dieses unbesonnenen Vaters, warf ihn zu Boden und trampelte ihn zu Tode.«

Mein Großvater, ein Mann der Ordnung und beunruhigt über die Erschütterungen, die Barcelona am Tag vor der Tragischen Woche heimsuchten, hatte voller Begeisterung die repressive Politik Antonio Mauras gegen die Agitatoren und Unruhestifter unterstützt, die es wagten, den sozialen Frieden zu stören. Kürzlich fand ich unter seinen Papieren einen Brief mit dem Briefkopf des Ministerpräsidenten Maura vom 1. Februar 1904, in dem dieser auf ein Schreiben meines Großvaters, von dem es leider keinen Durchschlag gibt, antwortet und sich aufrichtig für seine Glückwünsche zur Niederschlagung der Unruhen bedankt: »An der täglich wachsenden Zahl dieser Glückwünsche, die mir von Personen aller gesellschaftlichen Schichten zuteil werden, sehe ich mit Vergnügen, daß sich hierin die gesunde Meinung des Volkes äußert, und dies gibt mir den Mut, das begonnene Werk fortzusetzen.« Dieser nicht gerade erbauliche Meinungsaustausch zwischen meinem Großvater und dem Großvater meines Freundes Jorge Semprun wäre – wie ich diesem sagte, als ich ihm von meinem amüsanten Fund berichtete – von Carrillo, dem Chef der spanischen Kommunisten, hätte er zum Zeitpunkt von Sempruns Bruch mit der Partei und meiner aufgrund eines im *Express* veröffentlichten Artikels unfreiwilligen Verwicklung in die Geschichte Kenntnis davon gehabt, möglicherweise als weit zurückliegender Präzedenzfall für unser schmähliches Bündnis interpretiert worden, dessen Ziel es war, die Einheit der Organisation und die Moral ihrer Mitglieder zu untergraben. Die überraschende Verbindung unserer beiden Großväter, betrachtet mit einem Abstand von fast achtzig Jahren und vom besonderen Standpunkt unserer jeweils ganz anderen politischen Erfahrung aus, scheint mir einer jener überraschenden Zufälle der Geschichte zu sein, die uns oft dazu verleiten, an die Gegenwart eines spöttischen und gerissenen Geistes hinter den Kulissen zu glauben, der sich geschickt auf die Kunst des Paradoxons und der subtilen Ironie versteht.

Im zweiten Jahrzehnt des Jahrhunderts wird die Korrespondenz seltener, bis sie schließlich völlig abbricht. Die letzten Jahre von Großvater Antonio in seinem Haus in der Calle Mallorca verlieren sich somit im Bereich der Vermutungen und zweifelhaften Informationen: Universitätsstudium der älteren Söhne, Verlobungen, Sommerfrische in Torrentbó, langsamer, aber unerbittlicher Wandel vom einstigen Status der wohlhabenden, hochgestellten Persönlichkeit zum sparsamen, geizigen Privatier, durch das natürliche Beharrungsvermögen der Dinge auf ein leeres, rein dekoratives Leben beschränkt. Das Datum seines Todes fällt mit der Verlobungszeit meines Vaters zusammen, und sein Tod hat, wie es scheint, die Hochzeit um einige Monate verzögert. Der klassische Zyklus von Aufstieg, Glanz und Untergang der Familien, bereits in seinen Altersbeschwerden deutlich, muß ihn mit Angst und Bitterkeit erfüllt haben. Die Verteilung des noch beträchtlichen Vermögens unter seine zehn Töchter und Söhne, ihr fehlender Ehrgeiz und ihr fehlender Kampfgeist ließen in einer Zeit, die gerade durch ihre gesellschaftliche Beweglichkeit und ihre politischen Umwälzungen gekennzeichnet war, eine schwierige und ungewisse Zukunft vorhersehen. Nachdem das Band, das sie zusammengehalten hatte, nicht mehr existierte, verstreuten sich seine Erben bald: das Zusammenwohnen in dem kleinen anachronistischen Palast, bereits belagert und angegriffen von den funkelnagelneuen hohen Mietshäusern der Calle Ensanche, erwies sich bald als kostspielig und sinnlos. Während einige heirateten und einen eigenen Haushalt gründeten, suchten andere, wie Leopoldo, Luis und Montserrat, eine angenehme und moderne Wohnung, die ihrem Geschmack und ihren Bedürfnissen besser entsprach. Das maurische Chalet wurde verkauft und verschwand kurz darauf unter den Schlägen der Preßlufthämmer, hinweggefegt vom Spekulationsfieber, das in jenen Jahren das friedliche und romantische Gepräge der Stadt für immer verändern sollte.

Wenn auch einer meiner Onkel in meiner Kindheit eine wichtige Rolle spielte, so machten sich die meisten von ihnen doch schon frühzeitig aus dem Staube oder tauchten lediglich als flüchtige und nichtssagende Komparsen am Horizont dieser Kindheit auf. Die Erinnerung an Tante Rosario, an ihren Mann und ihre Kinder ist fast ausschließlich mit meinen ersten Lehrjahren des Lebens verknüpft, als unsere beiden Familien während des Krieges als Flüchtlinge in dem Städtchen Viladrau wohnten. Von Tante Maria, einer Witwe mit sieben Kindern, habe ich nur noch eine undeutliche und verschwommene Vorstellung: ein Besuch mit meiner Mutter in ihrem an Gaudí erinnernden Haus in der Calle Dominicos, im oberen Teil von Bonanova. Tante Magdalena habe ich überhaupt nicht kennengelernt: krank und neurotisch, hatte sie sich wegen eines langen Leidens an die Einnahme von Drogen gewöhnt und starb in einem Sanatorium, als ich noch klein war. Ihre Geschwister vermieden es, von ihr zu sprechen, und das, was ich von ihrem Leben erfahren habe, kam mir nur indirekt oder halblaut zu Ohren. In Torrentbó entdeckte ich ein Büchlein, das ihr gehört hat und dessen mit Bleistift unterstrichener Titel *Die Täuschungen des Morphiums* die Vorstellung nahelegt, daß es ihr während einer ihrer Entziehungskuren von einem Arzt empfohlen wurde. Die Broschüre, die vor dem Mißbrauch von Betäubungsmitteln warnen sollte, schloß seltsamerweise auch den »göttlichen« Marquis de Sade in die Liste berühmter Drogenabhängiger mit ein: ich hörte also auf dem Umweg über eine pseudomedizinische Prosa voll unglaublicher Geschichten und Irrtümer erstmals vom Schöpfer Justines und Juliettes, mit dem vorhersehbaren Ergebnis, daß in mir der lebhafteste Wunsch entstand, mehr von Person und Werk zu erfahren, die der entsetzte Publizist mit dem morbiden Reiz der Faszination schilderte. Onkel Joaquín, der wie Onkel Leopoldo ein Arztdiplom erworben hatte, wanderte vor meiner Geburt nach Argentinien aus, nachdem er eine Ehe eingegangen war, die von der Familie wegen der bescheidenen Herkunft der Braut aufs strengste verurteilt wurde: in Argentinien widmete er sich mit plötzlicher und unerwarteter Energie der Viehzucht und schuf sich schließlich eine wirtschaftliche Position, die ihn bald weit über seine Brüder stellen sollte. Die Wechselfälle des Bürgerkrieges und die herrschende Not in der republikanischen Zone verschafften ihm die erfreuliche Gelegenheit, den angeblichen Schandfleck zu tilgen, indem er meinen Vater und meine Onkel und Tanten regelmäßig mit Lebensmitteln versorgte, die diesen hochwillkommen waren. Als er Ende der vierziger Jahre mit Tante Maria und meinen Kusinen im Hafen von Barcelona eintraf, wurde er wie ein Sieger empfangen. Die ganze Familie war herbeigeeilt, um das ehemalige schwarze Schaf zu begrüßen, und Papa, der seine unglückliche Hauptrolle bei der Abreise Onkel Joaquíns nach Patagonien vergessen hatte, stellte ihn als ein Muster an Tugend dar und forderte uns auf, seinem Beispiel zu folgen. Während er selbst und seine Brüder die allgemeine Notlage der spanischen Nachkriegszeit und die durch den Verlust ihres Vermögens verursachten Schwierigkeiten so gut es ging ertrugen, wurden Joaquín, dem Aussätzigen, der gestärkt aus der Prüfung hervorgegangen war, nun Respekt und Bewunderung zuteil. Mein Vater, dessen Zwangsvorstellung von der kommunistischen Gefahr bisweilen ans Pathologische grenzte, forderte uns auf, Europa zu verlassen, um in der Fremde unsere Ellbogen zu gebrauchen und uns die Erfahrungen und die Ratschläge dieses in seinem Streben nach Abenteuer und Ruhm würdigen Nacheiferers unseres Urgroßvaters zunutze zu machen. Onkel Joaquín und seine Frau genossen ihre Rache sehr bescheiden und überwältigten uns alle mit ihrer Schlichtheit und Freundlichkeit.

Die beiden jüngsten Kinder von Großvater Antonio, Ignacio und Montserrat, tauchten in meiner Kindheit ebenfalls nur sporadisch auf: Ignacio, Ingenieur und Erfinder patentierter Verbesserungen auf dem Gebiet des Eisenbahnwesens, hatte sich während des Krieges in einen leidenschaftlichen Franco-Anhänger verwandelt und führte mit Onkel Leopoldo hitzige Diskussionen, wenn dieser, seit Stalingrad, die unvermeidliche Niederlage der Deutschen voraussagte. Montserrat gehörte einer Welt an, die von der ihrer Geschwister völlig verschieden war: schon früh Vollwaise, hatte sie sich einen unabhängigen und ungezwungenen Lebensstil zu eigen gemacht, das genaue Gegenteil der Prüderie und Frömmigkeit, von denen sie als Kind umgeben war. Sie rauchte, trank, war eine der Vorkämpferinnen von Charleston, Hosenrock und Sonnenbädern, bevor sie im Alter von dreißig Jahren und etwas einen gewissen Federico Esteve ehelichte und sich einige Jahre vor Beginn des Bürgerkrieges mit ihm auf Mallorca niederließ. Ich erinnere mich an den Besuch der beiden in unserem Haus in der Calle Pablo Alcover, bei dem der Bräutigam bei meinem Vater in dessen Eigenschaft als ältester Bruder um ihre Hand anhielt: eine Ehe, die sich als äußerst unglücklich erwies und meine Tante nach Jahren der Demütigungen und der Kränkungen schließlich in den Ruin führte.

Auf meine Onkel Leopoldo und Luis sowie auf meine Tante Catalina werde ich später noch zurückkommen: alle drei griffen auf die eine oder andere Weise in meine Ausbildung und in meine ersten Erfahrungen ein. Der Rest der väterlichen Sippe – mehr als zwanzig Vettern, zu denen ein Salesianer, ein Würdenträger des Opus Dei, ein Missionar im Tschad und ein marxistischer Arbeiterpriester zählten oder zählen – wird ebenfalls, wenn die Darstellung der Fakten es angeraten sein läßt, auf den Seiten dieses Berichts in Erscheinung treten. Während mir der Begriff Familie schon seit Jahren nichts mehr bedeutet, erklären die Seltenheit unseres Familiennamens und ein rein atavistischer Reflex jene Manie, mit der ich auf meinen Reisen in den Städten, in denen ich haltmache, stets in den Telefonbüchern herumblättere, in der vagen Hoffnung, auf ein entferntes Mitglied unseres Klans zu stoßen; aber außer in Mexiko und in New York habe ich auf diesem Umweg keine Spuren einer fernen Verwandtschaft entdeckt. Meine Beziehungen zu der Goytisolos, über den engen Kreis meiner Geschwister hinaus, sind in den letzten Jahrzehnten eine Folge des Zufalls gewesen: zuerst hatte ich in einem Hotel in Marrakesch eine merkwürdige Nichtbegegnung mit einer Dame meines Namens wegen eines in Bordeaux aufgegebenen Telegramms, in dem die geheimnisvolle Dame ihre Zimmerreservierung und die ihrer Begleiterin am Tag meiner Ankunft annullierte, was zu einer erklärbaren Verwirrung und zu dem ungläubigen Kommentar des Hoteldirektors führte, der davon überzeugt war, die Nachricht stamme von mir und ich wolle ihn nur auf den Arm nehmen: »*Vous ne me ferez pas croire tout de même, Monsieur, qu'un nom pareil court les rues!*«[1] Ebenfalls unwahrscheinlich das wirkliche und greifbare Plakat, das ein türkischer Kaufmann, begeisterter Anhänger des Athlétic von Bilbao und Bewunderer des Baskenlandes, zu meiner Verblüffung in sein Schaufenster im Großen Bazar von Istanbul gehängt hatte und auf dem ein Cognac Goitisolo angepriesen wurde: da ich nicht unter Halluzinationen litt und auch keinen Kif geraucht hatte, mußte ich mir einige Sekunden lang die Nase an dem mit baskischen Fähnchen geschmückten Schaufenster plattdrücken, bis ich mich von der Wahrheit überzeugt hatte.

1 Anmerkungen des Übersetzers finden sich am Ende des Bandes.

Unmerklich häufen sich *die Zeichen. Heimtückisch, hinterlistig, unregelmäßig und verstreut, wie absichtlich auseinandergezogen, um die Lektüre zu erschweren. Nicht der bloße körperliche Verfall, kaum feststellbar bei der immer größer werdenden Anstrengung, die jede einzelne Handlung sowie die kleinen Alltagsrituale von uns verlangen, nicht einmal die ärgerliche Überraschung, die instinktive, unbedachte Auflehnung, wenn du plötzlich einem Foto deiner vergangenen Jugend gegenüberstehst: Einbruch vielmehr, in einem Augenblick unbestimmten, verantwortungslosen Glücks, dieses unerwarteten, einschneidenden Erlebnisses, das Prognosen und Berechnungen vereitelt und dich wehrlos dem Bewußtsein einer hoffnungslosen Hinfälligkeit überläßt.*

Im Morgengrauen zum Beispiel auf einer friedlichen, fast verlassenen Straße durch eine heitere, leuchtende Landschaft fahren, wobei du allerdings vergißt, wie du später feststellen mußt, daß es sich um einen Freitag, den dreizehnten handelt und daß du obendrin auch noch im französischen Departement mit der Nummer dreizehn bist, etwas, das jeder Abergläubische fälschlicherweise als eine wohlüberlegte Herausforderung des Schicksals deuten würde, dann an dem Verkehrsschild anhalten, das dort steht, wo sich deine Straße und die Route nationale von Saint-Rémy nach Tarascon kreuzen, dort auf den Zuruf eines Mannes mittleren Alters achten, der dich, mit einem armseligen, unscheinbaren Koffer in der Hand, von der anderen Seite der Kreuzung aus fragt, ob du ihn bis zu einem Nachbarort mitnehmen kannst, darauf, nachdem du festgestellt hast, daß der Ort an deinem Weg liegt, die Fahrbahn überqueren, wobei du für den kurzen Zeitraum des Dialogs vergißt, noch einmal nach links zu schauen und plötzlich das schrille Geräusch von Bremsen hörst, Sekunden vor dem Zusammenstoß, der dein Auto zu einem traurigen Haufen Schrott machen wird. Schwankend aus dem Fahrzeug steigen und dem wächsernen, angstverzerrten Gesicht des Lastwagenfahrers gegenübertreten, der der unfreiwillige Bote des Schicksalswinks war, und zwar ein Araber; in seiner Muttersprache einige Worte an ihn richten, um ihn zu beruhigen und ihn, den die ungewöhnliche Tatsache, daß der vermutlich verletzte Europäer sich in seiner Sprache an ihn wendet, nicht im geringsten überrascht, die halblaute Litanei des Kulchi fi yid Allah *und anderer Ehrfurchtsformeln, unterbrochen von Dankgebeten, stammeln hören. Ein unwahrscheinlicher Dialog auf der mit Glassplittern übersäten Landstraße, ohne daß du wegen des ausgerissenen Daumennagels Schmerzen empfindest, während du bemerkst, daß der indirekte Verursacher des Zusammenstoßes sich schleunigst mit seinem Koffer auf dem Rücken davonmacht und die Inhaberin des an der Kreuzung gelegenen Ladens, die dir erlaubt hat, den Freund anzurufen, bei dem du wohnen sollst, ohne mit der Wimper zu zucken den Preis für das Telefongespräch kassiert. Sprachlosigkeit angesichts dieser dunstverschleierten, gespenstischen Welt, in der du dich wiederfindest, Zielscheibe des Mitleids oder der Indiskretion der unvermeidlichen Gaffer, neben dir das hagere, aschgraue Gesicht des hilflosen Maghrebiners mit seinem Lastwagen voller Obst, der sich, nachdem die erste Aufregung vorbei ist, über die Dinge klarzuwerden versucht, die da sind: Schaden, Schuldfrage, Notwendigkeit, den Arbeitgeber zu informieren, während er auf die Ankunft der Polizei wartet.*

Oder, fünfzehn Monate später, im Verlaufe einer sentimentalen Reise in den Raum deines eigenen Schreibens, durch eine einsame und wilde Landschaft fahren, in der sich einer deiner letzten Romane abgespielt hat, um an den Ort des Geschehens zurückzukehren, so wie der Verbrecher immer wieder an den Tatort zurückkehrt, dich in der lärmenden, begeisterten Menge der Aficionados verlieren, die aus allen Gegenden der Provinz nach Elche de la Sierra gekommen sind, um wie du der grausa-

men Sühnezeremonie des Stiertreibens beizuwohnen, auf die Bretterwand des unteren Stierkampfplatzes klettern, aus dem die wilden Stiere mit ihrem Gefolge von Leitochsen und Tagelöhnern unter dem allgemeinen Geschrei, dem Geknall der Feuerwerkskörper und den Lanzenhieben, unter heillosen Fluchten und Stößen und der Begeisterung der buntscheckigen Menge wie der Blitz hervorbrechen; dich von dieser Menschentraube trennen, um mit deinen Freunden hinter dem Haufen der Nachzügler bis zur Dorfkirche die Straße hinaufzulaufen und dabei mit Hilfe der Schreie und der hastigen Fluchten die Rückkehr der Stiere vom eingezäunten Platz, wo Stunden später der Stierkampf und die Hinrichtung der Tiere, das blutige, kollektive Ritual stattfinden soll, vorauszusehen versuchen; nach langem Warten in das abgesperrte Gäßchen laufen, taub für die Warnung deines Freundes aus Albacete, der die Örtlichkeiten besser kennt als du – die Länge der Strecke bis zur Kirche hin, das Fehlen von Fluchtpunkten und Schranken für den Notfall –, in der Absicht, die Umzäunung zu erreichen, in der die Stiere stehen, dann zum Platz zu gelangen und dich vom offenen Tor im Palisadenzaun aus von der Schwierigkeit überzeugen, hineinzukommen, ohne die Aufmerksamkeit eines der Stiere auf dich zu lenken, der, bereits vom Knall des Feuerwerks, von den Schlägen und Prügeln gereizt, mit den Hufen auf dem Boden scharrt und hartnäckig zum Ausgang hinschaut, bereit anzugreifen, aufzuspießen, sich an den jungen Burschen zu rächen, die ihn mißhandeln und verspotten; zu deiner Linken Zuflucht suchen, während das Tier den Nacken beugt und plötzlich auf die Öffnung in der Bretterwand losstürmt und wie ein Blitz hinter den jungen Burschen herrennt, die Schreckensschreie hören, wenn er einen von ihnen im vollen Lauf angreift, zu Boden wirft, niedertrampelt und dann seine wilde Verfolgung fortsetzt, den Jungen wie tot liegenlassend; von neuem die Stimmen und das Geschrei vernehmen, die den Überfall des zweiten Stiers ankünden, feststellen, daß sich deine Nachbarn davonmachen und die Bretterwand rechts vom Gäßchen hinaufklettern, hochgezogen von denen, die schon oben sind, dich unvorsichtigerweise ein zweites Mal den Stieren nähern, links von der Öffnung, eingezwängt zwischen einer Mauer und den senkrechten Stämmen des Palisadenzauns; plötzlich bemerken, daß der Stier, nachdem er schon über der Schwelle war, statt weiterzulaufen und die Flüchtenden anzugreifen, eine Kehrtwendung macht und dir nun kaum zwei Meter entfernt gegenübersteht, dich einige endlose Augenblicke lang starr beobachtet, lange genug, um furchtlos, nur erstaunt, die undenkbare Situation zu erfassen, in der du dich befindest: mit dem Rücken in die Ecke gedrückt, ohne Möglichkeit, zwischen den Bretterwänden hindurchzukommen, dir der Absurdität der Szene bewußt, verunsichert und irgendwie ungläubig; versuchen, dich langsam zum Tor zu schleichen, überzeugt davon, daß das unmöglich wahr sein kann, daß du in einer Art Wachtraum bist, in einem der üblichen, sich wiederholenden, schweren, hartnäckigen Alpträume; und dennoch den Stoß der Hörner spüren, der dich niederstreckt, spüren, wie du über den Boden kriechst, wie jede Vorstellung von Ort und Zeit in dir erlischt, Sekunden, unvorstellbare Sekunden, ohne Panik oder Schmerz oder Angst, nur eine drückende Unwirklichkeit; dann eine vertraute Stimme hören, deinen mehr geheulten als gesprochenen Namen, einige Augenblicke, bevor dich anonyme Hände an den Armen ziehen, dich aufrichten, dich befreien, und als du dann aufschaust, entdeckst du Abdelhadi zwischen den Hörnern des Stiers, der voller Wut seine leichte Last hin und her schüttelt und im Begriff ist, sie mit einem Kopfstoß nach hinten zu werfen, dann aber von den jungen Burschen verprügelt wird, einen kurzen, spektakulären Sturz macht, sich gleich darauf wieder erhebt, deinen Retter vergißt, eine Kehrtwendung macht und wutentbrannt hinter dem Haufen herläuft; Aufregung, Fürsorge, verspätete und lästige Hilfsangebote jener, die der Szene beigewohnt haben und nun dichtgedrängt um dich und Abdelhadi herumstehen, euch zur nächsten Rettungsstation drängen, fast tragen, während ihr mit dem verletzten Stolz derer, die sich gerade in aller Öffentlichkeit lächerlich gemacht haben, nur den Wunsch habt, dem Mitleid der Leute zu entgehen, euch so bald wie möglich ihrer Neugier und Aufmerksamkeit zu entziehen; dir plötzlich des lächerlichen und grotesken Schicksals bewußt werden, das dich beinahe an dem Tag ereilt hat, an dem ein unglücklicher Zuschauer vor Millionen Fernsehzuschauern auf der Plaza de Toros in Albacete niedergetrampelt und tödlich verletzt wurde, entschlossen, diese Demütigung ihr, Monique, so lange zu verschweigen, bis du sie schließlich, Tage, Wochen, Monate oder Jahre später, dank dieses langsamen, stufenweisen inneren Prozesses, der insgeheim zum Schreiben führt, hingenommen, verinnerlicht, gebannt hast; Befund, Behandlung, Desinfektion der Schrammen und Quetschungen mit Watte und Quecksilbersublimat, und wie ein Schlafwandler die bewundernde Huldigung eines Korporals der Guardia Civil registrieren, der Zeuge des Unfalls war und der, nachdem er Abdelhadi einige Male auf die Schulter geklopft und vergeblich versucht hat, sich mit ihm zu verständigen, sich wieder an dich wendet und linkisch sein Kompliment in die Worte faßt, Ihr Freund, obgleich ein Araber, ist edel und tapfer.

Gleich der frustrierten Mutter, die nach einer Fehlgeburt ungeduldig nach Möglichkeiten und Gelegenheiten für eine neue Schwangerschaft sucht, um über ihr Trauma hinwegzukommen, spüren, wie in dem Schlafraum, in dem ihr euch von dem Zwischenfall erholt, nach langen Monaten friedlicher Sterilität plötzlich der heftige Trieb zum Schreiben zutage tritt, die Dringlichkeit und Notwendigkeit zu schreiben, dich auszudrücken, nicht zulassen, daß das, was du liebst, deine Vergangenheit, Erfahrung, deine Emotionen, das, was du bist und gewesen bist, mit dir verschwindet, der Entschluß, mit Zähnen und Klauen gegen das Vergessen anzukämpfen, gegen diesen schwarzen, weitgeöffneten Abgrund, der, wie du weißt, an der Biegung eines Weges auf dich lauert, Geschenk eines ungewissen Lebens, menschliches Wunder, knausrig gewährte Existenz und Wirklichkeit, Freude, dir mit allen fünf Sinnen zu beweisen, daß das tägliche Wunder weitergeht, daß dir noch einmal eine zufällige Frist gewährt wird, die dir erlaubt, du selbst zu sein, plötzliche und wiederholte Häufung von Erinnerungen, Stichflammen,

Schnappschüssen, Irrlichtern, der Rausch, deine Vergangenheit zu sehen, zu berühren, zu hören, zu spüren, zu betasten, zu beschwören, die Geschichte, die Geschichten, die Verkettung unwägbarer Fakten und Umstände, die dich in diesen übel zugerichteten Körper verwandelt haben, der bäuchlings auf dem Bett des bescheidenen Hotelzimmers liegt, in dem du untergebracht bist, ein jetzt mit der Feder wiedererlebter Augenblick, als du fast zwei Jahre später damit anfängst, deine Gefühle und Eindrücke zu ordnen, sie auf die weiße Seite zu übertragen, ausscherender Rückwärtsgang, gefangen in den Mäandern des Gedächtnisses, und das zwingende Bedürfnis, den andern und dir selber Rechenschaft abzulegen über das, was du warst und nicht bist, über den, der du sein könntest und nicht gewesen bist, um die im Verlaufe deiner aufeinanderfolgenden Romane verarbeitete Wirklichkeit zu präzisieren, zu korrigieren und zu vervollständigen, in diesem einzigem Buch, DEM Buch, zu dem du seit zwanzig Jahren immer wieder ansetzt und das du gleichwohl, wie du nach jedem Kapitel feststellst, noch nicht geschrieben hast.

Dunkel und Unklarheiten in der mütterlichen Linie sind noch größer. Großvater Ricardo sprach kaum von dieser Linie, und das, was Großmutter Marta erzählte und was ich als Kind mitbekam, ist zum größten Teil aus meinem Gedächtnis gelöscht. Ich weiß mit Sicherheit, daß meine Ururgroßmutter Andalusierin war, daß sie Doña María Mendoza hieß und einen Roman mit dem Titel *Die Silberbarren* geschrieben hat, der von den Erzählungen Walter Scotts inspiriert war: in der Villa in der Calle Pablo Alcover bewahrten wir ein rot eingebundenes Exemplar auf, doch nie kam mich die Neugier an, es zu lesen. Es gab auch ein Porträt von ihr, eine Dame von düsterem und majestätischem Aussehen, die dennoch von der Gnade oder dem Wahnsinn des Schreibens betroffen war. Roman und Porträt verschwanden beim Tod meines Vaters, vielleicht auch schon vorher, beide Opfer der Wirren jener Jahre, die zu ständigen Umzügen und schließlich zur Auflösung der Familie führten. Die Spuren der Vergangenheit waren mir in meiner Jugend lästig, und erst später dachte ich wieder an diese ferne Ahnin, die uns womöglich die literarische Berufung vererbt hat, die sowohl mein Leben als auch das meiner Brüder prägen sollte. Wer war sie, wie war sie, warum hat sie geschrieben? So viele Fragen ohne Antwort, verlorengegangen in der Vorhölle des Vergessens.

Meine Urgroßmutter, ihre Schwiegertochter, muß ich in ihrer Villa in Pedralbes gesehen haben, als ich drei oder vier Jahre alt war: sie trug Trauerkleidung und hatte einen gelblichen, vielleicht gefärbten Haarkranz über den Ohren. Ihr Geburtsname war Pastor, sie kam aus einer Soldatenfamilie und war die Witwe von José María Vives y Mendoza, einem Notar mit humanistischen Neigungen. Dieser Urgroßvater besaß eine historisch-militärische Bibliothek, aus der einige Bände – lateinische Wörterbücher, eine illustrierte Chronik der Plänkler – bei uns zu Hause landeten. Großmutter Marta erzählte uns Episoden aus der Laufbahn und der Personalakte der Familienmitglieder, beschwor ihre Empfindungen als Kind, wenn bei ihrer Ankunft in der Kaserne die Hörner erklangen und die Soldaten strammstanden. Diese juristisch-militärische Tradition paßte jedoch überhaupt nicht zu der anormalen, aufrührerischen und prokatalanischen Haltung ihres Bruders, des Übersetzers und Poeten Ramón Vives Pastor. Mein Großonkel hatte, wie ich ziemlich spät und auf Umwegen herausfand, in seiner Jugend ein Leben als Bohemien geführt, ganz der Literatur, dem Dandytum und der Verschwendung ergeben. Zeugen aus jener Zeit schildern ihn als eine skeptische und leidenschaftliche Persönlichkeit: seine katalanische Fassung der *Stanzen* des Omar Hayyam sind seiner Geliebten gewidmet, der Irin Bertha St. George, »*filla tristoia y dolça d'aquella verda Erin, esclava, com ma terra, d'una llei opressora*«.[2] Die Übersetzung, die der Fassung des französischen Orientalisten und Diplomaten Nicolas folgte und ein Vorwort von Joan Maragall enthielt, umfaßte einige Verse, die ich unter direkter Zuhilfenahme des Wörterbuchs mit Ergötzen las, als ich gegen Ende der Oberprima allmählich den Glauben verlor:

Vaig enviar mon ànima vers el llunya Invisible
les lletres d'altra Vida pera que m confegís,
i poc a poc, a mi va retornar passible,
dient: »Jo soc mon propre Infern i Paradis.«

Mulla: no vui que preguis per mi. Déu fa son do
sens que se li demani, i els vels del seu perdó,
i sa misercordia, inmensos, com el mar,
cobriran, sensa veure-es, els grans pecats d'Omar.[3]

Sein religiöser Antikonformismus und sein militantes Eintreten für die katalanische Idee mußten sogar in dem gebildeten und liberalen Milieu, in dem er erzogen wurde, Anstoß erregen. Großmutter Marta sprach oft von ihm: die Streiche, die er ihr spielte, als sie noch Kinder waren, seine Reise nach Genf, wo er eine Tuberkulose ausheilen sollte, die ihn Jahre später dann ins Grab brachte. Als er in Genf ein Stück Papier auf die Straße warf, hatte ihm ein Passant seine Nachlässigkeit vorgeworfen, die eines zivilisierten Landes unwürdig sei, und ihn freundlich aufgefordert, es aufzuheben. Es ist eine der wenigen Anekdoten, an die ich mich erinnere und zu der immer der Kommentar gehörte: Schweizer sind sehr ordentlich und sauber. In dem kleinen Bücherschrank in der Diele der Villa in der Calle Pablo Alcover standen einige seiner Bücher auf katalanisch, spanisch und französisch, darunter eine wunderschöne Ausgabe der *Regenta*[4]. Es gab auch einen Stapel Mappen mit Manuskripten von ihm. Mit der grausamen Gleichgültigkeit, die Kindern eigen ist, hatte ich sie benutzt, um auf die Seiten seiner Theaterstücke meine Sudeleien zu zeichnen und zu malen, womit ich sie zur Zerstörung und zum Nichts verurteilte. Wenn ich mich heute an mein Verhalten von damals erinnere, bin ich erschrocken bei dem Gedanken, daß ich in meiner Unüberlegtheit solch bedauerlicher Schandtaten fähig war: dem kostbaren Ergebnis seiner Bemühungen einen endgültigen Schlag zu versetzen, das Zeugnis und die Rechtfertigung eines Lebens zu vernichten. Doch so unglaublich es auch erscheinen mag, man hatte uns zu Hause nicht den allergeringsten Respekt gegenüber seinen Schriften beigebracht. Abgesehen von den Familienanekdoten, die Großmutter erzählte, sprach man nie von ihm, ein Schweigen, das mir eine Haltung der Distanz und des Tadels zu offenbaren schien. Die ihn gekannt hatten – meine Mutter, Tante Consuelo –, waren gestorben oder hielten es, wie Großvater, für ratsam zu schweigen. Was meinen Vater angeht, so weiß ich, daß er ihm aus leicht zu erratenden Gründen eine offene und grimmige Antipathie entgegenbrachte: zum Bohemeleben und zu dem Eintreten für die katalanische Sache, die seinen Überzeugungen als Traditionalist, der sich gefühlsmäßig dem Baskischen und den patriotischen Werten verbunden fühlte, völlig zuwiderliefen, kam noch ein irrationales Element, nämlich der in Augenblicken, in denen er nach einem Verantwortlichen für seine Mißgeschicke und sein Unglück suchte, mehrmals ausgesprochene Verdacht, Großonkel Ramón sei der Urheber der tuberkulösen Meningitis gewesen, an der mein Bruder Antonio im Alter von sieben Jahren, noch vor meiner Geburt, gestorben ist. Diese Tatsache und seine unverhohlene Abneigung gegenüber Großvater Ricardo aus Gründen, die ich später noch erläutern werde, sind die Erklärung dafür, daß seine Beziehungen zur Familie meiner Mutter zumindest kalt und abweisend waren. Das Werk Ramón Vives' und die Erinnerung an ihn erlitten in dieser durch die Katastrophe des Krieges traumatisierten Familienatmosphäre in jenen Jahren des senkrechten Grußes und der imperialen Sprache, die zu den religiösen Normen und den ewigen Werten gehörten, einen nicht wiedergutzumachenden Schaden. In einer Zeit und in einer Situation, in der die bloße Erwähnung seines Names Ärger verursachte und man seine Schriften den Launen eines unwissenden, unzurechnungsfähigen Kindes überließ, war er der Sündenbock für alles. Mein unglücklicher Beitrag zu seinem zweiten Tod erfüllt mich heute mit Scham und Trauer. Wenig, sehr wenig bleibt von der Arbeit dieses Rebellen zurück, der zur Unzeit in einer Gesellschaft geboren wurde, die für ihre sprichwörtliche Härte gegenüber Abtrünnigen berüchtigt war und deren rüde Therapie in Krisenzeiten bedauerlicherweise innerhalb der eigenen Familie ein geheimes Einverständnis fand. Seine *Poetischen Notizen* mit dem Untertitel »Dichtung ist Freiheit«, zu Anfang des Jahrhunderts gedruckt, habe ich nie in der Hand gehabt, und nur durch gelegentliche Anspielungen seines Neffen, eines leiblichen Vetters meiner Mutter, Professor Josep Calsamiglia, weiß ich davon. Dennoch genügen die wenigen Einzelheiten, über die ich verfüge, um mir von seiner Geschichte und seinem Charakter ein Bild zu machen und ihn für mich in den Rang eines der seltenen Vorläufer zu erheben: ein Ahne, mit dem mich, jenseits der zufälligen und auferlegten Blutsbande, eine moralische Affinität verbindet, eine in diesem Falle von Gewissensbissen und

Melancholie gefärbte Affinität. Das von mir als Kind zerstörte und ungültig gemachte Wort hat mich vielleicht, ohne daß ich es wußte, angesteckt und quillt nun heimtückisch in allem hervor, was ich schreibe und geschrieben habe. Ob es sich nun so verhält oder nicht, allein schon die Vorstellung dieser möglichen Weitergabe tröstet mich über meine nicht wiedergutzumachende Tat hinweg, verwandelt sie subtil wenn schon nicht in eine Palingenese, so doch zumindest in eine liebenswürdige Form des Überlebens.

Die gleiche Aura des Geheimnisses umgibt Leben und Persönlichkeit meiner Tante Consuelo. Jüngste Schwester meiner Mutter und wie sie von strahlender Schönheit, offenbart der Ausdruck ihres Gesichts, festgehalten auf zahlreichen Fotos, eine von Zurückhaltung und Anmut kaum gemilderte Zerbrechlichkeit und Wehrlosigkeit. Sie war leidenschaftliche Geigenspielerin – hatte Unterricht genommen und es zur Meisterschaft gebracht – und schrieb ein reizendes Gedicht über Maurice Ravel, das in der Zeitschrift *Mirador* veröffentlicht wurde und das Großvater eifersüchtig unter seinen Papieren aufbewahrte. Ihre Schallplattensammlung mit Werken von Bach, Mozart, Schubert, Brahms und Debussy, die wir nach dem Krieg geerbt haben, brachten mich mit dem heiteren Reich der Musik in Berührung. Obgleich ich schon neun Jahre alt war, als sie starb, habe ich sie nicht kennengelernt. Sie hatte vor meiner Geburt den Rechtsanwalt Eusebio Borrell geheiratet. Ihr Mann starb schon bald, ohne daß Kinder aus dieser Ehe hervorgegangen wären. Über die Art des Leidens, das ihren Mann dahinraffte, wurde in der Familie nie gesprochen. Ein Bild des Ehepaares, vor einem der Denkmäler der ersten Weltausstellung am Paseo de San Juan oder im Park de la Ciudadela aufgenommen, zeigt ihn als eines jener Individuen mit flüchtigen, schwammigen Gesichtszügen, die man aus einem mir unbekannten Grund so häufig in den Gesichtern des Barceloneser Kleinbürgertums findet. Nach seinem frühzeitigem Tod verlor Tante Consuela langsam den Verstand. Als ich anfing, die Augen aufzumachen und mich für das zu interessieren, was um mich herum vorging, kam sie schon nicht mehr ins Haus und war sehr wahrscheinlich bereits in einer Anstalt. Während des Bürgerkrieges lebte sie bei ihren Eltern in der Wohnung, in die diese sich geflüchtet hatten, nachdem die Villa in der Calle Pablo Alcover von Milizionären beschlagnahmt worden war. Dort fegten die Bombenangriffe der Luftwaffe Francos, dazu Sirenengeheul, Terror, Hunger und Not die letzten Spuren von Klarheit hinweg. Als der Krieg vorüber war, kam sie wieder in die Anstalt und starb kurz darauf an einer Krankheit, über die ich nichts Näheres weiß. Ich erinnere mich nur an ihr Begräbnis, an dem meine Geschwister und ich mit schwarzer Armbinde teilnahmen. Obgleich die Familie Onkel Eusebios im gleichen Viertel, nämlich in Bonanova, wohnte wie wir und obgleich wir auf dem Weg in die Jesuitenschule täglich an ihrem Haus vorbeigingen – eine düstere, feuchte Villa im oberen Teil der Calle de Anglí –, hatten wir aus einem mir unbekannten Grund keinen Umgang mit ihnen. Meine Großeltern hatten der Mutter ihrer Schwiegertochter den Spitznamen »Zwerg« gegeben, und der verächtliche Charakter des Wortes, zusammen mit der seltsamen Entfremdung, deutet auf das Vorhandensein eines bitteren, nicht beizulegenden Streits zwischen beiden Familien hin. Waren es wieder einmal politische Gründe, die mit einer prokatalanischen Haltung zu tun hatten, oder war es die von meinem Vater unterstellte Möglichkeit, Onkel Eusebio habe seine Frau mit einer unheilbaren Geschlechtskrankheit angesteckt? Und wieder, wie schon im Falle von Ramón Vives, verhindern die zerstörende Kraft der Zeit und der Tod der Zeugen, daß es eine gesicherte Antwort darauf gibt. Wenn ich Geschichtsbücher lese, bin ich angesichts der unerschrockenen Sicherheit, mit der die Autoren das vor Jahrtausenden Geschehene bestimmen, stets skeptisch. Wie ist es möglich, eine so ferne Vergangenheit zu rekonstruieren, wenn sogar die jüngste so viele Unsicherheiten und Zweifel birgt? Das Dunkel, in das die Schicksale eines guten Teils meiner Familie getaucht sind, ist für mich die vollkommene Illustration für das Unvermögen, nach wenigen Jahren die greifbare Realität dessen, was gewesen ist, auszugraben und zu begreifen.

Der Zweig meines Großvaters Ricardo hat eine weniger dramatische und abwechslungsreiche Geschichte: allem Anschein nach aus Ampurdán stammend, zählt er den Rechtsanwalt und Publizisten Gay de Mantellá, Autor zahlreicher juristischer Werke, zu seiner Familie. Wer seine Eltern waren oder was sie gemacht haben, ist eine Erinnerung, die er mit ins Grab genommen hat. Großvater hatte zwei Brüder, Víctor und Laureano, die ich beide vor dem Krieg kennenlernte: sie kleideten sich mit strenger Eleganz und nahmen feierlich ihre Kopfbedeckung ab, wenn sie das Haus betraten. Hingegen vermag ich nicht genau zu sagen, wann sie starben: beide hinterließen eine Familie, und Tante Lola, die Witwe von einem von ihnen, pflegte uns in den vierziger Jahren mit ihren Sprößlingen zu besuchen. Sie war eine überspannte, stark geschminkte Dame, deren Bild sich in meinem Gedächtnis mit einer Welt von Porzellankrügen und fransenverzierten Lampenschirmen verbindet. Ihre Kinder sowie ihre Nichten und Neffen ertrugen geduldig und würdevoll ein schwieriges, unsicheres Leben mit all den sich daraus ergebenden gesellschaftlichen Benachteiligungen, die ihren Stolz verletzten. Zwar war Großvater in ihren Augen der Reiche in der Familie, aber soviel ich weiß, hielten sie sich streng an das Gebot, sich weder zu beklagen noch seine äußerst zweifelhafte Großzügigkeit auf die Probe zu stellen. Diese entfernten Verwandten ließen sich mit der Zeit kaum noch im Familienkreis blicken: als ich sie das letztemal zu Hause sah, gegen Ende meiner Oberprimanerzeit, waren sie zu uns gekommen, um sich zu verabschieden, weil einer von ihnen sein Glück in einem freundlicheren und reicheren Land, nämlich in Venezuela, versuchen wollte.

Das allmähliche und dann endgültige Verschwinden des mütterlichen Zweigs der Familie hatte für mich und meine Brüder wegen unserer künftigen Stellung als Schriftsteller eine besondere Bedeutung. Auf die vor einigen Jahren so oft gestellte Frage, warum wir nicht katalanisch schreiben, will ich hier eine Antwort geben; dazu muß ich allerdings die Umstände ans Licht bringen, unter denen sich das Leben meiner Familie abspielte.

Während die Großeltern Marta und Ricardo sich in dieser Sprache unterhielten, sobald sie allein waren, sprachen sie auf ausdrückliche väterliche Anweisung spanisch mit uns. Obgleich uns die Großmutter einige katalanische Kinderlieder lehrte und oft Ausdrücke und Sätze beider Sprachen miteinander vermischte, wurde sowohl zu Hause – mit meinem Vater und Eulalia – als auch in der Schule, in den Klassenzimmern und unter den Schülern, ausschließlich Spanisch gesprochen, ein verkümmertes und verfälschtes Spanisch, wie ich später feststellen sollte, als sich der Kreis meiner Bekannten und Freunde über das abgeschmackte und konventionelle Bürgertum Barcelonas hinaus erweiterte. Unter dem starken Druck einer Zeit, in der die »Sprache des Reiches« aufgrund eines Erlasses gesprochen werden mußte, überlebte das Katalanische mit Mühe im engsten Familienkreis. Deshalb sind auch meine Kenntnisse dieser Sprache, von einigen Höflichkeitsfloskeln und Grußformeln sowie Schimpfwörtern abgesehen, die wir in den Sommerferien von den Bauern in Torrentbó lernten, so gering. Papa, im Nirwana seiner antikatalanischen Phobie, gefiel sich darin, Herkunft, Vornehmheit und Wohllaut der Sprache Kastiliens – volltönender Klang seiner Ortsnamen: Madrigal de las Altas Torres, Herrera del Duque, Motilla del Palancar – mit der Derbheit und Pöbelhaftigkeit etwa Tarrasas, Mollets und Hostafrancs zu vergleichen, die er absichtlich grotesk aussprach, und er beschloß seine sonderbare Unterrichtsstunde in vergleichender Etymologie und Phonetik mit dem obligaten Hinweis auf die geheimnisvolle Schönheit des Wortes »luciérnaga« (Johanniskäfer) gegenüber der armseligen Grobschlächtigkeit des örtlichen »cuca de llum« (Leuchtwurm). Wie dem auch sei, sicher ist jedenfalls, daß die Muttersprache – mit meiner Mutter für immer erloschen – mir nach ihrem Tod völlig fremd wurde: eine Sprache, mit der ich mich immer schwertat und die ich kaum fließend lesen konnte, bis ich mir, bereits in Frankreich lebend, die Mühe machte, sie in meiner Freizeit zu erlernen, um ohne Hilfe eines Wörterbuchs Zugang zu den in dieser Sprache geschriebenen Werken zu haben. So kann ich heute zwar Schriftsteller wie Foix,

Ferrater oder Rodoreda im Original lesen, nach fast dreißig Jahren Abstand kommen mir aber die Wörter der Umgangssprache nur schwer über die Lippen, und eine gewöhnliche Unterhaltung bereitet mir Schwierigkeiten.

In der augenblicklichen Zeit der »sprachlichen Normalisierung« ist meine Situation, wie auch die meiner Brüder und eines guten Dutzend befreundeter Schriftsteller, doppelt peripher und marginal. In Madrid sieht man uns fälschlicherweise als Katalanen an, so wie Albertí Andalusier, Bergamín Baske oder Cela Galicier ist. Doch unsere Kollegen und Landsleute nehmen uns zu Recht nicht in ihren Berufsverband auf, da unsere fundamentale Tätigkeit, das Schreiben, auf einer Sprache und einer Kultur fußt, mit denen sie sich nicht identifizieren. Katalanen in Madrid und Kastilier in Barcelona, ist unser Standort zweideutig und widersprüchlich, bedroht vom »Scherbengericht« beider Seiten und dennoch bereichert durch diese wechselseitige Zurückweisung, zu der die kostbaren Gaben der Entwurzelung und der Mobilität gehören.

Wie es mein eigenes Beispiel beweist, ist die Hinwendung zur einen oder anderen Sprache des potentiell zweigleisigen Schriftstellers nicht ausschließlich das Ergebnis einer freien persönlichen Wahl, sondern eher das einer Reihe später übernommener familiärer und gesellschaftlicher Umstände. Das frühe Ableben meiner Mutter und das konservative, religiöse und franquistische Milieu, in dem ich aufgewachsen bin, trugen sicher wesentlich zu meiner Eingliederung in eine Kultur bei, die Onkel Ramón Vives fünfzig Jahre zuvor eine »Unterdrückerkultur« genannt hatte. Aber noch bezeichnender als dieser historische Determinismus zugunsten einer der beiden sich bekämpfenden Sprachen ist in meinem Falle das leidenschaftliche Verhältnis zur spanischen, was mir an dem Tage klar wurde, an dem ich, fern von Katalonien und Spanien, die Entdeckung machte, daß sie mein wahres Vaterland und zugleich Gegenstand von Haß und Liebe war. Meine späte Leidenschaft für die spanische Sprache und Kultur, die vor mir bereits eine Reihe von Schriftstellern erlebt hatten, deren geniale Werke sich gegen den Strom und gegen die herrschenden Werte und um den Preis einer bitteren, unstillbaren Sehnsucht durchgesetzt hatten, war zugleich Identität schaffendes Reinigungsbad und Abwehrreaktion gegen die Leere einer langen Verbannung. Wenn ich sage, daß nicht ich die Sprache gewählt habe, sondern daß ich von ihr gewählt worden bin, so sollte dies die einfachste und korrekteste Art sein, der Wahrheit nahezukommen. Das Schwanken zwischen zwei Kulturen und Sprachen scheint mir vergleichbar mit der affektiven und sinnlichen Unentschlossenheit des Kindes oder Jugendlichen: dunkle, unterschwellige Kräfte kanalisieren eines Tages, ohne daß er sich dessen bewußt wird, seine zukünftige erotische Orientierung. Der blinde Trieb, der ihn zu einem männlichen Körper drängt, wird ebenso geheimnisvoll bleiben wie der, der ihn dazu bringt, sich für immer in eine Sprache zu verlieben, auf die schon Quevedo oder Góngora gehört haben. Eine um so bedeutsamere und wertvollere Wahl, als sie vor dem Hintergrund von Kulturen getroffen wurde, deren Zusammenprall die Vorstellung von Mestizentum, Zwitterhaftigkeit und Unsicherheit beschwört. Kastilier in Katalonien, französisch Gesinnter in Spanien, Spanier in Frankreich, Lateinamerikaner in Nordamerika, »Nesrani« oder Christ in Marokko und Kanake überall, dauerte es nicht lange, bis ich aufgrund meines Nomadentums und meiner Reisen zu jenem seltsamen Musterexemplar eines Schriftstellers wurde, den niemand für sich beanspruchte, der Gruppierungen und Kategorien fremd und feindlich gegenüberstand. Der Familienkonflikt zwischen zwei Kulturen war, wie ich heute glaube, der erste Hinweis auf einen künftigen Prozeß von dynamischen Brüchen und Spannungen, die mich außerhalb abstrakter Ideologien, Systeme oder Vereinigungen stellen sollten, welche immer durch ihre Selbstzufriedenheit und ihr Im-Kreise-Gehen gekennzeichnet sind. Die Fruchtbarkeit dessen, der stets außerhalb befestigter Lager bleibt, der weite Bereich latenter Bestrebungen und stummer Fragen, neuer und unausgesprochener Gedanken sowie Austausch und Osmose der Kulturen sollten allmählich das Ambiente schaffen, in dem sich mein Leben und Schreiben am Rande steriler und beengender Werte und Ideen entwickelte, gebunden an die Begriffe Glauben, Vaterland, Staat, Doktrin oder Zivilisation. Wenn heute die spanische Großmannssucht beständig auf die hierzulande errungenen literarischen und künstlerischen Erfolge verweist, so macht es mich keineswegs traurig, daß ich und einige andere mit mir ausgegrenzt und totgeschwiegen werden. Im Gegenteil, es bestärkt mich in der Überzeugung, daß das auf die ursprüngliche Sprache bezogene Gegensatzpaar Treue–Entwurzelung der beste Hinweis für einen ästhetischen und moralischen Wert ist, der keinen Platz für Ehrungen und Preise läßt. Freiheit und Einsamkeit sind der Lohn des schöpferischen Menschen, der völlig eingebettet ist in eine keine Grenzen kennende Multikultur und der nach Lust und Laune zu der Weide zieht, die ihm gefällt, ohne daß er sich je an eine gewöhnen muß. Der innere Bürgerkrieg, erlebt in meiner Sexualität und in meiner Sprache, der möglicherweise meiner zukünftigen phallischen und literarischen Oralität vorausging, wurde auf geheime Weise durch den kulturellen Konflikt gelöst, der in meiner Familie eine Hauptrolle gespielt hat. Nach dem Tod meiner Mutter war der Kampf zwar entschieden, doch der Sieg der spanischen Sprache, der sich später als ein Bumerang erweisen sollte, erfolgte Jahre nach meinen schriftstellerischen Anfängen. Er ist nicht die Folge einer angenommenen Parthenogenese des Katalanischen, sondern einer zwar nur vorübergehenden, aber notwendigen Verteidigung gegen die heimtückische französische Invasion. Meine hartnäckige Eroberung einer eigenen Sprache, die stolz war auf ihr Anderssein, geschah also im dialektischen Widerspruch zum schöpferischen Antrieb anderer Sprachen: ohne diese dynamische Korrelation mit dem Französischen, dem Englischen oder dem Arabischen, in der fruchtbaren Kreuzung verschiedener, einander fremder Kulturen, hätte ich dem Arcipreste de Hita[5] in der Agora von Xemáa el Fna nie meinen bescheidenen und respektvollen Tribut zollen können.

Wissen um die totale Nichtigkeit *des Unterfangens: Amalgam deiner Movitationen und Unfähigkeit, dein mutmaßliches Ziel klar zu bestimmen: laizistischer Ersatz für das Sakrament der Buße? Unbewußte Notwendigkeit der Selbstrechtfertigung? Zeugnis ablegen, um das dich niemand bittet? Zeugnis von wem? Für wen? Für dich, für die andern, deine Freunde, die Feinde? Wunsch, dich besser verständlich zu machen? Gefühle der Zuneigung oder des Mitleids zu erwecken? Dich vom zukünftigen Leser unterstützt zu fühlen? Kampf gegen das Vergessen der Zeit? Einfach der Drang zum Exhibitionismus? Unmöglichkeit, auf diese Fragen zu antworten, und dennoch die Aufgabe in Angriff nehmen, das alltägliche Martyrium, vor dem weißen Blatt zu sitzen, das ganze Leben auf dem Schreibtisch auszubreiten, die stoffliche und unsagbare Wirklichkeit deines Körpers, nicht jenes Körpers, den du hinter Masken und Tarnungen für die rituelle Alltagskomödie versteckst, Projektion eines falschen, für das Publikum bestimmten Bildes, lästiger Gast, der deine Stimme usurpiert und sie zu einem endlosen Bauchrednerknurren zwingt, sondern des anderen, der in einigen Stunden, Tagen, Wochen sprachlos, zusammengekrümmt, auf den Knien liegend, wehrlos wie ein Fötus, die Bewegungen des Saugens wiederfinden wird, die polymorphe, viszerale Verpflegung des fernen Mutterleibs, stille, verpönte Wahrheit, abgeschnitten von der Macht des Wortes, dieser Ich-Andere, der vor den Blicken des Nächsten und vor sich selber von jenen verborgen wird, die nach dem Flitter des Ruhms streben, Sprachrohre künftiger Macht, Vernunft, Theorie oder Ideologie, zu zaghaft, um öffentlich die kleinen oder großen Begehrlichkeiten, Nöte, Treuebrüche einzugestehen, die den gewundenen*

Weg ihres Lebens abstecken, auf eine Geschichte schwörend, die die Geschichten ausschließt und aufhebt, Berufsbetrüger oder medaillenbehängte Dickhäuter, Verfälscher einer Vergangenheit, die Anlaß ist zu Überlegungen von hoher Strategie oder kleinlichen Interessen, falls sie nicht, sobald sie zur Feder greifen und die offizielle und hierarchische Pose ihrer glorreichen Porträts annehmen, einer unbarmherzigen Gehirnoperation unterzogen werden

dich von diesen Leuten unterscheiden, von ihrem Vergessen, ihren Halbwahrheiten, ihren zweierlei Gewichten und Maßen, ihren gedächtnisschwachen Memoiren, ihren grotesken Legendenschriften, ihrer inneren Zensur, um dich auf das zu konzentrieren, was am härtesten und schwierigsten auszudrücken ist, das, was du bisher noch niemandem gesagt hast, eine widerlich häßliche oder demütigende Erinnerung, der bitterste Schluck deines Lebens: im inneren Widerstand, dies aufzudecken, den moralischen Kanon deines Schreibens finden, dieses nicht nur metaphorische, sondern ganz wirkliche Stierhorn, so wirklich wie jenes, das dich beim Fest des Stiertreibens zu Boden warf, eine von innen gelebte Metapher, vergleichbar der Don Quichottes, weder Windmühlenriesen noch Barbierbeckenhelme, vollständige Verbindung beider Ebenen im Stoff des Textes, bewußt auf sich genommene Gefahr, aufgespießt, niedergetrampelt zu werden, ohne Furcht vor äußerer Sanktion im Falle des Scheiterns, nur verletzendes Bewußtsein, gegen die persönlichen Spielregeln verstoßen zu haben, nicht auf der Höhe der geforderten Anstrengung zu sein, auf halbem Weg das Handtuch geworfen zu haben, dir und den andern gegenüber erbärmlich untreu.

Schauplatz: eine alte Villa im Viertel Bonanova, in der Calle de Raset Nummer dreizehn gelegen. Ein inzwischen abgerissenes Haus, dessen langer, schmaler Garten stufenförmig zur Via Augusta hinabführte, hin zu dem durch einen riesigen Graben zwischen den Bahnhöfen Muntaner und Ganduxer geteilten offenen Streckenabschnitt der Eisenbahnlinie nach Sarriá. Du erinnerst dich an den Ort, weil du auf dem Weg von der Wohnung eines deiner Schulkameraden oft hier durchgelaufen bist: ein häßliches, baufälliges Gebäude, das du auch auf einigen Familienfotos aus der Zeit vor deiner Geburt findest. Hingegen hast du überhaupt keine Erinnerung, darin gewohnt zu haben: nach deiner Berechnung muß die Zeit sehr kurz gewesen sein, denn als du drei oder vier Jahre alt warst, seid ihr bereits nach Tres Torres umgezogen, in das Haus Nummer einundvierzig einer Straße, die nach dem Kriege auf den Namen Pablo Alcover umgetauft wurde.

Zeit: das Datum der Geburt war der fünfte Januar 1931. Obgleich auf dem Taufschein auch die genaue Stunde des glücklichen Ereignisses steht, hast du sie vergessen, und es liegt dir auch nichts daran. Wahrscheinlich geschah es am späten Nachmittag oder bei Einbruch der Nacht: in deiner Kindheit pflegten deine Eltern zu sagen, du seist ein Geschenk der Heiligen Drei Könige gewesen, und du glaubtest, am Dreikönigstag geboren zu sein, bis eine amtliche Urkunde dich Jahre später von diesem Irrtum befreite. Da du nicht sonderlich an die Sterne und ihren möglichen Einfluß auf unser Schicksal glaubst, kümmert dich diese Ungenauigkeit hinsichtlich der Stunde deines Auf-die-Welt-Kommens nicht weiter. Dein Charakter eines Steinbocks steht außer Zweifel, und in einigen Büchlein, die sich mit dem Thema befassen, hast du mühelos Züge und Elemente deines Charakters wiedererkannt. Doch anstatt Untersuchungen über die planetarischen Einflüsse anzustellen oder dich der elektronischen Wissenschaft eines Astroflashs anzuvertrauen, ziehst du es vor, dir wie Arcipreste de Hita mit Hilfe Al Birunis oder Alí Abenragels einen phantastischen Aszendenten in der Venus zu erfinden. Geheilt von der Besessenheit deines Vaters für die berühmten Geschlechter, findest du es weitaus angenehmer, nach Lust und Laune die fröhlichen Hirngespinste der alten Astrologiebücher zu manipulieren. Die Venus-Zuhara, deren libidinöser und munterer Beistand den in den Ländern des Islam Geborenen ihren Stempel aufdrückt, sollte das beste Gegengift gegen deinen Eigensinn, deine Verschlossenheit und gegen die Härte eines offiziellen Sternzeichens sein, und zugleich eine plausible Erklärung für die unbeugsame Strenge deiner Dichotomie.

Vorgeschichte: eventuelle Rekonstruktion mittels in der Kindheit betrachteter und später bisweilen aus den Augen verlorener Fotos. An erster Stelle das Hochzeitsfoto: ein ungewöhnliches Porträt des Paares, das dich zwölf Jahre später zeugen sollte. Er stehend, mit einem Cutaway bekleidet, schlank, mit einem Schnurrbart, unglaublich jung: keine Ähnlichkeit mit dem verbrauchten und kranken Alten, den du später gekannt hast. Sie auf einem Sofa sitzend, Schleier und Kleid ganz in Weiß, erstarrt in der Inbrunst ihrer unverwelkten Schönheit. Die Hand des Mannes stützt sich mit beschützender Gebärde auf ihre Schulter. Ernster, besonnener Ausdruck der Frau, dem uralten Ritus, den sie erfüllt, vielleicht fern oder fremd.

Der hinter ihr stehende Spiegelschrank wirft ihr Bild von der Seite zurück: Adlerprofil des Bräutigams, dem das Nickelgestell der Brille ein gewisses intellektuelles Aussehen verleiht; sanfte, weiche Silhouette der Braut, aufgenommen in einer Haltung, deren kühne räumliche Anordnung an Velazquez erinnern könnte, und wäre es auch nur durch die Abwesenheit des anonymen Urhebers der Fotografie auf dem Bild.

Überraschung: Stofflichkeit der Liebe zwischen diesen beiden Menschen, sichtbar in der Sorgfalt und in dem forschenden Eifer, mit dem der Porträtmaler, dein Vater, die Schönheit und den heiteren Ausdruck der für alle Zeiten geheimnisvollen jungen Frau bannt, als ob er, ihr plötzliches Dahinscheiden vorausahnend, unbewußt die Beweise für ihre dann so früh hinweggefegte Existenz sammeln wollte.

Unscharfe Bilder von der Terrasse in Torrentbó, die Eukalyptusbäume, die Balustrade, der Teich mit Wasserstrahlen aus Froschmäulern, die Steinbank, der skurrile ländliche Laubengang. Sie, immer sie, noch einmal sie, mit Gamaschen, langem weitem Rock, mit sommerlichem Mieder und Hemd, sorgfältig zurückgekämmten honigfarbenen Haaren.

Manchmal Pedralbes, in Gesellschaft von Tante Consuelo, im ausgedehnten Orangengarten oder auf dem Tennisplatz, strahlend, vertrauensvoll, mit einem Tennisschläger in der Hand, glücklich und mit windzerzaustem Haar.

Später: die emphemere Familientrinität.

Antonio, der Erstgeborene, zu Ehren des Großvaters so getauft, allein oder mit ihr, im Alter von sechs oder sieben Jahren, in seinem weiß-blauen Matrosenanzug und mit einem Gesicht, als habe er gerade die Kommunion empfangen, ein bißchen eingebildet und selbstgefällig und, auf Distanz, zerbrechlich, unbeholfen, unwirklich, im Rückblick pathetisch.

Durch die Monotonie der Zeit verwischte Vergrößerungen, eingerahmt von dünnem violetten oder grauen Karton: Bilder aus den zwanziger Jahren, Aronsstäbe, Fahrräder, Spielsachen, gegenseitige Liebkosungen, Lächeln, spöttisches Zeugnis des plötzlich unvollständigen Trios.

Erste Erfahrung des Schmerzes, auf die vermutlich auch die Abneigung deines Vaters für die Kunst der Fotografie zurückgeht, der er sich zuvor so liebevoll gewidmet hat.

Undurchsichtigkeit der Vorhölle *der Kindheit: Schwärze des Tunnels, für Augenblicke unterbrochen von lichten Stellen, Löchern, flüchtigen Bildern: zufällig festgehalten in einem zarten, wankelmütigen Geist oder bloß Produkt vergessener, späterer Verarbeitung? Auseinanderliegende, unregelmäßige Aufeinanderfolge schwarzweißer oder farbiger Diapositive, mühsam dem Nebel des Traums entrissen und mit einer Laterna magica projiziert: Schwierigkeit, sie in die richtige Reihenfolge zu bringen, sie dem Ort einzufügen, an dem sie aufgenommen wurden, sie einer möglichen Bedeutung zuzuordnen: Samenkorn des künftigen Gedächtnisses oder flüchtiger, ahnungslos eingefangener Eindruck? Vor allem Kniffe und Fallen vermeiden, hinterhältige Anachronismen, verführerische Lektüre als Palimpseste: einfach die Lichtsplitter einkreisen, den durch die Unterbrechung des Stromkreises geschaffenen Lichtbogen, und sie aus der schwammigen, formlosen Nacht herausholen, eingekapselt im Lichthof ihres bescheidenen Glanzes.*

Vergleich zwischen der Dürftigkeit der ersten Bilder, die du aufbewahrst, und der Erfahrung jener Nacht, in der du, in einem Glas Pfefferminztee aufgelöst, eine teuflische Dosis Maaxún geschluckt hast: in einem kleinen Kaffeehaus in der Kasbah von Tanger sitzend, auf deiner langen Reise von der beruhigenden Nachbarschaft der Kartenspieler und dem besänftigenden Duft des Kifs begleitet, während ein absurdes Fernsehgerät gedämpft die stierkampfpolitischen Abschweifungen eines beleibten Moderators ausstrahlte, der deiner Fauna entstammt. Nichts zu Anfang, höchstens Wellen, Ströme, Beschleunigungen, die auf intermittierende oder synkopische Weise die verformbare Oberfläche deines Gehirns entlangliefen, sie leicht kräuselten, wie die Dünen unter dem flammenden Hauch des Wüstenwinds. Bewußtsein von der Bedeutung des Augenblicks, fühlbare Stofflichkeit des Ortes, deine zentrale Gegenwart in der Textur. Dann, unversehens, eine rasche, fast überstürzte Folge literarischer Bilder: Gleichnisse, Tropen, kühne Verse, blendende, luftige Metaphern, leichte Levitationen, langsame Gleitflüge, Schwindel, furioses Auswerfen des Netzes. Begriffliches Frohlocken, verschlungene, eingepaßte Sätze, zusammengerollte Schlangen: schöpferischer Paroxysmus eines auf die Gipfel der Ars poetica emporgehobenen Geistes, der dennoch die unsichere Vergänglichkeit seiner Begabung erkennt. Dann verschachteln sich die Metaphern, steigen auf, überlappen sich mit beängstigender Geschwindigkeit, gleiten dir, flüssig geworden, durch die Finger, eifern der gelehrten Schwerelosigkeit Góngoras nach, tauchen auf, leuchten, explodieren, vereiteln deine Anstrengungen, reißen dich, an ihren Schwanz geklammert, mit. Deine Versuche, in diesem rasenden Strom Anhaltspunkte festzumachen, Steinchen zu hinterlassen, rufen nur verbale Kollisionen hervor, semantische Brüche, plötzliche Entgleisungen. Machtlos bist du einverstanden, daß die prunkvolle Zurschaustellung des Wortes wie ein Feuerwerk erlischt. Nichts, absolut nichts bleibt von ihm: Funken, Verse, geniale Erfindungen werden ins Vergessen gestürzt. Dein Gehirn wohnt dieser Kavalkade bei, während an seiner trüben Oberfläche Dutzende wunderbar formulierter Meisterwerke aufeinanderfolgen, und wie in jenen kurzen Träumen, von denen beim Erwachen Fetzen übrigbleiben, so beschränkt sich deine vorübergehende Beherrschung des schöpferischen Mechanismus sowie das ferne kindliche Verständnis der Erwachsenenwelt auf einige bedeutungslose Wörter und Bilder, die lediglich Hinweise für eine frühere, inzwischen verlorene Verkettung sind. Die schwebenden Namen Góngoras und Borges', die wie kleine Inseln nach einer endlosen, aus Angst und Exaltation gewebten Nacht auftauchen; die kindlichen Fragmente und

Schnappschüsse, selber frei von Naht und Kontext, sind die traurige Spur von Eindrücken und Fakten, deren extreme Dürftigkeit jeden Versuch einer Interpretation für alle Zeiten ausschließt.

Bilder, wie durch eine Dachluke gesickert: du sitzt im Dunkeln auf dem Fußboden einer Wohnung, möglicherweise unter dem Eßtisch, und betrachtest von dem Versteck aus die Erwachsenen, die, deutlich sichtbar, hin und her gehen, in der Küche miteinander reden und nichts von der künftigen Erwähnung der Szene und der winzigen Gegenwart des Forschenden wissen. Die Erinnerung könnte deinem ersten Zimmer in der Calle de Raset entsprechen oder, noch wahrscheinlicher, einem Besuch der Familie bei der Urgroßmutter in ihrer Villa in Pedralbes.

Sommer in Llansá: während er zu dem gegenüberliegenden Felseneiland oder der Klippe schwimmt, liest sie, am Strand sitzend, ein Buch oder eine Zeitschrift. Du spielst mit deinen älteren Geschwistern, backst Kuchen aus Sand und baust Sandburgen, nimmst teil an den hoffnungslosen Versuchen eines Nachbarn, eine selbsterfundene Art Schwimmer in Gang zu setzen, der auf allen Seiten Wasser macht und am Ende umkippt. Gespräche der bei deiner Mutter sitzenden Nachbarn: Herr und Frau Isern, die Eltern von Pasculín Maisterra, und, wie du später in Mexiko herausfinden solltest, die Familie des Schriftstellers Ramón Xirau.

Fahrten im Kremser mit Ciscu nach Font de Gat in Pedralbes. Besuche bei den Großeltern Marta und Ricardo in ihrem Haus in der Nähe der Calle del Doctor Roux. Genaue Aufteilung der Zimmer in deinem Gedächtnis, ungleichmäßige Form des Gartens. Manchmal schläfst du dort, und als man dich mitnimmt, deine Mutter zu besuchen, die letztens an Wassersucht erkrankt ist, kündigen sie dir die Ankunft eines Brüderchens an. Du gehst in das Zimmer, in dem das Kind schläft, und kneifst es, du weißt nicht, ob aus Neugier oder Neid oder, wie du sagst, um dich zu vergewissern, ob es »aus Fleisch ist«.

Du hast gelernt, dich zu befingern, und wenn du allein bist, läßt du die Finger an den Leisten herabgleiten und streichelst dein Geschlecht. Einmal ertappt dich deine Mutter, zieht sanft deine Hand weg und sagt, daß man das nicht machen darf. Wenn die Amme Luis stillt und ihr sie dabei ärgert, preßt sie oft lachend die Brüste zusammen und bespritzt euch mit ihrer Milch. Eines Tages ziehen dir José Agustín und Marta einen langen Rock an, und du kommst verkleidet ins Eßzimmer; die Reaktion deines Vaters ist unvorhergesehen und energisch: er reißt dir den Rock herunter und gibt den Schuldigen ein paar Ohrfeigen. Jemand hat gesagt, daß du sterben kannst, wenn du keine Luft bekommst. Die Vorstellung erschreckt dich, und einige Minuten lang atmest du kräftig ein und aus, um nicht das gleiche Schicksal zu erleiden wie der unglückliche Antonio. Beim Zubettgehen schnaufst du noch einmal, betest ein Vaterunser zum heiligen Schutzengel und bittest ihn, dich zu beschützen.

Dein Vater hat sich einen grauen DKW gekauft und nimmt im Viertel de las Tres Torres Fahrunterricht. Sein Lehrer sagt: kuppeln, auskuppeln, und Marta und José Agustín lachen auf dem Rücksitz: Innenkuppel, Außenkuppel. Du gehst ins Kloster der Theresianerinnen in der Calle de Ganduxer, ein von Gaudí errichtetes Gebäude: Mutter Delfina gibt dir Karamelbonbons, und auf dem Heimweg reden die Dienstmädchen und die Begleiterinnen der Kleinen von Paquita Marín: ein wunderschönes Mädchen, das in die oberen Klassen des Gymnasiums geht, das »Rocío« singt, mit den Jungens flirtet, sich schminkt und die Lippen anmalt. Bewundernde oder empörte Reaktionen. Jemand fragt dich, ob du gern ihr Bräutigam sein möchtest, und stolz gibst du zur Antwort, aber ja.

Häufige Besucher im Haus: Ciscu und sein Kremser; die Näherin Pasquita; Fräulein María Boi. Familiengespräche über die englische Woche, den Abessinienkrieg, die Tangos von Gardel. Da ihr bei Tisch nicht essen wollt, verordnet euch euer Vater eine Obstkur: nachdem die ersten Minuten der Euphorie vorbei sind, bittet ihr weinend um die frühere Kost. Eines Tages fährst du im DKW nach Torrentbó, du sitzt auf den Knien deiner Mutter auf dem Beifahrersitz. Auf der Küstenstraße von San Vicente de Montalt gibt dein Vater nicht acht, verliert einen Augenblick die Kontrolle über das Auto und fährt gegen eine Platane. Als du mit dem Kopf gegen die Windschutzscheibe schlägst, holst du dir tiefe Schnittwunden am Schädel, an Stirn und Nasenhöcker: einige Narben, die dich für immer markieren. Undeutliche Erinnerung an Schreie, Schmerz, Klagen deiner Mutter, Apotheke, deren Besitzer ohnmächtig wird, als er dich sieht. Rückfahrt nach Barcelona, verbunden und verpflastert, umgeben von Liebkosungen und Spielsachen: auf dem Boden sitzend, zwischen deinen Geschenken, hast du den süßen Eindruck, der König der Welt zu sein.

Das Chalet im Viertel des Golfs von Puígcerdá: Wiesen, Bäche, Kühe, unverwechselbarer Geruch von Kuhmist und Gras, den du sehr viel später in Hoch-Savoyen wiederfinden wirst, bei den Aufnahmen zu einem Film, zu dem Monique das Drehbuch geschrieben hat. Spaziergänge im Dorf, der See, die Plaza Cabrineti, ein Ausflug ins Grenzdorf Bourg Madame. Eine Sonntagsmesse, deren Predigt das Thema geheimnisvoller Kommentare sein wird. Onkel Ignacio ist zu euch auf Besuch gekommen, und du hörst zum erstenmal aus seinem Mund den unheilbringenden Namen *rabassaires* und die unheilverkündenden Kürzel der FAI.[6]

Trotz der Atmosphäre von Unruhe und Hetzerei scheinen sich die bis dahin verschwommenen Erinnerungen Anfang des Jahres sechsunddreißig zu klären. Meine Familie lebte in der Villa in der Calle Pablo Alcover, und während meine Mutter mit »ihren Arbeiten« beschäftigt war, verließ mein Vater früh am Morgen das Haus, um sich ins Büro der ABDECA – la Anónima Barcelonesa de Cola y Abonas (Leim- und Düngemittel AG) – zu begeben, deren Hauptaktionär er war und deren Fabrik sich in Hospitalet befand. Nachdem beide über den Tod Antonios hinweggekommen waren, nahm ihr Leben, wie ich glaube, einen angenehmen, friedlichen Verlauf. Marta, José Agustín und ich gingen aufs Theresengymnasium, und das galicische Dienstmädchen kümmerte sich um Luis. Für einen fernen Beobachter boten wir das typische Bild des damaligen Bürgertums: bescheidenes Auto, Beteiligung an einem kleinen Industrieunternehmen, eine Mietvilla im Viertel de las Tres Torres, ein funkelnagelneues Chalet in einem vornehmen Neubauviertel von Puigcerdá. Ob dieses geregelte Leben – wohlhabend, aber anspruchslos – dem Geschmack und den Sehnsüchten meiner Eltern entsprach, ist etwas, worauf ich nicht mit Gewißheit antworten kann. Mein Vater hatte nach seinem Diplom als Chemiker versucht, seinen Erfindungsreichtum und seine unzweifelhaften Talente auf diesem Gebiet mit einer sehr viel zweifelhafteren Begabung für Geschäfte zu verbinden: im Unterschied zu seinen Brüdern Leopoldo und Luis – der jüngere war durch seine Taubheit behindert – wollte er ein Tatmensch sein, ein würdiger Nachkomme des von dem jungen, ehrgeizigen und eigensinnigen Burschen aus Lequeitio gegründeten kubanischen Geschlechts. Obgleich mir genaue Daten fehlen, nehme ich doch an, daß die Dinge zur damaligen Zeit nicht schlecht standen: unser Lebensstil war zwar nicht so luxuriös wie der anderer, verschwendungssüchtiger Mitglieder der Familie, die bereits abgebrannt waren, doch entsprach er wahrscheinlich dem Charakter und den Bedürfnissen meines Vaters. Dieser Charakter schwankte in Wahrheit zwischen zwei entgegengesetzten Polen: der ein wenig preußischen Liebe zu einem geordneten, strengen Leben und einer empfindlichen Eitelkeit, dem Bedürfnis, den großartigen Leistungen des Urgroßvaters nachzueifern, was ihn dazu verleitete, sich über seine übliche Knauserei und Vorsicht hinwegzusetzen und sein Geld tollkühn in abenteuerliche oder auch absurde Unternehmungen zu investieren. Seine ersten Industriebeteiligungen entwickelten sich erfolgversprechend, doch die Weltwirtschaftskrise und die heftigen Unruhen in den Jahren der Republik bereiteten ihm bald Probleme. Zum Zeitpunkt des entscheidenden Datums neunzehnhundertsechsunddreißig jedenfalls, mit dem meine Erzählung beginnt, war mein Vater, innerhalb der strengen gesellschaftlichen Grenzen, ein ehrlicher Arbeitgeber mit festverwurzelten Überzeugungen, bereit, klug dem Sturm zu trotzen, der zu unser aller Unglück schließlich mit unerhörter Heftigkeit über das Land hinwegfegen sollte.

Der Fall meiner Mutter scheint mir problematischer. Aus einer Familie stammend, in der freie Berufe überwogen, und von der Welt der Kultur stärker angezogen als er, hatte sie sich ohne sichtbare Schwierigkeiten an das Leben mit einem Mann gewöhnt, der weder ihre intellektuellen Interessen noch ihre künstlerischen Ambitionen teilte. Hausfrau, mustergültige Gattin, Mutter von vier Kindern – diese Titel, die absolut dem entsprachen, was die vom Ehemann repräsentierte traditionelle Gesellschaft von ihr erwartete, paßten dennoch in keiner Weise zu ihrer unruhigen Sensibilität und ihrem unersättlichen Lesehunger. Das sanfte Bild der noch jungen, elegant zurechtgemachten und in einen schlangenartigen Pelz gehüllten Frau, die auf einem Foto auf dem Bürgersteig vor der Villa in der Calle Pablo Alcover posiert, läßt in seiner leeren Konventionalität nicht die tiefe, vielschichtige Persönlichkeit erkennen, wie sie die Liste ihrer Lieblingsbücher verrät. Während mein Vater überhaupt nicht wußte, daß es Literatur gab, bis die Veröffentlichung meines Romans *Die Falschspieler* wie eine kalte Dusche auf ihn niederging, besaß sie, vielleicht gefördert durch ihren Onkel, den Dichter, auf diesem Gebiet eine umfassende, außergewöhnliche Bildung. Als ich mit achtzehn oder zwanzig Jahren anfing, mit einem Wörterbuch in der Hand die zahlreichen französischen Publikationen aus ihrem Bücherschrank zu überfliegen, offenbarten mir ihre Vielfalt – Theaterstücke, Romane, Memoiren, ein Band Gedichte – und das Namenverzeichnis der Autoren – Proust, Gide, Ibsen, Anouilh – die Reichweite einer Leidenschaft, die mein Leben entscheidend beeinflussen sollte. Ein neues Bild von ihr, das der einsamen, geheimen Leserin in einem typischen bürgerlichen Haus voller Kindergeschrei und unaufhörlicher Mühsal, legte sich über das erste, das aus zusammenhanglosen Erinnerungen und flüchtigen Beschwörungen bestand. Die junge Frau, die mich gebar, mir die Brust gab, mich und meine Geschwister versorgte, nach außen hin ihre Rolle als Familienmutter spielte: war es dieselbe Frau, die, wie ich sehr viel später durch den Bericht einer ihrer Kusinen erfahren sollte, heimlich einen seltsam morbiden Text mit dem Titel *Die Mauer und der Irrsinn* geschrieben hatte?* Welche Beziehung gab es zwischen den beiden? Wie hatte die zweite, die Unbekannte, das mittelmäßige und banale Leben der ersten ertragen können? Der Kompromiß zwischen beiden muß ganz real gewesen sein, denn nichts weist darauf hin, daß meine Mutter das Eheleben im Haus als eine ärgerliche Last empfunden hätte. Wahrscheinlich hatte sie sich einen inneren Raum geschaffen, in den sie sich zurückziehen, in den sie sich schreibend und lesend flüchten konnte. Mein Vater und wir bildeten sicherlich den Mittelpunkt ihres Lebens; doch es gab darin auch Ruhe- und Meditationspunkte, Schutz gewährende, angenehme Schattenzonen.

* Eine Tatsache, die ich in einem etwa 1962 geschriebenen Brief an Monique erwähnt habe.

Die politischen, sozialen und wirtschaftlichen Faktoren, die von Anfang bis Ende die Wahlkampagne vom Februar polarisierten und den Kandidaten der Volksfront einen aufsehenerregenden Sieg bescherten, müssen die friedliche Routine meiner Familie in ihren Fundamenten erschüttert haben. Katholisch, monarchistisch, bis ins Innerste ein Gegner nicht nur der radikalen Pro-Katalanen Macià und Companys, sondern auch der gemäßigteren Prat de la Riba und Cambós, hatte mein Vater den Block der Rechten, die CEDA, als das kleinere Übel gewählt. Ich erinnere mich an den Tag, an dem ich nach der Messe im Josephinenkloster meine Eltern ins Wahllokal des Viertels begleitete, das an einer Ecke der Calle Ganduxer lag, ganz in der Nähe der Vía Augusta. Am Eingang verteilte jemand Propagandamaterial der Linksparteien, das meine Mutter würdevoll zurückwies. »Denen werden wir's zeigen«, sagten sie später im DKW. Leider hat mein Gedächtnis nichts von den aufgeregten und angespannten Monaten registriert, die dem Militärputsch und dem Ausbruch der Revolution vorausgingen.

Im Juni fuhren wir in unser Chalet in Puigcerdá, und die unter den Erwachsenen herrschende Unruhe beeindruckte sogar ein Kind meines Alters. Wie ich dann später erfuhr, hatte mein Vater die Absicht, uns nach Frankreich zu schicken, damit wir in Sicherheit wären und er seine Interessen in der Fabrik besser wahrnehmen könnte. Aus einem mir unbekannten Grund wurde dieser Plan allerdings nicht verwirklicht. Später beklagte der kranke, niedergedrückte Mann, den ich in meiner Erinnerung unweigerlich mit der Zeit in Viladrau verbinde, ständig diesen Irrtum mit den für die Familie so unheilvollen Folgen. Die Nähe der Grenze, meinte er, hätte seine Frau möglicherweise vor dem Schicksal bewahrt, das auf sie lauerte. Die unbegründete Annahme, daß das alles nicht lange dauern könne und daß die Dinge am Ende in Ordnung kämen, veranlaßte meine Eltern, in die Höhle des Löwen zurückzukehren: in dieses Barcelona der Verwüstungen, das sich völlig den Idealen und Exzessen des revolutionären Kampfes ergeben hatte. Auf der Rückfahrt wurde das Auto an einem Schlagbaum von Milizionären zu einer Ausweiskontrolle angehalten, und als meine Eltern hinterher das kurze Verhör kommentierten, meinten sie ironisch, der Chef der Gruppe habe ihre Ausweispapiere verkehrt herum gehalten, als er sie überprüfte.

Einige Tage später waren wir mit meiner Mutter und der Gesellschafterin in Torrentbó. Onkel Ignacio verfolgte bereits von dort aus mit seiner Frau und seinen Kindern den Lauf der Ereignisse. Doch eines Morgens verschwand er mit seiner Familie, nachdem er zuvor noch schnell die sakralen Gegenstände aus der Kapelle unter einer Efeumauer versteckt hatte. Nach außen hin hatte sich nichts geändert: wir spielten im Garten, lasen *Mickymaus*, sagten unsere Gebete auf; nur das Gezischel Señorita Marías über den Antichristen und das Getuschel meiner Eltern waren Anzeichen für die Anomalie der Situation. Mossèn Joaquim, der Kaplan der Kirche Santa Cecilia in Torrentbó, besuchte uns manchmal. Er war ein leutseliger, freundlicher Mensch, der sich mit meiner Mutter auf der Veranda unterhielt und uns, wenn er sich verabschiedete, die Hand zum Kuß hinstreckte. Eines Tages erschien er zu unserer großen Überraschung als Bauer verkleidet bei uns zu Hause, auf dem Kopf eine Baskenmütze, die seine Tonsur verdecken sollte: er wolle verreisen, erzählte er, und komme, um sich von uns zu verabschieden. Meine Mutter gab ihm etwas Geld und ein Paket mit Lebensmitteln für unterwegs, und als sie ihm viel Glück wünschte und er uns seinen Segen gab, stellte ich fest, daß Señorita María weinte. Mossèn Joaquim verlor sich im dichten Wald, und keines seiner Pfarrkinder hat ihn je wiedergesehen. Trotz seiner Bitte, für ihn zu beten, was wir sicherlich auch taten, wurde er sehr bald auf der Flucht geschnappt und kam kurz darauf als Opfer einiger Extremisten ums Leben.

Die apokalyptischen Vorhersagen Señorita Marías erfüllten sich: der Umschlag der letzten Nummer unserer Lieblingszeitschrift *Mickymaus* war bekleckst mit den Farben der FAI, Rot und Schwarz, erschienen. Die Kirchen brannten eine nach der andern wie in der Zeit des römischen Imperiums. Von der Gartenlaube aus konnten wir den neben der Kirche Santa Cecilia parkenden Lastwagen der »Roten« sowie die dichte Rauchsäule über dem winzigen weißen Gebäude sehen. Hatte jemand, der uns übelwollte, auf die Hauskapelle der Familie gezeigt? Obgleich die später von meinem Vater vorgebrachte Hypothese einen Anschein von Wahrheit besitzt, steht fest, daß die Kapelle von der Stelle aus, an der sich die Brandstifter befanden, ganz deutlich sichtbar war, so daß die Verführung, sie in Brand zu setzen, wohl auch ohne Denunziation groß war. Ob nun Zufall oder von vornherein das Ziel, sicher ist jedenfalls, daß uns das Eindringen der Männer aus dem Lastwagen in den Garten, Minuten später, mit Schrecken erfüllte. Señorita María weinte: sie, deren Lieblingsbuch eine fromme Biographie heiliger Kinder war, hing in Gedanken vielleicht der aufregenden Möglichkeit eines nahen Märtyrertodes nach. Meine Mutter, die sich ans Fenster gestellt hatte, als die Eindringlinge sich vom Pächter die Tür der Kapelle aufschließen ließen, wurde mit dem Revolver aufgefordert, sich in ihre Gemächer zurückzuziehen. Wir waren auf die Veranda geflüchtet und lauschten den Stimmen, Schlägen, Schreien. Meine Mutter gebot uns Schweigen, und Señorita María betete leise einen Rosenkranz.

Wenn der Ablauf dieser Ereignisse in meinem Gedächtnis auch Unklarheiten und Lücken aufweist, erinnere ich mich doch genau an den Augenblick, als wir uns, unmittelbar nach der Abfahrt des Lastwagens, in den Garten wagten, um uns die Zerstörungen anzusehen. Die Marmorstatue der Jungfrau, ein Werk Mariano Benlliures, war vom Altar heruntergestürzt worden und lag auf dem Boden, den Kopf hatte man mit Stöcken abgeschlagen. In einem hell flackernden Feuer brannten noch, zu einem Haufen aufgeschichtet, verschiedene liturgische Gegenstände. Im Gegensatz zu unserem großen Kummer betrachteten der Pächter und seine Familie diese Verwüstungen mit gleichmütigem Schweigen.

Diese Episode trug sich in Abwesenheit meines Vaters zu. Wir erwarteten ihn angstvoll, und als er schließlich wieder auftauchte, wurde er von zwei Leibwächtern eskortiert: von

Clariana und Jaume. Wie ich später erfuhr, besaßen beide das Mitgliedsbuch der FAI, und gegen ein Entgelt, das gewiß hoch war, schützten sie seine Freiheit und seine körperliche Unversehrtheit vor den gegen ihn gerichteten Drohungen. Sie begleiteten ihn täglich in die Fabrik, und in Torrentbó schliefen sie im Haus und nahmen uns in ihre Obhut. Jaume war ein junger, hübscher dunkelhaariger Mann, dessen natürliches Verhalten und offener Charakter mich sofort für ihn einnahmen. Er war immer mit einem Revolver bewaffnet, und auf unseren gemeinsamen Spaziergängen zu den Quellen von Lurdes und Santa Catalina zeigte er ihn mir und erlaubte mir, ihn zu berühren. Zu seiner Freundlichkeit und der Geduld, die er mit Kindern hatte, kam ein seltener und anzuerkennender Respekt vor dem Glauben anderer: eines Tages entdeckte er den schwarzen Kasten, in dem Onkel Ignacio in der Aufregung vor seiner Abreise den Kelch und den Hostienteller versteckt hatte, um sie vor einer möglichen Razzia durch Milizionäre zu schützen. Er unterrichtete meine Mutter über den Fund und riet ihr, ein besseres Versteck zu suchen. Dieses Zeichen des Vertrauens hatte sein Ansehen bei uns allen noch erhöht. Was mich betrifft, so glaube ich, daß ich zum erstenmal in meinem Leben für einen Menschen, der nicht zur Familie gehörte, ein Gefühl empfand, das man ohne Übertreibung als Verliebtheit bezeichnen könnte. Die Gegenwart Jaumes, seine warmherzige Einfachheit, unsere Streifzüge durch den Wald, das ungeheure Ansehen, das ihm der Revolver in meinen Augen verlieh, lassen mein Bild von jenem Sommer, der doch von Veränderungen und Schrecken gekennzeichnet ist, bis zu dem Tag schön erscheinen, an dem wir uns aus mir unbekannten Gründen genötigt sahen, Torrentbó zu verlassen und in ein bescheideneres Haus im Nachbarort Caldetas zu ziehen.

War die Beschaffenheit des Ortes – seine Abgelegenheit und damit auch seine Verwundbarkeit, die in jenen Stunden der Gefahr offensichtlich wurde – der entscheidende Faktor für den Umzug? Oder gab es, wie ich später sagen hörte, einen Beschlagnahmebefehl für unser Haus, in dem Flüchtlinge aus dem Baskenland untergebracht werden sollten?* Wie dem auch sei, den Herbst verbrachten wir bereits im Haus der Sentema, gegenüber dem kleinen, an der Hauptstraße gelegenen Thermalbad. Zu unserem neuen Heim gehörte im hinteren Teil ein aus Terrassen bestehender Garten, der über den Berghang bis zum halbverfallenen Türmchen dels Encantats hinaufreichte. Señorita María Boi ging mit uns, doch ihre in einer Zeit des wilden Antiklerikalismus unangebrachte religiöse Exaltiertheit machte meiner Mutter ernsthaft Sorgen. Hatte sie versucht, uns für die Idee des Märtyrertods zu gewinnen, wie man mir hinterher erzählte, oder gab es einen anderen gewichtigen Grund, der ihre plötzliche Entlassung rechtfertigte? Obgleich ich nicht mit Sicherheit darauf antworten kann, bleibt die Tatsache, daß sie von einem Tag auf den andern aus unserem Blickfeld verschwand. Meine Mutter lüftete Marías leeres Zimmer und sagte, es rieche schlecht. Das war ihr einziger Kommentar.

Zum erstenmal gingen wir nicht in die Schule, und wir verbrachten die meiste Zeit im Garten oder auf der Straße. Der Krieg wirkte sich noch nicht auf unseren Lebensstandard aus: wir aßen regelmäßig, und zwei Dienstboten waren für die Mahlzeiten zuständig. Die eine, María, sang immer »Rocío«; die andere, Conchita, zog »María de la O« vor. Meine Mutter brachte mir das Lesen bei, und wißbegierig blätterte ich in Erdkundebüchern herum. Eines Tages betrachteten wir zusammen eine Europakarte, und sie fragte mich, welches Land mir am besten gefalle. Ich zeigte mit dem Finger auf die Sowjetunion, die riesig und rosafarben war, und sie sagte nur knapp: »Nein, das nicht.« Ein anderes Mal bekam mein Vater Besuch vom Verwaltungskomitee der Fabrik: fünf oder sechs Männer, die der »Señora« linkisch die Hand küßten und dann, nachdem sie lautstark diskutiert hatten, zu trinken begannen. Als sie hinausgingen, torkelte einer, und der Abort war voll Erbrochenem. Während

* Wie ich kürzlich von dem Sohn des Pächters hörte, wohnten der Präsident der baskischen Regierung, José Antonio Aguirre, und seine Familie acht Monate in unserem Haus.

mein Vater sich bei meiner Mutter für den Zwischenfall entschuldigte, zeigte diese sich empört, und ich hörte von weitem ihre Auseinandersetzung.

Nach einigen Monaten kehrten wir nach Barcelona zurück. Wir wohnten wieder in der Villa in der Calle Pablo Alcover, in deren oberem Stockwerk jetzt einige ausländische Militärs einquartiert waren, wahrscheinlich Mitglieder der Internationalen Brigaden. Dort hörte ich durch Geflüster von der Verhaftung meines Vaters (warum? durch wen?) und von seiner späteren Befreiung dank der Intervention der Gewerkschaftsleitung der Fabrik. Man war mitten in der Nacht gekommen, um ihn abzuholen, wie er mir später erzählte, da er aber die Gefahr dieser Art »Spazierfahrten« voraussah, pflegte er bei meinen Großeltern zu schlafen und zog es vor, sich am nächsten Tag selbst den Behörden zu stellen. Er war nur kurz im Gefängnis, doch als er wieder herauskam, wurde er krank. Die Ärzte stellten eine Lungenentzündung fest, und er wurde in die Klinik von Doktor Corachán eingeliefert.

Von da an begleiteten wir täglich meine Mutter, wenn sie ihn besuchte, und durchquerten zu Fuß das Viertel de las Tres Torres. Die Klinik hatte einen großen, dichtbewachsenen Garten, in dem wir stundenlang spielten, während wir auf die Rückkehr der Mutter aus der Krankenstation warteten. Meine Geschwister und ich wußten noch nichts von der Gefährlichkeit der Krankheit, vor allem auch nichts über die Behandlungsmethode: die ursprüngliche Lungenentzündung hatte zu einer bakteriellen Infektion mit Rippenfellentzündung geführt, und die Ärzte waren gezwungen, eine Pleurapunktion durchzuführen und den Eiter mit Hilfe eines Gummischlauchs abzuleiten. Jahrelang war mein Vater bettlägerig oder in seiner Bewegungsfreiheit eingeschränkt durch diese furchtbare, in seiner Brust steckende Kanüle mit dem Glaszylinder, in den sich seine Körpersäfte ergossen. Dieses neue Vaterbild prägte sich meinem Gedächtnis erst in Viladrau ein; doch unmerklich überlagerte es dann auch das andere, das ich mir in meinen ersten Jahren gebildet hatte – das eines zwar reifen, aber doch höchst aktiven Mannes, dessen

Altersunterschied zu meiner Mutter nichts Schockierendes hatte –, um es am Ende völlig zu löschen. Bewunderung und Respekt, die ich sicherlich für ihn empfand, erlitten einen nicht wiedergutzumachenden Schaden. Der Mann, der kraftlos in seinem Bett lag, hypostatisch mit der Kanüle und der Eitersonde verbunden, flößte mir allmählich einen ungerechten, aber realen Ekel ein. Dieser Unglückliche, der zwischen Verbandswatte, Arzneien, Binden, Auswürfen und Dränagen in einem nach Krankenhaus riechenden Zimmer eingesperrt war, entsprach so gar nicht der Rolle, die ich von einem Vater erwartete, bei dem man Zuflucht finden konnte. Ohne in den Fehler der Übertreibung oder der nachträglichen Manipulation der Fakten zu verfallen, bin ich seit einiger Zeit zu dem Schluß gekommen, daß das schützende Dach der Familie bereits Monate vor dem Tod meiner Mutter über mir einzustürzen begann.

Der Grund für unseren Umzug nach Viladrau bleibt auch weiterhin im dunkeln. Wahrscheinlich hatten die Ärzte meinem Vater die Bergluft empfohlen. Das könnte jedenfalls eine Erklärung sein. Doch die wachsenden Schwierigkeiten bei der Versorgung mit Lebensmitteln in Barcelona, die Straßenkämpfe zwischen rivalisierenden Gruppierungen, die ersten Bombenangriffe der Luftwaffe Francos und schließlich die Anwesenheit Onkel Ramóns und Tante Rosarios könnten im nachhinein wohl eine plausible Erklärung für die Wahl dieses am Hang des Montseny liegenden Ferienortes sein. Nach meinen Berechnungen müssen wir im Oktober siebenunddreißig umgezogen sein: zuerst in eine düstere und feuchte, in einem mit gelben Blättern übersäten Park gelegene Villa, dann in ein kleineres Haus, in dem wir nur die obere Etage bewohnten. Das Gebäude war Teil eines Komplexes von vier Wohnungen mit einem gemeinsamen Garten: der Besitzer, ein achtzigjähriger Bauer, der die angrenzenden Gemüsegärten bestellte, wurde später die Zielscheibe unseres Spottes und unserer mutwilligen Streiche. Wir hatten uns von Conchita getrennt, und María Cortizo, das galicische Dienstmädchen, verrichtete nicht nur die Hausarbeiten, sondern kochte auch, während meine Mutter die Krankenschwester spielte und sich so gut es ging um uns kümmerte. In der darunterliegenden Wohnung lebte eine Dame namens Ángeles mit ihrer Tochter: diese Dame hatte die Angewohnheit, sich in unserer Gegenwart über alles zu beklagen, vor allem darüber, daß sie von ihrer Schwester Encarnación verfolgt wurde, einer dicken, fetten Frau, die mit einem Madrider Taxifahrer verheiratet war und deren einziger Sohn, Saturnino, einen leichten Wasserkopf hatte und obendrein noch schielte. Encarnación und ihr Mann wohnten in dem angrenzenden Haus, und eines Nachts hörten wir Schreie und Hilferufe, dann sahen wir Señora Ángeles auftauchen, abgerissen und mit zerzausten Haaren, und sie beschuldigte ihre Schwester, sie in diesen Zustand gebracht zu haben. Die übrigen Anwesen in der Nachbarschaft waren große Villen mit Steinmauern: in eine dieser Villen, die unbewohnt war, drangen wir schließlich heimlich ein; in einer anderen war vorübergehend das Archiv der Krone von Aragonien ausgelagert.

Wir erlebten in jenem Winter in Viladrau verlängerte Ferien, die eineinhalb Jahre zuvor begonnen hatten. Allmählich wurde der Mangel spürbar, und ich erinnere mich, daß meine Mutter die Bauernhöfe der Umgebung auf der Suche nach Eßbarem abklapperte. Obgleich mein Vater krank war, zahlte ihm der Verwaltungsausschuß der Fabrik weiterhin sein Gehalt; doch das Geld verlor nach und nach seinen Wert, und je länger der Krieg dauerte und je mehr sich die Situation auch im republikanischen Lager verschlechterte, desto deutlicher trat das alte Wirtschaftssystem des Tauschgeschäfts wieder in Kraft. Mit meiner Mutter und meinen Geschwistern besuchte ich Tante Rosario und ihre Familie in der Wohnung an der Plaza mayor des Dorfes, oder wir dehnten unsere Spaziergänge bis in die Umgebung aus, wobei wir die Landstraße nach Espinelves, den Weg nach Noguera oder irgendeinen der Seitenpfade nahmen, die sich den Abhang hinunterschlängelten bis zu den versteckten Quellen in der Nachbarschaft. Oft spielten wir mit anderen Kindern im großen Garten der Bioscas Verstecken, oder wir wohnten bei ihnen zu Hause der Vorführung von Chaplinfilmen mit einem Pathé-Baby-Projektor bei. Ich erinnere mich an eine Abendveranstaltung mit Filmen und Gedichten, bei der ein Rezitator in pathetischem Ton Gedichte von Gustavo Adolfo Bécquer vortrug. Zu Hause las ich die illustrierten Märchen, die mir meine Mutter gab, begann zu zeichnen und »Gedichte« in ein Heft zu schreiben. Meine Laufbahn als Schriftsteller begann somit im Alter von sechs Jahren: die Verse kamen in einem Rutsch aus mir heraus, und nachdem ich sie eigenhändig mit Kritzeleien illustriert hatte, drängte es mich, sie in einem frühreifen Bedürfnis nach Beifall den Besuchern zu zeigen.

Während ich diese Zeilen schreibe, versuche ich die wenigen zuverlässigen Erinnerungen an meine Mutter festzuhalten: wie sie sich mit Papa aus einem mir unbekannten Grund stritt und sich dann die Tränen mit dem Taschentuch abtrocknete; wie ich mich von ihr vernachlässigt fühlte, weil sie mit der ständigen Krankenpflege ihres Mannes beschäftigt war, und zu ihr sagte, ich wäre auch gern krank, worauf sie sich nicht zurückhalten konnte und mir eine wohlverdiente Ohrfeige gab; wie ich eines Abends bei meinem Onkel von dem Unfall erfuhr, bei dem Vetter Paco, der Sohn meiner Tante María, ein Bein verloren hatte: er war beim Rollerfahren unter eine Straßenbahn gekommen, und Tante Rosario bat mich, meiner Mutter zunächst nur eine »schlechte Nachricht« anzukündigen, ohne ihr zu sagen, worum es sich handelte, und ich, während meine Mutter sich anzog und dann mit mir zur Tante lief, genoß egoistischerweise meine augenblickliche Macht über sie und gab ihr schließlich allmählich und nach Gutdünken preis, was ich über das Drama wußte.

Der Bürgerkrieg und seine Katastrophen waren bisher nur indirekt und von ferne in mein Bewußtsein eingedrungen. Die kleine Kolonie Barceloneser Bürger, die in Viladrau untergebracht war, lebte vorübergehend am Rande des Konflikts und wahrte nach außen hin eine Haltung vorsichtiger Neutralität. Nur einige ironische Kommentare – der wiederholte Hinweis auf die Tatsache, daß Bono, ein bekannter Damenfriseur, der ebenfalls ins Dorf geflüchtet war, Woche für Woche von einem offiziellen Auto abgeholt wurde, um den Ehefrauen der Minister von Regierung und *Generalität* das Haar zu richten und sie zu verschönern – ermöglichten es, gewissermaßen gegen das Licht gehalten, ihre wahren Gefühle zu lesen. War jedoch kein indiskreter Lauscher zugegen, lösten sich die Zungen. Am Abend pflegte Lolita Soler zu Besuch zu kommen, eine Frau von vierzig Jahren, ledig, hager, die Tochter monarchistischer Militärs, die die Belagerung von Madrid mitgemacht hatte, bevor sie nach Katalonien evakuiert wurde und, wie wir, in diesem abgelegenen Bergdorf landete. In ihre haarsträubenden Berichte über Morde, Verhaftungen, Deportationen, heroische Märtyrer, die sie mit leiser Stimme erzählte, damit wir Kinder sie nicht hörten, streute sie ermutigende, offenbar über ein auf Burgos ausgerichtetes Rundfunkgerät empfangene Nachrichten vom Vormarsch der anderen Seite ein. Ihre nach Meinung meiner Familie sicherlich übertrieben dargestellten Leiden und Abenteuer führten im Eßzimmer zu endlosen Diskussionen, die nach ihrem Weggang noch fortgesetzt wurden. Die schwierige Lage meiner Großeltern, die Hilflosigkeit meiner Tante Consuelo, die eingesperrt mit ihnen in der Wohnung in der Avenida Diagonal lebte, die immer häufiger auftretenden Bombenangriffe auf die Stadt, all das verstärkte die Ängste meiner Mutter, auf der schon die Sorge um vier Kinder und einen kranken Mann lastete, bei dem keine Hoffnung auf eine baldige Genesung bestand. In einem Brief an ihre Eltern, den meine Schwester Jahre später gefunden hat, äußerte sie ihre Besorgnis wegen der seit einem Luftangriff fehlenden Nachrichten. Alle zwei oder drei Wochen bestieg sie den Autobus, der sie zum Bahnhof in Balenyà brachte, und kehrte dann, nachdem sie den Tag mit den Eltern verbracht und einige Einkäufe getätigt hatte, spätabends nach Viladrau zurück. Diese Besuche, so kurz sie auch waren, beruhigten sie und wurden nach einigen Monaten zu einer Art Ritual.

Am Morgen des siebzehnten März 1938 machte sich meine Mutter wie üblich auf die Reise. Sie verließ beim Morgengrauen das Haus, und obgleich ich die Fallen des Gedächtnisses und seiner fiktiven Rekonstruktionen kenne, habe ich immer noch die lebhafte Erinnerung, daß ich aus dem Fenster meines Zimmers schaute, während sie, die hinfort unbekannte Frau, mit ihrem Mantel, ihrem Hut und ihrer Tasche der endgültigen Abwesenheit von uns und ihr selbst entgegenging: Aufhebung, Leere, Nichts. Es mag gewiß merkwürdig erscheinen, daß ich ausgerechnet an diesem Morgen aufgewacht und, durch ihre Schritte oder das Geräusch der Tür über ihren Weggang in Kenntnis gesetzt, aufgestanden bin, um ihr mit den Blicken zu folgen. Trotzdem ist das Bild real, und es erfüllte mich eine Zeitlang mit bitterer Reue, daß ich sie nicht mit Schreien zurückgerufen und darauf bestanden habe, daß sie auf diese Reise verzichtete. Vermutlich war es die Folge eines späteren Schuldgefühls: eine indirekte Art, mir meine Trägheit vorzuwerfen, die unmittelbar bevorstehende Gefahr nicht erkannt, die Gebärde nicht angedeutet zu haben, die sie in meiner Phantasie hätte retten können.

Was die Erinnerungen an das vergebliche Warten auf ihre Rückkehr betrifft, an die wachsende Angst meines Vaters, unsere Laufereien zu Onkel und Tanten oder an die Autobushaltestelle in der Hoffnung auf Nachrichten, so bin ich mir hier sehr viel sicherer. Zwei Tage Anspannung, warnende Angst, unerträgliches Schweigen, Besuche von Onkel und Tanten, Schluchzer Lolita Solers, immer wiederkehrende, gemurmelte Versionen im Zimmer meines Vaters, bis zu jenem traurigen Sankt-Josephs-Tag, an dem Tante Rosario uns vier Kindern auf der in den Garten führenden Außentreppe, bisweilen von der versagenden Stimme Lolita Solers unterbrochen, von dem Bombenangriff erzählte, seinen Opfern, darunter auch sie, vermutlich schwer verletzt, bis sie uns allmählich, so wie die Stierfechterquadrilla geschickt den Stier, der gerade niedergestochen wurde, dazu zwingt, in die Knie zu gehen, damit der Matador seine Arbeit mit einem sauberen, wirkungsvollen Abschluß krönen kann, zu jenem Augenblick hinführte, in dem sie mit tränenerstickter Stimme, ohne sich um die mitleidigen Proteste Lolita Solers zu kümmern, das unfaßbare Wort hervorbrachte, das uns kopflos machte, weniger wegen eines sich auf der Stelle in Klagen und Weinen äußernden Schmerzes als wegen unserer

Unfähigkeit, so plötzlich die Wahrheit zu akzeptieren, da uns die volle Bedeutung dieser Nachricht, vor allem aber ihr endgültiger, unwiderruflicher Charakter erst langsam bewußt wurde.

Wie sie starb, an welchem Ort genau sie getroffen wurde, wohin man sie brachte, zu welchem Zeitpunkt und unter welchen Umständen ihre Eltern sie identifizierten, habe ich nie erfahren, und ich werde es auch nie erfahren. Die Unbekannte, die urplötzlich aus meinem Leben verschwand, tat es auf ganz diskrete Weise, fern von uns, als wolle sie taktvoll den Schlag abschwächen, der ihr Fortgang unweigerlich für uns sein würde, womit sie aber gleichzeitig die Dunkelheit, die sie in Zukunft einhüllen und aus ihr eine Fremde machen würde, noch undurchsichtiger machte; Gegenstand von Vermutungen und Mutmaßungen, unvollständigen Erklärungen, zweifelhaften, unbeweisbaren Hypothesen. Sie war ins Stadtzentrum gegangen, um Einkäufe zu tätigen, und wurde dort in der Nähe der Kreuzung Gran Vía und Paseo de Gracia von einem Luftangriff überrascht. Eine Fremde auch für jene, die nach der Entwarnung diese im Gedächtnis aller, die sie kannten, ewig junge Frau aufhoben, diese Dame in Mantel, Hut und Stöckelschuhen, die sich an die Einkaufstasche klammerte, in der sie die Geschenke für ihre Kinder hatte, die diese einige Tage später, in schwarz eingefärbten Kleidern, wie es damals Sitte war, schweigend aus den Händen von Tante Rosario empfingen: einen kitschigen Liebesroman für Marta; Bücher von Doc Savage und *Der Schatten* für José Agustín; ein illustriertes Märchenbuch für mich; ein paar Hampelmänner aus Holz für Luis, die in der Dachkammer liegenblieben, ohne daß mein Bruder sie anrührte.

Die leere schwarze Tasche: alles, was von ihr übrigblieb. Ihre Rolle im Leben, in unserem Leben, war ganz plötzlich beendet, noch bevor sich der Vorhang über dem ersten Akt senkte.

Erst zwanzig Jahre danach – *während der Vorbereitungen zur Montage des Films von Frédéric Rossif,* Sterben in Madrid, *an dem Tag, an dem du dir mit einigen französischen Freunden eine Reihe spanischer und ausländischer Wochenschauen und Filmdokumente über den Bürgerkrieg angesehen hast – drängte sich dir mit bedrückender Klarheit das Entsetzliche auf, das ihre letzten Augenblicke umgab. Um die feindlichen Luftangriffe auf die wehrlose Zivilbevölkerung zu verurteilen, zeigt eine Wochenschau der republikanischen Regierung die Folgen der Bombardierung Barcelonas an diesem unvergeßlichen siebzehnten März: Sirenen, Explosionen, Szenen der Panik, Ruinen, Trümmer, Verwüstungen, Wagenladungen voller Toter, Krankenhausbetten, von Regierungsmitgliedern getröstete Verwundete, endlose Reihen von Körpern, die in der Leichenhalle nebeneinander aufgebahrt sind. Die Kamera fährt langsam, in Großaufnahme, über die Gesichter der Opfer, und von kaltem Schweiß durchnäßt wird dir plötzlich die grausame Möglichkeit bewußt, daß auf einmal das Gesicht auftaucht, vor dem du dich fürchtest. Zum Glück hat die Abwesende diskret und verschämt darauf geachtet, daß dir die traumatische, unangebrachte Begegnung erspart bleibt. Doch du sahst dich gezwungen, aufzustehen und an der Theke etwas zu trinken, um deine Erregung vor den anderen zu verbergen und mit ihnen über den Film zu diskutieren, als sei nichts geschehen.*

Erst an dem Tag, an dem du dich schließlich für die Politik interessiert und dich in die Lektüre von Schriften und Zeugenaussagen über die jüngste Geschichte Spaniens vertieft hast, fingst du an, dir Fragen zu stellen über die Verbindung zwischen diesem

Tod und der Bedeutung des Bürgerkrieges. Der religiösen und häuslichen Erziehung der vierziger Jahre war es gelungen, die Verbindung zwischen diesen beiden Ereignissen aufzuheben. Während ihr einerseits nach dem Abendessen gemeinsam ganz schnell, routiniert und mechanisch die drei für das ewige Seelenheil der Verstorbenen bestimmten Vaterunser herunterbetet, akzeptiert ihr andererseits vorbehaltlos die von Rundfunk, Zeitschriften, Lehrern, Familie und eurer gesamten Umgebung geäußerte offizielle Fassung des Kampfes: der Kreuzzug einiger patriotischer und energischer Männer gegen eine mit allen möglichen Greueltaten und Verbrechen besudelte Republik. Die unleugbare, eindeutige Tatsache, daß deine Mutter das Opfer einer Terrorstrategie eurer Seite geworden ist, Folge eines eiskalten, gemeinen Kalküls, wurde von deinem Vater und der übrigen Familie verschwiegen. Die Prüfungen, die dein Vater durchgemacht hat, Gefängnis, Krankheit, Witwerschaft, schrieb er allen möglichen, in der Regel als Rote bezeichneten Feinden zu. Der Tod deiner Mutter, aus dem Zusammenhang gerissen, rein, desinfiziert, wurde somit zu einer Art Abstraktion, die zum einen die wahren Schuldigen von ihrer Verantwortung entband, zum andern seine unwirkliche, unklare Beschaffenheit für euch noch hervorhob. Es mag seltsam erscheinen, daß sich dieser Vorgang des Weißwaschens als so einfach erwies, doch das geschlossene konservative Milieu, in dem ihr lebt, das verständnisinnige Schweigen eurer Kreise, die Schwierigkeit, objektive Informationen zu erhalten, erklären erneut die unkritische Hinnahme der Fakten. Erst an der Universität, als du dich mit einem regimefeindlichen Kommilitonen angefreundet und durch ihn Bücher kennengelernt hast, die den Bürgerkrieg vom entgegengesetzten Standpunkt aus darstellten, fiel es dir wie Schuppen von den Augen. Durchdrungen von zwar primitiven, aber belebenden und gegen die reaktionären Werte deiner Klasse gerichteten marxistischen Grundsätze fingst du an, die Ereignisse, die du als Kind am Rande miterlebt hast, aus einer völlig anderen Perspektive zu betrachten. Die Bomben Francos, und nicht die angeborene Ruchlosigkeit der Republikaner, wa-

ren unmittelbar für den Zusammenbruch deiner Familie verantwortlich.

In Wahrheit hat, abgesehen von dieser späten historischen Empörung, die Tatsache, daß deine Mutter so früh aus deinem Leben schied, ihrer letzten Reise die Dimension des echten Schmerzes genommen. Was du damals verloren hast, sollte dein Schicksal zwar schwer belasten, doch die Auswirkungen deines Status als Waisenkind zeigten sich erst später: Ablehnung der Vaterfigur, religiöse Lauheit, patriotische Gleichgültigkeit, instinktive Zurückweisung jeglicher Art von Autorität, alle diese Züge deines Charakters gehen mit Sicherheit darauf zurück. Und dennoch, in dem Maße, in dem die relative Zuneigung zu deiner Mutter mit ihr verschwunden ist, bist du, mehr noch als ihr Sohn, der Sohn dieser Unbekannten, die sie für dich bleibt, der Sohn des Bürgerkriegs, seines Messianismus, seiner Grausamkeit, seiner Verirrungen, dieser unheilvollen Häufung von Umständen, die die wahre Natur deines Landes ans Licht brachten und dir bereits in Jugendjahren den Wunsch eingaben, es für immer zu verlassen. Dich jetzt, im Lichte des auf diesen Seiten Niedergeschriebenen, an die Episode mit der Axt erinnern: die zerstörerische Wut, die dich eines Morgens, wenige Monate nach dem Krieg, in Barcelona befiel, als du mit Luis zu Hause gespielt hast.

Hinten im Garten, zwischen der Garage und einem als Abstellkammer benutzten Raum, gab es, unter der Treppe, die zur Terrasse des ersten Stocks führte, zwei Verschläge, in denen euer Brennholz und eure Kohle gelagert waren. Die Abstellkammer war randvoll mit Möbeln, die der Familie gehörten und die sich nach den Schicksalsschlägen und den häufigen Umzügen im Verlaufe des Krieges dort auftürmten, um dann, wie du annimmst, irgendwann einmal nach Torrentbó geschickt zu werden. Du erinnerst dich an mit Staub und Spinnweb bedeckte Konsoltischchen, Eckschränke, hinter denen ihr euch versteckt habt, um Gespenster zu spielen, glücklich inmitten dieses Wirrwarrs wertvoller Gegenstände und elenden oder nutzlosen Gerümpels. Diese Kammer war zu deinem beliebtesten Zufluchts-

ort geworden, wenn du aus der Schule kamst, bis zu dem Tag, an dem du aus Wut oder aus einer Laune heraus die Axt aus dem Holzschuppen geholt und dich mit Unterstützung deines Bruders darangemacht hast, ihren Inhalt mit wilder Begeisterung zu zerstören.

Ohne innezuhalten, fingst du an, Möbelstück um Möbelstück zu zerhacken, Beine, Arme, Lehnen abzuschlagen, Tische auseinanderzunehmen, Sitze zu zerkleinern, Verzierungen herunterzureißen, Sprungfedern auszuleiern, Stühle zu zertrümmern, besessen von einer fröhlichen, dich völlig in Anspruch nehmenden Inspiration, die du erst wieder, wie du heute weißt, im Schöpfungsakt, im frohlockenden Vandalismus des Schreibens als Erwachsener erleben solltest: die Lust, die Zeichen einer Welt, die Konventionen eines plötzlich als Hemmnis empfundenen Codes zu beschwören; abgründiges Rachebegehren gegen eine schlecht eingerichtete Welt; eng mit dem Gegensatzpaar Schöpfung–Zerstörung verbundener Urtrieb. Welchen Sinn soll man dieser plötzlichen, überschwenglichen, genußvollen Handlung zweier Kinder unterlegen, die für gewöhnlich still und zurückhaltend sind und sich plötzlich einer Zerstörungswut hingeben, deren eigentliche Bedeutung sie nicht begreifen? Protest, angestauter Zorn, Rachedurst? Oder nur Langeweile, reiner Leichtsinn, der Versuch, die Erwachsenen nachzuahmen? Die eigentliche Ursache für diese Szene, die Schnelligkeit und Kühnheit, mit der ihr euren Plan ausgeführt habt, werden für dich immer ein unmöglich zu lösendes Rätsel bleiben. Du wirst deine Erinnerung auf das Bild dieser Kinder richten, die mit Axtschlägen eine geheimnisvolle innere Energie freilegten, vielleicht unausgesprochenes, geheimes Bedürfnis, ihre Stimme vernehmen zu lassen.

Mit den heiligen Zeichen der Trauer versehen, waren wir Objekt von Klage und Mitleid. Die täglichen Kondolenzbesuche wurden bald zu einem Ritual: Tante Rosario, ihr Mann und ihre Kinder, Lolita Soler, Freunde oder ganz einfach Bekannte gaben einander die Klinke in die Hand und fanden sich im Zimmer meines Vaters ein. Sie waren besorgt über die hilflose Lage des Kranken, eines Witwers mit vier Kindern. Wer würde sich in Zukunft um uns kümmern? Diese Frage wurde zwar nicht direkt ausgesprochen, sie ließ sich jedoch an dem betroffenen und besorgten Ausdruck der regelmäßigen Besucher erkennen. Auch erforderte die Krankheit meines Vaters ständige Pflege, und man mußte die Dienste einer Krankenschwester in Anspruch nehmen. Irgend jemand sprach von einer Hebamme der »Rechten«, die ebenfalls im Dorf Zuflucht gefunden hatte, und einige Tage später ließ sich Josefina, ein großes, schweres Weib mit groben Gesichtszügen, mitsamt ihren Koffern und Habseligkeiten in einem geräumigen Zimmer auf der Vorderseite des Hauses nieder.

Seltsamerweise habe ich keine Erinnerung an meinen Vater während der Tage, die auf die Katastrophe folgten. Er blieb weiterhin in seinem Zimmer eingeschlossen, die Besucher lösten sich an seinem Krankenbett ab und predigten christliche Ergebenheit oder beteten ihren Rosenkranz. Nachdem die auf die Nachricht folgende Niedergeschlagenheit und Betroffenheit abgeklungen waren, lernten meine Geschwister und ich, allein zurechtzukommen, und bald begannen wir, die Vorteile unserer absoluten Freiheit zu genießen. Die schwarz eingefärbten Kleider stellten anfangs eine Distanz zwischen uns und unseren Spielkameraden her. Einige kleine Kinder aus dem Dorf zeigten mit dem Finger auf uns und machten sich über unsere Verkleidung lustig. Sollte ich je versucht haben, mich als Opfer hinzustellen und bei den andern Mitleid zu erwecken, so habe ich mich umsonst bemüht. Das Leben mit seinen wachsenden Schwierigkeiten – dem Krieg und seinem Schrecken – ging weiter, ohne sich um das Drama meiner Familie zu kümmern. Instinktiv der zu Hause herrschenden Atmosphäre entfliehend, spielten wir draußen auf der Straße mit den Dorfkindern oder machten Expeditionen in den Wald, um Kastanien zu sammeln.

Die allgemeine Nahrungsmittelknappheit hatte sich verschärft: den Lebensmittelläden fehlte es am Nötigsten, und ihre Schaufenster und Ladentische waren leer, mit Ausnahme einiger Nippsachen und Attrappen, Putzlappen, Reisigbesen und anderer überflüssiger, nutzloser Dinge. Ohne daß wir ausgesprochen Hunger leiden mußten, wurde die häusliche Kost von Tag zu Tag schlechter. María, das Dienstmädchen, kam oft mit einer Tasche voller weißer Rüben oder Mangold zurück: das einzige Gemüse, das es auf dem Markt zu kaufen gab. Wenn dann und wann Pakete aus Argentinien oder Frankreich kamen – von Onkel Joaquín oder von unseren Verwandten aus der Familie Gil Moreno de Mora –, dann war das ein echtes Fest. Wir machten die Pakete zu Hause oder bei Tante Rosario auf und verteilten den Inhalt – Zucker, Kaffee, Schokolade, Büchsenfleisch, Dosenmilch – mit der gleichen verhaltenen Angst, mit der die Täter eines kühnen und gefährlichen Überfalls die Beute unter sich aufteilen. Doch die Unregelmäßigkeit der Post und die Tatsache, daß häufig Pakete verschwanden, machten die Suche nach anderen Versorgungskanälen notwendig: direkter Einkauf bei den Bauern, Aufzucht von Haustieren, fröhliche und ergiebige Raubzüge durch Gemüsegärten und Kastanienhaine.

Ein Jäger aus dem Nachbardorf Puigtorrat kam oft mit der Beute seiner Treibjagden ins Haus: Hasen, Feldhühner, Eichhörnchen. Eines Tages brachte er sogar ein seltsames abgehäutetes Tier mit, das sich allem Leugnen und allen Beteuerungen zum Trotz als Fuchs herausstellte. In der Zeit des allergrößten Nahrungsmangels stahlen Marta, José Agustín und ich Brunnenkresse oder Zaunrüben an den Gartenrändern, oder wir schwärmten fächerförmig durch die benachbarten Kastanienhaine, bis die Schreie und Drohungen der Besitzer oder Pächter uns in die Flucht schlugen. Auf dem Speicher hielten wir Kaninchen und ein Dutzend Hühner: Eier, vermischt mit Mangold und Kürbisblättern, bildeten in der Regel unser Mittag- und Abendessen, ausgenommen die glücklichen Tage, an denen wir Lebensmittel aus Frankreich oder Argentinien bekamen. Die Kastanien – roh, gekocht, geröstet – waren die zweite tägliche Nahrungsquelle. Aus diesem Grund – und vielleicht auch wegen der Ängste, die ich beim Sammeln ausstand – verabscheue ich sie für alle Zeiten, und seit Kriegsende, als wir Viladrau verließen, habe ich nie wieder welche gegessen.

Kaum hatte sich Josefina, die Krankenpflegerin, bei uns häuslich niedergelassen, da hatte sie sich auch schon eine Strategie zu unserer Unterdrückung ausgedacht, die auf der Vortäuschung von Muttergefühlen, auf List und Einschüchterung beruhte. Ihr erstes Opfer war Lolita Soler: ihre häufigen Besuche in der Wohnung des Witwers wiesen sie in ihren Augen als eine gefährliche Rivalin aus, und Josefina setzte sie nach einem heftigen Wortwechsel schleunigst vor die Tür. Nachdem sie sich ihrer Gegenwart entledigt hatte, spielte sie uns gegenüber eine eigennützige Mutterrolle. Bei Tisch, vor den Augen meines Vaters, nahm sie mich auf den Schoß, hielt mich an sich gedrückt und überschüttete mich mit Küssen und Zärtlichkeiten. Die Gleichgültigkeit, mit der Luis auf ihre Liebkosungen reagierte, brachte sie auf, und sobald wir allein waren, machte sie ihm deshalb Vorwürfe. Auch in der Küche hatte sie das Regiment übernommen und wies sich selbst den größten Teil unserer wenigen Nahrungsmittel zu. Trotz ihrer robusten Konstitution und ihrer gesunden Farbe gab sie vor, unter einem ständigen »Schwächezustand« zu leiden, und aß ununterbrochen von morgens bis abends. Da sie glaubte, sie sei für meinen Vater unersetzlich, verstärkte sie allmählich ihren Druck auf ihn. Wenn wir beim Abendessen den Rosenkranz beteten und dabei auch ein stilles Gebet für meine Mutter sprachen, legte sie eine extreme Frömmigkeit an den

Tag, die uns bald unangenehm war. Ihre Absicht, an die Stelle der Verstorbenen zu treten, was sich in einer Vielzahl von Einzelheiten deutlich zeigte, öffnete schließlich meinem Vater trotz seiner Schwäche und seiner tiefen Niedergeschlagenheit die Augen. Besaß sie vielleicht die Taktlosigkeit, eine sexuelle Annäherung zu riskieren, die ihn, der von der Erinnerung an seine Frau völlig beherrscht war, nur abstoßen konnte? Oder gab sie ihm auf irgendeine Weise zu verstehen, daß es zweckmäßig für ihn sei, ein neues Leben zu beginnen und für diese armen Waisenkinder eine Adoptivmutter zu suchen? Jedenfalls begünstigten ihre schroffe Art, ihr heuchlerisches Verhalten, ihr grobes, gewöhnliches Äußeres in keiner Weise ihre Eroberungspläne. Aber irgend etwas mußte zwischen den beiden vorgefallen sein, denn mein Vater jagte sie trotz seines kränklichen Zustands eines Tages plötzlich aus dem Haus. Ich erinnere mich noch an die Schluchzer Josefinas, als sie sah, daß ihr Traum zerronnen war. In der Hoffnung, wir würden uns für sie einsetzen, hatte sie vergebens versucht, uns für ihre Sache zu gewinnen: selbst als sie nicht mehr im Haus war, hatte sie mich mit Süßigkeiten in ihre Pension gelockt und versucht, über die Gesundheit meines Vaters und seine Einstellung zu ihr etwas aus mir herauszubekommen. Von da an verbot uns mein Vater jeglichen Kontakt mit ihr. Eines Tages, als wie sie von weitem auf dem Weg zum Markt sahen, sangen José Agustín und ich ein Schmählied, das sie so wütend machte, daß sie uns beschimpfte und uns mit Steinwürfen verfolgte.

Nach ihrem Weggang kamen Lolita Soler sowie mein Onkel und Tante Rosario wieder zu Besuch ins Haus. Meine Schwester Marta nahm jetzt die beschwerliche Funktion einer Krankenschwester wahr und pflegte meinen Vater geduldig und hingebungsvoll. Der scharfe Geruch im Zimmer, die Kanüle und die befleckte Kompresse, der Spucknapf, das Uringlas, der Eitertopf schufen um den Kranken herum einen Kreis, den zu überschreiten mir schwerfiel. Wenn ich zu Bett ging, berührte ich mit den Lippen flüchtig die schlaffe Hand, die er mir hinhielt, und wich nach Möglichkeit seinen Zärtlichkeiten und Küssen aus. Die

Augenblicke, in denen wir unsere Rosenkränze und Vaterunser in seinem Zimmer beteten, waren für mich die lästigsten des Tages. Eines Abends, als er uns eine Stelle aus dem Evangelium vorlas, in der von einem Esel und seinem Füllen die Rede war, rief das Wort Füllen bei uns unerklärlicherweise einen Lachkrampf hervor, den wir nicht unterdrücken konnten. Mein Vater mußte die Lektüre abbrechen, und voller Zorn wies er uns aus dem Zimmer. Ich erinnere mich, daß ich unmittelbar nach diesem Zwischenfall zum erstenmal meine Abneigung ihm gegenüber zum Ausdruck brachte, doch ich weiß nicht, ob für mich allein oder im Gespräch mit einem meiner Brüder. Die Vorstellung, von Onkel Joaquín an Kindes Statt angenommen zu werden und zu ihm nach Argentinien zu gehen, reizte mich eine Zeitlang. Bei irgendeinem Mitglied der Familie unterzukommen schien mir wünschenswerter, als mit diesem traurigen, verbitterten Mann zusammenzuleben, dessen Schmerz und Enttäuschung ich nicht teilte. An einem anderen Tag fand ich ihn, als ich plötzlich in mein Zimmer kam, weinend auf meinem Bett sitzen, ein Foto meiner Mutter in der Hand. Voller Scham darüber, dieser Szene beizuwohnen, die ich nicht sehen wollte, stahl ich mich wortlos auf Zehenspitzen aus dem Zimmer. Heute erscheint mir dieser Mangel an Mitleid und Verständnis von seiten des Sohnes schockierend. Die Schicksalsschläge, die mein Vater erlitten hatte, überstiegen seine Kräfte und verdienten nicht diese abweisende Haltung, wie ich sie zeigte. Um mein damaliges Verhalten zu erklären, müßte vielleicht, ohne daß dies der Versuch einer Rechtfertigung sein soll, auf meine ungeheure Enttäuschung hingewiesen werden, als ich feststellte, daß die allmächtige und großartige Person, die meine kindliche Phantasie in den Himmel gehoben hatte, nicht nur wie alle anderen ein Mensch aus Fleisch und Blut war, sondern, schlimmer noch, ein greisenhafter, von der Krankheit gezeichneter Mann. Die Bitterkeit, die auf diese Enttäuschung folgte, könnte in einem gewissen Maße die frühen und ungerechten Gefühle der Abneigung und der Gleichgültigkeit erklären.

Um diese Zeit – Sommer oder Herbst 1938 – erlebte ich meine

erste sexuelle Erregung. Bis dahin war ich auf diesem Gebiet vollständig unerfahren; ich hatte nicht einmal, wie andere Kinder, beim Beobachten von Haustieren etwas gelernt. Als ich einmal auf einem Hof in der Nachbarschaft sah, wie eine Ziege ein Junges warf, glaubte ich so naiv der Erklärung meiner Mutter, die Ziege haben einen Stoffschuh gefressen und stoße ihn nun wieder aus, daß ich viele Jahre später meinen Geschwistern die Anekdote erzählte, ohne mir des unschuldigen Schwindels und meiner Leichtgläubigkeit bewußt zu werden. Wenn ich auf dem Speicher die plötzlichen Angriffe des Hahns auf die Hühner beobachtete, bewaffnete ich mich mit einer Stange und verfolgte den in meinen Augen Schuldigen. Allerdings hinderte mich meine Naivität nicht daran, an einem Spiel teilzunehmen, bei dem wir uns gegenseitig, José Agustín, einige Kinder und ich, die Geschlechtsteile zeigten, dann, den Penis draußen, eine Art Conga tanzten, zu dem für mich unverständlichen Ruf *»nenas, voleu cardar«* – Mädchen, wollt ihr auch mal ran. Mein Bruder behauptete, er habe sich von María streicheln lassen, und eines Tages zeigte er uns an der Vorderseite des Hauses einen ungeheuren feuchten Fleck, der ihm zufolge das Werk eines Milizsoldaten war, mit dem unser Dienstmädchen immer ausging. Das geistige Bild des pissenden Kerls machte einen unauslöschlichen Eindruck auf mich: als ich einige Tage später erfuhr, daß einer der Jungen aus unserer Bande das wasserköpfige Kind unserer Nachbarn gepackt und ihm auf den Kopf gepinkelt hatte, geriet ich in eine Erregung, die ich nicht zu unterdrücken vermochte. Ich lief hinunter in den Garten, um die gleiche Glanzleistung zu vollbringen, und als ich den Kleinen nicht antraf, spuckte und pinkelte ich an die Haustür der Nachbarn, von einer Raserei übermannt, deren zweideutige Beweggründe sehr viel später in meinem Schreiben zutage treten sollten. Was mein imaginäres Opfer betrifft, so sah ich es nie wieder: Encarnación und seine Familie zogen aus dem Dorf fort, und ihr Haus blieb geschlossen, bis wir selbst Viladrau verließen.

Ich habe nicht die Absicht, diese heftige Aufwallung im Lichte meiner heutigen Erfahrung zu interpretieren – also als eine mögliche Vorgeschichte meiner künftigen Sexualität –, sondern ich versuche, es in den Zusammenhang von Spontaneität und Unschuld einzuordnen, in dem es sich einstellte. Mein Wunsch, das zurückgebliebene, schielende Kind körperlich zu demütigen, war eine spontane, folgenlose Vorstellung, die nicht das geringste Schuldgefühl in mir hervorrief und bald in ein Halbvergessen versank. Als nämlich kurze Zeit danach im Laufe eines von Lolita Soler und Tante Rosario veranstalteten Abends ein Priester in Zivil kam und mich, noch bevor er die Messe zelebrierte und den Erwachsenen die Kommunion spendete, zu sich rief und sagte, er wolle mir die Beichte abnehmen, folgte ich seinen Anweisungen wortwörtlich und suchte kopflos und verwirrt nach etwas, was ich mir zum Vorwurf machen müßte, doch der Gedanke, eine Verbindung herzustellen zwischen dieser Geschichte und dem nebulösen Begriff Sünde kam mir nicht einmal in den Sinn. Ich erfand irgendeinen Diebstahl oder eine Lüge und bekam, ohne mich besonders erleichtert zu fühlen, die Absolution erteilt. Die Andacht oder Zerknirschung jener, die zur Kommunion gingen, die lateinischen Gebete des Pfarrers, die Bewegungen des Niederkniens und Aufstehens, die seit Anfang des Krieges vergessenen Schläge an die Brust waren für mich nichts weiter als eine bedeutungs- und substanzlose Choreographie. Nach der Messe wurde uns von den Erwachsenen striktes Schweigen auferlegt. Vor allem, sagte mein Vater, kein Wort davon zum Dienstmädchen.

Obwohl María sich immer sehr diskret verhielt, mißtrauten ihr Lolita Soler und meine Familie, weil sie eine Rote war. Samstags und sonntags ging sie mit den Milizionären tanzen; sie hatte bei einer Tombola, ich weiß nicht, ob von der UGT[7] oder der PSUC[8], ein Abzeichen gewonnen, und ich erinnere mich noch ganz genau, daß sie, als sie mit uns die Nachrichten von der Front kommentierte, gesagt hat: »Ist Durruti tot, ist der Krieg verloren.« Zu Weihnachten war ihr Pessimismus noch größer geworden. Während mein Vater, Lolita Soler sowie Onkel und Tante kaum ihre Freude verbergen konnten, ahnte sie, die arme Analphabetin, die an die Sache der Republik geglaubt und großzügig den Soldaten ihren Körper dargeboten hatte, zu Recht, daß für sie schwere Zeiten anbrechen würden, und erzählte immer wieder, wie besessen, die Märchengeschichten über die Araber. Diese Horrorvisionen von Vergewaltigungen, abgeschnittenen Ohren, wegen ihrer Goldzähne in Tornistern aufbewahrten Köpfen ließen praktisch, diesmal mit dem Firnis antifaschistischer Propaganda überzogen, die alte spanische Phantasmagorie wiederaufleben, entstanden im Verlaufe der zu Unrecht Reconquista genannten Jahrhunderte. Wie bei vielen Spaniern meiner Generation verband sich das Wort »Araber« oder »Maure« bei mir schon sehr früh mit unbestimmten, Angst einflößenden Bildern von Gewalt und Terror. Ich brauchte zwanzig Jahre, bis ich in der Lage war, mich über diese Bilder, die sich mir damals eingeprägt hatten, hinwegzusetzen und eine fruchtbare, persönliche Beziehung zur arabischen Welt in ihrer dreifachen Dimension des Raums, des Körpers und der Kultur aufzunehmen, eine Beziehung, die bald zu einer fundamentalen Achse meines Lebens werden sollte. Manchmal habe ich bei meinen Streifzügen durch die islamische Welt voller Gewissensbisse und Zärtlichkeit an diese einfache Frau aus dem kleinen Dorf Carballino gedacht, deren atavistische Phantasien sich in meinem Bewußtsein festsetzten und die sowohl im Schreiben als auch im Leben zu dem Quell wurden, aus dem sich später die maurische Inspiration meiner Werke speisen sollte. Die Wege, die zu dem führen, was wir sind, zeigen sich verschlungen und unübersehbar: ich hege heute jedenfalls nicht den geringsten Zweifel, daß die faszinierten Hirngespinste des Dienstmädchens, denen ich als Kind lauschte, für mein Hingezogensein und meine Sympathie zum Dar Al Islam über unvorhersehbare Mäander hinweg diese Initiationsrolle gespielt haben, die ihnen das Schicksal geheimnisvollerweise zugedacht hat.

Die Front kam immer näher: die Landstraße war bald überfüllt mit Soldaten zu Fuß und zu Pferd, mit offiziellen Autos, Motrorrädern mit Soziuswagen, Versorgungslastwagen. Dann sahen wir von unserem Fenster aus in langen, endlosen Reihen die Kriegsgefangenen vorbeikommen; die Wachen hatten sie wie Vieh auf dem Kirchplatz zusammengepfercht, wo aus ein paar Kesseln Wassersuppe an sie verteilt wurde. Krankheit, Müdigkeit, Niedergeschlagenheit zeichneten sich auf den Gesichtern ab: wo sie vorbeikamen, hinterließen sie eine Spur von Abfällen, schmutzigem Papier, leeren Blechdosen. Lolita Soler sowie meine Tante und mein Onkel hatten Tränen in den Augen, als sie vorüberzogen, und versuchten, ihnen heimlich ein Stück Brot zuzustecken oder ihnen irgendwie zu helfen. José Agustín und ich wagten es, mit ihnen zu plaudern, und einem von ihnen schenkten wir eine aus Maisblättern gedrehte Zigarette. Eines Morgens erschien ein kleines Erkundungsflugzeug der Nationalen, und ein Hauptmann zog die Pistole aus dem Futteral und gab unter Flüchen und Verwünschungen einige Schüsse ab. Von meinem Vater hörten wir, Barcelona sei von den *Requetés*[9] befreit worden.

Im Ort spielten sich täglich Szenen der Panik und des Durcheinanders ab. Autos voller Flüchtlinge, Lastwagen, vollgestopft mit Soldaten, fuhren in Richtung Norden durch Viladrau, ihnen folgten Hunderte schmutziger, zerlumpter Menschen zu Fuß: Frontsoldaten, Zivilisten, Frauen, kleine Kinder, Alte, alle beladen mit Koffern und Gepäckstücken, mit absurdem Gerümpel, Kasserollen, Möbeln, gar einer skurrilen Nähmaschine – eine Insektenminderheit nach dem Tod der Königin oder nach der unerwarteten Zerstörung des Ameisenhaufens. Man sah Verwundete auf Tragbahren, Hinkende an Krücken, viele Arme in

Schlingen. Den Nationalen war es gelungen, die Eisenbahnlinie zu unterbrechen, und José Agustín behauptete, er habe einen Toten gesehen. Eines Abends bekamen wir Besuch von einigen Offizieren. Nachdem sie es sich im Eßzimmer bequem gemacht hatten, merkte der Hauptmann an den Geräuschen, daß wir auf dem Speicher einen Hühnerstall hatten, und lud sich mit liebenswürdiger Unbefangenheit zum Abendessen ein. María opferte zwei Hühner, und während mein Vater sich bemühte, mit den Gästen eine belanglose Unterhaltung anzuknüpfen, inspizierte einer von ihnen neugierig das Haus und zeigte für Tante Consuelos Geigenkasten ein besonderes Interesse. Er wollte das Instrument untersuchen, schlug die Saiten an und sagte, sein Adjutant sei ein Musikliebhaber. Nach dem Essen verabschiedeten sie sich höflich von uns, und entgegen unseren Befürchtungen nahmen sie nichts mit. Am darauffolgenden Tag hörten wir lautes Klingeln an der Tür: es war der Adjutant. Der Hauptmann habe ihm befohlen, die Geige zu beschlagnahmen, sagte er. Da er aber zu desertieren gedenke, wolle er den Befehl nicht ausführen und bitte uns, ihn bis zur Ankunft der Nationalen im Haus zu verstecken. Die letzten republikanischen Soldaten hatten gerade das Dorf geräumt, und es bestand nicht die geringste Gefahr, daß der Offizier zurückkäme, um nach dem Verbleib seines Untergebenen zu forschen. Der Deserteur hieß Veremundo Salazar und stammte aus La Rioja. Wir versteckten ihn auf dem Speicher, wo er den ganzen Morgen über auf den Einmarsch der feindlichen Vorhut wartete. Man hörte gedämpft das immer wieder aussetzende Echo der Schüsse. Die kleinen Erkundungsflugzeuge setzten ihr Flüge nach Norden fort. Nach einigen Stunden kam Veremundo aus seinem Versteck heraus, schenkte uns zum Dank einen Hirschfänger mit gelbem Griff und verabschiedete sich. Mein Vater hatte uns verboten, aus dem Haus zu gehen, doch kurz darauf schlichen wir uns, José Agustín und ich, ohne um seine Erlaubnis zu bitten, heimlich in den Garten. Eine unserer Nachbarinnen hatte sich ebenfalls hinausgewagt und sagte, das Dorf sei bereits in den Händen »der Unseren«.

Wir hörten die Glocken läuten und liefen zum Dorfplatz. Die

gesamte Kolonie der Flüchtlinge aus Barcelona schien sich dort ein Stelldichein zu geben: Männer und Frauen umarmten und küßten sich weinend, schwenkten Fahnen, ließen Franco hochleben, stimmten das »Oriamendi« an, ließen ihren Gefühlen freien Lauf. Onkel und Tante sowie die Vettern und Kusinen waren ebenfalls da und frohlockten. Ein Mann, der eine rote Baskenmütze trug, wurde voller Bewunderung und Sympathie umringt. Man hatte die Türen der von den Republikanern als Lager benutzten Kirche sperrangelweit geöffnet. Die Leute diskutierten, ob zuerst die Karlisten kämen oder die Falangisten.

Es waren bewegte Tage voller Neuerungen: neues Geld, Lieferung von Lebensmitteln, über Lautsprecher verbreitete Reden und Hymnen. Mit einem blauen Hemd und einer roten Baskenmütze bekleidet, hatten José Agustín und ich stundenlang vor den Räumen der Sozialhilfe Schlange gestanden, wo kostenlos Brauselimonade und belegte Brötchen verteilt wurden. Die Militärs kampierten in dem Gebäude, in das man das Archiv der Krone von Aragonien ausgelagert hatte. Es gab dort Säcke mit weißen Bohnen und Zucker, und eine Nachbarin und ich machten uns die Unachtsamkeit oder Nachsicht der Soldaten von der Verpflegungstruppe zunutze und füllten zwei Töpfe mit dem kostbaren Inhalt. Mein Vater wagte sich hinaus, um in der Nähe des Hauses kurze Spaziergänge zu machen, und freundete sich dabei mit zwei Unteroffizieren an: einem Italiener, Signor Lupiani, und einem anderen, den wir den »dicken Sergeanten« nannten. Während wir mit Patronenhülsen spielten, erzählte er ihnen von seiner Witwerschaft, von dem Unglück, das ihm unter der Herrschaft der Roten zugestoßen war, von seinen katholischen und traditionalistischen Gefühlen. Eines Tages lud er sie zum Essen ein, und nach dem Mittagessen, möglicherweise ermutigt durch die Gegenwart der beiden Soldaten, entließ er María. Das rote Dienstmädchen, eine Konkubine von Kommunisten und Milizionären, nahm das Urteil wortlos an. Mit gesenktem Kopf, glühend vor Scham, ging sie in ihr Zimmer, um ihre Siebensachen zusammenzusuchen und in einer Tasche zu verstauen. Keiner von uns, die wir noch vor dem Essen saßen, das sie kurz zuvor gekocht und aufgetragen hatte, stand auf, um sich von ihr zu verabschieden oder ihr unser Mitgefühl zu zeigen. Ihr Bündel auf dem Rücken, ihrem Schicksal überlassen, verschwand sie für immer aus unserem Blickfeld.

Was mag in jener Zeit unbeugsamer Repression und Kontrolle, in der Denunziationen und willkürliche Verhaftungen an der Tagesordnung waren, aus ihr geworden sein? Ob sie versucht hat, in Barcelona eine Stelle zu finden? Ohne die Bürgschaft oder Empfehlung einer »mustergültigen« Familie dürfte ihr das schwergefallen sein. Vielleicht war sie in ihr Dorf zurückgekehrt, um dort Hunger und Elend zu leiden? Ob sie, wie so viele andere, Vergeltungsmaßnahmen ausgesetzt war, mit den Demütigungen der Säuberungsgerichte, dem Löffel Rizinusöl und dem kahlgeschorenen Kopf? Während ich diese Zeilen schreibe, überkommt mich ein Gefühl nachträglicher Reue. Es erscheint mir unglaublich, daß ich, selbst mit meinen acht Jahren, keine Scham über diese kleinliche Abrechnung empfunden und keine Gewissensbisse gehabt habe. María hatte für die tatsächlichen Leiden meines Vaters als Sündenbock herhalten müssen; in Wirklichkeit war sie für diese Leiden in keiner Weise verantwortlich. Von allen unangenehmen und traurigen Kriegsepisoden ist es sicherlich diese gewesen, die mir am schwersten auf dem Herzen liegt.

Signor Lupiani hatte eine Kinderbrigade der Falange gegründet, und nun, die Brust wie ein Bariton ruhmreich gewölbt, brachte er uns strammstehen, grüßen, im Gleichschritt marschieren bei. Wir sangen Strophen aus »Cara al sol«, die Hymne der Jugendfront, »geschlossen die Reihen, stark und kriegerisch, marschieren unsere Truppen / das Gesicht dem Morgen zugekehrt, der Vaterland, Gerechtigkeit und Brot uns verheißt«. Ein junger Mann aus dem Dorf, der die Streifen eines Zugführers bekommen hatte, plusterte sich nun mit seiner Uniform und seiner Baskenmütze vor uns auf. Auch die Priester hatten ihre Soutane wieder hervorgeholt: in der Dorfkirche wurde die Messe gelesen, und ich bekam von Mossén Rovira Katechismusunterricht, um mich auf die erste heilige Kommunion vorzubereiten.

Abgesehen von diesen religiös-militärischen Aktivitäten genossen wir eine totale Freiheit. Der Unterricht an den Schulen hatte noch nicht begonnen: wir spazierten über die Landstraße von Espinelves, die noch von ausgebrannten oder zu Schrott gefahrenen Lastwagen gesäumt war; mit der Gummischleuder machten wir Jagd auf Vögel; wir rotteten uns mit den Dorfkindern zu Banden zusammen. Wir kamen wie echte Wilde daher. Ich erinnere mich, daß eines Tages das Auto eines Verwandten neben uns hielt und eine Dame Luis und mir ein paar halbverfaulte Apfelsinen hinhielt. Wir lehnten das Geschenk ab, und die Insassen des Wagens fuhren mit allen Anzeichen der Überraschung und des Ärgers weiter. Wahrscheinlich hatten sie uns wegen unserer unordentlichen und schmutzigen Aufmachung für zwei Bettler gehalten.

Unsere Lieblingsbeschäftigung bestand darin, uns in die verlassenen Villen einzuschleichen. Weil wir so unglaublich mager waren, kamen wir leicht zwischen den Gittern hindurch, und nach einigen einträglichen Streifzügen hatten wir eine beachtliche Beute zusammengebracht: Spielsachen, Bücher und vor allem eine Sammlung von Briefmarken aus aller Herren Länder, deren Herkunft ich zu Hause dadurch herauszufinden hoffte, daß ich sie mit den Farbdrucken aus meinem Erdkundebuch verglich. José Agustín war zu einem Experten in der Kunst des Kletterns und Einbrechens geworden, bis zu dem Tag, an dem wir, von einem Nachbarn oder Neugierigen entdeckt, angezeigt und von meinem Vater streng getadelt wurden.

Ich habe nicht die geringste Erinnerung an meine Kommunion, die mir der alte Mossén Rovira spendete. Sonntags gingen wir mit meinem Onkel und meiner Tante in die Kirche, und eines Tages läuteten die Glocken besonders laut, und ein Dankgottesdienst fand statt: der Krieg war vorüber! Das knappe Siegeskommuniqué des Hauptquartiers von Burgos ging von Mund zu Mund. Lolita Soler war begeistert von Franco: solche Männer brauchte Spanien! Signor Lupiani ließ uns den Brief des »Carrasclás« auswendig lernen:

Aus den Schnurrbärten Azañas
werden wir Besen machen
und damit die Kasernen der
spanischen Falange kehren.

Eines Sonntags gab es mir in der Kirche plötzlich einen Stich durchs Herz: auf dem Betstuhl in einer der ersten Bankreihen kniete meine Mutter. Ihr Haar, ihre Gestalt, ihr zur Meditation geneigter Kopf. Die Aufregung machte mich fast verrückt: sollte ich nach vorn gehen und mich ihr vorstellen? Würde sie mich nach so langer Zeit wiedererkennen? Was für ein Dialog würde zwischen uns entstehen? Als sie sich in die Reihe stellte, um die Kommunion zu empfangen, verschwand das Trugbild: es war eine andere. Ich fühlte mich fast erleichtert, daß diese unvorhergesehene Begegnung nicht stattgefunden hatte, und ich glaube, daß ich seither nie wieder von ihr geträumt habe.

Die Teilhaber der ABDECA kamen mit dem Auto aus Barcelona, um meinen Vater zu besuchen: sie brachten Geschenke für uns mit, und sie hatten die Parteiabzeichen der Karlisten und der Falange am Revers. Sympathische Länder: Italien, Deutschland. Unsympathische: Frankreich, unser ewiger Feind. Und England? Ja, auch England. Und Rußland? Pfui, noch schlimmer! Daß du mir ja nicht auf den Gedanken kommst, das Wort Rußland auch nur in den Mund zu nehmen!

Seit der Entlassung Marías suchte Vater ein Dienstmädchen. Wir sahen uns eine der Bewerberinnen an. Julia hatte vor dem Krieg bei Tante María gedient und war vertrauenswürdig. Sie lebte seit zwei Jahren auf einem außerhalb von Viladrau gelegenen Bauernhof, der an das Landgut des Schriftstellers Marià Manent angrenzte. Julia schloß sofort einen Vertrag mit meinem Vater. Von nun an sollte sie bis zu ihrem Tod mit uns in der Familie zusammenleben, unter einer Bedingung jedoch: sie mußte ihren Vornamen in Eulalia ändern, da der ihre für den Witwer allzu schmerzliche Erinnerungen weckte. Bald darauf kam diese Frau aus Aragonien mit dem rötlichen Haar, der glatten weißen Haut und dem undefinierbaren Alter für eine Probezeit ins Haus: wegen der Bindungen, die allmählich zwischen uns entstanden, wurde daraus schließlich ein Vierteljahrhundert.

Ich will mich im Augenblick nicht damit aufhalten, von ihr zu erzählen: die überaus wichtige Rolle, die Eulalia in meinem Leben und in dem meiner Geschwister gespielt hat, ihre widersprüchliche und vielschichtige Persönlichkeit, ihre unendliche Güte und die Zuneigung, die sie uns entgegenbrachte, ihre Anhänglichkeit, ihre Launen, Phobien, Koketterien verlangen eine gebührende Darstellung. Die Familie, in deren Dienst sie trat und die sie bereits vor dem Kriege kannte, zeigte in jenem Frühjahr oder Sommer 1939 die Wunden und Narben des Konflikts: ein kranker, mißtrauischer, schwieriger Witwer, der, obgleich auf dem Wege der Besserung, ständige Pflege verlangte, ein vierzehnjähriges Mädchen und drei Jungen, die sich selbst überlassen und ohne strenge Erziehung aufgewachsen waren. Ihre Großherzigkeit, ihr Altruismus und ihr intuitives Naturell halfen ihr, die Situation zu meistern und sich über die Hindernisse hinwegzusetzen. Ihre Gegenwart in Viladrau während dieser letzten Monate unseres Aufenthalts war überaus unauffällig. Um die Wahrheit zu sagen: ich erinnere mich kaum an sie.

Großmutter Marta tauchte in diesem Sommer wieder auf. Wie wir trug auch sie Trauer, doch sie vermied es gewissenhaft, von meiner Mutter und von den Umständen ihres Todes zu sprechen. Sie begleitete uns auf unseren Spaziergängen außerhalb des Dorfes; in den Kastanienwäldern und an den Quellen begegneten wir anderen Flüchtlingsfamilien, die piekfein gekleidet waren, als ob es für sie nie Krieg gegeben hätte. Ein Herr zog seinen Panamahut, als er an uns vorüberkam, und scherzend sagten wir zu Großmutter, er sei in sie verliebt und mache ihr den Hof. José Agustín war nach Barcelona gefahren, um seine Aufnahmeprüfung für die Oberschule vorzubereiten, und mein Vater schickte sich an, ebenfalls zurückzukehren, um wieder seinen Posten bei der ABDECA zu übernehmen. Luis und ich blieben noch einige Wochen mit der Großmutter in Viladrau, und eines Tages nahmen wir den Autobus und den Zug nach

Balenyà: die Waggons waren überfüllt, Zivilisten, Soldaten, Falangisten, Frauen mit Bündeln; ich war sehr aufgeregt, da diese Reise etwas Neues für mich war, und ich stimmte mit einer Gruppe uniformierter Kinder die Strophen des »Carrasclás« an.

Die poetische Exaltation *ging zu Ende: dieser Wunsch, das Feuer der Wörter anzufachen, um sie sich noch wilder paaren zu lassen: der makellose Glanz der Glut war langsam erloschen, und die letzten Funken leuchteten kaum noch in der stumpfen Asche: dennoch ging die Erregung weiter, erfand sich neue Arten von Orgasmen, füllte deinen Kopf mit Blitzen: Induktionen und Strömungen, verformbar, biegsam, zu rein visuellen Bildern verkürzt: auffällige Strukturen, flüchtig ausgebreitet wie spinnenartige bengalische Feuer oder beunruhigende kongolesische Orchideen: das Maaxún schleuderte sich aus dir und dem winzigen Café in der Kasbah heraus, wo du gerade deine* Soledades *zu Ende geschrieben und dann durchgestrichen hattest, umgeben von friedlichen Kifrauchern, umnebelten Anhängern des Dominospiels, verschlafenen Kartenspielern: auf dem absurden Bildschirm des gedämpft spanisch sprechenden Fernsehers ist plötzlich, für alle sichtbar, ein vollkommener Bildausschnitt zu sehen: du, dein Doppelgänger, der Schöpfer von nichts und wieder nichts, begleitet von einem strammen Unbekannten, dunkelhaarig, mit schönem Schnurrbart, beide eng umschlungen, sehnig, kriechend, in prachtvoller kopulativer Vereinigung: Überraschung, Verblüffung, Ungläubigkeit, dich in einer solch zweideutigen Situation zu sehen, weiterhin du und doch ein anderer zu sein, Persönlichkeitsspaltung, Dualität, innere Agonie, zunehmende Scham: aus den Augenwinkeln zu deinen Nachbarn schielend, um zu sehen, ob sie dich erkennen, dein Verhalten rügen, die fröhliche Dreistigkeit tadeln: der Wunsch, den Bildschirm mit der Hand abzudecken, wie ein naiver Kinozensor in der Schule: zu versinken, den Strom zu unterbrechen, voller Scham auf die Straße zu fliehen: dich davonzumachen, mit langen Schritten die Kasbah hinunterzulaufen, an der Plazuela ein freies Taxi zum Restaurant Hammadi anzuhalten, dem Fahrer Rue Molière anzugeben, das sinnlose Menschengewühl längs der Fahrbahn zu betrachten, den Preis des Taxis zu billigen, auszusteigen, dich zu entfernen, den Haustürschlüssel aus der Tasche zu ziehen, die Tür zu öffnen, im Aufzug hinaufzufahren, deine Etage, die Lichter, Flur, Schlafzimmer, dich bäuchlings aufs Bett fallen zu lassen: bis zum arabischen Friedhof, der nun der längsten Nacht deines Lebens als Dekor dienen wird: pünktlich zum Rendezvous mit den Toten zu sein, die du in der Konklave der Erscheinungen und Gespenster zurückgelassen hast: Aufeinanderfolge vertrauter Dekorationen, in denen sie, die Abwesenden, ihrer Beschäftigung nachgehen, gekleidet, wie sie damals gekleidet waren, geduldig wartend, bis sie an die Reihe kommen, die ständig hinausgeschobene Erklärung: dein Vater, Alfredo, der Großvater, Eulalia: der Garten in der Calle Pablo Alcover, der Zitronenbaum, unter dem Papa frische Luft schöpfte, die Küche, der unwirtliche dunkle Flur, der Kastanienbaum: oder aber Torrentbó, die Veranda, Eukalyptusbäume, Terrasse, Papa, der liest, der zerknitterte Anzug des Großvaters, Alfredo mit der Axt auf der Schulter, die zarte, unverwechselbare Stimme Eulalias: Begegnung, Wiedersehen, seit langem geahntes Erscheinen vor Gericht, seit der Klärung deiner Beziehung zu Monique, während du auf der Suche nach Maaxún oder Haschisch durch die Medina geirrt bist, um zu diesem exklusiven Tribunal der Toten zu gelangen, die du in ihrem Verfall verlassen hattest und die dich, aus dem Dunkel heraus, bald daran erinnern werden: Gegenüberstellungen, gegenseitige Beschuldigungen und Verdächtigungen, hinterhältige Schuld: reale Personen, Traumtopographie, mit plötzlichen Rückwärtssprüngen alternierende Gegenwart.*

Einzige, bedeutsame, aus deinem Unbewußten bereits entfernte Ausnahmen: die beim Bombenangriff umgekommene Frau und das verhaßte Dorf Viladrau.

An die Gelegenheit erinnern, bei der du Anfang der sechziger Jahre für die Zeitschrift L'Express *einen im Zuge der internationalen Amnestiekampagne von Franco freigelassenen politischen Gefangenen interviewt hast. Über zwanzig Jahre in der Strafanstalt von Burgos, ohne anderen Ausblick als ein fernes Himmelsviereck und die nahen, allzu nahen Mauern der Zelle. Als er herauskam, Anpassungsschwierigkeiten der Augen: Labilität, Übelkeit, Sehstörungen. Noch größere Anpassungsschwierigkeit an die neue, vom Unbewußten nicht verkraftete Realität. Während der ersten Zeit im Gefängnis hatte er regelmäßig von heiteren Umgebungen geträumt: seinem Haus, dem Dorf, von Orten und Personen, die er als freier Mensch gekannt hatte. Dann war dieses diskrete Ozon insgesheim immer seltener geworden, bis es allmählich zu Ende ging: er hörte auf, sich im Schlaf an die Außenwelt des Gefängnisses zu erinnern. Wenn er von seiner Mutter träumte, war seine Mutter gefangen. Wenn er sich an sein Dorf erinnerte, war es ein Dorf hinter Gittern. Das Gefängnis war in sein Innerstes eingedrungen, ohne ihm irgendeine Ausflucht zu gestatten. Die Mädchen, die er in seiner Jugend gekannt hatte, Heldinnen seiner nächtlichen Libido, bewegten sich immer in einer Zuchthausumgebung. Die vom Militärgerichtshof ausgesprochene Strafe führte so nach einigen Jahren zum absoluten Sieg: da war nicht nur die physische Haft, sondern auch die geistige, imaginäre, schimärische.*

Die unterjochende Macht der Wirklichkeit über die Träume verfolgte ihn rückwirkend, auch noch sechzehn Monate nachdem er frei war. Die neuen Freundinnen, mit denen er schlief, waren Häftlinge in dem trüben Raster seiner Alpträume. Die Gefängnisse, in denen er schmachten mußte – Gitter, Mauern, Höfe, Wächter –, blieben von grausamer Gültigkeit. Hermetisch geschlossenes, uneinnehmbares Lager, ohne die Möglichkeit zur Flucht, blieb seine Innenwelt weiterhin im Gefängnis verankert.

Erst wenn er nach Wochen, Monaten oder Jahren aufhören würde, davon zu träumen, hätte dieser Mann das Ende seiner Strafe abgebüßt: Öffnung des bedrückenden Raums, Auflö-

sung der hartnäckigen Bilder, Verinnerlichung neuer Erfahrungen. Und ganz am Ende – undeutliches Trugbild – die wunderbare Verheißung der Freiheit.

Strategien, die dem Traum, dem Gedächtnis, dem Vergessen gemeinsam sind. Entscheidende Bedeutung der Zeit bei der Verarbeitung des Vergangenen. Abnutzungserscheinung, heimliche Erosion, die sich am Ende in zerstörerische Routine verwandelte.

So wie das eindringliche, obszöne Bild allmählich seine provozierende Macht verliert, weil wir ständig vor ihm masturbieren, so verblaßt der Abdruck eines leidvollen Ereignisses, einer bitteren Erinnerung gegen unseren Willen in einer Atmosphäre des Überdrusses und der Gefühllosigkeit. Die letzten Stiche des Kummers, der kurze, dumpfe Schmerz sind nur die bewußte Erinnerung an unsere unglaubliche Phagozytenfähigkeit: Geschichtsparzellen, eingegrenzt vom Reich des Traums oder des Alptraums und allmählich im Schlaf von neuen Realitätszonen ersetzt.

Und dennoch geheimnisvolle Verteilung von Licht und Schatten: der Lichtfokus, der willkürlich bestimmte Szenen deines Lebens ausleuchtet und andere in einem diskreten Halbdunkel läßt, aus dem du sie nicht befreien kannst.

Viladrau, in das du nicht zurückgekehrt bist und in das du nie wieder zurückkehren wirst, für immer aus deinen Traumphantasien ausgeschlossen und dennoch durchsichtig in der Erinnerung, während des Schreibens von der Einbildungskraft Zeile um Zeile, Haus um Haus neu aufgebaut. Außerhalb des Traums, des Gedächtnisses, des Vergessens: einfach eine Seite dieses Buches, an das du – sobald es einmal gedruckt, aus dir herausgerissen ist – nicht mehr denken wirst.

Bei meiner Rückkehr in die Calle Pablo Alcover kam mir das Haus kleiner vor, und es war voller Menschen. Wir wohnten wieder im linken Flügel des Erdgeschosses, und Señorita Esther, die Besitzerin, war nach dem Auszug der russischen Freiwilligen mit ihrem Mestizendienstmädchen ins obere Stockwerk gezogen. Die Roten hatten die Zypressenhecke entfernt, die den Garten teilte, und statt dessen im hinteren Teil ein Gartenhaus mit zwei Räumen errichtet, das uns von nun an als Abstellkammer für Möbel und Gerümpel und als Spielzimmer diente. Die Großeltern und Eulalia wohnten bei uns, und außerdem war die Villa Treffpunkt einer Reihe mehr oder weniger mit der Familie liierter Personen, die wir bei Kriegsbeginn aus den Augen verloren hatten: die Modistin Paquita, Ciscu, der Kutscher, die galicische Amme von Luis mit ihrem Mann und ihrer Tochter, die Mutter von Matías, dem Chauffeur der ABDECA. Seit der Öffnung der Schulen im Oktober gingen José Agustín und ich in die Jesuitenschule Sarriá und Marta in die Schule der Schwestern vom Heiligen Herzen. Doch mein wirkliches Leben mit seiner Geschäftigkeit, seiner Lektüre, seinen Verstecken und Zuneigungen spielte sich weiterhin zu Hause ab.

Manchmal habe ich mit Hilfe der seltenen Fotos von damals versucht, unser stürmisches Alltagsleben in jenen verheerenden Jahren nach dem Bürgerkrieg zu rekonstruieren. Meine Geschwister und ich sehen darauf alle kränklich und schlecht gekleidet aus – ich fast immer mit abgetragenen geerbten Kleidern –, mit fast kahlgeschorenem Haar, schmutzigen Knien, zerrissenen Schuhen, eine seltsame Mischung von Waisenkindern und Gassenjungen. Unser gesellschaftlicher Status trog wegen seines ungenauen, zweideutigen Charakters: wir besuchten eine Schule für bürgerliche Familien, doch Erfahrung, Benehmen und Kleidung der anderen unterschieden sich ganz deutlich von den unseren. Die Zeit in Viladrau – die etwas verwilderte Freiheit, an die wir uns gewöhnt hatten, die frühe Leidenschaft für das Lesen, die Neigung zum Einzelgängertum, autodidaktische Gewohnheiten – trennte mich und würde mich auch in Zukunft von meinen Schulkameraden trennen. Obgleich die Welt der Schule, in die wir eintraten, darauf ausgerichtet war, zu uniformieren und zu disziplinieren, war die Anziehungskraft unserer häuslichen Existenz zu guter Letzt doch stärker.

Mein Vater kam sicherlich mit dem Gehalt zurecht, das er von der Fabrik bezog, doch teils wegen der allgemeinen Teuerung, teils weil niemand mehr da war, der wie meine Mutter sparsam bei der Haushaltsführung war, oder aus beiden Gründen zugleich, lebten wir ohne jeglichen Komfort. Das Essen, das es auf die Lebensmittelkarten gab, war mittelmäßig und unzureichend. Matías, der Chauffeur, fuhr uns manchmal nach Torrentbó, und wir kamen mit Säcken voller Kartoffeln oder Topinamburs zurück. An den Schultagen füllte Eulalia unsere Thermosflaschen mit Milch, in die Brot eingeweicht war. Ich erinnere mich, daß wir sie in das Milchgeschäft begleiteten, und wenn die Bestände aufgebraucht waren, mußten wir uns mit einer geschmacklosen, trügerisch weißen Flüssigkeit begnügen. Da es keinen Zucker mehr gab, wurde er durch Süßstoff ersetzt. Im Verlaufe dieses Schuljahrs wurde auch das Brot schlechter: das in den Bäckereien erhältliche war klein, plump und hart wie Stein. Um hineinbeißen zu können, mußte man es einweichen. Die Schokolade schmeckte nach Johannisbrot, und Kaffee war nicht aufzutreiben.

Weil die Hühner und Kaninchen bei den Kontrollen an den Stadteingängen beschlagnahmt wurden und es folglich keine mehr gab, hatte mein Vater beschlossen, Meerschweinchen zu züchten. Im Garten zog er zwischen Garage und Geräteschuppen einen Drahtzaun, hinter dem die Nager sich zu vermehren begannen. Wir liefen jeden Tag hinter ihnen her, um sie zu fangen, und lieferten sie bei Eulalia ab. Mit Maismehl zubereitet, waren sie eine Zeitlang unsere tägliche Mahlzeit: Matías, seine Mutter, die Hausbesitzerin und die Näherin nahmen genußvoll an diesem Festschmaus teil.

Die unmenschliche Armut, die auf dem Land lastete, betraf sogar die oberen Klassen. In der Schule hatte man eine mit Ausschlag einhergehende Typhusepidemie angekündigt, und der Unterricht fiel für einige Tage aus. Da Luis und ich nach wie vor die meiste Zeit mit den Meerschweinchen spielten, hatten wir uns bald Ungeziefer eingefangen. Eulalia und Matías' Mutter schmierten unsere Haare mit Öl ein und befreiten uns von Läusen und Nissen. Am folgenden Tag brachte uns mein Vater zum Friseur, und unter gegenseitigen Spötteleien und Hänseleien wurden wir alle drei wie die Schafe geschoren.

Diese Zeit der Heimsuchung, der Repression und des Elends war trotzdem nach außen hin mit dem Rauschgold des Pharisäertums und der Exaltation geschmückt: das Ende des Kampfes, der Sieg »der Guten« wurde sowohl zu Hause wie in der Schule mit fast mystischen Worten verherrlicht.

Onkel Ignacio hatte eine Schallplatte mit der Stimme des Caudillo mitgebracht: er zog abends das alte Grammophon auf, und hernach lauschten wir ihr mit einer unbestimmten Ergriffenheit. Der Weltkrieg war ausgebrochen, und die Besucher diskutierten endlos darüber. In der Regel wurden die Siege der Deutschen mit Begeisterung aufgenommen; nur Onkel Luis und Onkel Leopoldo äußerten sich mit einer gewissen Vorsicht. Ich hatte mir angewöhnt, die Zeitungen zu lesen, und folge aufgeregt den Stationen des Konflikts: der Danziger Korridor, Polen, die Maginotlinie, der Westwall. Auf meinen Landkarten markiere ich den Vormarsch der Truppen, lokalisiere die Kampfgebiete, bringe Fähnchen an den Häfen an, in denen die gegnerischen Flotten liegen. Zu meinem ursprünglichen Interesse für die Geographie kommt allmählich eine große Leidenschaft für die Geschichte hinzu. Von nun an werden sie bis zur sehr viel späteren Entdeckung der Literatur meine Lieblingsfächer sein.

Franco, José Antonio, die Märtyrer, männliche, besoffen machende Vorbilder des »Bräutigam des Todes«. Im Colegio San Ignacio stimmen wir, bevor wir im Hof wegtreten, ein Lied an, von dem ich mich nur noch an eine Strophe und an seine schrille Melodie erinnere:

Krieg der verhängnisvollen Sichel
und dem zerstörerischen Hammer
hoch lebe unser Caudillo
und das imperiale Spanien!

Eines Tages marschierten wir, mit Blauhemden bekleidet und rote Baskenmützen auf dem Kopf, von Sarría bis ins Stadtzentrum von Barcelona hinunter: Graf Ciano war gekommen! Unter dem strengen Regiment der Patres schrien wir uns heiser, während wir auf sein Erscheinen im offenen Wagen warteten: Tausende von erhobenen Armen, Kinder mit offenem Mund, Fahnen, Musik, Hoheitszeichen, theatralische Apotheose. Der Adressat all diesen Eifers schritt langsam, martialisch, kriegserfahren, aufrecht an uns vorüber, dem Anschein nach gleichgültig gegenüber den Hochrufen und Akklamationen: beispielhafter Fahnenträger, römischer Konsul und Gladiator, Herold des neuen heiligen Reiches. In der Menge stehend, weiß der Junge mit dem kahlgeschorenen Kopf nichts von des Helden überaus glänzender Personalakte, der Geschicklichkeit seiner berühmten Piloten bei Strafaktionen. Auch er grüßt, mimetisch, in der Pose eines großen Mannes, eines titanischen Schmieds der Zukunft, während die Lautsprecher das »Cara al sol« übertragen und die Anwesenden weiterhin dem winzigen, durch die Entfernung kleiner gewordenen Prozessionswagen des Helden applaudieren.

Die Erfahrungen der drei Kriegsjahre schufen zwischen mir und meinen Klassenkameraden eine Distanz, die schwer zu überbrücken war. Zwischen meinen Interessen, Sorgen, Vorlieben und den ihren gab es keine Gemeinsamkeit. Während die meisten von ihnen den Konflikt im anderen Lager erlebt hatten und stolz waren auf ihre Erziehung und ihre guten Manieren, war ich bereits mit der harten Realität des Lebens in Berührung gekommen: ihre Kindereien, ihr Herdentrieb, ihre Eleganz vertrugen sich in keiner Weise mit meinem Bedürfnis nach Alleinsein und Bücherlesen, das mir in Viladrau zur Gewohnheit geworden war. Mit Ausnahme der Fächer Erdkunde und Geschichte, in denen ich mich von Anfang an so auszeichnete, daß ich meine Lehrer oft im Geiste berichtigte, waren meine Noten in der Regel mittelmäßig. In den Pausen flüchtete ich mich mit einem Roman oder einem illustrierten Erdkundebuch in irgendeinen Winkel. Alle Bemühungen, mich in der Fußballmannschaft aufstellen zu lassen, scheiterten aufs kläglichste. In den jährlichen psycho-pädagogischen Berichten für die Eltern wiesen die Patres stets beunruhigt auf mein Einzelgängertum, meinen mangelnden Eifer beim Spielen, meine Gleichgültigkeit gegenüber meinen Klassenkameraden, meine heimliche Leseleidenschaft hin. Meine nachlässige Kleidung, mein verschlossenes, barsches Wesen erleichterten nicht gerade meine Integration in der Klasse. Auf die übertrieben langen Ärmel einer schon abgewetzten Jacke zeigend, hatte eines der eleganten und feingekleideten Kinder mit einem Anflug von Spott bemerkt: »So jung und hast schon geerbt?« Dieser demütigende Satz erfüllte mich mit einem Gefühl der Scham und der Ohnmacht und verstärkte noch meine Menschenfeindlichkeit. Die kindlichen Vergnügungen meiner Klassenkameraden, ihre gesellschaftlichen Verhaltensnormen, die ich nicht teilte, trugen dazu bei, daß ich mich wieder in meine persönliche Welt zurückzog: in das Haus in der Calle Pablo Alcover, zu den Spielen mit Luis, dem Geplauder mit Eulalia, dem Lesen von Tageszeitungen, dem begierigen Blättern in Lehrbüchern mit Fotos und Bildern. Um diese Zeit habe ich einen Freund meines Vaters, auf den ich später noch zurückkommen werde, von einer dramatischen Familienepisode erzählen hören, die sich einige Jahre zuvor in Kanada zugetragen hatte: Seine drei Töchter lebten während des Krieges in einem Luxusinternat – eine Art gotisches Schloß mit Festungstürmen und

Mauerzinnen –, in dem die jüngste und schönste der Schwestern bei einem Brand ums Leben kam. Auf dem Nachhauseweg von der Schule, in der Calle Anglí, erzählte ich den Mitschülern, die denselben Weg hatten wie ich, von diesen exotischen Schicksalsschlägen, schrieb sie jedoch meiner eigenen Familie zu. Diese frühzeitige und sicherlich kompensatorische Lügensucht sollte für einige Jahre zu einem ganz wesentlichen Charakterzug werden. Der Drang zu überraschen, bewundert zu werden, mich in den Augen der andern größer zu machen, regte mich bald dazu an, während der Sommerferien in Torrentbó meine eigenen Erzählungen zu schreiben. Unterdessen suchte ich aber, Opfer meiner Schüchternheit und Ungeselligkeit, arglos nach einer Gelegenheit, die andern durch plötzliche Anfälle von Freigebigkeit oder Kühnheit in Erstaunen zu setzen. Während der Mahlzeiten ließ meine Großmutter immer ihre Tasche in ihrem Zimmer liegen, und unter irgendeinem Vorwand stand ich beim Essen vom Tisch auf und klaute ihr in aller Ruhe das Geld: zuerst Fünfpesetenscheine, dann Fünfundzwanzigpesetenscheine, eine für die damalige Zeit hohe Summe. Mit dem gestohlenen Geld lief ich anschließend in die Calle Mayor in Sarría und blieb vor dem Süßwarengeschäft stehen, das damals noch, wie ich glaube, dem katalanischen Dichter gehörte, den ich heute am meisten bewundere: dem Surrealisten J. V. Foix. Dort wurden die Geldscheine der Großmutter eingetauscht gegen große Tüten mit Karamelbonbons, die ich dann in der Schule mit herablassender Miene unter meinen Mitschülern verteilte. Diese Großzügigkeit und Freigebigkeit, noch gesteigert durch die Tatsache, daß ich mir wenig aus Süßigkeiten machte, so daß ich verächtlich über der nachfolgenden Rauferei stand, verschafften mir eigennützige Freundschaften und Genugtuung und schmeichelten meinen Gefühlen der Eitelkeit. Ich erinnere mich noch an den Tag, an dem einer der Patres, als er sah, daß der Fußboden mit Bonbonpapieren bedeckt war, nach dem Schuldigen fragte: ich stand auf und erfand die Geburtstagsfeier eines Familienmitglieds. Der Priester akzeptierte die Erklärung, und mit einer herrischen Geste, typisch für jene Zeit, befahl er dem Saaldiener, einem Schüler aus bescheidenen Verhältnissen, der kein Schulgeld zu zahlen brauchte und dafür mit der Reinigung der Klassenzimmer beauftragt war, das Papier vor aller Augen wegzufegen, bevor mit dem Unterricht begonnen wurde. Der Junge gehorchte, ohne schamrot zu werden, und ich fürchte sehr, daß es keinem von uns in der Klasse peinlich war.

Das gleiche Bedürfnis, mich trotz meines verschlossenen Charakters und meiner Menschenscheu bei den andern in den Vordergrund zu spielen, brachte mich später in eine unangenehme Situation, die dazu führte, daß ich diese Schule schließlich für alle Zeiten haßte. Der Mathematiklehrer, ein gewisser Mercader, hatte sich für einige Minuten aus der Klasse entfernt, und als er zurückkam und ein Petzer ihm erzählte, wir seien sehr laut gewesen, wollte er wissen, wer an dem Radau beteiligt war. Einige in den vorderen Reihen hoben den Arm, und in dem Wunsch, mich wichtig zu machen, hob ich ebenfalls den Arm, ohne zu merken, daß ich in meiner Reihe der einzige war, der das tat. Señor Mercader fragte mich, mit wem ich gesprochen hätte: da meine Geste reine Angeberei war und ich mit niemandem ein einziges Wort gewechselt hatte, blieb ich stumm. Er war empört über meine Aufsässigkeit, und zur Strafe mußte ich mich in der Pause mit dem Gesicht zur Wand neben die Tafel stellen. Der Zwischenfall schien vergessen, als jemand – vielleicht derselbe Lehrer – an der Wand das Wort »mercado« (Markt) zusammen mit einem despektierlichen Adjektiv bemerkte. Verärgert und mit ernstem Gesicht wollte er wissen, wer der Schuldige war. Da sich niemand meldete, ließ er die Pause bis auf weiteres ausfallen. Er hatte jemanden im Verdacht – einen gewissen Masnou –, den Señor Mercader einige Tage zuvor getadelt hatte, doch der Junge bestritt, etwas mit der Sache zu tun zu haben. Weil ich ihn beim Verlassen des Klassenzimmers bedauerte, schloß er daraus fälschlicherweise, ich hätte es aus Reue getan, und um sich selber reinzuwaschen, bezichtigte er mich. Am nächsten Tag beorderte mich der Studienleiter in sein Büro und bat mich, das Wort »mercado« auf ein Blatt Papier zu schreiben. Als ich jede Beteiligung an der Sache abstritt, erinnerte er mich an meine unglaubliche Weigerung, den Namen des Schulkameraden zu nennen, mit dem ich im Klassenzimmer gesprochen hatte, an meine Strafe, mich mit dem Gesicht zur Wand zu stellen, und zwar genau an der Stelle der inkriminierten Kritzelei, und daran, wie häßlich und gemein dieses hartnäckige Leugnen in den Augen Gottes sein müsse. Da ich dummerweise in die eigene Falle gegangen war, verrannte ich mich in ein klägliches Schweigen. Man konnte mir nichts nachweisen, und folglich wurde ich auch nicht bestraft. Doch von da an spürte ich, daß einige Lehrer einen Groll auf mich hatten, was bei mir ein völliges Desinteresse am Unterricht bewirkte. Entsprechend waren meine Noten in Betragen sowie die Prüfungsergebnisse. Als mein Bruder José Agustín ein Jahr darauf einen persönlichen Streit mit seinem Klassenlehrer hatte, besaß mein Vater genügend Einsicht und Urteilskraft, um herauszufinden, daß uns diese Schule nicht behagte, und er schrieb uns beide an der Schule der Brüder von der christlichen Lehre im Stadtviertel Bonanova ein.

Die Ungerechtigkeit, deren Opfer ich geworden war, hervorgerufen durch eine Reihe von Umständen, für die ich zum Teil selbst verantwortlich war – mein prahlerisches Verhalten etwa, als ich, nur um mich vor den andern hervorzutun, den Arm hob, obgleich ich gar nicht an dem Radau beteiligt war; mein Schweigen, das mich dem Anschein nach schuldig sprach; meine unangebrachte Fürsorge für den Jungen, der der Kritzelei beschuldigt wurde –, zeigte mir zum erstenmal die enge Verbindung zwischen unseren Handlungen und den durch sie ausgelösten Folgen, die uns, sind sie einmal in Gang gesetzt, zu Zauberlehrlingen machen. Verletzt durch die Verdächtigungen, denen ich ausgesetzt war, und gedemütigt durch meine eigene Dummheit, beschloß ich, in Zukunft vorsichtger und strenger zu sein: obgleich durch den Vorfall gewitzt, verschwand die dadurch hervorgerufene Angst nicht. Wegen etwas beschuldigt zu werden, das ich gar nicht getan hatte – Diebstahl, Lüge, Verbrechen –, wurde von nun an ein immer wiederkehrendes, zwanghaftes Thema meiner Alpträume. Selbst heute noch erlebe ich dann und wann Verfolgungsszenen: ich bin in den Händen der

Franco-Polizei oder des KGB. Ich weiß nicht, ob dieses geistige Szenarium des Erwachsenen auf das unvorsichtige Verhalten des Kindes zurückgeht, die Hand zu heben, oder ob es das Produkt eines späteren, hinterlistigen Schuldgefühls ist. Wie dem auch sei, diese in vielen Episoden ablaufende monotone Geschichte des nächtlichen Gerichts begann für mich bereits zu einem sehr frühen Zeitpunkt, und noch vierzig Jahre danach gibt es, wie bei diesen ewigen Fernsehserien, die durch den Publikumserfolg bestätigt werden, kein Anzeichen, daß sie zu Ende geht.

Anfang Juli, nach den Prüfungen, zogen wir nach Torrentbó um. Mein Vater hatte unmittelbar nach dem Krieg die seinen Geschwistern gehörenden Teile des Gutes gekauft und war seitdem der alleinige Besitzer des Hauses und der Ländereien. Die Veränderungen, die in der Zeit vorgenommen worden waren, als das Haus Präsident Aguirre nach dem Fall des Baskenlandes als Zufluchtsort diente, waren unerheblich: die meisten Möbel und Gerätschaften, obgleich verstreut, verstaubt und voller Spinnennetze, bekamen wir zurück. Die damals herrschende unbeschreibliche Not und der Überfluß an billigen und willigen Arbeitskräften hatten meinen Vater auf die Idee gebracht, einen bescheidenen Landwirtschaftsbetrieb mit Viehzucht zu betreiben. Nachdem er mit den Winzern die neuen Pachtverträge ausgehandelt hatte und die Ernte sowie der Verkauf der Korken aus seinen Korkeichenwäldern gesichert war, richtete er sein Augenmerk auf zwei Ziele: die Aufzucht von Kühen, Schweinen, Kaninchen, Hühnern und den Anbau einiger landwirtschaftlicher Erzeugnisse, an denen in Barcelona großer Mangel herrschte und die auf dem Schwarzmarkt zu sehr hohen Preisen verkauft wurden. Wechsel von bewässerten und unbewässerten Feldern, für jeden Boden geeignete Kulturen, Säuberung des Unterholzes im Forst sowie der Stollen und der Quellen, Anpflanzen von Obstbäumen, Düngen, Säen, Ernten, Kauf, Pflege und Auswahl der Tiere, all das machte die Anwesenheit einer in diesen Dingen erfahrenen rechten Hand notwendig. Bei unserem ersten Sommeraufenthalt in Torrentbó nach dem Krieg hieß dieser fleißige, kluge, verantwortungsvolle, vielseitige Mann, der imstande war, einen mustergültigen Landwirtschaftsbetrieb auf die Beine zu stellen, Don Ángel, und er wurde uns, als er kam, als ein Ausbund an Tugendhaftigkeit vorgestellt. Tierarzt, Traditionalist, Katholik, hatte der neue Gutsverwalter die notwendigen Trümpfe in der Hand, um sich bei meinem Vater einzuschmeicheln. Auch er hatte in der roten Zeit Dramen und Verfolgungen zu erleiden gehabt, und seine Frau, die darüber schwer erkrankt war, erholte sich in der Nähe von Badalona von ihrem Leiden. In seiner kleinen, tragbaren Bibliothek, die nach seinem Weggang aus einem unbekannten Grund in unserem Besitz blieb, standen religiöse Werke und Bücher über die Karlistenkriege neben abgegriffenen Lehrbüchern aus der Zeit seiner Studienjahre an der Universität und Broschüren über Fütterung und Hygiene von Rindern, Schweinen und Pferden. Auf Betreiben meines Vaters hatte er auch ein Dutzend Kaninchen und Geflügel zur täglichen Versorgung der Familie erworben, doch nicht genug damit, daß er sie in Hühnerställe und Scheunen setzte, er brachte auch noch in den Zimmern des Stockwerks welche unter, in denen wir wohnen sollten. Bei unserer Ankunft blieb Don Ángel nichts anderes übrig, als seine Hausgötter in die untere Etage zu verfrachten, wo die Tagelöhner schliefen. Anschließend mußten die Veranda sowie die an die Kapelle angrenzenden Zimmer gereinigt und neu getüncht werden. Doch weder seine noch die Energie meines Vaters litten darunter: im Garten sitzend, planten beide neue Verbesserungen und Erweiterungen, bevor sie sich in die Prüfung des umfangreichen Ausgabenbuchs vertieften.

Ich erinnere mich an Don Ángel in seiner Rolle als ständig beschäftigter Mann, der mit irgendeinem Werkzeug über die Terrasse ging, den Landarbeitern Befehle erteilte, eine schlecht gemachte Arbeit verbesserte. Der Bereich seiner Verantwortlichkeiten war so breit gefächert, daß seine Aufmerksamkeit unablässig gefordert war: eine Leitung durchspülen, den Kühen frisches Stroh streuen, Wasser in den Schweinestall leiten, die Kartoffelfelder wässern, den zweirädrigen Planwagen vorbereiten, den Maulesel anschirren, den Kaninchen Grünzeug geben. Um meinem Vater entgegenzukommen, hatte er im Wäldchen neben dem Haus zahlreiche Feigenkakteen gepflanzt, und er benutzte sowohl für die unbewässerten als auch für die bewässerten Äcker den von meinem Vater vorgeschlagenen Dünger. Trotz dieses Eifers stießen die sorgfältig ausgearbeiteten Pläne in der Praxis auf beunruhigend viele Hindernisse und Unwägbarkeiten. Es kam zu einer Myxomatose-Epidemie, die plötzlich die Kaninchen dahinraffte; manche Kühe gaben keine Milch mehr; das Gemüse reagierte nicht wie erwartet auf den Gebrauch neuer chemischer Produkte. Diese Widrigkeiten – und die hierdurch ausgelösten Grübeleien – scheinen mir heute, aus der Distanz gesehen, von der gleichen Art zu sein wie die, mit denen sich schon Bouvard und Pécuchet herumschlagen mußten und die ihre ehrgeizigen Projekte zunichte machten. Die Kluft zwischen den Theorien Don Ángels und dem dürftigen Ergebnis war schließlich ein Grund für Spötteleien in der Familie. Eulalia mit ihrem angeborenen Mißtrauen und ihrem soliden Instinkt eines Bauernmädchens hatte ganz nebenbei eine Reihe von Beobachtungen über ihn verlauten lassen, die nach und nach sein Ansehen untergruben. Fleißig? Ein Angeber! Eifer und Fleiß, die er in Gegenwart meines Vaters an den Tag legte, verschwanden augenblicklich, sobald dieser ihm den Rücken kehrte. Und tatsächlich, an den Tagen, an denen mein Vater nach Barcelona fuhr, überraschten meine Geschwister und ich Don Ángel, wie er auf der faulen Haut lag und friedlich unter einem Baum seinen Mittagsschlaf hielt. Seine Unfähigkeit in der Landwirtschaft war allgemein bekannt, und die Tagelöhner schienen seine aufdringliche Begeisterung für die karlistischen Ideale nicht allzusehr zu schätzen. So viel Unfähigkeit und Faulheit öffneten meinem Vater schließlich die Augen, und da zu allem Überfluß die Rechnungen nicht stimmten und die angeblichen Gewinne sich unerklärlicherweise in neue Ausgabenquellen verwandelten, ging die unseriöse Herrschaft Don Ángels abrupt zu Ende. Mein Vater beschloß, sich von ihm zu trennen und die Verwaltung des Guts einer echten Bauernfamilie anzuvertrauen.

Der Pächter eines der angrenzenden Güter wollte bei uns arbeiten, und mein Vater und er wurden handelseinig. Obgleich hoffnungslos mit einer roten Vergangenheit befleckt, hatte er dennoch während des Krieges auf das Hab und Gut seines Herrn achtgegeben, und dieser Respekt vor dem fremden Eigentum sowie die Tatsache, daß seine einzige Tochter mit einem fleißigen, katholischen und politisch rechtsstehenden jungen Mann verlobt war, verlieh ihm eine gewisse Respektabilität. Die Maus – wie ihn die Leute im Dorf trotz seiner rötlichen Trinkernase und einer beachtlichen Korpulenz nannten – legte sogleich großen Fleiß und große Kompetenz an den Tag: der Hof machte allmählich einen besseren Eindruck; der Anbau entwickelte sich gut. Die Bewirtschaftung hätte unter seiner Leitung und unter der Mitarbeit seines Schwiegersohns eine gute Wendung nehmen können, doch die Lust meines Vaters auf Experimente sowie seine ständige Ruhelosigkeit machten ihn anfällig für neue, verhängnisvolle Abenteuer.

Nachdem das unmittelbare Problem unseres Fett- und Proteinmangels durch die Aufzucht von Meerschweinchen gelöst war, suchte sein unruhiger Geist nach anderen Sphären, in denen er sich beweisen konnte. Als erstes kam die Erfindung einer Farbe, die aus dem Saft der Walnußschalen gewonnen wurde und die er vermarkten wollte. Er taufte sie auf den Namen »Nussolinfarbe« und bepinselte damit die Wände mehrerer Zimmer, bis ihn ihr häßlicher Anblick schließlich von der Unbrauchbarkeit dieser Farbe überzeugte. Er hatte eine wahre Leidenschaft für Feigenkakteen und ihre Früchte, und er lehrte uns, sie bei Tagesanbruch mit Hilfe einer Zange frisch zu pflücken. Nun verfiel er darauf, aus der in den Stielen enthaltenen Pflanzensubstanz einen Haarfestiger herzustellen. Nachdem die Zeit des Typhus und der Kopfläuse vorbei war, durften wir wieder den damals modischen Haarschnitt tragen, und wie die übrigen Jungen unseres Alters rieben wir uns jeden Morgen mit den Fingern Lucky Strike in die Haare. Nachdem mein Vater einige Mixturen und Brühen von zweifelhaftem Aussehen zustande gebracht hatte, beschloß er, weil er nicht an fremden Köpfen experimentieren wollte, das Produkt zunächst an sich selbst auszuprobieren: seine schon graumelierten Haare bekamen am Ende eine sanft grünliche Färbung. Doch er war nicht der Mann, der sich durch solche Kleinigkeiten entmutigen ließ: seine Mischung, behauptete er, stärke die Haarwurzeln, verhindere Haarausfall und gebe dem Haar ein natürliches Aussehen. Bereichert durch seine eigene Erfahrung, wollte er das Experiment auf die ganze Familie ausdehnen: eines Morgens beschloß er, mir trotz meiner Tränen und Proteste den Kopf mit dem von ihm erfundenen Produkt einzuschmieren. Wohl oder übel mußte ich die Prozedur über mich ergehen lassen, und als ich in die Schule kam, rief die seltsame Tönung meiner Haare sofort Neugier hervor. Wütend über die spöttischen Bemerkungen meiner Schulkameraden, schloß ich mich auf der Toilette ein, wo ich mich so energisch mit Wasser und Seife abschrubbte, daß keine Spur mehr von dieser verdammten Erfindung zurückblieb.

Doch die Initiativen meines Vaters, der von den anderen Teilhabern der ABDECA ausgebootet worden war und nun sich und den andern seine Fähigkeiten als Geschäftsmann beweisen wollte, waren leider nicht alle so harmlos und verursachten so wenig Kosten wie die, von denen ich gerade berichtet habe. Sein geheimer Drang, meinem Urgroßvater und dessen spektakulären wirtschaftlichen Erfolgen nachzueifern, bedurfte nur eines Katalysators, um sich offen zu zeigen. Zwei oder drei Jahre nach Kriegsende kam ein Wissenschaftler öfter zu uns nach Hause, der ähnliche Ideen und Leidenschaften hatte wie mein Vater. Ich möchte ihn Doktor Roset nennen. Er war kahlköpfig, trug eine Brille, war nachlässig gekleidet und wurde ebenfalls von Verdauungsproblemen gequält; er gehörte einer bekannten Familie an und hatte einige Jahre in Kanada gelebt: dort hatte er sich von seiner Frau getrennt und lebte mit seinen beiden etwa zwanzigjährigen Töchtern zusammen, die blond und außergewöhnlich schön waren und am Strand von Caldetas, wohin sie uns bisweilen begleiteten, unter den Badegästen die Wirkung eines Seebebens hervorriefen. Dr. Roset, ein fanatischer Antikommunist, hatte damals schon die Fertigung todbringender Waffen geplant, mit denen das bolschewistische System Rußlands ein für allemal vernichtet werden konnte. Sein politisches Gedankengut und seine festen religiösen Überzeugungen nahmen meinen Vater sofort für ihn ein, weshalb auch seine ehrgeizigen Projekte auf dem Gebiet der Wurzelbakteriologie – eine neue Inokulationsmethode für Pflanzen zwecks Stimulierung ihres Wachstums und verschwenderischer Vermehrung ihrer Früchte – mit größter Begeisterung aufgenommen wurden. Mit dem Geld meines Vaters mietete er am Paseo de Santa Eulalia im Viertel Sarría ein altes, baufälliges Haus und richtete dort für seine Experimente ein bakteriologisches Laboratorium ein. Seine jüngste Tochter, meine Schwester und zwei unserer Kusinen arbeiteten dort mit ihm zusammen. Mit weißen Kitteln bekleidet, impften sie Sojapflanzen mit dem Inhalt ihrer Flakons. Da ich auf dem Gebiet der Chemie und der Naturwissenschaften Laie bin, kann ich mich über die rationalen Grundlagen des Unternehmens nicht auslassen. Nach Meinung einiger Bekannter, die besser informiert waren als ich, lagen weder mein Vater noch Dr. Roset hinsichtlich der praktischen Anwendung ihrer Beobachtungen falsch; doch von da bis zu ihrer Vermarktung war es ein weiter, mit Unsicherheiten gepflasterter Weg, der angesichts der allgemeinen Not und Beschränkung gerade unter diesen Bedingungen des Marktes nicht leicht war. Da es für eine großangelegte Werbung am notwendigen Kapital fehlte, konnte das Laboratorium meines Vaters nichts anderes sein als ein zwar unterhaltsames, aber kostspieliges Familienspielzeug. Nach den ersten Proben im Garten von Sarriá verlegten Dr. Roset und mein Vater ihr Experimentierfeld in die Gartenbeete und Äcker von Torrentbó. Ohne sich um den Argwohn und die Skepsis des Pächters zu kümmern, säten sie auf große Flächen unbewässerten Bodens Sojabohnen aus: einige wurden inokuliert, andere nicht. Marta, meine Kusinen und die Tochter des Doktors hatten sich mit ihren weißen Kitteln fotografieren lassen, in jeder Hand eine Pflanze haltend: wie auf jenen Werbeplakaten für eine einzigartige Haarlotion, wo auf das erste Bild eines unsympathischen, altersschwachen Glatzkopfs ein anderes desselben Mannes folgt, der jetzt, behaart und auf wundersame Weise verschönt, freundlich lächelt, so wurde die rachitische Pflanze in der rechten Hand mit der hohen und dichtbelaubten Pflanze in der linken Hand verglichen, die selbstverständlich von der Wunderwirkung der Inokulation profitiert hatte. Doch die unbestreitbaren Erfolge im Garten von Sarriá waren in Torrentbó bei weitem nicht mehr so überzeugend. Die Unterschiede zwischen den einzelnen Pflanzen in bezug auf Höhe, Dicke und Anzahl der samentragenden Schoten waren oft nicht wahrnehmbar. In einigen Fällen schienen sich die inokulierten Pflanzen zur Verblüffung und zum Ärgernis Dr. Rosets und meines Vaters in jeder Hinsicht schlechter entwickelt zu haben. Dieses verblüffende und verwirrende Geheimnis, vom Pächter mit leicht spöttischem Gleichmut aufgenommen, klärte Alfredo, der Schwiegersohn, einige Jahre später auf: verärgert über die eitlen Hoffnungen und die angebliche Allwissenheit Dr. Rosets, der die traditionellen Anbaumethoden der Bauern natürlich verachtete, hatte sich die Maus einen Spaß daraus gemacht, arglistig einige Schilder und Etiketten zu vertauschen und das Inokulationszeichen an jene Pflanzen zu stecken, die nicht inokuliert waren, und umgekehrt. Ich weiß nicht, ob dieser derbe Scherz das Ende des Unternehmens beschleunigte oder nicht. Angesichts der Unmöglichkeit, den Markt für die inokulierten Pflanzen über die Grenzen von Torrentbó hinaus auszuweiten, war das bakteriologische Laboratorium zu einem ausgesprochenen Klotz am Bein geworden, und nach mehreren, beachtliche Verluste verursachenden Jahren des Dahinvegetierens faßte mein Vater den klugen Entschluß, es zu schließen.

Während ich auf unweigerlich ironische Weise die Besessenheit meines Erzeugers von exzentrischen, um nicht zu sagen unsinnigen Unternehmen darlege, stelle ich fest, daß ich seinen schöpferischen Intuitionen, seinem immer an den Tag gelegten Interesse für die harmonische Entwicklung einer naturbelassenen Umwelt, seinem bescheidenen, aber realen Beitrag für den Naturschutz keine Gerechtigkeit habe widerfahren lassen: mein Vater schrieb oft in der naturwissenschaftlichen Zeitschrift der

Jesuitenpatres von Barcelona, und seine Artikel waren, wie ich inzwischen von jemandem erfahren habe, der sich in der Materie auskennt, allem Anschein nach von Teilhard de Chardin beeinflußt und im dürftigen Rahmen jener Zeit anregend und innovativ. Er hatte sich bemüht, uns von klein an die Achtung vor einem von Fortschritt und Mechanisierung bedrohten ökologischen Gleichgewicht beizubringen. Sein Abscheu vor künstlichen Zutaten, Konserven und den Manipulationen der Nahrungsmittelindustrie machten ihn zu einem Vorläufer der heutigen Reformhäuser und Naturfreundebewegungen. Was ich in meiner Jugend für Manien hielt, wie etwa die von ihm aufgestellte Behauptung, zwischen Tabak und Krebs bestehe eine Verbindung, die Gefahr übertrieben langer Sonnenbäder, die schädliche Wirkung von Zusätzen und Farbstoffen, all das ist im Verlauf der Zeit unbestreitbare Tatsache geworden. Hinzu kommt, daß mein Vater, auf seine Weise, das Unglück hatte, in einem widrigen familiären Klima zu leben: seine Neigungen und Vorlieben, von keinem seiner Kinder geteilt, verurteilten ihn zu einer schmerzlichen Isolierung. Meine persönliche Welt, die leidenschaftliche Hingabe an die Bücher, der frühe und ein wenig anmaßende Entschluß des Fünfzehnjährigen, Romancier zu werden, mußten ihm so seltsam und fremd vorkommen wie mir seine gescheiterten Unternehmen und wissenschaftlichen Untersuchungen. Diese Unvereinbarkeit der Neigungen und Interessen, zusammen mit völlig gegensätzlichen Charakterzügen, begünstigten unser Einvernehmen natürlich nicht. Er brachte uns Kindern das gleiche Unverständnis, die gleiche Blindheit entgegen, die wir ihm entgegenbrachten. Mein Vater glaubte aufrichtig, er habe sich für uns geopfert, als er auf eine neue Ehe verzichtete und versuchte, uns eine glänzende Zukunft zu ermöglichen. Diese Zukunft, die er sich nur auf dem Gebiete der Wissenschaft oder des Handels vorstellen konnte, entsprach natürlich seinen eigenen Neigungen und nicht den unseren. Obgleich sich sein Verhalten mit der Zeit allmählich geändert hat – da er sich schon mit meiner Schriftstellerei abfinden mußte, erhoffte er sich zumindest eine glänzende, einträgliche Karriere für mich –, machte die Unmöglichkeit, ihm die Wahrheit meines Lebens nahezubringen, von vornherein jeden Dialog zunichte. Unsere kurzen, weit auseinanderliegenden Begegnungen der letzten Jahre verkümmerten unter dem frommen Mantel der Lüge. Da ich ihm das Wesentliche nicht sagen konnte, beschränkte sich unsere Unterhaltung auf eine Anhäufung von Gemeinplätzen. Jede Anspielung auf meinen religiösen Agnostizismus, meine marxistischen Ideen, mein sexuelles Verhalten wäre für ihn ein unerträglicher Schlag gewesen. Das Gespräch auf eines dieser Themen zu bringen kam mir einfach als eine durch nichts zu rechtfertigende Bosheit vor. Zum Versteckspiel verurteilt, entfernte ich mich gefühlsmäßig immer mehr von ihm und kümmerte mich daher auch nicht sonderlich um sein trauriges, in seinen Hoffnungen enttäuschtes Leben. Geistig war ich bereits auf den Tag vorbereitet, an dem er für immer dahingehen würde. Erst nach seinem Tod, als ich ihm in einer Nacht, in der ich wegen einer übermäßigen Dosis Rauschgift ins Phantasieren geraten war, unerwartet begegnete, ihm, der lebendig und wirklich war, fast aus Fleisch und Blut, konnte ich ihn sehr viel objektiver sehen und beurteilen und sogar eine Anwandlung unverhoffter Zärtlichkeit für ihn empfinden.

Vor unserer Rückkehr nach Viladrau brachten meine Großeltern Tante Consuelo wieder in das Sanatorium, in dem sie zuvor gepflegt worden war, und zogen mit uns in die im Erdgeschoß gelegene Wohnung in der Calle Pablo Alcover. In dieser schlechtgeschnittenen und nicht sehr geräumigen Wohnung, in der schon sechs Personen lebten, war ihre Gegenwart zwischen Erwachsenen und Kindern dennoch unauffällig. Großmutter Marta zeigte noch kein Symptom geistiger Umnachtung und erfüllte die traditionellen Funktionen der katalanischen *yaya*: sie begleitete Luis in den Kindergarten, der auf der Anhöhe der Calle de Anglí lag, und zu Hause las sie ihm mit unerschöpflicher Geduld aus den kleinen Büchern der Reihe *Marujita* vor, die wir beide, er wie ich, gierig verschlangen. Großvater Ricardo pflegte die Zeit mit Hilfe der Tageszeitungen totzuschlagen, und wenn das Wetter es erlaubte, setzte er sich zum Ausruhen in den hinteren Teil des Gartens. Die beiden wohnten in dem zur Straßenseite liegenden und ans Arbeitszimmer grenzenden Raum. In diesem Zimmer stand der riesige Spiegelschrank, vor dem sich meine Eltern bei ihrer Hochzeit hatten fotografieren lassen, dazu ein Ehebett, das zu diesem Schrank paßte, und eine Kommode, in deren oberster Schublade meine Großmutter ihren Geldbeutel aufbewahrte. Ich vermag nicht genau zu sagen, ob meine ersten Abstecher zu diesem Geldbeutel bereits damals begannen oder erst nach der Rückkehr von unserem zweiten Sommeraufenthalt in Torrentbó. Wahrscheinlich griff ich anfangs nur sporadisch hinein, während meine regelmäßigen Unterschlagungen – ein- oder zweimal wöchentlich – zu einem späteren Zeitpunkt ihren Anfang nahmen.

Ich schlief allein in dem Raum, der Arbeitszimmer und Bibliothek zugleich war, auf einem Schlafsofa, das zwischen einem Möbelstück und der Wand stand: wenn ich zu Bett ging, sah ich, wie die Großeltern in ihrem Zimmer verschwanden, und vernahm ihr Gemurmel und ihre Gebete, bis sie das Licht löschten. Eines Nachts, als das Haus völlig im Dunkeln lag, bekam ich Besuch. Mein Großvater näherte sich in seinem langen weißen Nachthemd dem Kopfende und setzte sich zu mir auf den Rand meines Bettes. Mit einer Stimme, die fast ein Flüstern war, sagte er, daß er mir ein Märchen erzählen wolle, doch er fing sofort an, mich abzuküssen und mich zu kitzeln. Ich war sehr erstaunt über diese ungewöhnliche Erscheinung und vor allem über diese Heimlichkeit. Laß uns spielen, sagte der Großvater, und nachdem er die Nachttischlampe gelöscht hatte, in deren Licht ich manchmal vor dem Schlafengehen las und die ich angeknipst hatte, als ich seine Schritte hörte, streckte er sich neben mir aus und schob seine Hand sachte in meine Schlafanzughose, bis er mein Geschlecht berührte. Seine Berührung war mir unangenehm, aber Angst und Verwirrung lähmten mich. Ich spürte Großvater über meinen Körper gebeugt, spürte zuerst seine Finger, dann seine Lippen, spürte die schleimige Berührung seines Speichels. Als er sich nach einigen endlosen Minuten zu beruhigen schien und sich wieder auf den Bettrand setzte, schlug mein Herz schneller. Was bedeutete dieses ganze Spiel? Warum hatte er, nachdem er an mir herumgespielt hatte, so etwas wie einen Seufzer ausgestoßen? Die Fragen blieben ohne Antwort, und während der lästige Besucher auf Zehenspitzen in das Zimmer nebenan zurückkehrte, in dem meine Großmutter schlief, blieb ich in einem Zustand banger Sprachlosigkeit eine Weile wach liegen.

Großvater Ricardo hatte mich gebeten, das Geheimnis für mich zu behalten, und den ganzen Tag über gab nichts in seinem Verhalten zu der Vermutung Anlaß, daß dieser friedliche Alte, der mit seiner Zeitung im Schatten des Kastanienbaums saß, derselbe war, der am Vorabend kichernd in mein Bett gekommen war, um mich zu kitzeln. Am Abend ging er wieder in Begleitung der Großmutter durch mein Zimmer. Doch eine halbe Stunde später, als er der Ansicht war, daß sie schlief und alle Lichter im Hause gelöscht waren, wiederholte er seinen Besuch vom Vorabend. Unfähig, auf das Ereignis zu reagieren, tat ich so, als fiele ich in ein tiefes Koma, während er mich mit der Hand und den Lippen manipulierte: diesmal hatte er selbst die Nachttischlampe angeknipst, und der Gedanke, ihn neben dem Bett knien zu sehen, ging über meine Kräfte. Ich weiß nicht, wie oft Großvater in den heißen Juninächten, die unserer Abreise nach Torrentbó vorausgingen, seine Streichelbesuche wiederholte. Fünfmal, zehnmal? Ich hatte mich für die naive Strategie des Schlafs entschieden und ersparte mir so das Schauspiel seiner lästigen und wiederholten Praktiken.

Wochen danach, in einem Johannisbrotbaumwäldchen, das sich an die Gemüsegärten von Torrentbó anschloß, erzählte ich das Vorgefallene José Agustín. Wir hatten in allgemeinen Worten über den Charakter des Großvaters gesprochen, seine pedantischen Hygienegewohnheiten, seine Verschlossenheit, seine Knausrigkeit, als der Wunsch, ihm von meiner erst kürzlich gemachten bestürzenden Erfahrung zu berichten, meine instinktive Zurückhaltung besiegte. Als ich mit der Geschichte fertig war, bat ich meinen Bruder, die vorhersehbaren Komplikationen befürchtend, die eine Aufdeckung hervorrufen würde, kein Wort des Gesagten weiterzuerzählen. Sollte Großvater dann in Barcelona auch weiterhin seine Spielchen fortsetzen, fügte ich hinzu, würde ich mir schon zu helfen wissen, damit ihm die Lust daran verginge.

Ich erinnere mich, daß ich mit dieser Absicht am Abend unserer Rückkehr einen Stapel Bücher neben meinem Bett auftürmte. Die Großeltern durchquerten wie gewöhnlich mein Zimmer, und nachdem sie das Licht gelöscht hatten, blieb ich wach und auf der Hut, einige Bände einer Enzyklopädie in Reichweite, fest entschlossen, sie dem Eindringling an den Kopf zu werfen, sobald er sich zeigen sollte. Doch Großvater gab kein Lebenszeichen, und voller Erleichterung schlief ich schließlich neben meiner kleinen, nun nutzlosen Wurfbibliothek ein. Als ich am darauffolgenden Tag aus der Schule kam, sagte José Agustín, daß Papa mich sprechen wolle. Ich ging auf die kleine Terrasse über der Garage hinauf, wo Eulalia die Wäsche aufzuhängen pflegte. Mein Vater saß mit finsterem, ernstem Gesicht in einem Rohrsessel und fragte mich sofort, ob die Geschichte mit Großvater wahr sei. Ich sagte ja, und die Züge seines langen, hageren, eingefallenen Gesichts wurden noch schärfer und markanter und verliehen ihm das Profil eines Raubvogels. Ohne daß er seinen Haß auf den Schwiegervater zu verbergen suchte, erklärte er, daß dessen schändliches Laster eine Sünde wider die Natur sei und bereits seine vielversprechende Laufbahn zerstört habe. Wie ich damals erfuhr, bekleidete der Großvater vor dem Krieg einen sehr wichtigen Posten in der Bezirksregierung, bis zu dem Tag, an dem er dabei erwischt wurde, wie er in einer Badekabine am Strand von San Sebastián einen jungen Burschen aus der Familie unsittlich berührte. »Die Leute wollten ihn lynchen«, sagte mein Vater zustimmend. »Mit Handschellen wurde er wie ein Verbrecher abgeführt und ins Gefängnis gebracht; als ich ihn dort mit deiner Großmutter und deiner armen Mutter besuchte, weinten beide vor Scham, während er schwieg und sich nicht einmal zu entschuldigen versuchte.« Immer erregter erzählte er mir in allen Einzelheiten von dem Unglück und den Stigmata der Schande, die der Schuldige über sich und die Seinen gebracht hatte: vorzeitige Entlassung aus dem Staatsdienst; öffentliche Entehrung. Er hatte für immer den guten Namen der Familie befleckt. Meiner Mutter zuliebe hatte mein Vater seinen Widerwillen gegen diesen weibischen Menschen, dem es so völlig an Würde und Männlichkeit fehlte, hinunterschlucken müssen; doch diese letzte Tat, die die Grenzen seiner Geduld überstieg, verlangte nach einer exemplarischen Strafe.

Ich kenne den Inhalt des Gesprächs zwischen den beiden nicht, das sicherlich an demselben Tag stattgefunden hat, an dem ich mit meinem Vater gesprochen habe. Noch am Abend packten meine Großeltern ihre Habseligkeiten und persönlichen Dinge und zogen unter den strengen, mißbilligenden Blicken des Schwiegersohns als Untermieter in eine kleine Villa, die drei Häuserblocks von unserem Haus entfernt lag. Dieser für beide so demütigende Auszug fiel, wie ich glaube, mit der plötzlichen Verschlechterung der Gesundheit meiner Großmutter zusammen. Von da an kamen beide zwar zum Mittag- und Abendessen zu uns, gingen aber gleich nach dem Rosenkranz und den Abendgebeten in ihre neue Wohnung zurück. Ohne auf die Gefühle seiner Schwiegermutter Rücksicht zu nehmen, verbarg mein Vater nun nicht mehr seine Abneigung gegen den Schuldigen, dieses Kreuz, das größte, das er je in seinem Leben hatte tragen müssen, wie er seufzend sagte. Diese hartnäckige, kleinliche, systematische Verfolgung sollte mehr als zwanzig Jahre dauern, bis zum fast gleichzeitigen Tod der beiden. In dem Bewußtsein, im Recht zu sein und alle Trümpfe in der Hand zu haben, versagte es sich mein Erzeuger von nun an nicht mehr, den Großvater auf tausenderlei Arten zu demütigen. Aus materiellen Gründen gezwungen, mit ihm zusammenzuleben – seit seinem unfreiwilligen Ausscheiden aus der Verwaltung der ABDECA und dem gescheiterten Experiment mit dem bakteriologischen Laboratorium waren die Haupteinnahmequelle der Familien die Pension und die Ersparnisse des Schwiegervaters –, ließ er ihn dafür mit einer Wut und einer Verbissenheit büßen, die vor allem Eulalia empörte und die sich schließlich gegen ihn selbst wendete. Als er sich 1951 in sein letztes und verheerendstes Abenteuer mit dem phantastischen Nazi vom Dienst stürzte, da geschah das, indem er Großvater zwang, ihn fast dazu erpreßte, ein ihm gehörendes Mietshaus zu verkaufen, dessen Erlös jedoch, statt uns auf den Gipfel des Reichtums zu führen, wie er fest glaubte, mit einem Taschenspielertrick in der unersättlichen Tasche eines gewissen Calvet verschwand, der wegen seiner dunklen Geschäfte mit den Deutschen während des Krieges von der belgischen Justiz verfolgt wurde.

Die durch diese Geschichte hervorgerufene Spannung und ganz allgemein den ihr vorausgegangenen ständigen Kleinkrieg hat Luis in *Antagonía* beschrieben, so daß ich mich nicht weiter dabei aufhalten werde. Wie viele alte Ehepaare, so hatten sich Großvater und mein Vater eine kleine Privathölle geschaffen, deren Routine ihnen zu überleben half. Der aktive Groll des einen und die erbärmliche Resignation des andern waren in Barcelona mein tägliches Brot: dieses schmerzliche Erlebnis trug in seiner unerträglichen Wiederholung entscheidend dazu bei, daß ich den Ort schließlich haßte. Fortgehen von zu Hause, fort aus dem Viertel, aus der Stadt: alle meine Pläne als frischgebackener Abiturient liefen auf Flucht hinaus. An dem Tag, an dem ich endlich die Ankertaue kappte, lebte ich im Geiste schon längst anderswo. Wenn jemand fortgeht, tut er es deshalb, weil er bereits gegangen ist.

Meine Geschichte mit dem Großvater und die Reaktion, die sie innerhalb der Familie hervorrief, hatte mit Sicherheit eine traumatische Wirkung auf mich. Die heftige, geradezu irrationale Abneigung meines Vaters gegen Homosexuelle – deren verdammenswertes Symbol für ihn sein Schwiegervater verkörperte – grenzte bisweilen schon ans Krankhafte: er hatte José Agustín, der natürlich nichts Eiligeres zu tun hatte, als es mir weiterzuerzählen, mit großer Genugtuung berichtet, daß Mussolini befohlen habe, »alle Schwulen« rücksichtslos zu erschießen. Obgleich ich zum damaligen Zeitpunkt noch nicht die entfernteste Ahnung von meiner zukünftigen Sexualität hatte, erfüllte mich diese Nachricht dennoch eher mit Unbehagen als mit Begeisterung. Die Art und Weise, wie sich mein Großvater mir gegenüber verhalten hatte, schien mir natürlich tadelnswert; doch die Strafe, über die man sich zu Hause ganz offen freute, fand ich ungerecht, und ich mißbilligte sie. Die brutale Therapie Mussolinis muß wohl, angeblich zur Information, von meinem Vater in Gegenwart des Großvaters erwähnt worden sein, der wie üblich kein Wort sagte. Diese Übereinstimmung mit dem Urteil anderer, diese unterwürfige Hinnahme seines naturgegebenen Status als Paria, die Unfähigkeit, auf die Angriffe, die er ständig über sich ergehen lassen mußte, zu reagieren, lösten später ein ungeheures Mitleid in mir aus. Seine jahrelang schamhaft verborgene zwanghafte Päderastie hatte er als eine urpersönliche Tragödie erlebt: ein von der Religion, an die er glaubte, und von der Gesellschaft, in der er lebte, verdammtes Laster. Da ihm die notwendige moralische Kraft fehlte, um sich zu ihm zu bekennen, blieb ihm nichts anderes übrig, als jedesmal, wenn er ihm unglücklicherweise nachgab und daraufhin an den Pranger gestellt wurde, dem Beil des Henkers seinen Kopf hinzuhalten. Die Erinnerung an diese auf die Geringschätzung der anderen folgende Selbstverachtung, an diesen hingenommenen und schließlich in ein Schuldgefühl verwandelten Schimpf wog sehr schwer bei meinem Entschluß, allen Widerständen zum Trotz zu meiner Veranlagung zu stehen und die Dinge gegenüber den andern und mir selber klarzustellen. Als Monique ihren ersten Roman mit dem Titel *Les poissons-chats* (Die Katzenfische) veröffentlichte, ein Buch, in dem die Liebe der Heldin zu einem Homosexuellen beschrieben wird, war die Lektüre, wie mir Luis erzählte, für Großvater Ricardo, zwei oder drei Jahre vor seinem Tod, ein gewaltiger Schock. Weinend erklärte er ihm, daß die im Buch dargestellten Leidenschaften eine schreckliche Sünde seien; daß er sein ganzes Leben lang darunter gelitten habe, daß er ihnen immer wieder erlegen sei und damit Gott aufs schwerste beleidigt habe. Die Vorstellung, seinen Spuren zu folgen, mich ebenfalls mit einem armseligen und zerstörten Leben abzufinden, war das wirkungsvollste Gift gegen meine Zweifel und mein Zögern an dem mehr oder weniger erwarteten Tag, an dem ich mich in der widersprüchlichen Lage befand, eine intensive Liebesbeziehung mit Monique zu erleben und zugleich ein bis dahin unbekanntes physisches Glück mit einem marokkanischen Maurer zu entdecken, der vorübergehend in Frankreich lebte und arbeitete. Glücklicherweise ersparte der Tod meinem Vater diesen letzten grausamen Schicksalsschlag: festzustellen, daß seine geheimen Ängste, vielleicht sogar seine düsteren Vorahnungen, sich schließlich bei mir erfüllt hatten.

Meine Großmutter begann zu der Zeit ihr Gedächtnis zu verlieren, als ich es mir zur Gewohnheit machte, Geld aus ihrem Portemonnaie zu stehlen. Ständig vergaß sie, wo sie dies oder jenes hatte liegenlassen, suchte manchmal an den unwahrscheinlichsten Stellen danach, und wenn dann, nachdem sie das ganze Haus auf den Kopf gestellt hatte, der verlegte Gegenstand nicht wiederauftauchte, lief sie wie eine Irre betrübt im Flur auf und ab und sagte immer wieder, sie könne sich nicht einmal mehr an das Vaterunser erinnern und murmelte dazu, wie eine Beschwörung, das Gebet an den heiligen Antonius vor sich hin.

Wenn du Wunder suchest, schau:
Tod und Grauen sind zerstört,
Elend und Dämonen sind entfloh'n,
Leprakranke sind gesund . . .

Ihre innere Unruhe und ihr Verfall hatten sich im zweiten Sommer, bei unserer Rückkehr nach Torrentbó, noch verstärkt, und ich fühlte mich zum Teil verantwortlich. Die Fünfundzwanzigpesetenscheine in ihrem Geldbeutel, die sich geheimnisvoll in Rauch auflösten, waren für sie zu einer ständigen Qual geworden. Aber es war doch noch da; ich habe es erst heute morgen mit dem Schlüsselbund hierhin gelegt . . . Der Großvater hörte ihr geduldig zu, und zu meiner großen Erleichterung schloß er einen Diebstahl aus, den sie für möglich hielt, und äußerte die

Vermutung, daß sie das Geld auf der Straße verloren habe, als sie Luis zur Schule brachte oder als sie aus der Kirche kam. Solche Szenen, die sich in dem Rhythmus wiederholten, in dem ich das Geld verschwinden ließ, riefen keine übertriebene Reue bei mir hervor. Von Anfang an hatte ich mir die durch ihre Vergeßlichkeit entstandene kostbare Immunität zunutze gemacht, und ich bediente mich ihrer mit der größten Unverschämtheit. Während meine Großmutter, ihre schwarze Handtasche unterm Arm, das ganze Haus durchsuchte und sich dabei an die Stelle zu erinnern hoffte, wo sie den verdammten Geldschein hingelegt hatte, streichelte ich diesen in aller Ruhe in meiner Hosentasche und dachte dabei an die Tüte mit Karamelbonbons, die meine Mitschüler nach dem fast täglichen Einkauf in dem wunderbaren Süßwarengeschäft Foix mit Bewunderung erfüllen würde. Wahrscheinlich verdächtigte mich Großmutter als den mutmaßlichen Urheber der Verluste, doch statt mich anzuklagen und bloßzustellen, zog sie es vor, sich selbst die Schuld zu geben und die Einbuße des Geldes ihrer Unordnung und ihrer Vergeßlichkeit zuzuschreiben. Sie bat mich einige Male, mit ihr zusammen das Wundergebet aufzusagen, was ich, stolz auf meine Unverwundbarkeit, unverzüglich tat. Dieser schockierende Mangel an moralischem Bewußtsein, höchstwahrscheinlich die Folge unserer frühen Kriegserfahrung, betraf meine Geschwister ebenso wie mich. Jeder von uns mußte zu irgendeinem Zeitpunkt seines Lebens hart darum ringen, sich in einem langen, aufreibenden Kampf mit zweifelhaftem Ausgang eine Norm persönlicher Rechtschaffenheit zu setzen. Was mich angeht, so schuf ich mir dieses Gesetz persönlicher Strenge und Integrität erst sehr viel später: an dem Tag nämlich, an dem ich mich, fern von zu Hause und aus Opposition zu den Werten meines Milieus, für die Politik zu interessieren begann und dabei auch ihre Lügen und Fallstricke entdeckte. Doch mehr noch als über die frühe Amoralität, die wir an den Tag legten, bin ich, gerade was mich betrifft, über den völligen Mangel an Mitleid überrascht. Die unendliche Güte meiner Großmutter, ihre Hingabe und Opferbereitschaft, ihre grenzenlose Geduld, die Folge von Tragödien, die ihr Leben gezeichnet hatten, spielten in dem Augenblick keine Rolle mehr, in dem ich den Entschluß faßte, mich über ihren Geldbeutel herzumachen. Ich erinnere mich voll nachträglicher Scham an den Tag, an dem sie sich – vermutlich weil sie meine Streifzüge fürchtete, die ich vorzugsweise während des Mittagessens unternahm, wenn ich unter dem Vorwand, auf die Toilette zu müssen, vom Tisch aufstand – mit ihrer Wachstuchtasche auf den Knien hinsetzte und ich, wütend darüber, daß meine Pläne vereitelt werden sollten, darauf bestand, daß sie sich ihrer entledigte, weil man so etwas nicht tut, weil es den anderen Tischgenossen gegenüber unhöflich ist. Fast weinend gehorchte mir die Großmutter, und als sie aufstand, um ihre Tasche mit dem Geldbeutel an den gewohnten Ort zurückzulegen, sagte sie völlig aufgelöst zu mir: Wie du willst, mein Junge, wie du willst.

Der Tod Tante Consuelos im Sanatorium, die gespannten Beziehungen zwischen meinem Vater und ihrem Mann, der überstürzte Umzug in die neue Wohnung und die damit verbundene Trennung von der Familie waren sicherlich entscheidende Faktoren, die zu Großmutters geistiger Verwirrung beitrugen. Ob sie jedoch im einzelnen um das Vorgefallene wußte, die Gründe kannte, die zu ihrer Vertreibung aus unserem Hause führten, ist für mich ein Geheimnis und wird es immer bleiben. Hatte mein Vater oder Großvater sie über das, was geschehen war, unterrichtet? Oder hatte sie selbst, wie ich manchmal glaube, meinen Vater auf die Nächte aufmerksam gemacht, in denen Großvater das gemeinsame Bett verließ und sich mit Absichten, die seit seiner früheren Verhaftung und seinem Gefängnisaufenthalt kein Geheimnis mehr für sie waren, in das angrenzende Zimmer schlich? Hatte sie sich mit dieser letzten, so schmerzlichen Torheit ihres Mannes abfinden, vielleicht schweigend seine Schmatzer und sein Gekicher im Bett des Enkels mit anhören müssen? Hatte die Tatsache, daß sie sich dessen, was da vorging, mehr oder weniger deutlich bewußt war, die Schutzmechanismen des Irreseins ausgelöst? Sicher ist jedenfalls, daß zu ihrer wirklichen oder vermeintlichen Vergeßlichkeit, zu ihrer Gedächtnisschwäche und dem wachsenden Verlust des Orientierungssinnes bald schon eine Manie hinzukam, die mich, als ich sie entdeckte, sprachlos machte: Müll sammeln und im Müll herumstochern. Zur großen Bestürzung Eulalias hatte sie im Haus damit begonnen, Obstschalen und andere Abfälle zu sammeln und sie mit größter Sorgfalt in ihrer Tasche zu horten; damit ging sie dann ziellos im Garten auf und ab, bis der Großvater oder mein Vater sie dazu bewegen konnten, sich zu setzen. Meine Geschwister und ich beobachteten sie, wenn sie im Abfalleimer herumstocherte, und einmal, als sie sich dabei ertappt fand, wie sie Speisereste versteckte, hielt sie sich eine Apfelsinenschale vors Gesicht und erklärte, als wolle sie einen Scherz mit mir machen: Schau mal, eine Maske! Doch der anfängliche zweideutige Reiz, den wir dabei empfanden, wenn wir ihr nachspionierten, verwandelte sich bald in Ratlosigkeit, als die Großmutter den Aktionsradius ihrer Streifzüge allmählich auf die Abfalleimer der Nachbarschaft ausdehnte. Sie, die immer so sauber und gepflegt war in ihrem schwarzen Kleid und dem schwarzen Hut, die sich sorgfältig die Füße wusch, bevor sie aus dem Haus ging, da sie fürchtete, wie sie sagte, der Tod könne sie mit schmutzigen Füßen auf der Straße ereilen wie einst eine Frau, die sie gekannt hatte, zeigte sich jetzt in einem beklagenswert nachlässigen Aufzug: schmutzig, ungekämmt, mit heruntergerutschten Strümpfen, die Pantoffeln voller Löcher. Als ich sie eines Tages von weitem erblickte, über einen Mülleimer gebeugt, gab es mir plötzlich einen Stich: ihr Äußeres war das einer Bettlerin. Vergeblich schalten Großvater und Eulalia sie liebevoll: sie solle sich mehr um ihre Toilette kümmern und den Müll in Ruhe lassen. Was sollten die Nachbarn von uns denken? Großmutter schwieg oder lächelte: sie dämmerte dahin. Als wir im Sommer nach Torrentbó fuhren, blieb sie mit ihrem Mann in Barcelona. Eines Tages nahm sie den Zug nach Caldetas, um uns zu besuchen: doch obgleich sie die Strecke gut kannte, verirrte sie sich, als sie den Bahnhof verließ, und kam verwirrt, stammelnd, ohne Tasche und ohne Geld, in Begleitung einiger Unbekannter, die sich ihrer erbarmt hatten, als sie sie so allein und verwirrt sahen, zu uns. Wir mußten sie nach Barcelona zurückbringen wie ein ungezogenes Kind, das von zu Hause ausgerissen ist: sie sprach zusammenhangloses Zeug und hatte eine absurde Furcht, Großvater Ricardo würde sie ausschimpfen.

Bei unserer Rückkehr in die Calle Pablo Alcover, zum Schulanfang, stellten wir plötzlich fest, daß sie nicht mehr da war. Ohne uns etwas davon zu sagen, hatten mein Vater und der Großvater den schweren, aber unvermeidbaren Entschluß gefaßt, sie in dem Pflegeheim unterzubringen, in dem zuvor schon Tante Consuelo gewesen war. Der Tod ihrer beiden Töchter sowie die durch das Verhalten ihres Mannes entstandenen familiären Spannungen hatten sie um den letzten Rest ihres Verstandes gebracht und auf einen Schlag alle ihre Erinnerungen zerstört. Sie, die sich stets für das Glück und Wohlergehen der andern opferte, die unfähig war, an sich selbst zu denken, war nun nach den Schicksalsschlägen, die sie nacheinander getroffen hatten, völlig wehr- und hilflos. Wenn ich auch im mütterlichen Zweig meiner Familie eine Anlage zum Wahnsinn nicht ausschließen will, war der ihre doch eher die Folge eines außergewöhnlich bitteren Geschicks und ihrer Unfähigkeit, damit fertig zu werden: auf Zehenspitzen verließ sie die Bühne, einen Finger auf den Lippen, damit wir ohne sie in Frieden leben könnten.

Das fast allen Frauen in meiner Familie gemeinsame Unglück und die geduldige Hinnahme ihres Schicksals bestätigen ganz klar die Argumente und Gründe für die feministische Revolution. Warum sie, immer sie, in der Rolle des Opfers? Eine der »weiblichen Natur« angeborene Passivität, wie behauptet wird, oder doch eher, wie die Betroffenen sagten, als sie sich frei äußern konnten, die unvermeidliche Folge der gesellschaftlichen Repressionen? Großmutter Marta und Großvater Ricardo hatten beide auf vergleichbare Weise eine bedrückende Situation erlebt, ohne daß sie sich gegenseitig hätten helfen können: die traditionelle spanische und katholische Moral zerstörte sie schließlich beide. Ich habe Großmutter nur noch ein einziges Mal wiedergesehen, Monate später, als ich sie mit Eulalia in dem in der Umgebung liegenden Pflegeheim besuchte, in dem sie betreut wurde. Die Beschwörung dieser melancholischen Begegnung in *Identitätszeichen* enthebt mich der schmerzlichen Pflicht, sie jetzt in allen Einzelheiten ins Gedächtnis zurückzurufen. Für diejenigen, die das Buch nicht kennen, will ich mich auf den Hinweis beschränken, daß Großmutter mich nicht erkannte: nachdem sie mit Eulalia und mir einige Höflichkeitsfloskeln gewechselt hatte, kehrte sie in die düstere Welt zurück, die sie vor ihrem Unglück schützte und in der sie, Herrin des umfassenden Vergessens, mit Sicherheit besser lebte.

Nachdem Don Ángel fort war, verwandelte sich unsere Sommerresidenz in Torrentbó in eine Art erstarrtes Bühnenbild: unverändert die Vorhänge, die Dialoge, die Schauspieler, das Ritual. Tante Catalina, die älteste Schwester meines Vaters, hatte sich mit ihren beiden Töchtern in den Schlafzimmern bei der Kapelle eingerichtet, und mit Hilfe einer alten Dienstmagd aus Navarra, Genara, kochten und aßen sie, unabhängig von uns, in den Dachkammern des oberen Stockwerks. Seit vielen Jahren Witwe, erwähnte meine Tante niemals ihren Mann, als sei er in einer Wolke stillschweigender und hartnäckiger Mißbilligung verschwunden. Sie widmete ihre Zeit und Energie zwei Hauptbeschäftigungen: den Gebeten und der eingehenden Pflege ihrer schwachen Gesundheit. Da sie gezwungen war, den Tag zwischen Andachten und Medikamenten aufzuteilen, befolgte sie einen so präzisen, aufreibenden und genauen Stundenplan, wie er in Kasernen oder Schulinternaten vorgeschrieben wird, um den Charakter der Rekruten oder Schüler zu formen. Vielfalt und Beschaffenheit ihrer Leiden machten das regelmäßige Schlucken zahlreicher Arzneimittel erforderlich, die in den allermeisten Fällen dazu bestimmt waren, die schädlichen Wirkungen einer zuvor eingenommenen Medizin aufzuheben: der Trank, den sie für die Leber einnahm, griff allem Anschein nach den Magen an und verlangte zum Ausgleich ein Gebräu, das leider die Nieren schädigte, was die Verabreichung einer Spezialpastille unumgänglich machte, die wiederum ... Zwischen Arzneitränke, Lösungen, Pülverchen und Drogen schob Tante

Catalina ein dichtgedrängtes Programm von Gebeten und frommen Taten, die zum Teil von alltäglichem und methodischem Charakter waren, zum Teil in Verbindung mit den Kalenderfesten standen: Rosenkränze, Hymnen, Novenen, spezielle Ablaßgebete sowie eine Litanei minderer Gebete für von ihr besonders verehrte Selige und Heilige. Die Artikel Fermín de Urmenetas in der Zeitschrift *Diario de Barcelona* brachten sie in Verzückung: Don Fermín, ein Mann von mächtiger Phantasie, hatte sich gewissermaßen auf das Thema des Heiligen Geistes spezialisiert, und mit beneidenswerter Redegewandtheit sammelte er immer neue Fakten, Daten und Elemente über den Gegenstand seiner ätherischen Leidenschaft. Was für ein gelehrter Mann! sagte sie bewundernd. Habt ihr seinen letzten Artikel über Paraklet gelesen? Obgleich das Dienstmädchen und ihre älteste Tochter ihr ständig halfen – vom Schlafzimmer auf die Terrasse, vom Eßzimmer auf die Veranda –, war die Tante am Ende des Tages immer erschöpft, da ihre vielfältigen Pflichten und Beschwerden sie von der erwünschten und wohlverdienten Erholung abhielten. Auf einer Chaiselongue liegend, den ewigen Rosenkranz mit den schwarzen Perlen in der Hand, war sie in die Berechnung ihrer Gebete und Pillen vertieft, während Genara und Eulalia sich leise ihre Geschichten erzählten und dabei im Schatten der Eukalyptusbäume im Garten Bohnen oder Erbsen in einen Korb enthülsten.

Die ebenfalls regelmäßigen Besuche Onkel Leopoldos waren sehr viel kürzer: er ließ sich am Bahnhof Caldeta von der Maus oder von Alfredo abholen und bestieg den Kremser mit seinem Köfferchen, in dem er seine Bücher sowie zum persönlichen Verbrauch bestimmten Tabak, seine Salami und sein Öl hatte. Der Entschluß meines Vaters, das Haus seinen Geschwistern anzubieten, wäre wirklich lobenswert gewesen, wenn er ihn nicht, wie das bei ihm oft genug vorkam, durch Knausrigkeiten und kleinliche Erinnerungen an seine angebliche Großzügigkeit und Güte verdorben hätte. Um zu vermeiden, ein Schmarotzer genannt zu werden, kam Onkel Leopoldo mit einer Musterkollektion leicht verdorbener und ranziger Wurstwaren in Torrentbó an, die er in der Küche unter den strengen und mißbilligenden Blicken Eulalias für seinen Bedarf anrichtete. Seine etwas zynische Unabhängigkeit eines Junggesellen, sein origineller und verschrobener Charakter, sein mangelnder Respekt vor Konventionen und das völlige Fehlen guter Manieren machten ihn zu einer anziehenden und sympathischen Persönlichkeit. Die Freude, mit der er von seiner Kindheit erzählte, seine Kenntnisse in Geographie und Astronomie, die Leichtigkeit, mit der er Witze und vor allem Anekdoten zu erzählen wußte, die ohne ihn im dunkeln geblieben wären, wiesen ihm sehr schnell eine besondere Rolle auf unserer Familienbühne zu. Unter wechselnden Namen und Masken taucht er in einem meiner Romane sowie in der Tetralogie meines Bruders Luis auf und ist damit für immer einbezogen in unser literarisches Schaffen, von dessen Existenz er nie etwas erfahren sollte.

Seine Leidenschaft für die Geographie, die ich mit ihm teilte, führte sofort zu langen und nützlichen Gesprächen über Orte und Landstriche, die keiner von uns beiden je besucht hatte; egoistisch, bequem, seßhaft, jeder Neuheit, die für ihn mit einer Anstrengung verbunden war, herzlich abgeneigt, sprach Onkel Leopoldo, der so gut wie nie über die Grenzen Kataloniens hinausgekommen war, anregend und mit erstaunlicher Detailgenauigkeit über die Hochebene von Peru und die argentinische Pampa, über das Klima auf Sansibar und die Bodenschätze in Angola. Seinem Rat folgend, erstand ich einen umfangreichen, mit Stichen und Fotos illustrierten Band mit dem Titel *Geografía pintoresca*, der zwei oder drei Jahre lang meine Lieblingslektüre war. Auf diese Weise wußte ich bald alles über Größe, Bevölkerung, Hauptstadt und wichtigste Städte, über den juristischen Status und die natürlichen Reichtümer fast aller Länder der Welt auswendig. Unsere Gespräche drehten sich ebenso um die orthographische Konfiguration des Kaukasus wie um die französischen Kolonialniederlassungen in Indien oder Ozeanien. Onkel Leopoldo sprach von Numea oder Pondichery wie von bekannten Orten, in denen er gewöhnlich seine Wochenenden verbrachte. Überzeugt davon, daß Europa, unabhängig vom Ausgang des Krieges, seinem Untergang entgegenging, versuchte er, meinem Leben dadurch eine Zukunft zu sichern, daß er mir nahelegte, dieses Europa zu verlassen. Alle in dem Buch beschriebenen Gebiete oder Staaten verdienten seiner Meinung nach eine besondere Beachtung: Nigeria oder der Kongo boten dem europäischen Siedler eine großartige Auswahl natürlicher Reichtümer, doch die Hitze und Feuchtigkeit ließen es geraten sein, sich dort nicht niederzulassen; die Vorteile Brasiliens waren klar: große, unbebaute Flächen, fleißige und billige Arbeitskräfte, leicht zu erlernende Sprache, offener, entgegenkommender Charakter der Einwohner; in Argentinien und Kuba, wo wir Verwandte hatten, könnten diese mir nach meiner Ankunft in der ersten Zeit weiterhelfen. Doch ein Ausflug an die Ufer des Niger mit den ausgedehnten Baumwoll-, Erdnuß-, Hirse- und Maniokpflanzungen überstieg an Liebreiz alles zuvor in Betracht Gezogene; die Nilpferde, die Pirogen, Ölpalmen, Bilder von der Kokosnußernte durch Eingeborenenfrauen riefen die Begeisterung meines Onkels hervor: Hast du gesehen, was die für Brüste haben? lächelte er anzüglich. Die sehen aus wie richtige Melonen! Die imaginären Reisen, mit denen er seine Trägheit und sein Phlegma kompensierte, trugen ihm allerdings, lange vor meiner Geburt, eine Reihe von Verlusten und Reinfällen ein: Onkel Leopoldo hatte beim Tod von Großvater Antonio eine ansehnliche Geldsumme geerbt und legte einen Teil davon, sich von seinen Nomadenphantasien hinreißen lassend, in Aktien exotischer Gesellschaften an, aber von seinem Geld sah er nie auch nur einen Centimo wieder. Doch er war weit davon entfernt, sich von seinem Verlust abschrecken zu lassen, sein theoretisches Interesse sowie sein Wissensdurst, was ferne Länder und fremde Rassen anging, hatte sich vielmehr noch vergrößert. Da er sich wegen seines Alters, wie er sagte, nicht mehr auf Abenteuer einlassen konnte, wollte er seinen unerfüllten Hang zum Zugvogelleben auf seinen Neffen übertragen: Hast du die Reportage über die Vulkane in Ekuador gelesen? Pichincha, Chimborazo, Cotopaxi! Ach, so jung wie du müßte man noch einmal sein!

Seine Kenntnisse in Astronomie waren ebenfalls beachtlich: in den Augustnächten, wenn die Sterne wie Glut leuchteten, sanft geschürt vom belebenden Hauch der Brise, betrachtete der Onkel das Firmament mit einem Gesicht, als sei er der Eigentümer, und brachte uns geduldig bei, die Sternbilder zu erkennen. Arkturus, die beiden Bären, Kassiopeia, Wega im Sternbild der Lyra zeichneten sich im wirren Geflimmer der Galaxien allmählich deutlich ab: durch meinen Onkel bekam ich eine Vorstellung von der Unendlichkeit des Kosmos und unserer eigenen Winzigkeit in ihm. Als mich wenige Jahre danach die ersten religiösen Zweifel anfielen, spielte das Bewußtsein von der lächerlichen Winzigkeit der Erde eine wesentliche Rolle dabei: verdienten die Bewohner eines zweitrangigen, unbedeutenden Gestirns wirklich so viel Aufmerksamkeit von seiten ihres Schöpfers? Was für eine verstiegene Idee mußte ihn befallen haben, daß er sich so völlig nutzlos für sie opferte? War seine absurde Wahl in diesem dichten, funkelnden Haufen Zufall oder eine Laune? Warum ausgerechnet wir und nicht die andern?

Neben dieser verführerischen Liebe zur Geographie und zur Astronomie hatte Onkel Leopoldo aber auch einige Charaktereigenschaften und Meinungen, die ihn von seinen Geschwistern unterschieden: er war anglophil, glaubte nicht an den Sieg der Deutschen, und wenn er seine Vorstellungen meinem Vater und Onkel Ignacio gegenüber verteidigte, ereiferten sich die drei jedesmal und überhäuften sich gegenseitig mit Vorwürfen. Bei den Tischgesprächen oder abends auf der Veranda rückte er zur großen Wut meines Vaters mit der schmutzigen Wäsche der Familie heraus. Die Brille auf seiner riesigen baskischen Nase zurechtrückend, sprach er von dem nutzlos vertanen Leben und der Verschwendungssucht der Taltavulls, von der Knausrigkeit Großvater Antonios, von der einfältig-naiven Schlichtheit irgendeines unserer Vettern. Die Frömmigkeit seiner Schwester Catalina war oft die Zielscheibe seiner spitzen Pfeile. Glaubte sie im Ernst, ein routiniert und schläfrig hingemurmeltes Ave Maria würde den Seelen im Fegefeuer die Strafen von Millionen von Jahren erlassen? Der stichelnde Unterton, mit dem er das sagte, und seine spöttische Miene brachten die Tante zur Weißglut: ihr Gesicht, gewöhnlich blaß und blutleer, wurde plötzlich hochrot.

An den Sonn- und Feiertagen fuhren wir mit der Kutsche in die Kirche von Torrentbó. Tante Catalina und mein Vater setzten sich immer auf die ersten Bänke, neben die vier oder fünf Großgrundbesitzer der Gegend, während meine Geschwister und ich uns unter die Bauern auf den hinteren Reihen mischten und uns die zur Genüge bekannten Predigten über die Sittsamkeit der weiblichen Kleidung und das unmoralische Schauspiel an den Badestränden anhören mußten. Mossén Lluís sprach mit halbgeschlossenen Augen, beobachtete aber aus den Augenwinkeln das Verhalten seiner Pfarrkinder, und einmal lenkte er die Aufmerksamkeit auf die Tochter unserer Nachbarn, die sich des Verbrechens schuldig gemacht hatte, einen Teil ihres Ellbogens zu zeigen, und verlangte, daß sie auf der Stelle das Gotteshaus verlasse. Nach dem Gottesdienst gingen die Jungen gewöhnlich zu Fuß nach Hause, während mein Vater und meine Tante sich ein paar Minuten freundlich mit der begüterten Witwe aus der Familie Garí und ihrem Gefolge vornehmer Damen unterhielten. Jeden Freitag kam der Priester ins Haus und zelebrierte die Messe in der Kapelle: dann folgte ein Frühstück, an dem auch die Chorknaben teilnehmen durften und bei dem der Pfarrer den Tisch segnete, während wir mit gesenktem Kopf auf den Augenblick warteten, an dem wir uns auf das getoastete Brot stürzen konnten.

Mit den Kusinen María und Carmen gingen wir zu Fuß an die Strände von Caldetas oder Arenys de Mar, oder wir bestiegen, ebenfalls zu Fuß und beladen mit den Körben, in denen das Mittagessen war, die Gipfel der benachbarten Berge, und zuweilen marschierten wir sogar quer durch den Wald bis zur Quelle und zur Wallfahrtskapelle des Corredó. Unterwegs pflückten wir auf den angrenzenden Feldern Obst, wobei wir oft von den Bauern beschimpft wurden. Außer diesen wöchentlichen Ausflügen blieben wir innerhalb des Hofs, suchten, je nach Jahreszeit, nach Mandeln, Kirschen, Feigen oder Weintrauben, um Abwechslung in das Einerlei der täglichen Kost zu bringen. Nachdem mein Vater seinen Posten in der Verwaltung der ABDECA hatte aufgeben müssen, verfügte er nicht mehr über das Auto, und wenn wir mit ihm oder mit Onkel und Tante fortfahren mußten, nahmen wir die Kutsche. Der Kutscher war in der Regel die Maus, doch seit seine Tochter Alfredo geheiratet hatte, schickte er immer öfter seinen Schwiegersohn, einen jungen, starken und stattlichen Mann, mit dem ich später Freundschaft schloß.

Zu Hause lasen wir, spielten Mah-Jong oder Krocket, badeten im Weiher, tollten mit den Hunden herum. José Agustín und ich stritten uns häufig, und da sich der Altersunterschied zu seinen Gunsten auswirkte, suchte ich bei den Erwachsenen Schutz und spielte dabei die unsympathische Rolle des Petzers. Sein undankbarer Status als Ältester – von meinem Vater in abfälligen Worten mit dem früh verstorbenen erstgeborenen Bruder verglichen – erklärt zum großen Teil die psychischen Schwierigkeiten, mit denen er dann im Leben zu kämpfen hatte. Seine Streiche damals waren die seines Alters, und unsere Streitigkeiten endeten stets ganz plötzlich, ohne Groll oder Feindschaft. Luis spielte am liebsten mit den Kindern der benachbarten Bauern, während Marta und die Kusinen sich für die jugendlichen Liebhaber des Kinos interessierten: einem von ihnen schrieben sie sogar einen Verehrerbrief und baten ihn darin um ein Foto mit Widmung.

Die Sommeraufenthalte folgten einander in immer gleichem Rhythmus, und das einzig Neue im Laufe der Jahre war für mich die exaltierte Begeisterung, mit der ich Schreibhefte vollkritzelte in dem naiven Glauben, Romane zu schreiben, sowie bei Eintritt der Pubertät eine nicht weniger eifrige und frenetische Masturbationspraxis.

Im Verlauf meiner Schuljahre hatte sich der Inhalt meiner Lektüre geändert: auf die Leidenschaft für die Büchlein der Reihe *Marujita* folgte die Entdeckung der Romanhelden Elena Fortunys – Onkel Rodrigo, Celia, Cuchifritín –, und dann landete ich übergangslos bei *Emil und die Detektive* und vor allem bei der illustrierten Serie *Wilhelms Abenteuer*, wahrscheinlich eine der besten in diesem Genre. Mein Interesse für Jules Verne und Salgari kam etwas später, als direkte Folge meiner Besuche in den Kinos des Viertels, in denen Abenteuerfilme gespielt wurden, es dauerte jedoch nicht sehr lange. Mit vierzehn Jahren begann ich auf Anraten meines Onkels Luis, mich in historische Romane und Geschichtsbücher zu vertiefen: Biographien der Königin Victoria und der Königin Marie Antoinette, die riesigen, gebundenen Bände der *Geschichte Spaniens* von Lafuente, Lehrbücher über den Ersten Weltkrieg, eine aus dem Französischen übersetzte *Geschichte der Girondisten, Der Untergang des Abendlandes* von Spengler. Im Sommer blätterte ich genußvoll in den Seiten mit den wunderschönen Holzschnitten der alten *Spanischen und amerikanischen Illustration.* Diese Entdeckung einer für mich faszinierenden Welt von Kaisern und Zaren, Herrschermorden, Kolonialreichen und Fürstenhochzeiten wechselte mit dem aufmerksamen Wiederlesen von Büchern und Chroniken, die sich mit dem spanischen Bürgerkrieg befaßten, in der Regel Werke spanischer Berichterstatter, die Zeugen dieses Kampfes gewesen waren. Onkel Luis war wegen seiner Taubheit von jeder Kommunikation mit den andern ausgeschlossen: um mit ihm zu reden, mußte man eine Zeitschrift wie einen Trichter zusammenrollen und ihm damit in die Ohrmuschel schreien. Er war ein begieriger Leser von Autobiographien und Memoiren, die wohlgeordnet in einer Reihe im Wohnzimmer der Junggesellenwohnung standen, die er mit Onkel Leopoldo teilte. Als sich mein Interesse an Geographie und exotischen Reisen verlor, suchte ich immer mehr nach Büchern und Veröffentlichungen, die meiner neuen, impulsiven Wißbegier entsprachen. Dank Onkel Luis erwarb ich mir innerhalb von zwei oder drei Jahren eine umfassende, eklektische, zusammenhanglose Bildung auf dem Gebiet der europäischen Geschichte: auf die endlosen Reihen von Hauptstädten, Flüssen, Bergen, Städten und Naturerzeugnissen der ganzen Welt, mit denen ich meine Erdkundelehrer verblüffte, folgten nun die Reihen der Dynastien, Erbfolgestreitigkeiten, Kriege, Schlachten, Niederlagen, die ich bei jeder Gelegenheit mit der Exaktheit und dem

Selbstbewußtsein eines Papageis herunterleierte. Meine Gedächtnisleistungen und eine lächerliche Eitelkeit verwandelten mich für einige Zeit in jenen unerträglichen Typ des Alleswissers, den Lehrer und Schulkameraden zu Recht verabscheuen. Wenn ich durch den Zufall der Erinnerung diesem Alleswisser wieder begegne, bin ich über die, wenn auch nur zeitweise und vorübergehende, Vermischung unser beider Identitäten völlig sprachlos. Dieser Abschnitt der Angeberei und der Effekthascherei, der sich weit über das Jugendalter hinaus erstrecken sollte, begann, als ich zwischen vierzehn und fünfzehn war. Mein Hang zum Lügen als Ausgleich für die familiären Traumata fand bald einen geeigneten Spielplatz, auf dem ich mich austoben konnte: ich brachte die Produkte meiner mehr oder weniger mimetischen Phantasien und Träume zu Papier und schrieb, wobei ich mir die Sommerferien zunutze machte, eine Menge historischer Lügen und Abenteuer nieder.

Auf diesem Gebiet war ich außerordentlich fruchtbar. An meinem Schreibtisch auf der Veranda im oberen Stock sitzend, schrieb ich meine Werke mit überschwenglicher Begeisterung und ohne das geringste zu streichen. In einem dieser viele Jahre später wiedergefundenen Werke, das heute, wie ich glaube, in der Sammlung meiner Manuskripte in der Boston University aufbewahrt wird, zeigen sich in aller Deutlichkeit sowohl der Einfluß des Films als auch der meiner geographischen Kenntnisse: meine Schwester pflegte sich die damaligen Filmzeitschriften zu kaufen, und um mir die monotone und langweilige Beschreibung der Personen zu ersparen, war ich auf den Gedanken gekommen, einige Fotos auszuschneiden und sie, mit einem Hinweis auf ihre Identität, in die Seiten meines Hefts zu kleben. Dieser Kunstgriff – der, hätten sie ihn entdeckt und davon Gebrauch gemacht, die Romankunst so gewissenhafter und detailfreudiger Autoren wie Balzac und Galdós mit Sicherheit verändert hätte – erlaubte mir, unmittelbar die Erforschung des Amazonasgebiets anzugehen, das ich beschrieb, ohne mich lange bei unnützen Bildern oder lästigen Einzelheiten aufzuhalten. Als frühreifer Autor von Fotoromanen öffnete ich gewissermaßen den Weg für die bald in Mode gekommenen behavioristischen Erzählungen: keine Kommentare, keine Umschweife, sondern geradewegs auf das Wesentliche zu! Mit der gleichen Leichtigkeit und dem gleichen Entzücken schrieb ich einen gefühlvollen Roman über Jeanne d'Arc und führte dabei, wahrscheinlich unbewußt, einige Anachronismen ein, die die angesehensten Kritiker heute als kühnen und beispielhaften Beweis für meinen Willen zur Erneuerung feiern könnten: anstatt auf dem Scheiterhaufen des Bischofs Cauchon zu verbrennen, starb sie nach einer dramatischen Konfrontation mit Robespierre unter der Guillotine. Von meinen übrigen Schöpfungen als Fünfzehnjähriger habe ich eine sehr viel undeutlichere Erinnerung: eine davon handelte, glaube ich, vom französischen Widerstand gegen die Nazis; eine andere brachte in einer selbsterfundenen Episode neue Heldentaten Kid Carsons auf die Bühne. Die in den beiden Kinos von Sarriá gespielten Filme, die Luis und ich uns regelmäßig jeden Donnerstag und jeden Sonntag zusammen ansahen, boten einen ganzen Ramschladen an Themen, Personen und Bildausschnitten mit einer Vielzahl von Handlungen. Die Begriffe Original und Plagiat gehörten zum Glück noch nicht zu meinem persönlichen literarischen Wortschatz.

Sobald das Werk mit der eines Corín Tellado würdigen Geschwindigkeit abgeschlossen war, legte ich es meinen Kusinen erbarmungslos zur Lektüre vor. Welche Tortur ich ihnen damit zufügte, wurde mir erst später bewußt, als ich nach einem Essen, das für die Studenten des Madrider Universitätskollegiums Unserer Lieben Frau von Guadeloupe gegeben wurde, zusammen mit den andern zum Kaffee und zu einem kurzen Gespräch, wie wir glaubten, mit dem Star-Schriftsteller dieses improvisierten Banketts in den Salon gebeten wurde, wir uns jedoch, kaum hatten sich die Türen auf ein Zeichen des Direktors diskret geschlossen, die endlose Deklamation eines Dramas anhören mußten, das beinahe so ausgegangen wäre wie eine wunderbare Erzählung Tschechows: ein Briefbeschwerer oder ein anderes Wurfgeschoß landet mit unglaublicher Präzision am Kopf dieses schwatzhaften Dramenromanciers und unterbricht damit für immer die wundersam einschläfernde Handlung des dritten Aktes. Klug geworden durch diese Erfahrung, trieb ich von da an nicht mehr diesen unter Literaten so häufig anzutreffenden gemeinen Mißbrauch, andere heimtückisch in die fatale Zwangslage des Zuhörers wider Willen zu versetzen. Die praktische Anwendung des Gesetzes »Liest du mein Buch, lese ich deins« scheint mir ein entscheidender Fortschritt in der Republik der Literatur zu sein und sollte als Artikel Nummer eins in ihrer Verfassung zur Vorschrift erhoben werden.

Bei der Entwicklung meiner gerade erwähnten literarischen Vorlieben hat keiner meiner Lehrer irgendeine Rolle gespielt. Meine literarische Bildung erhielt ich ausschließlich im Familienkreis, und was ich las, hatte nicht den geringsten Bezug zu dem, was man uns am Gymnasium lehrte oder zu lehren vorgab. Der Gedanke, uns die Texte unserer Klassiker lesen zu lassen, anstatt uns ihre Geburts- und Todesdaten sowie die Titel ihrer wichtigsten Werke einzutrichtern, wäre den Feld-Wald-und-Wiesen-Pfarrern, die sich um den Literaturunterricht kümmerten, nicht einmal im Traum gekommen. Das einzige Buch, dem in meiner ganzen Schulzeit die Ehre zuteil geworden ist, in der Klasse gelesen zu werden, war in meinem letzten Jahr bei den Jesuiten ein Erzählband von Pater Coloma. Am Gymnasium von Bonanova nicht einmal das: die guten Brüder von der Christlichen Lehre hielten sich diesbezüglich mit Leib und Seele an die gelehrten kritischen Urteile und an die bewährte Weisheit Guillermo Díaz Plajas. In Anbetracht des Erziehungssystems, das wir über uns ergehen lassen mußten, ist es nicht verwunderlich, daß meine Liebe zur Literatur und mein Interesse an ihr aus anderen Quellen gespeist wurde: zunächst die Ratschläge von Onkel Luis; dann die Bibliothek meiner Mutter. Da ich Autodidakt war wie fast alle Männer und Frauen meiner Generation, war die Bildung, die ich mir tastend und gegen den Strom schwimmend angeeignet hatte, lange Zeit geprägt von den Vorurteilen, Unzulänglichkeiten und Schwächen eines sterilen, zugrunde gerichteten Spaniens, das der Zensur und der Härte eines erdrückenden Regimes unterworfen war. Bezeichnenderweise waren die Bücher, auf die schon bald meine Wahl fiel, fast ausnahmslos Werke ausländischer Autoren: auf französisch gelesen oder in den schlechten Übersetzungen, die damals heimlich aus Buenos Aires eingeschleust wurden, war unter den Romanen, die ich zwischen achtzehn und fünfundzwanzig las, nicht ein einziger eines spanischen Autors. Der auf dem Gymnasium erteilte Unterricht ließ mich nicht nur unsere zu einer Mustersammlung pedantischer Glossen und eitler Exegesen verkommene Literatur hassen, sondern er brachte mich auch zu der Überzeugung, daß es innerhalb dieser Literatur nichts gäbe, das zu kennen sich lohnte. Während ich mich für die Werke Prousts, Gides, Malraux', Dos Passos' und Faulkners begeisterte, hatte ich nicht die geringste Ahnung von unserer Renaissance und dem Goldenen Zeitalter. Selbst der Weltruf Cervantes' schien mir zweifelhaft: beweihräuchert und von den Schulbüchern in den Himmel gehoben, konnte *Don Quichotte* nichts anderes sein als ein stinklangweiliges, endloses Buch. Bereits ein Liebhaber von Voltaire und Laclos, fühlte ich mich von dem verrückten alten Ritter aus La Mancha überhaupt nicht angezogen. Erst im Alter von sechsundzwanzig Jahren, als ich bereits in Frankreich lebte, entschloß ich mich, das Buch zu lesen, und ich wurde wie Saulus auf dem Weg nach Damaskus bekehrt: unsere verabscheuungswürdigen Schulbücher hatten recht. In einer Mischung aus Wut und Eifer – versessen darauf, die durch meine falschen Erzieher nutzlos vergeudete Zeit wiederaufzuholen – stürzte ich mich nun auf die Werke unserer Klassiker. Zwar stellte sich die Liebesbeziehung zu einigen von ihnen sofort ein, kam aber, wie ich sogleich voller Verbitterung feststellen mußte, zur Unzeit: wie ein lange Zeit unberührt gebliebener Jüngling, der die unsagbare Süße des ersten Beischlafs erfährt, stellte ich fest, daß ich mich durch meine eigene Schuld der stärksten Genüsse beraubt hatte. Mein übertriebenes jugendliches Vorurteil allem Spanischen gegenüber spielte mir so, auf diesem wie auch auf anderen Gebieten, einen bösen Streich: unter allen Irrtümern, die ich auf die kümmerliche Bildung durch die Patres zurückführe, ist es mit Sicherheit der, der mir am unverzeihlichsten scheint.

Von Herbst dreiundvierzig an, als uns mein Vater in eine andere Schule schickte, blieb ich bis zum Abitur bei den Patres von Bonanova. Fünf Jahre, deren Monotonie und Bedeutungslosigkeit ihren Ausdruck sowohl in den wenigen Erinnerungen als auch in der winzigen Spur finden, die sie in mir hinterlassen haben. Im Unterschied zu der Zeit, die vom Tod meiner Mutter bis zur geistigen Umnachtung meiner Großmutter und ihrer späteren Einweisung in eine Heilanstalt reicht – ein Zeitraum von etwa vier Jahren, an den ich eine sehr genaue Erinnerung habe und den ich mir oft ins Gedächtnis zurückrufe –, scheint mir das in der darauffolgenden Zeit Geschehene oberflächlich und fern, nichts weiter als eine Häutung, bei der die Haut am Rande des Weges liegenbleibt. Nichts von dem, was in den Klassenzimmern geschah oder gesagt wurde, hat mein Leben direkt oder indirekt beeinflußt. Ich lebte auch weiterhin für mich, fest eingebunden in die Familie, im wesentlichen Autodidakt. Als ich zu Beginn der Pubertät mit dem Masturbieren begann, verwandelte sich dieses an einem Sommertag zufällig entdeckte neue und unglaubliche Vergnügen in eines der realsten, um nicht zu sagen zum realsten Zentrum meines Lebens. Das meinem Körper innewohnende Lustpotential gewann auf der Stelle, plötzlich und überzeugend, die Oberhand über die religiösen oder moralischen Reden, die es brandmarkten. Im Bett, im Bad, in den Dachkammern von Torrentbó überließ ich mich eifrig der Befolgung eines Gesetzes des Stofflichen, das mich für den Zeitraum einiger Minuten in meiner intimen, partikularen Existenz, in meiner unerbittlichen Trennung vom Rest der Welt bestätigte. Damit will ich nicht mehr und nicht weniger sagen, als daß die traditionelle katholische Sexuallehre immer wieder in Klassenzimmern, Beichtstühlen, Schulbänken, Lehrbüchern über jugendliche Frömmigkeit aufdringlich verkündet, keine Wirkung auf mich gehabt hat. Der Begriff der Sünde – der Todsünde mit all ihren grauenhaften Folgen – quälte mich jahrelang. Wie oft hatte ich, vor einem der Priester der nahen Pfarrei oder einer benachbarten Kirche kniend, meine Schuld gebeichtet und mich zu bessern gelobt, obgleich

ich genau wußte, daß dieser Lebensquell, der in mir sprudelte, einige Stunden oder einige Tage später die Oberhand gewinnen und gebieterisch den dünnen Panzer der Gebote zerstören würde, die ihn vergeblich verdammten. Da ich mir darüber keine Illusionen machte und um den Vorwürfen eines festen Beichtvaters zu entgehen, wechselte ich regelmäßig in einer Art Versteckspiel, dessen Sinnlosigkeit augenfällig war, Kirche und Beichtstuhl. Trotz der Lauheit meiner erzwungenen Frömmigkeitsäußerungen und meines religiösen Glaubens verfolgte mich doch eine Zeitlang die Angst vor den Strafen und Qualen der Hölle. Die von den Priestern ausgestoßenen Verwünschungen des *Sechsten*, die sich in Druck-Erzeugnissen wie etwa denen des Monsignore Tihamer Toth fanden, hatten eine traumatische Wirkung auf Jugendliche, die in der Glut ihrer Pubertät bestürzt von den angeblichen physischen oder moralischen Verheerungen des unreinen Aktes lasen oder hörten, diesem Vorspiel zu den ewigen und subtilen Foltern, die sie im Jenseits erwarteten. Wie alle katholischen Jungen meines Alters und zahlreicher früherer Generationen wurde ich in einem der berüchtigten Exerzitienhäuser der Jesuiten, in meinem Fall dem von Manresa und Sarriá, der harten Prüfung der geistigen Übungen des heiligen Ignatius unterzogen. Die anschauliche, genaue und detaillierte Beschreibung dieser Übungen durch James Joyce – und vor ihm bereits die von Blanco White beschriebenen Übungen des Paters Vega, die in der Höhle von Sevilla stattfanden und ganz eindeutig von den Manipulationstechniken der Schüler Loyolas geprägt waren, dessen Orden man zeitweise verboten hatte – enthebt mich der Mühe, sie jetzt den Lesern darzulegen. Diese werden im *Jugendbildnis* und in der *Autobiographie* Blancos,[10] die ich teilweise in seine Muttersprache übersetzt habe, Punkt für Punkt, Trick für Trick, Beispiel für Beispiel den theatralischen Fortschritt und die dramatische Inszenierung finden, die ich Jahrzehnte später für mich und meine Mitschüler mit dem gleichen routinierten Beharrungsvermögen wiederholt habe, mit dem die Schauspielgesellschaften, deren Repertoire sich nicht erneuert, jedes Jahr, wenn Allerheiligen näher kommt, ihr

Glück in der ewigen und erfolgversprechenden Einstudierung des *Don Juan Tenorio*[11] suchen. Die lächerlichen Übertreibungen mancher Prediger hatten die entgegengesetzte Wirkung auf mich. Trotz der oft mit hysterischer Stimme ausgestoßenen Drohungen, die unser irdisches und überirdisches Leben betrafen, wurden die geheimen, genußvollen, aufreibenden Masturbationen fast täglich fortgesetzt.

Wie absurd die unmöglich einzuhaltenden Regeln waren, nur dazu bestimmt, wie im Falle des priesterlichen Zölibats, ein Schuldbewußtsein zu erzeugen, das sich nun um so leichter den höheren oder weltlichen Interessen der römischen Kirche beugte und unterwarf, erfuhr ich in jener Nacht, vielleicht war es auch am frühen Morgen, an dem ich, nach mehreren Tagen der Enthaltsamkeit nach einer besonders unangenehmen und peinlichen Beichte, meine erste nächtliche Samenpollution hatte. Als ich morgens mit steifem Glied und einem klebrigen Fleck in der Schlafanzughose erwachte, war ich zutiefst erschrocken. Was war vorgefallen? Hatte ich, ohne daß ich es merkte, während des Schlafs onaniert? Oder hatte sich jemand in mein Zimmer geschlichen und die häßliche Handarbeit des Großvaters wiederholt? Verwirrt und ohne zu wissen, woran ich mich halten sollte, beschloß ich, in der nächsten Nacht bei abgeschlossener Tür und mit einem ganz eng anliegenden, jede direkte Reibung mit meiner Hand ausschließenden Badeanzug zu schlafen. Doch die Hitze der Nacht, zusammen mit dem unbefriedigten Verlangen des Körpers und dem Druck des Stoffs, riefen zu meiner großen Verblüffung von neuem den vorhersehbaren Erguß hervor. Langsam kam ich zu der Überzeugung, daß es sich hier um einen natürlichen Vorgang handelte, der folglich mit den morbiden Fragen meiner Beichtväter nichts zu tun hatte. Die Panik, die die Entdeckung des Penizillins bei den Hütern der katholischen Moral hervorrief, ein Gefühl, das im Munde eines der Hüter der christlichen Lehre in der verzweifelten, fast flehenden Behauptung seine Übersetzung fand, es gebe eine von der Venus stammende *penizillinresistente* Mikrobenart, befreite mich schließlich völlig von meinen Schuldgefühlen und verlieh den Predigten über die jugendliche Keuschheit einen unvermeidlich lächerlichen Anstrich.

Ich habe zuvor schon gesagt, daß sich mein wirkliches Leben weiterhin im Haus mit Lesen, dem Erfinden unwahrscheinlicher Geschichten, mit Träumen und Masturbieren abspielte. Die Schule – Unterricht, Hausarbeiten, Pausen, Mitschüler, Lehrer – war nur ein Einsprengsel, das nicht mehr existierte, sobald ich den dichtbelaubten Garten verließ, über dem die Statue des Ordensgründers thronte, und mich auf dem Paseo de la Bonanova wiederfand. Meine Beziehung zu den die verschiedenen Fächer unterrichtenden Patres und Lehrern war immer unpersönlich und distanziert. Beim Schreiben taucht, durch Vergessen und Entfernung verblaßt, das ein wenig galgenvogelhafte Gesicht des Bruders Vicente auf, dessen Mimik und dessen entsetzliches Gestikulieren, sobald er die Unausweichlichkeit des Todes beschwor, mich zu dem Glauben veranlassen, daß er, wie damals das Gerücht ging, an epileptischen Anfällen oder an einer Nervenkrankheit litt; das Gesicht von »Clémens«, klein, energisch, lächelnd, mit seiner Hitler-Stirnlocke, ein bezaubernder Mann, obgleich ein ergebener Bewunderer der Nazis, deren Grußformel er uns mit dem Schrei »Heil Hitler« aufzwang: an dem für ihn unheilvollen Tag, an dem sein Held inmitten des in Schutt und Asche versunkenen Deutschlands im Führerbunker Selbstmord beging, weinte er wie ein Kind; das Gesicht von Bruder Pedro, liebevoll und mütterlich wie das einer Glucke: diesem Mann fiel die schwierige Aufgabe zu, in einigen hektographierten Heften fast die gesamte Weltphilosophie zu widerlegen, bisweilen mit merkwürdigen Argumenten *ad hominem* – Verweichlichung Rousseaus, Wahnsinn Nietzsches –, und zwar im Namen der ebenso festen wie ewig währenden Grundsätze der von Aristoteles und dem heiligen Thomas ausgearbeiteten Lehre.

Die Erinnerung an die graue, unauffällige Masse meiner Mitschüler ist noch verschwommener. Bis auf eine oder zwei Ausnahmen habe ich sie nach der Schulentlassung nicht mehr wiedergesehen, denn, um ehrlich zu sein, sie haben mich nicht sonderlich interessiert. Mit fünfzehn oder sechzehn Jahren wurde mir der wirtschaftliche Ruin meiner Familie, hervorgerufen durch die glücklosen Geschäfte meines Vaters und das Ungleichgewicht zwischen häuslicher Armut und gesellschaftlichen Ansprüchen, immer deutlicher bewußt. Symbolisiert wurde dieser Niedergang durch einen eingeschränkten Lebensstil, aber auch dadurch, daß Personen und Dinge in unserer Villa in der Calle Pablo Alcover etwas Verbrauchtes, Verschlissenes und Hinfälliges bekamen. Das verleitete mich zum ersten und einzigen Mal in meinem Leben dazu, mich mit zwei Jungen anzufreunden, deren gesellschaftliche Stellung weit über der meinen lag. Ich tat es in der illusorischen Hoffnung, damit zu einer Welt Zutritt zu erhalten, die ich mir verführerisch und prachtvoll vorstellte, obgleich ich doch wußte, daß ich mit den beiden nicht viel gemein hatte. Ein oder zwei Jahre lang trachtete ein trügerischer, jämmerlicher Jüngling mit meinem Namen und Vornamen danach, sich die Eleganz in Kleiderfragen, die vornehmen Manieren, die einstudierten Gebärden und den affektierten Tonfall dieser typisch barcelonesischen Fauna der »jungen Herren aus der Avenida Diagonal« anzueignen. In seiner Eigenschaft als vorgetäuschtes Mitglied dieser Fauna nahm er an einer oder zwei mondänen Sitzungen teil, bei denen seine Schüchternheit, seine Unbeholfenheit und seine mangelnde Lebensart voll ans Licht kamen: er konnte weder tanzen noch den Mädchen aus guter Familie den Hof machen, konnte weder den Damen die Hand küssen noch über Luxusautos reden, ja, er verstand es nicht einmal, sich mit jugendlicher Forschheit oder einstudierter Gleichgültigkeit zu bewegen. Das Gefühl des Scheiterns und seine Unfähigkeit, sich diesen Kreisen anzupassen, machten ihn traurig und bedrückten ihn. Doch seine Niedergeschlagenheit dauerte nicht lange: die leere Überheblichkeit und Eitelkeit seiner beiden Mitschüler, die er mit einem befremdlichen Eifer für Vorbilder gehalten hatte, überzeugten ihn bald von seinem Irrtum. Das Leben dieses dünkelhaften und mimetischen Doppelgängers war glücklicherweise nur von kurzer Dauer, und wenn ich ihn heute auf einem Foto sehe, das bei einem Debütantenball aufgenommen wurde – ernst, steif, beklagenswert –, ruft es Gefühle des Spotts und des Mitleids in mir hervor.

Von meiner Unbesonnenheit befreit, kehrte ich zum Familienkreis mit seinen Geheimnissen, Ängsten und Zuneigungen zurück. Ich blieb ein Schüler mit ungleichmäßigen Leistungen, nach Meinung meiner Lehrer zwar sehr begabt für Geschichte, Grammatik und Sprachen, dafür aber mittelmäßig, um nicht zu sagen eine Null, in Mathematik und Naturwissenschaft. Meine Unfähigkeit und mein Desinteresse für die letztgenannten Fächer war total und absolut, was die alte Lebensweisheit bestätigt, wonach die Intelligenz letztlich eine Frage des Geschmacks ist. Zum Glück für mich hatte ein Schüler aus der Parallelklasse, mit dem ich mich auf dem Schulhof oft unterhielt und mit dem ich gemeinsam den Nachhauseweg zurücklegte, die gleichen Probleme, nur in entgegengesetzter Richtung. Außergewöhnlich intelligent und aufgeweckt auf dem Gebiet der Physik und der Mathematik, war er gegenüber den Fächern, die meinen Wissensdurst hervorriefen, von völliger Gleichgültigkeit. Dieses gegenseitige Eingeständnis unserer jeweiligen Qualitäten und Mängel führte zu einer für beide sehr vorteilhaften Freundschaft. Während ich für meinen Freund José Vilarasau die Aufsätze schrieb, half er mir bei jenen Fächern, die ich verabscheute. Indem wir uns gegenseitig stützten, schafften wir ohne allzu große Hindernisse das Abitur.

Vilarasau war auch der erste, dem ich von meinen religiösen Zweifeln zu erzählen wagte. Im Laufe der Zeit tauschten wir unsere Ansichten über dieses Thema aus, und die angeblichen philosophischen Exposés von Bruder Pedro waren nach der Schule die Zielscheibe unserer Witze und Scherze. Güte und Allmacht des Schöpfers kamen uns beiden widersprüchlich und problematisch vor. In einer von Bruder Pedro zur moralischen Beratung der Schüler eingerichteten anonymen Briefkastenecke äußerten wir schriftlich einige unserer Bedenken und Zweifel, und da er uns als die Urheber dieser Fragen im Verdacht hatte, waren wir ihm allmählich ein Dorn im Auge. Doch die Schulzeit ging schließlich zu Ende, und die kleine, künstliche und mittelmäßige

Welt, in die meine engstirnigen Lehrer mich hineinpressen zu können glaubten, löste sich bald in nichts auf, ohne Spuren zu hinterlassen. *Die Zeit, die dahinging, machte sie zunichte / wie Blasen auf der Oberfläche des Wassers / zerbrach die ärmliche Tyrannei, die sie errichteten,* schrieb Luis Cernuda.[12] Und wie er erinnere ich mich heute beim Schreiben *mit einem gequälten Lächeln* an sie.

Letzte Momentaufnahmen von der Calle Pablo Alcover: Thujahecken, wilde Rosensträucher, blühende Bougainvillea, Geißblattranken, Roßkastanien, ein alter Mann, der im Schatten eines Zitronenbaumes liest oder schläft. Geduldig erworbene Lebensräume: der meines Vaters, der Eulalias, der des Großvaters. Langsamer Verlauf des Verfalls: Garage ohne Auto, unbrauchbares Heizsystem, neue, nicht mehr zu behebende Schäden. Im Innern des Hauses immer dunkler: anämische Glühbirnen, karge Lichtkreise, durch den gespenstischen Korridor irrende flüchtige Schatten. Mein Vater, in Pantoffeln und Morgenrock, der seine seltsamen Mixturen zubereitet und dabei mit dem Löffel in seinem Joghurt rührt. Der Großvater in seiner Ecke, eine Zeitung in der Hand, immer darauf bedacht, nicht aufzufallen, so wenig Platz wie möglich einzunehmen. Eulalia, in der Küche im Dunkeln sitzend, um Strom zu sparen, auf das immer schwächer werdende Pulsieren des Hauses lauschend, seinen Verfall, seine allgemeine Schwäche, die sichtbaren Symptome seiner Baufälligkeit ergründend. Unaufhörlicher Kleinkrieg zwischen meinem Vater und dem Großvater, Groll, Manien, geflüsterte Rosenkränze, Schauplatz schäbiger Leidenschaften, Senilität, langsame Auszehrung. Veränderungen auch bei den Jungen, die Eulalia aufs Abstellgleis schoben und sie damit älter machten: Marta, eine bereits heiratsfähige Frau, José Agustín, Student und im Begriff, uns zu verlassen, um sein Studium woanders fortzusetzen; ich und Luis, zwar noch am Gymnasium, doch bereit, wie sie traurig ahnte, uns ebenfalls davonzumachen, jenes Haus zu fliehen, das langsam, Mauer um Mauer, Decke um Decke über uns einstürzte. Sie, das arme

Dienstmädchen aus Aragonien, geschwängert von ihrem Dienstherrn, ledige Mutter eines Kindes, das sie immer als Neffen ausgab, gezwungen, nach Katalonien auszuwandern, wo sie mehrmals die Stelle wechseln mußte, dann die Schwierigkeiten und die Not des Krieges, Julia, die für immer zu Eulalia geworden war, die eifersüchtig diese drei Jungen hütete, die sie am Ende wie ihre eigenen Kinder lieben sollte, unwissend, weise, feierlich, gutherzig, die schließlich aufgrund der Umstände und der besonderen Stellung, die sie durch ihre Willenskraft und ihre Charakterstärke bei uns einnahm, zur hellsichtigen, fatalistischen Zeugin der Hinfälligkeit von Personen und Dingen geworden war, die Angst, uns einen nach dem andern fortgehen zu sehen, allein zu bleiben mit zwei Greisen, in einem zerrütteten, verfallenen Haus, auf die Krankheit lauernd, die heimlich an ihr nagte, Vorbote dieser Sphinx, auf die sie euphemistisch anspielte, wenn sich in der engeren Familie ein Unglück ereignete. Undichte Dachrinnen, abbröckelnder Verputz, Heißhunger, Mottenfraß, Husten, Heiserkeit, Niedergang, Verdämmern: Bilder, Töne, Eindrücke meiner letzten Jahre in der Calle Pablo Alcover, Barcelona, Spanien, bereit, irgendwohin zu gehen, weit fort, den Fuß im Steigbügel eines noch imaginären Pferdes. Ununterbrochene Hoffnung auf plötzliche Fluchten, bis zu dem gesegneten Tag, an dem ich für immer ging. Die Erinnerung an das, was ich aufgab, gehörte mir schon lange vor meinem wirklichen Weggang nicht mehr: das Ende der Geschichte, der Tod dieser drei Menschen, sollte später von Luis aufs wunderbarste in den literarischen Raum seines Buchs *Antagonía* integriert werden.

Alles verlief so, *wie ihr es vorhergesehen hattet: einem zerbrechlichen, kurzlebigen Kartenhaus gleich zog der Tod des einen den der beiden andern nach sich.*

Ein Anruf von Luis mit der gefürchteten Ankündigung einer schlechten Nachricht: Großvater lag im Sterben, dem Arzt zufolge war es nur noch eine Frage von Stunden, wenn du zur Beerdigung gehen willst, mußt du das nächste Flugzeug nehmen. Achtundvierzig intensive, bewegte Stunden in einem Land, in dem dein Name auf der schwarzen Liste stand, von der Polizei an der Grenze schief angesehen, verhaßter und lästiger Gast, mit Druckbuchstaben von ihrer Meute angegriffen, diskreter Überwachung unterworfen, einen hartnäckigen Schatten hinter dir, dessen disharmonische Bewegungen im falschen Augenblick ganz deutlich darauf hinwiesen, daß er nicht zu dir gehörte. Dein eigener war in der Fremde zurückgeblieben, als du nach Spanien aufgebrochen und wie ein Gespenst in die Heimat zurückgekehrt bist, nur ein Individuum mit Beruf, Personenstand, Wohnort, Geburtsort und Datum, zwar im Reisepaß eingetragen, doch auf Anweisung deiner wahren Identität beraubt: der Möglichkeit zu schreiben, zu veröffentlichen, dich öffentlich auszudrücken, dich mit den Freunden zu treffen, ohne befürchten zu müssen, sie zu kompromittieren. Der Mann ohne Schatten von Chamisso, ohne Dichte, gespenstisch.*

Gerade noch rechtzeitig ankommen, um dem katholischen Tod des Großvaters beizuwohnen, der, wie es in der Todesanzeige

* *Die in deinem Reisepaß per Stempel eingetragenen Ein- und Ausreisedaten: 4.3.1964 und 6.3.1964.*

heißt, durch die letzten Sakramente und den Segen der römisch-katholischen Kirche getröstet wurde: seine Beichte bei einem jungen Pfarrer, das Gespräch mit dem Sterbenden, das wegen dessen Schwerhörigkeit bis in die Nachbarschaft zu vernehmen war und einer Posse ähnelte. Gut, Don Ricardo, Sie sind schon sehr alt und es ist Zeit, daß Sie sich vorbereiten. Vorbereiten? Auf was? Wie alt sind Sie, achtzig? Oh, sehr viel älter! Und dann die Zufriedenheit des Großvaters, die Letzte Ölung zu bekommen, da er überzeugt war, daß man ihn mit einem neuen, wirksamen Arzneimittel gegen das Ekzem einrieb, das ihn quälte. Aha, endlich die Salbe! Die im angrenzenden Zimmer versammelten Geschwister, während Eulalia und dein Vater, versteckt, stumm, erschrocken, sich der Tatsache bewußt werden, daß die so oft beschworene Sphinx endlich gekommen ist, und nun jeder in seiner Ecke mit rührender Hilflosigkeit auf die Auflösung warten.

Fünf Monate später, am achten August, lag Papa auf dem Totenbett und sah dich an, ohne dich zu erkennen, eingefallen, abgemagert bis auf die Knochen durch den unerbittlichen Vormarsch der Krankheit. Eulalia in ihrem Zimmer, überhäuft mit den Geschenken, die Monique ihr geschickt hatte, verschanzt in ihre Angst, antwortete nur einsilbig auf deine Fragen. Und in ihren Augen die stumme Frage, die sie bedrängte und die sie nicht zu formulieren vermochte: Um wen sollte sie sich jetzt kümmern, wenn die beiden Alten sie verließen? Und vor allem, was würde aus ihr werden in diesem leeren, verfallenen Haus? Die Sphinx kannte jetzt die Adresse: eines Tages, wenn sie am wenigsten darauf gefaßt wäre, würde sie wieder durch das Viertel streifen und ihren Besuch wiederholen.

Um Mitternacht hatte euch die Krankenpflegerin flüsternd ins Zimmer gebeten: dein Vater lag da mit offenen Augen, Röcheln und Keuchen folgten in immer langsamer werdendem Rhythmus, seine Lippen schon weit geöffnet. Schwammige Unwirklichkeit einiger Augenblicke bar jeglicher Emotion, Gefühl der Bewußtseinsspaltung. Teilnahme am Ritual der Waschung und der Vorbereitung des Leichnams für die Übergabe an die

Leichenbestatter: die Augenlider über dem starren und wie verhexten Blick des Toten zudrücken; schnelle, präzise Gebärde Martas, um ihm den goldenen Ring vom Finger zu ziehen, bevor die Hand starr wird. Absurde Zeremonie in der Pfarrkirche von Sarriá, feierliches Trauerbegängnis, ein Zug schwarzer Autos bis zum Friedhof, der vor dem luxuriösen Pantheon hielt, in dem die Überreste deiner Familie verfaulen. Gefühl des Entsetzens angesichts dieses Mausoleums, darin eine für dich reservierte Grabstelle: fester Entschluß, nicht zuzulassen, daß du hier beigesetzt wirst. Beileidsbesuche, besorgte Unterhaltung über den Gesundheitszustand Eulalias, unerträgliche Bedrückung in der verfallenen Kulisse deiner Kindheit, der Wunsch zu fliehen, das Flugzeug zu nehmen, Flughafen Prat. Ausreisestempel der argwöhnischen Polizei, die gehässige Behauptung der Tageszeitung Pueblo nachprüfen, dein Name sei in den Polizeikommissariaten bekannter als in den Buchhandlungen.

Regelmäßige Nachrichten von Luis über die Krebserkrankung Eulalias, zuerst nach Paris, dann nach Saint-Tropez, schließlich nach Marokko. Egoistischer und feiger Entschluß, dein Vagabundenleben fortzusetzen, obgleich vom nahen, unausweichlichen Ende wissend: unerträgliche Vorstellung, der wehrlosen, verängstigten Frau gegenübertreten, ihr die Art der Krankheit verbergen, lachen zu müssen, um sie aufzumuntern, ein freundliches Gesicht machen, eine rosarote, heitere Zukunft für sie erfinden, lügen zu müssen, um ihr die Grimasse auszutreiben, die nicht zum Lächeln werden will und ein unbewegliches, starres, verzweifeltes Grinsen bleibt. Tetuan, Xauen, Al-Hoceima, Meknès, ständig auf den Postämtern nach einem postlagernden Brief fragen, bis zu dem kurzen, mit zitternden Fingern geöffneten Telegramm schließlich, das dich in Fez erwartet. Jähe Unterbrechung deiner Reise, dieser erbärmlichen Flucht vor dir selbst: auf der Stelle nach Tanger zurückkehren, vorübergehend Zuflucht zu Hause finden, die bedrückende Nachricht verdauen, die stechende Schuld ersticken, auf der Suche nach Haschisch oder Maaxún im tröstlichen Schatten in die Kasbah hinaufgehen.

Von dem Augenblick, an dem du dich aufs Bett fallen läßt, bis zu dem schweren, mehrmals aufgeschobenen Entschluß aufzustehen, dich mühsam aus dem Wirrwarr zerwühlter und feuchter Laken loszureißen, wirst du den Begriff Zeit verlieren. Die halbgeschlossene Jalousie läßt kein Licht hereindringen, und als du auf die Uhr schaust, ist es schon acht. Acht Uhr früh? Die Lichter des Hafens, der nahen Gebäude zerstreuen deine Zweifel: acht Uhr abends, und deine Nachbarn kommen langsam nach Hause. Was hast du den ganzen Tag über getan? Bedürfnis, Wasser zu trinken, viel Wasser, zu pinkeln, ein paar Aspirintabletten zu schlucken. Die Lösung des Rätsels verschiebst du auf später.

Zwanzig Stunden aufs Bett geworfen, nach und nach bekommst du sie wieder zusammen, auf der Straße, wo du mit vollen Lungen den belebenden Hauch des Windes atmest. Mit schwerem, noch schmerzendem Kopf, doch fähig nachzudenken. Der Versuch, dir auf einer Kaffeehausterrasse sitzend, in der Avenida de España, wieder die Ereignisse, Begegnungen, Visionen, Verzückungen, Aneignungen der vergangenen und längsten Nacht deines Lebens vor Augen zu führen: sie sorgfältig auszugraben, sie wie ein Archäologe aus der Tiefe zu holen, in die sie wieder versunken sind, dichte Schichten des Vergessens, unförmige Massen, Nebel, Undurchsichtigkeit. Auf die leere Gitanes-Schachtel die Schlüsselwörter kritzeln: Geröll, Grenzsteine, Zeichen, die dich rückwärts zu der schmerzenden Erinnerung dessen führen werden, was geschehen ist.

Behendigkeit, Leichtigkeit, grazile Aufhebung, vielleicht mit dem Augenblick des universellen Imperativs der Schwerkraft zusammenfallend. Du schwebst leicht über dem Boden, ohne den geringsten Schwindel, schnell, sachte, schwerelos, ein heiteres, schwankendes Wiegen oder eine Levitation: seitdem ein beharrlicher Traum, der von nun an seltsamerweise zu deinem bescheidenen Repertoire gehören wird. Du bist in Torrentbó: Papa sitzt auf einem Stuhl, wahrscheinlich weißgekleidet, mit dieser natürlichen, ein wenig pittoresken Eleganz, die ihm das Alter in seinen letzten Jahren verliehen hat. Er ist tot, und ihr wißt es beide. Trotzdem begrüßt ihr euch, wechselt ein paar Worte. Du fühlst keinen Schmerz, hast keine Gewissensbisse. Seine Gegenwart ist angenehm, sanft: er macht einen milden Eindruck der Ruhe, Zartheit, Friedfertigkeit. Mit Zeichen gegenseitiger Zuneigung verabschiedet ihr euch voneinander, und von neuem schwebst du, Garten, Terrasse, der Springbrunnen mit den Fröschen, ein Mann mit einer Axt auf der Schulter (Alfredo?) lächelt, grüßt von weitem mit der Hand. Neuer Dekor, Roßkastanie, Waldpflanzen, Zitronenbaum, in dessen Schatten dich der Großvater ein paar Sekunden lang anschaut, ganz real, aus Fleisch und Blut, seine Zeitung in der Hand, alt, sehr alt, ohne seine Lektüre zu unterbrechen, ihr habt euch nichts zu sagen, vertieft in die Nachrichten, wahrscheinlich ist der Weltkrieg ausgebrochen.

Rückfall ins Vergessen, schwammige Unwirklichkeit, aufsteigende Angst, Furcht vor der Begegnung, die allmählich ins Haus steht, möglicher Versuch schließlich, aus dem Bett aufzustehen, Wasser zu lassen, den Rest aus der Flasche Sidi Harazem zu leeren, alsbald entschwundener Frieden, Furcht, Marter, du wälzt dich im Bett hin und her, im schwärzesten Schwarz, Atembeklemmung in der Brust, heißer Kopf, stechende Schmerzen, unheilverkündende Vorahnung, vergeblicher Wunsch zu fliehen, Symptome der Panik, unfreiwillige Feuchtigkeit, hartnäckiges Herzflattern, gelähmte Glieder, drohende Nähe des Gesichts, das du fürchtest, herbeigerufen durch dein übergroßes Entsetzen die Gestalt Eulalias, im Halbdunkel schon erkennbar, immer deutlicher und klarer werdend, Haar, Haut, Augen, Lippen, Wangen vollkommen genau, spröde, abweisend, stumm, eine Gebärde bitteren Vorwurfs, Bild, Gegenwart, Körperlichkeit, die dich erschlagen, sich deiner bemächtigen, die Deiche der Scham niederreißen, die in dir angehäufte Schuld zum Überlaufen bringen, Minuten oder Stunden des Schmerzes, Seufzer, Tränen, unangebrachte und nutzlose Reue, undeutliche Erinnerung an nicht befolgte Bitten, späte Proteste der Liebe, endloser Tag in deinem schmutzigen, befleckten Bett, als hättest du Wurzeln in ihm schlagen wollen, während du unge-

hemmt alles das aus dir herausschleuderst, was du in dir aufbewahrt hast, Wahnvorstellungen, Irrtümer, Untreue, Feigheit, Ängste, ein vollständiger freudscher Therapielehrgang zum Preis eines Glases Maaxún.

Fruchtbare, unerschöpfliche Betrachtungen über die Seelenwanderung im Lichte der Poesie: leichter Flug der Seele von einem Körper zum andern, ähnlich oder gleich dem Körper, den sie im Leben bewohnte: die gleichen Schicksalsschläge in einem anderen Körper wiederfinden, der allem Anschein nach noch leidender und schutzloser ist, doch beschützt vom Respekt vor einem Glauben, der ihn heiligt und auf einen Idealthron setzt: vom warmen Schatten des Islam beschirmt, ruft dich der hingekauerte Alte stumm zu sich: seine Hand ist mager, starr, fleischlos: die Kapuze seiner Dschellaba bedeckt halb den Kopf, erlaubt jedoch, das hagere, bis auf die Knochen abgemagerte Gesicht zu sehen, die gekrümmte Nase, die blutleeren Lippen: er schaut dich an, als seiest du durchsichtig, sagt leise noch einmal, vielleicht zu sich selber, fi sabili Allah *oder eine andere traditionelle Anrufung der Gläubigen, mit der ergebenen Gelassenheit eines anderen Sterbenden, Alonso Quijano, am Rande des Grabes, als du, gerade vom Flughafen gekommen, auf Zehenspitzen in sein Zimmer tratest: dein Vater, die aufeinanderfolgenden Inkarnationen deines Vaters auf den Märkten und in den Gäßchen von Fez oder Marrakesch, hingekauert, würdevoll, flehend, zufällige oder methodisch geplante Begegnungen, die den Funken erzeugten, den Lichtbogen, der, als er noch lebte, nie aufblitzte: ritueller Wanderer, Labyrinth, das die Traurigkeit einer verfehlten Beziehung beschwört, die aber dennoch dein Gedächtnis in Bewegung setzt und ihn zärtlich zum Leben erweckt.*

II

. . . et existe autant de différence de nous à nous-mêmes que de nous à l'autrui

Montaigne

Anfang neunzehnhundertdreiundsechzig, *während deines zweiten Besuchs auf Kuba, diesmal als Gast des Instituts für Filmindustrie und Filmkunst, hast du eine Einladung des Poeten Manuel Navarro Luna bekommen, mit ihm an einem Meeting teilzunehmen, das in einem außerhalb Havannas gelegenen Instruktionszentrum für weibliche Milizangehörige stattfinden sollte. Der alte Schriftsteller, den du ein Jahr zuvor anläßlich einer Reise in seine Heimatstadt Manzanillo kennengelernt hast, war überzeugter Kommunist und mit Haut und Haaren der Sache der Revolution ergeben: er wohnte sehr bescheiden in einem kleinen Hotel, einige Häuserblocks von dem deinen entfernt, und war dir von gemeinsamen Freunden, wie er Mitarbeiter der Wochenzeitschrift* Verde Olivo, *vorgestellt worden. Auf seinen Rat hin hatte die Illustrierte des Heeres einige Auszüge aus deiner Reportage »Ein Volk auf dem Vormarsch« veröffentlicht, und als diese Reportage dann vollständig in der illustrierten Wochenendbeilage der Tageszeitung* Revolución *erschien, hatte dich Navarro Luna eifrig im Verlauf der Polemik unterstützt, die deine phonetische Transkription der gesprochenen Sprache des kubanischen Volkes hervorrief. Seine große persönliche Noblesse und seine politische Integrität – ganz im Gegensatz zum revolutionären Opportunismus so vieler anderer Schriftsteller, die sich servil mit der Diktatur Batistas eingelassen hatten – sowie seine besondere Verehrung für das republikanische Spanien glichen seine bedingungslose Ergebenheit gegenüber der UdSSR und, was für dich noch schlimmer wog, seine Verteidigung überholter literarischer Formen aus. Zu einem Zeitpunkt, als das Strebertum einiger deiner ältesten Freunde sich langsam in seiner wahren Schäbigkeit zeigte, erschien dir sein sauberer, gerader Weg, der frei war vom Ehrgeiz und Machtstreben, als Kontrast sympathisch und tröstlich. Mehrere Schriftsteller deiner Generation, wie Heberto Padilla, teilten deine Wertschätzung für den alten Poeten, in dem sie, nicht grundlos, das Gegenmodell zu Nicolás Guillén sahen, zwar ebenfalls ein alter Kommunist, jedoch eitel und schon damals mit offiziellem Ruhm und mit Privilegien überhäuft. Navarro Luna, großzügig, selbstlos, beispielhaft, verkörperte in jenen bewegten Zeiten des Wechsels und der Unsicherheit eine nicht zu verachtende moralische Kraft.*

Er war in Begleitung eines spanischen Exilkommunisten ins Hotel Habana Libre gekommen, um dich abzuholen, und zu dritt seid ihr in jenen Außenbezirk gefahren, in dem er bei der Abschlußfeier eines politischen Instruktionskurses für einige hundert junge Freiwillige den Vorsitz führen sollte. Als ihr am Ziel angekommen seid, war es bereits Nacht, und die Hörer warteten. Einer der Lehrer unterrichtete euch in wenigen Worten über das, was sich am Tag zugetragen hatte: zwei lesbische Mädchen, die in einem der Schlafräume oder Duschen der Schule in flagranti *ertappt worden waren, hatten sich dem Urteil eines öffentlichen Gremiums stellen müssen und wurden einstimmig ausgeschlossen. Deine Gefährten hießen die Entscheidung ohne den Anflug eines Zweifels gut. Dich befiel eine Art Unbehagen, ein dumpfes Gefühl des Ekels, doch du folgtest ihnen auf das Podest, das man im Haupthof der Schule errichtet hatte und auf dem Navarro Luna eine Rede halten sollte. Du erinnerst dich an das grelle Licht der Scheinwerfer, an die rituellen Grußbotschaften, den disziplinierten Rhythmus des Applauses: dein Freund, der Poet, hatte dich den Anwesenden mit liebevoller Übertreibung als »einen jungen, aus Spanien gekommenen revolutionären Intellektuellen« vorgestellt, und die uniformierten jungen Mädchen hatten sich von den Plätzen erhoben und klatschten endlos zu Ehren dieses tapferen und verwegenen Vertreters eines kämpfenden Volkes, dieses würdigen Nachfahren der Helden von Guadalajara und Brunete, Sprachrohr der mundtot gemachten Arbeiter, rächende Faust der Aus-*

gebeuteten, der nun, Hand in Hand mit Navarro Luna und dem für die ideologische Schulung Verantwortlichen, auf ihre Grüße mit einem langsamen Hin und Her der erhobenen Arme antwortete, Wahlsprüche und Parolen mit einem leichten, verschwommenen Lächeln wiederholte, als gehörte er zu einem Kreis von Sardanatänzern, du, ich, dieser Juan Goytisolo, der sich plötzlich seiner Rolle schämte, des unüberbrückbaren Abgrunds, der sich mit einem Male zwischen der Wirklichkeit und den Wörtern aufgetan hatte und nur von dem starken Applaus für den Betrüger zugeschüttet wurde, der seinen Namen usurpiert hatte, für dieses Gespenst, das man seinem wirklichen Ich wie einen Doppelgänger übergestülpt hatte oder, mit den Worten Kavafis' in einem seiner schönsten Gedichte, wie einen lästigen Gast: ungläubig und erstaunt angesichts des grotesken Kontrasts zwischen seiner Hagiographie und der undurchsichtigen Wirklichkeit, ein Fremder für die Marionette, diesen Automaten, dessen Stimme dich nicht länger repräsentiert, da sie nun im Namen jener spricht, die ihn unterdrückten: der aufs Podium gekletterte Simulant, das gleiche Podium, auf dem gerade das anomale Verhalten der beschuldigten Mädchen verurteilt worden ist, der feige, stumme Unterzeichner eines Urteils, das schließlich gegen ihn selber gerichtet war, gegen sein wahres, wehrloses, sich duckendes Ich: die Katakomben verlassen, emportauchen, atmen, dem andern, dem Doppelgänger, dem Gespenst ins Gesicht spucken, dem heimtückischen Feind deines wahren Ichs, dem traurigen Plünderer deiner besonderen Kennzeichen, Ekel, nur Ekel in seiner Gegenwart, heftiger Wunsch, die Maske herunterzureißen, dich der öffentlichen Geringschätzung auszusetzen, dich dem gleichen Schicksal zu stellen wie die beschuldigten Mädchen, alles, nur nicht diesen langsamen, lächerlichen Bewegungen folgen, dem rhythmischen Hin und Her der erhobenen Arme, der rituellen Leere, dem unangenehmen Gefühl der Persönlichkeitsspaltung, dem Betrug, der Schizophrenie, dem Knebel.

Doch der andere, das Gespenst, war auf der Tribüne des Instruktionszentrums für weibliche Milizangehörige geblieben, mit seinen synkopierten Gebärden und dem eitlen, nach außen hin seiner armseligen Lüge angepaßten Lächeln, Schwindler ohne Risse und Sprünge, wie eine Strohpuppe nach rechts und nach links grüßend und sich verbeugend, ein Gegenstand nachträglichen Abscheus und Widerwillens für den gespaltenen Zuschauer, und plötzlich, auf dem Rückweg ins Hotel, stumm, ungeduldig darauf wartend, mit dir selbst allein zu sein, mit dem Bauchredner abzurechnen, deine Stimme wiederzufinden, bevor es zu spät ist und der andere, der Eindringling dir die Norm deiner Kaste aufzwingt, den Geysir deiner Widerspenstigkeit zuschüttet, die Wahrheit verhüllt, dich in einen Zombie verwandelt.

Keimwert eines Experiments, das dich zwar vor der Lüge gewarnt hat, deinen Weg zum Abgrund jedoch abkürzen sollte: allerdings geschahen die Dinge nicht so schnell, wie du sie erzählst, sondern ganz allmählich; was du damals dunkel empfunden hast, klärte sich im Laufe der Monate und drängte sich nun mit unerbittlicher Eindeutigkeit auf: zwischen dir und deiner Person hat sich der Argwohn eingenistet, ihr seid euch zunehmend fremd geworden, und, wie du jetzt feststellst, während du dir die dauerhaften Folgen des Risses ins Gedächtnis rufst, ein plötzliches, gebieterisches Bedürfnis nach Echtheit ist entstanden.

WEGKREUZUNG: IN JENEM Sommer hatte ich, wie ganz selten in meinem Leben, den Eindruck, auf unsicheres Terrain vorzustoßen, wo mein Leben sich gabeln, eine andere, unerwartete Richtung nehmen könnte. Trotz meiner totalen Inkompetenz auf dem Gebiet der Mathematik und der Naturwissenschaft war es mir gelungen, das gefürchtete Abitur zu bestehen, und mit einer fieberhaften Mischung aus Furcht und Aufregung zog ich im Verlaufe meiner vorletzten Ferien in Torrentbó die Möglichkeiten in Betracht, die sich mir boten. Ich wußte, daß ich die Annehmlichkeiten meines früheren Refugiums, das warme Nest der Familie und die Fortsetzung davon, nämlich die Schule, für immer aufgab, und die instinktive Angst vor dem Sprung ins Leere, der meine zukünftige Unabhängigkeit bedeutete, störte oft meine freudige Erwartung. Meine Unentschlossenheit über den einzuschlagenden Weg, das Wissen darüber, daß ich mir meinen Lebensunterhalt wegen unserer Armut selbst verdienen müßte, quälten mich sogar bis in den Schlaf hinein. In meinem unruhigen Halbschlaf verspürte ich den Wunsch zurückzuweichen, mich wieder in die fröhliche Unverantwortlichkeit der Kindheit zu versetzen, den Kopf unter den Flügel zu stecken, mich in den Mutterleib zu flüchten. Es waren kurze, vorübergehende Windstöße, deren Stärke im Verlauf des Sommers nachließ, je näher das ängstlich befürchtete Datum meines Studienbeginns an der Universität heranrückte. Schließlich schwemmte die angenehme Gewißheit, daß sich die Bindungen zur Familie lockerten und ich mich endlich von meinem Vater und der erdrückenden Welt der Calle Pablo Alcover lösen würde, diese Sorgen hinweg. Der Drang, die Vergangenheit zu fliehen, wog schwerer als die ungewisse Zukunft. Wenige Tage vor der

Immatrikulation schwankte ich immer noch, für welchen Studiengang ich mich entscheiden sollte. Meine Vorliebe galt der Philosophie und der Philologie, und hier vor allem den Fächern Geschichte und Literatur, doch die Unterrichtsmethoden, von denen ich bereits am Gymnasium eine Kostprobe erhalten hatte, ließen es mir ratsam erscheinen, Vorsicht walten zu lassen. Der diskrete Druck meines Vaters zugunsten eines lohnenden Studiums und das Beispiel meines älteren Bruders führten schließlich dazu, daß meine Wahl auf die Jurisprudenz fiel. Nachdem ich sorgfältig das Pro und Kontra erwogen hatte, faßte ich den salomonischen Entschluß, mich an beiden Fakultäten einzuschreiben. Zeit und Umstände würden, so dachte ich, das Problem zur rechten Zeit lösen.

Bei meiner etwas opportunistischen Entscheidung, den Titel eines Rechtsanwalts zu erwerben, spielte ein sehr bedeutsames Element mit: meine hartnäckige Besessenheit zu reisen, etwas von der Welt zu sehen, aus Spanien herauszukommen, hatte mich auf den albernen und unsinnigen Gedanken gebracht, Diplomat zu werden. In einer Zeit, in der der Besitz eines Passes und die sich daraus ergebende Möglichkeit, die Halbinsel zu verlassen, ein nur wenigen vorbehaltenes Privileg war, sah ich die Diplomatie als ein wunderbares Allheilmittel an, als ein Sesam, öffne dich, mit dessen Hilfe ich eines Tages in einem anderen Land als dem meinen leben, andere Sitten und andere Landschaften kennenlernen und endlich durch jene Gegenden und Orte reisen könnte, von denen in meinen Gesprächen mit Onkel Leopoldo oder auf den illustrierten Seiten meines geliebten Erdkundebuchs die Rede war. Jedes andere Land schien mir besser als das, in dem ich bis dahin gelebt hatte, und indem ich unbewußt die Erfahrung machte, die Blanco White eineinhalb Jahrhunderte zuvor gemacht hatte, spürte ich dunkel, daß das Exil, weit davon entfernt, eine Strafe zu sein, für mich ein Segen werden könnte. Obgleich mein Charakter und mein Temperament, zumindest heute, genau das Gegenteil dessen sind, was von einem Diplomaten an Ruhe und Flexibilität verlangt wird, war die unterschwellige Sehnsucht, die diese Wahl diktierte, ziemlich klar. Stolz hatte ich meiner Umgebung mein unwiderrufliches Zukunftsziel verkündet: eine Art eleganter, gebildeter, polyglotter, brillanter Paul Morand zu werden, fähig, die persönliche Liebe zur Schriftstellerei mit den mondänen Pflichten des Berufs zu verbinden. Die Tatsache, daß ich außer meinem armseligen Spanisch keine andere Sprache beherrschte, war meine geringste Sorge: ich würde sie lernen. Bewaffnet mit jugendlicher Impertinenz, fühlte ich mich gerüstet, eine Vielzahl von Fachrichtungen anzugehen, ohne dafür jedoch meine besondere Vorliebe für die Literatur zu opfern.

Als ich zum erstenmal die Vorlesungsräume im alten Gebäude der Universität betrat, hatte ich dort keinen Freund: die wenigen Schulkameraden, mit denen ich auf dem Gymnasium engeren Umgang pflegte, hatten sich in anderen Fakultäten eingeschrieben, und die Handvoll, die mit mir Jura studierte, war mir gleichgültig oder fremd. Was die Philosophie- und Literaturvorlesungen anging, so hatte ich hier nicht ein einziges bekanntes Gesicht angetroffen. Diese anfängliche Einsamkeit begünstigte meine Vorsätze, mich ganz auf mein Studium zu konzentrieren. Meine doppelte Einschreibung brachte es mit sich, daß sich Vorlesungen überschnitten, so daß ich nach einer Alternative suchen mußte; da es mir unmöglich war, alle Vorlesungen zu besuchen, beschloß ich, vorwiegend an denen der juristischen Fakultät teilzunehmen und mich darauf zu beschränken, den übrigen als Gasthörer zu folgen. Sicherlich hatte auch die routinemäßige, engstirnige Ausrichtung der Literaturvorlesungen meine Wahl bestimmt: da die Literatur meine größte und wesentliche Leidenschaft war, fürchtete ich zu Recht, daß eine unglückliche Erfahrung in den Vorlesungssälen dazu führen könnte, das zu hassen, was mit meiner zukünftigen Berufung zu tun hatte. Es ist besser, dachte ich, sich auf langweilige und harmlose Fächer zu konzentrieren mit der Aussicht, dadurch eines Tages in die Diplomatenschule aufgenommen zu werden, als kostbare Zeit an eine unzweckmäßige Lehre zu verschwenden und damit meine eventuelle Begabung als Schriftsteller über Bord zu werfen. Mit Ausnahme der Vorlesungen bei

Vicens Vives und einigen anderen Professoren, die jedoch Fächer lehrten, für die ich mich nicht interessierte, vermochte mir die philosophische Fakultät damals weder eine intellektuelle noch eine moralische Stütze zu bieten. Der Bürgerkrieg mit seinen zerstörerischen Folgen hatte den Universitätsunterricht auf ein unendlich tiefes Niveau gedrückt: neun Jahre nach Kriegsende war die Mehrzahl der Lehrstühle auch weiterhin in der Hand mittelmäßiger und konformistischer Professoren, die ihren Posten weniger ihren Kenntnissen oder ihrer Kompetenz verdankten als vielmehr ihrer Treue zu den glorreichen Grundsätzen der Bewegung oder ihrem servilen Katzbuckeln. Das gleiche verheerende Bild, mit wenigen Ausnahmen, auf die ich später noch eingehen werde, erwartete die Studenten auch an der juristischen Fakultät, aber das war mir gleichgültig. Was ich in den Hörsälen aufnahm, lief an mir ab, ich erlebte es als etwas Fernes und Fremdes. Da ich mich für eine Vernunftehe statt für eine vielleicht unglückliche Leidenschaft entschieden hatte, genoß ich den Vorzug, die Dinge als Nichtbetroffener zu sehen, mit dem nötigen Abstand und mit gelöster Gelassenheit.

Für diejenigen, die nicht das traurige Privileg hatten, die spanische Universität Ende der vierziger Jahre kennenzulernen, als die Studentenproteste, nachdem die vom Sieg der Alliierten geweckten Hoffnungen zunichte geworden waren, ihren niedrigsten Stand erreicht hatten, ist es fast unmöglich, sich den Zustand der Unbedarftheit und Verschlafenheit vorzustellen, in dem sie dahinvegetierte. Die Kämpfe, um die F.U.E., den spanischen Studentenbund, wieder neu zu gründen, waren nur eine undeutliche, ferne Erinnerung: nachdem ihre Mitglieder einer nach dem andern der Polizei in die Hände gefallen waren, verschwand die dezimierte Organisation schließlich völlig. Als ich mich neunzehnhundertachtundvierzig an der juristischen Fakultät einschrieb, zeigte niemand, nicht einmal privat, das geringste Interesse an der Politik, abgesehen von ein paar exzentrischen Monarchisten wie Senillosa und einem kleinen Kern schwatzhafter Falangisten, die ganz offen über José Antonio und seine angeblich verratene Revolution sprachen. Das Opus Dei warb aktiv Sympathisanten und Anhänger an: einige alte Bekannte, zu denen auch der älteste Sohn meiner Tante Rosario gehörte, hatten der hartnäckigen Belagerung nicht widerstanden und sahen nun voller Argwohn auf jene, die, wie ich, ihr Proselytentum zurückwiesen. Ein schlichtes Bekenntnis zum religiösen Agnostizismus genügte, um einen Skandal heraufzubeschwören: wie ich sehr schnell auf meine Kosten feststellen sollte, hatte keiner meiner Kommilitonen den Mut, das zu tun. Gegenüber einem offenbar einmütigen Konformismus in religiösen, moralischen und politischen Dingen erschien der geringste Hinweis auf Abtrünnigkeit als eine Herausforderung oder eine Marotte, die Sanktionen oder Verachtung verdienten. Die schweigsamen Gegner, die ich später aufspüren sollte – fast alle Anhänger eines unabhängigen Kataloniens gehörten dazu –, teilten häufig auf anderen Gebieten die Ansichten der Mehrheit: ich erinnere mich sehr gut an den Tag, an dem ich, weil ich mir einen Scherz über die süßliche Person von Papst Pacelli erlaubt hatte, mit knapper Mühe und Not einem hysterischen Fußtritt Albert Manents in Richtung auf meine unschuldigen Hoden auswich. Die Studenten der höheren Semester, wie Castellet, Marsal, Reventós oder Manuel Sacristán, die sich politisch oder intellektuell Gedanken machten, hatten bereits ihr Studium der Philosophie oder der Jurisprudenz abgeschlossen oder waren im Begriff, es zu tun. Alberto Oliart war ein netter, bescheidener und immer lächelnder Sammler von Bestnoten. Gil de Biedma machte seine ersten literarischen Gehversuche und bereitete sich auf ein Zusatzstudium in Madrid vor, das ihm den Eintritt in den diplomatischen Dienst ermöglichen sollte. Carlos Barral,[13] der sich damals noch nicht in diesen prächtigen Umhang hüllte, der ihn später zum idealen Romanhelden aus *Die Rache des Don Mendo* machte, betrank sich und schrieb Verse. Von Gabriel und Juan Ferraté hörte ich erst Jahre später. Mein Jahrgang und die nachfolgenden waren sicherlich die verkümmertsten und nichtssagendsten unserer elenden Nachkriegszeit: die letzte Glut des Widerstands war in Rauch und Asche eines verlogenen Friedens erloschen, und die ersten Funken jugendlicher Widerspenstigkeit sprühten noch nicht. Die erbärmliche Erfahrung meiner Schuljahre wiederholte sich damit auch an der Universität: ohne Lehrer und Studienbegleiter, oft ohne die Bücher, die ich verzweifelt brauchte – unerreichbar wegen der Zensur oder meiner peinlichen Unkenntnis fremder Sprachen –, war meine intellektuelle und moralische Erziehung eine aleatorische, vollzog sich schubweise und war abhängig von Begegnungen, Lektüren, Gesprächen außerhalb der Hörsäle. Autodidakt aufgrund der Umstände, eignete ich mir ganz allein eine ungeordnete, willkürliche Bildung an, unter der ich bis zu meinem dreißigsten Lebensjahr zu leiden hatte. Von ihren Auswirkungen konnte ich mich erst an dem Tag frei machen, an dem ich anfing, nun endgültig fern von Barcelona und dem spanischen Milieu, auf eigene Faust und ohne die jeder Ideologie und jedem System innewohnenden Vorurteile und Scheuklappen die Werte und Normen näher unter die Lupe zu nehmen, die bis dahin mein Leben geregelt hatten.

ALS ICH KÜRZLICH anläßlich einer öffentlichen Lesung aus meinem Roman *Makbara* wieder die Hörsäle, Flure und Innengänge der philosophischen Fakultät betrat, versuchte mein Gedächtnis mühsam aus einem wirren Magma einige Details und Momentaufnahmen hervorzukramen, die bestätigen könnten, daß in dieser Szenerie einst jener ängstliche, verletzbare junge Mann zugegen war, dessen herablassendes, ironisches Verhalten, das in Wahrheit dazu bestimmt war, seine große Schüchternheit zu verbergen, ihn dazu verleitete, sich mit besserwisserischer Selbstgefälligkeit bis zum Überdruß der Waffen der Halbbildung und des Paradoxons zu bedienen. Seltsamerweise besitze ich kein Foto mehr von ihm, als ob meine augenblickliche Distanz zu jener Zeit und der unbewußte Wunsch, nichts mehr von dem wissen zu wollen, was ich damals tat oder dachte, mich dazu veranlaßt hätten, alle Beweise für eine peinliche Identität zu beseitigen. Denn der junge Mann, in dem ich mich kaum wiedererkannte, war trotz allem ich, und das Bild, das er damals bot, war einer Bahn gefolgt, die mit der meinen nichts zu tun hatte, so wie die Charismen und Kräfte des Wundertäters bisweilen aus reinem Beharrungsvermögen noch lange weiterwirken, selbst dann noch, wenn der ungläubige Urheber derselben den Glauben an ihre reale Existenz verloren hat.

Schuhe: schwarz. Farbe des Anzugs: beige oder perlgrau. Ein dazu passender Mantel und Handschuhe von der gleichen Farbe wie der Anzug, wie es sich für einen zukünftigen Diplomaten gehört. Der unter den Arkaden des Innenhofs stehende junge Mann, in Gedanken versunken und gleichgültig für das Geschrei und das Hin und Her seiner Kommilitonen, hat eine Aktentasche bei sich, in der Lehrbücher und Vorlesungsnotizen mit in Buenos Aires erschienenen Romanen und Theaterstücken bunt gemischt sind. Seit seinem Abgang vom Gymnasium ist er ein eifriger Leser geworden. Seine Lieblingsautoren sind immer noch Unamuno und Wilde. Der erste hat ihn gelehrt, sich Fragen zu stellen und damit seine naiven philosophischen Ängste zu vertiefen. Der zweite hat ihn die Kunst des humoristischen, respektlosen Widerspruchs gelehrt, des bissigen Spotts, an dem man den Causeur erkennt. Katholizismus, Moral, kirchliche Hierarchie sind die bevorzugte Zielscheibe seiner Sticheleien. Seine Respektlosigkeit empört, trägt ihm hier und da Wertschätzung und zahlreiche Feindschaften ein. Bezeichnenderweise begünstigt das seine selbstgefällige Neigung, sich abzuheben, alle andern durch seine Originalität und seinen Einfallsreichtum zu übertreffen. Er studiert mit großem Eifer und gehört von Anfang an zur Gruppe der Besten. Arrogant hat er seinen Kommilitonen kundgetan, daß er Romane schreibt, und in seinen Mußestunden fängt er an, Französisch zu lernen.

Die meisten Fächer, die im ersten Studienjahr an der juristischen Fakultät gelehrt werden, langweilen ihn, doch hartnäckig und stur überwindet er seinen Widerwillen. Der Rektor der Universität zwingt sie dazu, mit einem unerschrockenen Lächeln zwanzig lateinische Definitionen des *jus naturalis* aufzusagen, und unser junger Mann unterwirft sich der verhaßten Übung, ohne aufzumucken. Das römische Recht findet er insofern einigermaßen erträglich, als es irgendwie mit seiner Lieblingslektüre zu tun hat: von den ersten Cäsaren bis zu Justinian erscheinen ihm seine Kompilatoren wie alte Bekannte. Die Volkswirtschaft interessiert ihn, denn ihr Studium hilft ihm, die zwischen Gesellschaft und Ideologie bestehenden Beziehungen sowie ihre gegenseitige Abhängigkeit und Verzahnung zu verstehen. Die Vorlesungen Luis G. de Valdeavellanos überraschen ihn schließlich wegen ihrer Klarheit und Strenge: böse Zungen beschuldigen ihn, Republikaner zu sein, und diese Verdächtigung, weit davon entfernt, ihn in seinen Augen herabzusetzen, verleiht ihm das Ansehen des Ungewöhnlichen. Für die damalige Universität ist das eine *rara avis*.

Kontakte und Gedankenaustausch mit seinen Kommilitonen sind ermutigender. Abgesehen von den nur Lernbeflissenen ohne Persönlichkeit und Talent entdeckt er Sympathien und Affinitäten mit drei jungen Leuten, die wie er Leseratten sind: der erste von ihnen, Juan Eugenio Morera, ist ein ehemaliger Seminarist, der sich bemüht, die in einem Noviziat bei den Jesuiten verlorene Zeit aufzuholen, indem er mit Disziplin und Ausdauer gleichzeitig an der juristischen und an der philosophischen Fakultät Vorlesungen belegt; der zweite, Mariano Castells, der Sohn einer bekannten Barceloneser Familie, dessen brillanter und zügelloser Charakter, zusammen mit seinem unersättlichen Lesehunger, ihn sehr schnell angezogen und verzaubert haben. Obgleich der dritte, Enrique Boada, keine große Begeisterung für das Studium an den Tag legt, erregen die Geckenhaftigkeit und die ironische Gleichgültigkeit, die er zur Schau trägt, seine Aufmerksamkeit und seine Neugier. Durch Morera, der älter ist als er und Mariano, was ihm eine gewisse moralische Autorität verleiht, nehmen sie einige Monate lang an dem wirtschaftswissenschaftlichen Seminar Lucas Baltráns teil, wo in einer von Pfeifenrauch und dem Duft amerikanischer Zigaretten geschwängerten Atmosphäre über die Theorien Keynes' und Schumpeters diskutiert wird: da die Teilnahme an den Diskussionen vorgeschrieben ist, kommt unser eventueller dilettierender Diplomat in spe auf den seltsamen Gedanken, sich für eine dieser Plaudereien den atypischen Essay Wildes auszusuchen, »Die Seele des Menschen unter dem Sozialismus«. Lucas Beltrán erklärt vorsichtig die verschiedenen wirtschaftlichen Optionen der modernen Gesellschaft, und zum erstenmal taucht in der Diskussion unseres jungen Mannes der Name Marx auf, ohne irgendeinen der beleidigenden Ausdrücke, mit denen er in der Regel beschmutzt wird. Die vom Fondo de Cultura veröffentlichten und mehr oder weniger illegal aus Mexiko eingeführten Werke gehen von Hand zu Hand, und der angeblich so brillante Kandidat für die diplomatische Laufbahn ersteht eine beträchtliche Anzahl davon, um seinem zukünftigen Studium Genüge zu tun. Zur gleichen Zeit hat Morera sie mit einem ehrgeizigen, scharfzüngigen Assistenten bekannt gemacht, der nur einige Jahre später den Gipfel der Universitätshierarchie erklimmen sollte: Fabrián Estapé wohnt mit seinen Eltern in einer alten Wohnung am Paseo de San Juan, verbirgt seinen Atheismus und seine Aversion gegenüber der Kirche nicht und rundet seine mageren Einkünfte als Hilfskraft durch Privatunterricht über Wirtschaftswissenschaft auf. Einmütig beschließt das Freundestrio, solchen Privatunterricht zu nehmen, und trifft sich einmal wöchentlich mit ihm in der Wohnung von Marianos Großmutter, an der Kreuzung der Calle de Balmes und der Gran Vía. Unter dem Einfluß Estapés entdeckt unser junger Mann Anatole France und verschlingt in einem Zug die von Aguilar herausgegebenen *Gesammelten Werke*, deren Verbreitung von der Zensur allerdings verboten wurde. Die wirtschaftswissenschaftlichen Vorlesungen werden oft durch religiöse oder metaphysische Diskussionen verdrängt, in deren Verlauf sie, das heißt er und Estapé, sich Juan Eugenio Morera heftig widersetzen, der, obgleich er sein Noviziat aufgegeben hat, dem Christentum dennoch die Treue hält. Mariano schwankt, doch am Ende übernimmt auch er, zum großen Verdruß Moreras, die agnostischen Thesen. Zur Lektüre von Büchern über Wirtschaftswissenschaft, Recht, Geschichte und Literatur kommt bald noch die Lektüre philosophischer Werke: Ortega, Croce, Jaspers, Bergson, Kierkegaard. Die Wißbegierde, der Drang, auf schnellstem Wege so viele Kenntnisse wie möglich auf diesem Gebiet zu sammeln, führt zu einem kindischen Wetteifer zwischen ihm und Mariano, bei dem sich der intellektuelle Fortschritt bisweilen mit dem Wunsch vermischt, neue Bücher zu erwerben, vor allem solche, die unerreichbar und selten sind und deren Besitz so etwas wie einen begehrenswerten und Ansehen verleihenden Adelstitel darstellt. Die kleine Schar, zu der Enrique Boada wegen seiner Trägheit und seines Individualismus nicht gehört, neigt spontan dazu, sich abzukapseln, und nimmt das Eindringen Fremder mit Zurückhaltung oder Mißtrauen auf. Diese werden zur Zielscheibe ihrer Sarkasmen, und einige Kommilitonen, die anfangs versucht haben, sich ihrer Gruppe anzuschließen, ziehen es, sobald sie sich darüber klarwerden, klugerweise vor, auf Distanz zu gehen. Hin und wieder lädt das Trio einige Gelegenheitsgäste zu seinen Versammlungen ein, um vor den andern seine Gelehrsamkeit und sein Wissen zur Schau zu stellen: unser junger Mann hat einen langen, schwülstigen Aufsatz über die französische Außenpolitik ausgearbeitet mit einem Titel wie »Von Talleyrand zu Louis Philippe« oder »Von der Commune zu Faschoda«, und ebenso unerbittlich, wie er früher seine Kusinen mit seinen geistigen Produkten traktiert hat, verhält er sich jetzt auch seinen nachsichtigen Freunden gegenüber, ohne ihnen etwas zu ersparen. Ein nicht zum Klan gehörender und vom Glück weniger begünstigter Argentinier, Autor eines Wälzers über den spanischen Geist bei der Eroberung Amerikas, mit Sicherheit von den Ideen Maeztús, Morentes und Menéndez Pidals inspiriert, von Mariano schnell in die schimpfliche Kategorie der *Langweiler* eingeordnet, war auf die unglückselige Idee gekommen, ihnen mit großem Pathos und großer Begeisterung die Einleitung sowie einige Kapitel dieses Werkes vorzulesen, ohne in seinem Eifer die verständnisinnigen Blicke, das Hochziehen der Augenbrauen, die Grimassen, das heimliche Lachen des Trios zu bemerken, bis ihn das dichte, bedrohliche Schweigen, das auf eine seiner Pausen folgt, von der Notwendigkeit überzeugte, seine Darbietung zu unterbrechen und die Versammelten um ihr Urteil zu bitten: seine Richter überschütten ihn einer nach dem anderen erbarmungslos mit sarkastischen Kommentaren über Stil, Struktur, Ansichten und ganz allgemein über Sinn und Zweck des Buches, so daß er am Ende völlig niedergeschlagen ist. In dem verzweifelten Bemühen, die Angriffe abzuwehren, schlägt das Opfer, das auf dem Tisch ein Kartenspiel sieht, seinen Kritikern eine Pause vor, um eine Partie Schafkopf zu spielen. Das Schaf hat seinen eigenen Kopf, kommentiert Mariano ironisch. Der Argentinier steckt den Schlag ohne mit der Wimper zu zucken weg, während unser Held und seine Freunde sich kindisch über ihren grausamen Sieg freuen. Der Glaube an die eigene Überlegenheit legitimiert in seinen Augen Härte und Großmäuligkeit. Diese elitäre Philosophie, getränkt mit der Verachtung für jene, die ihrer Meinung nach auf einem niedrigeren Niveau stehen, führt sie gleichzeitig dazu, aus eigennützigen Gründen den Hochschullehrern gegenüber ein opportunistisches und liebedienerisches Verhalten an den Tag zu legen: Privatbesuche oder -konsultationen bei den Professoren unter dem Vorwand, ihre Kenntnisse vertiefen zu wollen, die Organisation eines Huldigungsessens im Namen einer Gruppe »ausgezeichneter Studenten«. Ihr Strebertum wird allerdings durch den Hinweis auf Machiavelli geadelt: Mariano und unser junger Mann sind zu dieser Zeit hingebungsvolle Bewunderer von *Il principe*. Diese kalte, zynische Strategie, verbunden mit dem Eifer und dem Ernst, mit dem sie ihrem Studium nachgehen, wird am Ende des Semesters belohnt: bei den Prüfungen bekommen Morera, Mariano und er in fast allen Fächern die bestmöglichen Noten.

Die kurze Erinnerung an die Universitätsanfänge meines Namensvetters von vor fünfunddreißig Jahren ruft in mir den gleichen Eindruck der Verblüffung hervor, wie ihn, stelle ich mir vor, ein gelehrter Universitätsprofessor, Spezialist für Calderón oder die Vorsokratiker, empfinden würde, wenn er, durch die Gänge der nächstgelegenen Metrostation gehend, auf eine Reihe von Plakaten mit seinem Jugendbildnis stieße, auf denen er lächelnd und mit schmalem Schnurrbart ein proteinhaltiges Naturshampoon oder eine göttlich milde, fast liebkosende Rasierseife empfiehlt. Somnambulismus? Verblendung? Alptraum? Sagen wir besser Ungläubigkeit, gepaart mit Trauer angesichts des totalen Widerspruchs zwischen dieser Person und jener anderen, die du später sein solltest. Ein dumpfer Zweifel über deine Identität in der Zeit nach deiner Kindheit und die reale Existenz dieser absurden Epoche begleitete heimtückisch deine Schritte in die Aula, wo du Minuten später mit deiner Lesung beginnen solltest.

Ist es die *unfreiwillige Rolle des Gedächtnisses, die verschütteten Eindrücke zu bewahren, die der Mechanismus des Erinnerns zerstört? Ist es nicht so, daß die Hypothese Freuds, die diesem Mechanismus eine kannibalische, veruntreuende Wirkung auf die Spuren einer in Vergessenheit geratenen Vergangenheit zuschreibt, deinen naiven Nutzungsplan insofern verdammt, als die möglichen Ergebnisse im Gegensatz zum verfolgten Ziel stehen? Die langsame Sedimentation der Jahre, alles das, was in einem fruchtbaren Halbvergessen dahindämmerte, würde auf diese Weise Gegenstand einer systematischen Ausplünderung, deren struktursetzendes Ziel die zerstörerische Manipulation nicht kompensieren, sondern im Gegenteil noch verstärken würde: du mußt dich damit abfinden, daß diese Theorie anstekkend ist und daß sie dich mit Zweifeln erfüllt: die Arbeit, die du so vertrauensvoll begonnen hast, dieser plötzliche Entschluß, nicht zuzulassen, daß dein Leben, deine Erfahrungen, deine Gefühle, das, was du bist und gewesen bist, mit dir verschwinden, wird allmählich zu einem verseuchten Gelände voller Netze und Fallen, die dich zwingen, vorsichtig deinen Weg fortzusetzen, hinter dich zu schauen, die Genauigkeit deiner Versionen anzuzweifeln, sie anderen Augenzeugenberichten gegenüberzustellen, zu schriftlichen Beweisstücken zu greifen, die deine mühsame Rekonstruktion korrigieren oder verfälschen: wie die Träume, die man beim Erwachen erzählt, damit sie nicht aus dem Gedächtnis gelöscht werden, und die sich sogleich verändern und ihr Aroma verlieren, so verlangt die Genauigkeit und Zuverlässigkeit des Eindrucks, den du beschwörst, eine vernünftige Dosis Argwohn: die Versuchung ist groß, deiner flatterhaften Persönlichkeit jener Jahre, mit ihren oft amoralischen*

Zügen, im nachhinein eine Kohärenz zuzubilligen, die, trotz ihrer teleologischen Wahrheit, nur eine subtile Form des Verrats wäre.

Glücklicherweise erscheinen mir heute nicht alle Facetten und Züge des jungen Mannes, der ich gewesen bin, so fremd oder unsympathisch. Mein unstillbarer Lesehunger und mein fester Entschluß als Zwanzigjähriger, die Normen und Werte des gesellschaftlichen Milieus, in dem ich erzogen wurde, in Frage zu stellen, waren schon die Vorboten meines späteren Bruchs mit ihm und eines noch unklaren Strebens nach neuen, echteren Lebensformen. Eingeschlossen in mein Zimmer in der Calle Pablo Alcover, saß ich oft bis zum Morgengrauen wach und las die französischen Bücher aus der Bibliothek meiner Mutter oder verschlang Hunderte von Seiten Dostojewski, Poe, Conrad, Pirandello oder Bernard Shaw. Die Wahl dieser Autoren war bei mir wie bei Mariano reiner Zufall. Da wir das Geld, über das wir verfügten, bis auf den letzten Pfennig ausgaben, stöberten wir gemeinsam in den antiquarischen Buchhandlungen der Calle de Aribau herum, immer auf der Suche nach einem günstigen Gelegenheitskauf oder einem seltenen, phantastischen Exemplar. Häufig waren wir auf der Jagd nach Büchern aus der Vorkriegszeit, besonders aus den Jahren der Republik: broschierte Bände des Verlagshauses Cenit, wurmstichige Übersetzungen von D'Annunzio, Maeterlinck oder Andrejew. Waren die üblichen Quellen der außergewöhnlichen oder seltenen Bücher versiegt, verschaffte uns Mariano, der seine familiären Verbindungen spielen ließ, in zwei oder drei Buchhandlungen Zutritt zum hinteren Ladenraum mit den verbotenen Büchern. Dort durchwühlten wir beide, vor Erregung zitternd, die Regale und Stapel, geblendet vom unglaublichen Überfluß an Autoren und Titeln, die wir nur vom Hörensagen kannten, die wir für unsere korrekte intellektuelle Bildung aber dennoch als unerläßlich ansahen: Proust, Kafka, Malraux, Gide, Camus, Sartre. Um meinen steigenden Ausgaben in den Buchhandlungen gewachsen zu sein, mußte ich auf eine barmherzige Kriegslist zurückgreifen und meinen Vater davon überzeugen, daß es sich um juristische Nachschlagewerke handelte, die für den Erfolg meiner Laufbahn unbedingt notwendig seien. Zu Hause brachte ich meine Anschaffungen an verschiedenen und oft einfallsreichen Verstecken unter, da ich befürchten mußte, meine Schwester würde sie entdecken und mir die Lektüre und den Besitz von Werken vorwerfen, die auf dem Index der verbotenen Bücher standen: damals wahrte ich nach außen hin noch den Anschein eines Katholiken und ging jeden Sonntagmorgen aus dem Haus, bald schon in Begleitung von Luis, um so zu tun, als erfülle ich meine kirchlichen Pflichten und ginge zur Messe, während ich in Wirklichkeit durchs Viertel streifte. Meine heimlichen Machenschaften und das angenehme Gefühl, in verbotene Bezirke vorzudringen, waren ein zusätzlicher Anreiz zum Lesen, was nur der wirklich verstehen kann, der Ähnliches erlebt hat. Die Folgen dieser frühen Entdeckung sollten einen heilsamen Einfluß auf mein Leben haben: der Begriff des Genusses, der für mich im Innersten mit dem der Heimlichkeit und der Gesetzesübertretung verbunden war, bahnte den Weg für das allmähliche, zögernde Akzeptieren anderer, versteckterer und intimerer Triebe.

Die relative Toleranz der Franco-Behörden Autoren gegenüber, die als »weniger gefährlich« beurteilt wurden, hatte zur Folge, daß sie ein Auge zudrückten, wenn deren Werke unterderhand verbreitet wurden: obgleich für die bei Losada verlegten Dramen Lorcas ein Aufführungsverbot bestand, tauchten sie allmählich diskret wieder in den Regalen einiger Buchhandlungen auf; Ortega und Baroja wurden in kirchlichen Kreisen streng zensiert, doch man konnte sie lesen. Andere, strittigere Schriftsteller hingegen blieben auch weiterhin auf den schwarzen Listen des Regimes, und der direkte Zugang zu ihren Werken war geradezu unmöglich. Während des ersten Semesters an der Universität hatte mir ein poesiebegeisterter Kommilitone

Fotokopien von Gedichten Albertis gegeben: diese Art Samisdat gab nicht etwa, wie ein heutiger Leser vermuten könnte, seine politisch engagierten Gedichte aus *Entre el clavel y la espada* oder irgendeines seiner zündenden Kriegsgedichte wieder, sondern unschuldige Verse wie *Marinero en tierra (Zu Lande, zu Wasser)* oder *Sobre los ángeles (Über die Engel)*. Die Schwierigkeit, an Werke von Intellektuellen heranzukommen, die am Kampf gegen Franco teilgenommen hatten, machte das Lesen zu einem außerordentlichen Abenteuer. Die paradoxe Behauptung Italo Calvinos, autoritäre und repressive Regime seien die einzigen, die die Literatur ernst nähmen, weil sie ihr eine subversive Macht zuschrieben, die sie leider nicht hat, weshalb sie naiverweise versuchten, ihre Verbreitung zu unterbinden, schließt meiner Meinung nach eine gute Dosis Wahrheit mit ein. Die besten Leser eines Werkes, gestern in Spanien, heute in der UdSSR und in den Ostblockstaaten, sind die heimlichen Leser gewesen und werden es immer sein: jene, die, um in das Werk einzudringen, das Risiko auf sich nehmen, einen sehr hohen Preis dafür zu zahlen, die aber die Herausforderung akzeptieren und nach und nach ihre Angst überwinden. Demgegenüber mindern die in den offenen Gesellschaften erlaubten Erleichterungen die Intensität ihrer Erfahrung notwendigerweise herab: sich heimlich in einen religiösen oder profanen Harem einzuschleichen und dort pikante und gefahrvolle Abenteuer zu bestehen ist nicht das gleiche, wie sich unter den Dutzenden bereitwilliger Dirnen eines öffentlichen Hauses ohne jeglichen Zwang eine auszusuchen. Auf die Gefahr hin, diesem oder jenem ein Ärgernis zu bereiten, behaupte ich nach wie vor, daß meine aufregendsten und fruchtbarsten Entdeckungen die waren, die ich in meiner Jugend gemacht habe, entweder mit dem unbestimmten Eindruck, eine strafbare Handlung zu begehen, oder mit der Gewißheit einer köstlichen, aufregenden Profanierung. Natürlich spreche ich nicht vom Niveau oder von der Qualität der Werke, sondern von den Empfindungen, die unabhängig von diesen Kriterien meine Lektüre bereicherten. Schon beim Kauf der Bücher, die ich mir aussuchte, mußte ich eine Reihe von Opfern und Hürden überwinden, die sowohl den prohibitiven Preis betrafen, zu dem sie verkauft wurden, als auch die Schwierigkeiten, sie aufzutreiben. Liebevoll sammelte ich diese Bücher, bis ich eine zwar bescheidene, aber verdienstvolle Bibliothek beisammen hatte. Als ich nach meiner endgültigen Übersiedlung nach Paris dank der Stelle, die Monique Lange bei Gallimard innehatte, mühelos alle Bücher bekommen konnte, die ich haben wollte, verloren sie geheimnisvollerweise etwas von ihrem Wert. Meine Sammlerleidenschaft ließ nach, und der Besitz von Büchern wurde mir gleichgültig, was so weit ging, daß ich mich allmählich von ihnen trennte und sie mit einer Lässigkeit verschenkte, die ich noch wenige Jahre zuvor für unvorstellbar gehalten hätte. Diese Einbuße meines Besitzerstolzes gegenüber den Kulturgütern – Bücher, Schallplatten, Graphiken und andere mehr oder weniger künstlerische Gegenstände – sollte schließlich zu einem beständigen Charakterzug bei mir werden. Ohne zur klösterlichen Askese eines Genet zu gelangen, ist es für mich heute bequemer und einfacher, ohne diesen sichtbaren Kulturballast zu leben, mit dem sich die meisten Schriftsteller, die ich kenne, umgeben. Die Bücher ziehen mich einzig und allein wegen ihres Inhalts an, und ich halte sie für Gegenstände des unmittelbaren Konsums: sobald sie gelesen sind, stören und behindern sie mich, und es macht mir nichts aus, mich von ihnen zu trennen, vorausgesetzt, ich kann sie wieder kaufen, falls ich sie aus dem einen oder anderen Grunde erneut brauche.

In dem Spanien, in dem ich als junger Mensch leben mußte, war es das ausschließliche Vorrecht einiger weniger, sich die Werke von Orwell oder Bernanos, Vallejo oder Neruda zu beschaffen. Wie heute bei den verfeinerten Drogen brauchte der Interessent für seine Lektüre sowohl Geld als auch Verbindungen und Geduld. Wenn es einem von uns gelang, sich ein wertvolles Buch zu besorgen, machte es, sobald es ausgelesen war, sofort die Runde in unserem Freundeskreis. Obgleich das von Mariano, Morera und mir gebildete Trio bei seinen vertraulichsten Diskussionen keine Eindringlinge duldete, trafen wir uns manchmal in einem Café auf dem Universitätsgelände, um mit einem Dutzend Studenten Meinungen über Bücher und Autoren auszutauschen. Diese geschlossenen Gesellschaften waren informell, und jeder Anwesende konnte sich zu Wort melden. Ich erinnere mich noch genau an den Abend, an dem einer der Teilnehmer eine Zusammenfassung des kurz zuvor gelesenen Buches *Das andere Geschlecht* gab und die andern, allen voran Morera, die damals kühne und völlig neue Darstellung der feministischen Theorien unverzüglich mit etwas abgedroschenen Argumenten widerlegten. Enrique Boada, dem Mariano ein hartnäckiges Mißtrauen entgegenbrachte, wohnte diesen Treffen bei und verteidigte mit mir, gegen alle andern, eine ausschließlich hedonistische Vorstellung vom Leben: die Ästhetik, behaupteten wir, stehe über der Moral und sei dieser nicht die geringste Rechenschaft schuldig. Die Lektüre Thomas de Quinceys, den Mariano entdeckt hatte, brachte neue, wirkungsvolle und manchmal ungewöhnliche Argumente für meine leidenschaftliche Verteidigung des *l'art pour l'art*. Wenn zum damaligen Zeitpunkt auch niemand die Lehre vom gesellschaftlichen Wert des literarischen Werks verfocht – keiner von uns hatte je etwas von Lukács oder von Politzer und seinem verhängnisvollen Katechismus gehört –, stieß die Radikalität unserer Positionen frontal mit den Ansichten Moreras und seiner Rechtfertigung der moralischen Werte zusammen. Bei anderen Gelegenheiten kam es in unserem Debattierklub zu seltsamen Streitereien, die dazu bestimmt waren, die Monotonie mancher Diskussionen durch eine unvorhergesehene Farbnote aufzulockern. Eines Abends hatte ein Student der oberen Semester, den ich von der Jesuitenschule her flüchtig kannte, einen suggestiven und sehr gut geschriebenen Text über das Vorhandensein des *Kobolds* in der andalusischen Dichtung vorgelesen. Sein Beitrag wurde äußerst positiv aufgenommen, und er wurde von allen beglückwünscht. Als ich jedoch einige Tage später, zusammen mit Mariano, im letzten, gerade aus Buenos Aires gekommenen Band Lorcas blätterte, entdeckten wir, zuerst voller Erstaunen, dann mit einer gewissen perversen Erregung, daß der Abschnitt, der uns so gut gefallen hatte, vollständig darin enthalten war. In dem Wunsch, uns für unsere Leichtgläubigkeit zu rächen und den Betrug zu bestrafen, luden wir den des Plagiats Schuldigen zur nächsten Versammlung, um ihn in aller Öffentlichkeit an den Pranger zu stellen. Dieser Zwischenfall und die Lust zur Gewalttätigkeit, die er bei uns auslöste, bereiteten unserem abendlichen Literaturkränzchen ein Ende, zumindest für eine gewisse Zeit. Die bevorstehenden Prüfungen und die sich daraus ergebende Zeitknappheit trugen wohl auch, wie ich glaube, zu der besagten Unterbrechung bei.

Die seriöseren literarischen Diskussionen fanden jedoch im Hause Marianos statt. Dort, in seinem Zimmer, neben dem schönen, geräumigen und wohlgeordneten Bücherschrank, lasen und kommentierten wir die bei unseren Razzien erworbenen Bücher, über die wir dann ausführlich und leidenschaftlich diskutierten. Mein Freund war nicht wie ich gezwungen, die als antikatholisch oder unmoralisch angesehenen Werke irgendwo zu verstecken. Seine Eltern waren äußerst tolerant, und seine Mutter, obgleich eine unerschütterliche Anhängerin der vom Regime eingesetzten gesellschaftlichen Ordnung, teilte, wie ich später feststellen sollte, unsere Haltung gegenüber der Religion. Diese hatte in ihren Augen eine mäßigende und nützliche Funktion, nämlich die, die unteren Klassen mit dem Versprechen auf eine zukünftige, himmlische Belohnung kleinzuhalten. Deshalb ging sie mit ihrem Mann in die Messe, obgleich sie insgeheim die Zeremonie hohl und gehaltlos fand. Mit bemerkenswertem Geschick und Scharfsinn ließ sie ihrem einzigen Sohn einen großen Bewegungsspielraum, darauf vertrauend, daß er ihn mit Maß und Ziel zu nutzen wisse und sich durch Intelligenz und Bildung in einem Milieu auszeichne, von dem sie selber fand, daß es von verheerender Mittelmäßigkeit sei.

Die vorderen Balkone von Marianos Haus gingen direkt auf den Galgenmarkt; das Viertel hatte bereits seit Jahrzehnten seinen Wohncharakter verloren, doch der Verkehr und das rege Treiben der Geschäfte erfüllten es Tag und Nacht mit intensivem Leben und mit Aktivität. Die Wohnung, mit tadellos erhaltenen wertvollen Möbeln und Gegenständen ausgestattet, stand in krassem Gegensatz zu dem Bild der Verwahrlosung und des Ruins, das die Villa in der Calle Pablo Alcover bot. Die Anwesenheit einer Frau, seiner Mutter, brachte mir auf grausame Weise die Leere zum Bewußtsein, die der Tod unserer Mutter hinterlassen hatte. Mariano bewegte sich in seinem Milieu ganz natürlich und bescheiden. Obwohl seine gesellschaftliche Stellung höher war als die meine, besaß er so viel Feingefühl, es mich nicht spüren zu lassen. In seinem Haus aß ich zum erstenmal seit dem Krieg eines dieser Wiener Brötchen, die meine Mutter mir als Kind zum Frühstück serviert hatte: ich schämte mich wegen des Unterschieds zu dem unverdaulichen Produkt, das wir zu Hause noch immer aßen. Sein Großvater war außerdem ein berühmter Sammler von Kunstwerken: er wohnte in den unteren Stockwerken im Hause der Familie in einer Art Museum, das ich bei mehreren Gelegenheiten besichtigen durfte. Römische Statuen und Skulpturen wechselten hier mit zahlreichen Bildern katalanischer Maler aus der Zeit der *Quatre Gats*[14] ab: ein kleiner Privatsaal war ausschließlich mit Wandmalereien von Nonell ausgeschmückt. Das künstlerische und kulturelle Milieu, in dem mein Freund erzogen wurde, schuf eine für die Entwicklung seines Geschmacks und seiner Neigungen günstige Atmosphäre und hat entscheidend zu seinem frühen, aber festen Entschluß beigetragen, Schriftsteller zu werden.

Mariano hatte mir sein Geheimnis zu Beginn unserer Freundschaft mitgeteilt, und die Tatsache, daß wir uns gegenseitig vertrauten, hatte zwischen uns einen feierlichen Pakt besiegelt: das Studium der Rechte, das wir fortsetzten, sollte höchstens ein Mittel sein, unseren Familien gegenüber Zeit zu gewinnen, eine Art Sichtblende, die vorübergehend unsere wahre Berufung verbergen sollte. Schließlich entdeckten wir *Die Verwandlung* und *Der Ekel*, und in unserer existentiellen und metaphysischen Aufsässigkeit sahen wir keinen anderen Ausweg aus unseren Zweifeln und Unruhen als das schöpferische Tun. Wir würden beide große Romanciers werden, ebenso groß und bedeutend wie die, die wir uneingeschränkt bewunderten. Um das Niveau unserer Vorbilder zu erreichen, mußten wir uns ganz und gar unserer Aufgabe widmen und all unsere Energie für die Verwirklichung des zukünftigen Werkes einsetzen. Berauscht von der Lektüre de Quinceys, Baudelaires und Huysmans', strebten wir danach, keine andere Verhaltensregel gelten zu lassen als die Suche nach Empfindungen und Erfahrungen, die für die literarische und künstlerische Genesis geeignet waren. Alkohol, Drogen, die raffiniertesten und erlesensten Laster würden unsere Schule werden. Die Seele mit Hilfe der Sinne und die Sinne mit Hilfe der Seele heilen, riet Wilde. Doch während wir die Formel wie einen Zauberspruch nachbeteten, blieben wir völlig nüchtern und keusch. Unsere Apologie des Lasters und der Perversion, nach allen Seiten ausposaunt, war rein theoretisch. Die grausamen Heldentaten Maldorors, der geschmacklosen Moral des Christentums diametral entgegensetzt, versetzte uns in Begeisterung. Wir wollten erbarmungslos, böse, extravagant sein, einen krankhaften und originellen Lebensstil zur Schau stellen. Trotzdem hüteten wir uns, abgesehen von der ironischen und verächtlichen Haltung, die wir gegenüber dem Gros der Studenten einnahmen, sehr wohl davor, unsere Ideen in die Tat umzusetzen. Weder Mariano noch ich hatten uns bis dahin in ein öffentliches Haus gewagt, und wir waren noch nicht einmal betrunken gewesen. Besessen vom Fieber der Literatur, schwebten wir im Zustand des Taumels und der Inbrunst heiter in den Grenzen unseres Reichs.

Diese Einstellung und die damit zusammenhängende Veränderung der Prioritäten hatte zur Folge, daß der Eifer abnahm, mit dem wir unser Studium begonnen hatten. Der im zweiten juristischen Studienjahr zu bewältigende Stoff belastete mich ungemein, und allmählich verlor ich das Interesse an der Jurisprudenz. Zwar gab ich, um meinen Vater nicht zu beunruhigen, das Studium noch nicht endgültig auf, doch war ich ich keiner Hinsicht länger der mustergültige, opportunistische und den Professoren gegenüber servile Student, der ich einige Monate zuvor noch gewesen war. Sogar die Idee, ins diplomatische Korps einzutreten, verlor ihren früheren Glanz: im Verlauf der Zeit, in der sich immer mehr die Überzeugung bei mir durchsetzte, daß ich eines Tages Gide und Baudelaire nacheifern würde, kam ich zu der heilsamen Schlußfolgerung, daß ich für diesen Beruf nicht geschaffen war. Der Wechsel, von dem ich spreche, vollzog sich nicht plötzlich, und dank der in den beiden ersten Semestern erworbenen Kenntnisse sowie des dabei gewonnenen Ansehens gelang es mir zu meiner großen Erleichterung, meine Prüfungen zu bestehen. Dies hatte den Vorteil, daß ich mir eine einjährige Atempause gönnen konnte, Zeit genug, um unter dem Vorwand, mein Jurastudium fortzusetzen, das große literarische Werk hervorzubringen, das mich nachträglich rechtfertigen würde.

Mein allmähliches Fernbleiben aus den Hörsälen brachte mich dafür zwei Studenten näher, die mein Fleiß und meine Liebedienerei gegenüber den Professoren bisher auf Distanz gehalten hatten: der bereits erwähnte Enrique Boada und Carlos Cortés. Boada hatte nachsichtig und zurückhaltend meiner zwar glänzenden, aber ephemeren Laufbahn als Sammler von Bestnoten beigewohnt; von Natur aus mit aristokratischer Trägheit ausgestattet, nahm er gutmütig die Vorwürfe Marianos hin, wenn der ihn, vielleicht weil er eifersüchtig auf meine Wertschätzung für ihn war, als wankelmütig und frivol bezeichnete. Die Interessen Boadas auf künstlerischem Gebiet waren viel größer als die meinen: sie umfaßten Musik, Tanz, Malerei sowie Aktivitäten und Manifestationen der Avantgarde. Er ging mit seinen Eltern in die Oper, und einmal gelang es ihm, mich zu einer der seltenen, von der Zensur geduldeten Aufführungen zeitgenössischen Theaters mitzunehmen. Wie Mariano und ich machte auch er eine Identitätskrise durch, deren plötzliche Anfälle und Ausbrüche mich bald mit Bestürzung erfüllten. Damals begnügte er sich damit, ganze Nächte lang wach zu bleiben, Musik zu hören und beim Morgengrauen mit dem Auto aufzubrechen, um durch die menschenleeren Straßen der Stadt zu rasen. Carlos Cortés erschien nur gelegentlich in der philosophischen Fakultät und wurde mir von einem gemeinsamen Freund vorgestellt, bevor ich überhaupt nicht mehr zu den Vorlesungen an der Universität erschien. Er kleidete sich unkonventionell und exzentrisch, trug eine rote, zur Schleife gebundene Krawatte, die sein bohemienhaftes Äußeres, das sich angenehm von dem der andern abhob, noch unterstrich. Er war wie ich ein leidenschaftlicher Leser, und um seiner Leidenschaft frönen zu können, tat er das, was heutzutage auch die Dealer tun, er kaufte und verkaufte Bücher. Durch ihn bekam ich zum erstenmal die Gedichte Blakes in einer katalanischen Übersetzung von vor dem Krieg in die Hände, und er drängte mich, *Demian* und *Die Verliese des Vatikan* zu lesen. Seine Liebe zu Hesse und Gide war ansteckend, und ich gab keine Ruhe, bis ich alle ihre Werke erworben hatte. Cortés war kein verwöhnter Sohn reicher Eltern wie meine anderen Freunde; die häusliche Armut und seine Weigerung, einem einträglichen Studium nachzugehen, zwangen ihn, recht und schlecht von seinen zufälligen Bücherverkäufen zu leben. Er verkehrte in den Kaschemmen von Barcelona und dem Barrio Chino, kam stockbesoffen in die philosophische Fakultät und begegnete den zukünftigen Winkeladvokaten mit tiefempfundener Abneigung. Auf eine etwas provokatorische Art hatte er mir mitgeteilt, daß er Jude sei – in Wirklichkeit gehörte seine Familie väterlicherseits zur mallorquinischen Gemeinde der Abkömmlinge getaufter Juden –, und seine Verachtung für die gesellschaftlichen Tabus und Konventionen beeindruckte mich stark. Von Anfang an hatte er versucht, mich in die Geheimnisse eines Lebens einzuweihen, das Morera als zügellos und ausschweifend bezeichnete: die dem Alkohol und den Huren gewidmeten »Lepraabende«, wie Cortés sie selbst taufte. Ich hatte nicht die geringste Ahnung vom Leben in Barcelona außerhalb des bürgerlichen Spießermilieus, in dem ich mich bewegte, doch ein kleinmütiger und übervorsichtiger Reflex, dem ich allerdings bald entfliehen sollte, hieß mich widerstehen und damit das verlieren, was ich heute als kostbare Zeit ansehe. Die damals nicht klar faßbare Angst, meine Gefühle auf die Probe zu stellen, zusammen mit dem naiven Vorsatz, meine Kräfte für die Vollendung des Meisterwerks aufzuheben, mit dem ich eines Tages die Welt in Erstaunen setzen würde, ließen mich jene erste Gelegenheit verpassen, mein Verhalten mit meinen Worten in

Übereinstimmung zu bringen und mich vom starren Korsett der inneren Zensur zu befreien, das mich, auch wenn ich mich noch so sehr als erfahrener junger Mann verhielt, erdrückte und lähmte. Erst zwei Jahre später, in Madrid und daher frei von den Hemmungen, die die Nähe von Augenzeugen hervorruft, besaß ich endlich den Mut, mich als Erwachsener der Erfahrung zu stellen, die ich damals törichterweise zurückgewiesen hatte: auf einen Schlag Alkohol, Bordelle, verrufene Viertel und im Morgengrauen öffnende Kneipen zu entdecken und zugleich auch, in der dunstigen Dichte einer neuen, hartnäckigen Wirklichkeit, das Aspirin und den bitteren Kaffee, um gegen den Katzenjammer anzukämpfen.

Meine Gespräche mit Mariano hatten sich mit der Zeit auf ein einziges, fast obsessives Thema konzentriert: die Verwirklichung unseres Werkes, dessen Geburt uns auf einen Schlag zu den Gipfeln des Ruhms, wenn nicht gar der Unsterblichkeit führen würde. Wir behaupteten beide, an diesem Werk zu arbeiten, und in meinem Fall stimmte das auch: in jenem Herbst 1950 hatte ich wieder an meine alte Leidenschaft angeknüpft, nämlich Romane zu schreiben, und beschmierte von neuem Dutzende von Heften, stark beeinflußt von den Göttern des Augenblicks, Gide und Hermann Hesse. Ich schrieb abends in meinem Zimmer, wobei ich die Manuskripte arglistig unter einem Stapel juristischer Bücher verbarg; mein Vater streckte dann und wann den Kopf mit dem Adlerprofil durch die Tür, um sich meines Fleißes beim Studium zu vergewissern, und die Konzentration und die Begeisterung, die er dabei wahrnahm, verscheuchten seine Zweifel und hoben seine Stimmung. Das Zivilrecht ist doch höchst interessant, mein Junge, oder nicht? murmelte er, bevor er verschwand, während ich so tat, als tauchte ich aus tiefem Grübeln über detaillierte Fragen zum Thema Erbpacht auf, und ihm bestätigte, daß dies tatsächlich so sei. Mein Roman kam rasch voran, doch gerade die Leichtigkeit, mit der ich ihn schrieb, Folge eines unbewußten und heimtückischen Nachahmungstriebs, erfüllte mich für Augenblicke mit Sorge. Ich wußte, daß mein Barceloneser Spanisch an Ungenauigkeit und Dürftigkeit krankte, und da ich ständig gezwungen war, mich des Wörterbuchs zu bedienen, verfiel ich in jenen ein wenig trockenen, steifen und starren Stil, der mehr oder weniger die Prosa meiner ersten Romane kennzeichnet. Doch auch das Thema vermochte mich nicht zu überzeugen: die materielle, physische und moralische Dekadenz einer Familie, gesehen aus dem Blickwinkel eines verschmitzten und perversen Halbwüchsigen, ließ allzu deutlich den Einfluß meiner Lektüre erkennen. Doch die Angst, mich dem Urteil der andern auszusetzen und ihrer negativen Meinung ins Auge zu sehen, riet mir, meine Arbeit so lange fortzusetzen, bis sie abgeschlossen war, und der möglichen Versuchung zu widerstehen, mittendrin abzubrechen. Der zwischen uns bestehende Wetteifer hatte uns anspruchsvoll gemacht. Mein Werk sollte auf der Höhe der Bücher stehen, die wir am meisten bewunderten – *Uns nährt die Erde* und *Der Steppenwolf* –, oder in den Papierkorb geworfen werden. Überzeugt davon, daß wir eines Tages literarischen Ruhm erlangen würden, konnten wir unser Ziel nicht durch abträgliche Eile zunichte machen, sowenig wie wir uns ein Scheitern oder gar Mittelmäßigkeit erlauben durften. Radikaler als ich, strebte Mariano danach, ein einziges, so absolut vollkommenes Werk zu schreiben, daß er sich, um es der Profanierung durch fremde Blicke zu entziehen, genötigt sähe, es sofort, nachdem es abgeschlossen wäre, zu vernichten: ein erhabener Akt der Zerstörung aus Liebe, fügte er hinzu, wie ihn ein verantwortungsvollerer, gewissenhafterer Schöpfer als der unsere dem All hätte vorbehalten sollen, statt uns seinen erbärmlichen Pfusch zu vermachen. Die Monate vergingen, und mein Freund sprach mit wachsender Begeisterung von diesem Werk, das er, streng und unerbittlich, den Flammen bestimmt hatte. Er schrieb nachts daran, nachdem er zur Einstimmung ein paar Gläser Wein getrunken hatte: das Schreiben erfolgte darauf automatisch, ohne daß Korrekturen oder Streichungen notwendig gewesen wären. Ich verspürte natürlich große Neugier, es kennenzulernen, doch Mariano zeigte keinerlei Eile, mir die Blätter mit der engen Schönschrift, auf denen er seine Emotionen, Gefühle und Ideen festgehalten hatte, zum Lesen zu geben. In seiner Zurückhaltung lag wahrscheinlich eine Mischung aus Koketterie und Furcht: der Wunsch, meine Aufmerksamkeit wachzuhalten, und gleichzeitig die Angst, mich zu enttäuschen. Eines Tages, als ich ihm gestand, wie sehr ich mich entmutigt fühlte, da mein Roman verpfuscht sei durch Nachlässigkeiten im Ausdruck, unausgegorene Szenen, schlecht gezeichnete Personen, nicht assimilierte Einflüsse, brachte ich ihn dazu, mir eine Seite aus dem seinen vorzulesen: ein in der ersten Person Einzahl geschriebener Text, der der *Nackten Maja* Stimme verlieh und dessen unbeholfener Stil und dessen Infantilität mich betroffen machten. Mariano unterbrach sofort die Lektüre, als hätte er meine Gedanken erraten, und wollte auch nicht meine Meinung wissen. Ich selbst wagte es nicht, sie ihm ungefragt zu sagen, und diese Episode, auch wenn sie in Vergessenheit geraten zu sein schien, brachte erstmals, wie ich später feststellen konnte, unsere Freundschaft ins Wanken: Mariano erwähnte mir gegenüber nie wieder sein Werk, und er hörte auf, sich für den Fortgang des meinen zu interessieren. Wir sprachen weiterhin über Literatur und über Bücher, die Eindruck auf uns machten: dennoch erlosch der frühere Glaube an unser außergewöhnliches und strahlendes Talent.

Während der Zweifel am Wert unserer Hervorbringungen unserer Überspanntheit ein Ende setzte, verspürten wir zugleich die Notwendigkeit, mit anderen angehenden Schriftstellern in Verbindung zu treten, Gedanken und Erfahrungen mit ihnen auszutauschen, ihre Arbeiten kennenzulernen. Angesichts der Unmöglichkeit, unter den Kommilitonen unseres Semesters jemanden kennenzulernen, der unseren hohen Ansprüchen genügte, beschlossen wir, unter den älteren Studenten zu suchen. Wir wußten von Estapé, mit dem wir immer noch zusammenkamen, obgleich wir keine Vorlesungen mehr besuchten, daß Alberto Oliart einen Roman mit dem Titel *Ráfagas* (Windstöße) geschrieben hatte, mit dem er den Nadal-Preis zu gewinnen hoffte; Estapé behauptete, er habe darin geblättert, und sparte nicht mit sarkastischen Bemerkungen. Hingegen riet er uns, die Bekanntschaft Jaime Gil de Biedmas zu suchen, Autor eines Gedichts, das der zukünftige Universitätsrektor mit großem Lob bedachte; mit gespielter Indiskretion wies er uns auf die amouröse Natur des Gedichts hin: Lest es langsam, und ihr werdet verstehen, sagte er lächelnd. Doch Gil de Biedma schob die Abschlußprüfungen vor und ließ sich entschuldigen, so daß wir ihn nicht an unserem Projekt beteiligen konnten. Zum Glück teilten Luis Carandell und Mario Lacruz, zwei Studenten aus José Agustíns Semester, die ich durch meinen Bruder kennengelernt hatte, bevor er sich dazu entschloß, sein Staatsexamen in Madrid abzulegen, unsere Begeisterung und unsere Interessen und suchten ebenfalls nach einer Plattform, um bekannt zu werden. Die Idee, uns in regelmäßigen Abständen zu treffen, um unsere Arbeiten öffentlich vorzulesen und darüber zu diskutieren, wurde von ihnen und anderen Personen, die wir um Rat fragten, gut aufgenommen. Irgend jemand wies darauf hin, daß es zweckmäßig sei, Schriftsteller einzuladen, die bereits einen Ruf hatten oder zumindest ein gedrucktes Werk vorweisen konnten, um unseren Zusammenkünften ein größeres Ansehen zu verleihen. Beraten, wenn ich mich recht erinnere, von Carandell und Estapé, stellten wir eine Liste mit den eventuellen Teilnehmern auf und setzten uns mit ihnen in Verbindung.

Bis dahin waren die einzigen Schriftsteller aus Fleisch und Blut, mit denen ich zusammengetroffen war, Sebastián Juan Arbó und Ana María Matute. Der erste lebte ganz in unserer Nähe, im Viertel der Tres Torres, und pflegte in den Kaffeehäusern zu arbeiten; am Morgen im heute nicht mehr existierenden Rheingold und am Abend in einem anderen, das ebenfalls verschwunden ist, an der Ecke Calle Aragón und Paseo de Gracia gelegen. Arbó war ein Mann mittleren Alters, liebenswürdig, bescheiden, dessen etwas plumpe Manieren seine bäuerliche Herkunft verrieten, ein Bild, das in keiner Weise mit dem übereinstimmte, das ich mir von einem Schriftsteller gemacht hatte: ihn stellte ich mir von vornehmem, distanziertem Äußeren vor, hochmütig und leicht pervers, eine glanzvolle, moderne Mischung zwischen Des Esseintes und Dorian Gray. Arbó, den ich oft in der Metro traf, hatte sich mir gegenüber immer aufmerksam und herzlich gezeigt, doch sein vulgäres Äußeres, sein bäurischer Akzent und der gerade erst erschienene unfreundliche Bericht über seinen Besuch am Colegio de México in der Cité Universitaire in Paris und seine einfältige Faszination für die von den französischen Studenten zur Schau gestellte Freiheit, dazu das faunische Verhalten seines Landsmannes Palau Fabre, all das führte dazu, daß ich in meiner Arroganz streng und von oben herab über ihn urteilte. Ich war überzeugt, daß der Geist des echten Schriftstellers nicht nur in seinem Werk, sondern auch in seinem Gesicht und in seiner Aufmachung zum Ausdruck kommen müßte, und fragte mich mit einer gewissen Beklemmung, ob mir selbst eines Tages diese erlesene Mischung aus Bohemien und Dandy gelingen würde, an der die andern meine angeborene Größe erkennen sollten. Unnötig darauf hinzuweisen, daß dieser narzißtische und provinzielle Glaube an die unverwechselbare und glorreiche Aura des Dichters, der in Spanien immer noch ziemlich weit verbreitet ist, mir heute einen ausgesprochenen Brechreiz verursacht. Als ich Jahre später schrieb: »Geist und Gesicht bis zum Grab: je mehr Geist, um so mehr Gesicht, je mehr Gesicht, um so mehr Geist«, richtete sich die Ironie meines *Don Julián* nicht nur gegen die hartnäckigen und falschen Vorstellungen einer großen Anzahl meiner Kollegen, sondern auch gegen den jungen Anwärter auf Berühmtheit, der ich gewesen bin. Der ständige Eifer, zu repräsentieren, sich zu zeigen, zu blenden, die bedeutende Persönlichkeit zu spielen, macht die spanischen Literaten in Wahrheit zu einem Konglomerat von Komödianten und Requisiten: Halsketten, Katzenfelle, Stockknäufe, versilberte Hausschuhe, Kapitänsmützen, Posen eines Blaustrumpfs, Bärte im Stil eines alten Seebären, der seine Amphibienprosa kultiviert. Wenn ich heute die Mimik, die Angeberei und die Frechheit der Baritone und Tenöre mit der Einfachheit, der Schamhaftigkeit und der Zurückhaltung eines Genet und anderer Schriftsteller vergleiche, mit denen ich öfter zusammenkam oder die ich einfach nur vom Sehen kannte, so beschämt mich der Kontrast und bestärkt mich in meinem Entschluß, am Rande der Szene und des herrschenden Exhibitionismus zu bleiben: dieser Araber aus Paris sein, zurückgezogen und menschenscheu, der sich beharrlich seinen uneingestehbaren Manien hingibt. Ich möchte noch hinzufügen, daß ich Arbó, trotz meiner damaligen Vorstellung über das Verhalten und Benehmen des Künstlers, die Einladung übermittelte: doch er, der dem jungen Amateur, der seine Herablassung hinter opportunistischer Dienstbeflissenheit verbarg, vielleicht mißtraute, lehnte ab, wobei er Arbeitsüberlastung und sein geringes Interesse an Nachtschwärmerei ins Feld führte.

Meine Beziehungen zu Ana María Matute waren von Anfang an anders. Ich kannte sie ebenfalls aus der Metro, und zwei ihrer Brüder waren mit mir bei den Jesuiten gewesen; ich erinnere mich sehr gut an die beiden, sie waren als Ministranten gekleidet, mit einem Umhang aus roter, glänzender Seide, der mit falschem Hermelinpelz eingefaßt war. Ana María war zum damaligen Zeitpunkt eine sehr junge und schöne Frau; sie hatte einen Roman veröffentlicht und schrieb weitere, von denen das Gerücht ging, sie habe bei der Zensur ernste Probleme damit. Ich bewunderte sie in aller Stille, wagte es jedoch nicht, das Wort an sie zu richten, bis ein gemeinsamer Freund uns einander vorstellte. Ihre warme und sanfte Stimme, ihre Schlichtheit und Bescheidenheit machten sie mir auf der Stelle sympathisch. Als ich unser Projekt vortrug, unterstützte sie es großzügig; sie kannte und schätzte Mario Lacruz und versprach, unseren Versammlungen beizuwohnen.

Zum ursprünglichen Kern der Dichterlesungen im Café Turia kamen bald neue Gönner: am meisten begeistert war zweifellos ein Theaterautor und -direktor von einem gewissen Ruf, der den Kopf voller Pläne für die Organisation kultureller Veranstaltungen hatte und auf diesem Gebiet viel größere Erfahrung besaß als wir. Es wäre mir unmöglich, jetzt mit Sicherheit zu sagen, wer ihn eingeführt hatte und wie er unser Vertrauen erwarb. Der Dramatiker, ein nervöser, hagerer Mann von etwa vierzig Jahren, war sehr umgänglich und brachte uns große Herzlichkeit und Sympathie entgegen. Im Theatermilieu wurde er der Homosexualität beschuldigt, doch Carandell und Lacruz waren überzeugt, daß es sich lediglich um eine künstlerische Pose handelte: um eine unschuldige Art, den Pygmalion zu spielen, um das Bestreben, junge Leute geistig zu bilden und sich dafür an ihrer erfrischenden, belebenden Gesellschaft zu bereichern.

Unser neuer Freund zeigte in jedem Fall ein echtes Interesse für unsere ersten, schwankenden Schritte auf dem Gebiet der Literatur: er las unsere Texte, korrigierte sie, kritisierte uns, ermunterte uns; er gab uns die Seiten, die wir ihm schüchtern zur Beurteilung überlassen hatten, mit handgeschriebenen Kommentaren und Randbemerkungen zurück, in denen er uns meistens, wie ich mich zu erinnern glaube, unseren Intellektualismus und unser mangelndes Verständnis zum Vorwurf machte. Einstimmig waren wir übereingekommen, unsere Zusammenkünfte angehender und fast unbekannter Autoren mit dem klassischen und anspruchsvollen Namen Mediterráneo zu schmücken, der alle zufriedenstellte. Wir ließen für die Eröffnungsfeier Einladungskarten drucken, doch das Sujet für die vorgesehene Illustration machte Probleme: unser neuer Freund schlug einen Athleten von Phidias vor, während Mario Lacruz und Carandell darauf bestanden, daß es eine Venus sein müsse, das Symbol der Fruchtbarkeit. Nach einer Reihe gelehrter Diskussionen setzten Lacruz und Carandell ihren Standpunkt durch, und die Karte mit der Venus-Illustration wurde per Post an etwa hundert Freunde, Schriftsteller oder einfach nur Literaturbegeisterte, verschickt.

Ich habe nicht die Absicht, die kurzlebige Geschichte unserer Dichterlesungen nachzuzeichnen, an denen so unterschiedliche Personen wie Barral, Oliart, Díaz Plaja und Salvador Espriu teilnahmen. Im Verlauf eines dieser Abende brachten wir André Gide, der gerade gestorben war, eine ungewöhnliche Huldigung dar: wir veranstalteten einen Wettbewerb mit kurzen, von den Autoren selbst gelesenen Erzählungen, an dem ich mit zwei kurzen Texten teilnahm und den, bei einer Abstimmung mit erhobener Hand, Ana María Matute gewann. Ihre Erzählung und mein Text *El ladrón* (Der Dieb) sollten einige Monate später in einer von einem Stammgast unserer Dichterlesungen subventionierten Literaturzeitschrift veröffentlicht werden. Dieser Gast, ein Seemann und Poet, der sich in die Einsamkeit seines Bootes geflüchtet hatte, das, wie behauptet wurde, an den Seinekais vor Anker lag, schrieb klägliche Verse über die Conditio humana. Mein erster gedruckter Text stürzte mich, statt meiner

Eitelkeit zu schmeicheln, in tiefe Betrübnis: plötzlich mit der Schwäche und der Mittelmäßigkeit meiner Hervorbringung konfrontiert, machte ich die Feststellung, daß ich noch weit entfernt war von jenem schöpferischen Genius, dem ich entgegenstrebte und dem ich mich naiverweise so nahe geglaubt hatte, als ich mit Mariano darüber sprach.

Im Verlauf jener Wochen – Februar und März einundfünfzig – waren die Beziehungen des Dramatikers zu unserer Gruppe enger geworden: mit einer Neugier, die nicht frei war von Hintergedanken – dem Wunsch, seine sauberen Absichten unserer Gruppe gegenüber auf die Probe zu stellen –, verbrachten mein Bruder José Agustín und ich ein Wochenende mit ihm in einer Pension in Llafranc. Aber ob nun aus Vorsicht, ob aus natürlicher Zurückhaltung, unser Freund hielt sich zurück und wich geschickt den verbalen Fallstricken aus, die José Agustín für ihn auslegte. Sein Charakter als offener, ausgezeichneter Erzieher, eine Art keuscher Tiresias, Bewunderer der edlen, jugendlichen Schönheit, hatte ihm allmählich bei allen Ansehen eingetragen, als es zu einem Zwischenfall kam, der nicht nur dieses Bild zerstörte, sondern auch das Ende unserer glänzenden Dichterlesungen beschleunigte.

Eines Abends kam Mariano in einem Zustand großer Erregung zu uns nach Hause. Er war allein mit dem Dramatiker durch die Parkanlagen von Montjuich spaziert, wie er mir erzählte; ein freundschaftliches Gespräch über das Leben und die Literatur bis zu dem Augenblick, als sein Begleiter in dem irrigen Glauben, er habe das Terrain mit Zitaten von Platon und Hinweisen auf Gide vorbereitet, zu Marianos Schrecken und Überraschung versuchte, vom Wort zur Tat zu schreiten. Marianos Leichtsinn und sein Wunsch, von einem Kenner der Kunst und der Literatur bewundert zu werden, hatten zweifellos eine nicht zu unterschätzende Rolle bei dem unglücklichen Zwischenfall gespielt: mein Freund brauchte jemanden, der felsenfest an die Genialität des Werkes glaubte, das er schreiben wollte, und nun, enttäuscht über meine kühle Reaktion, bildete er sich ein, in unserem Mentor einen Ersatz gefunden zu haben. Ohne

Marianos Verzweiflung hätte die Szene komisch sein können; er war außerordentlich empört über den Vorfall und verlangte, daß der Schuldige aus der Gruppe ausgeschlossen werde. Obgleich mir seine Reaktion übertrieben vorkam und ich versuchte, die Bedeutung des Geschehenen herunterzuschrauben, wurde der Zwischenfall allgemein bekannt. Die übrigen Mitglieder unserer Gruppe teilten die heftige Mißbilligung Marianos: wie ich schon damals nach dem Vorfall mit dem Großvater in meiner eigenen Familie hatte feststellen können, war das diffamierende Wort »Schwuler« auch weiterhin das *monstrum horrendum, informe, ingens*, ein Stigma oder ein Schandfleck, für den es keine Entschuldigung und kein Mitleid gab. Luis Carandell wurde damit beauftragt, dem Ruchlosen den Urteilsspruch der Verbannung bekanntzugeben, und dieser versuchte nicht einen einzigen Augenblick, zu protestieren oder sich dagegen aufzulehnen. Als Sündenbock der Gesellschaft beugte er wie mein Großvater die Stirn und folgte dem ungerechten Gesetz der Unterdrükkung: da er den ihn verdammenden Spruch verinnerlicht hatte, gab es für ihn keinen anderen Ausweg als Schweigen, Scham und Demütigung.

Obgleich meine sexuellen Neigungen zum damaligen Zeitpunkt noch längst nicht festgelegt waren, verstimmten mich die prophylaktischen Maßnahmen meiner Freunde. Enrique Boada fühlte sich genauso unwohl bei der Geschichte wie ich, und übereinstimmend beschlossen wir, hinter dem Rücken der andern dem Aussätzigen einen verschämten Besuch abzustatten, bei dem wir ihn feige und hinterlistig unserer Wertschätzung und Freundschaft versicherten. Doch die nächste Dichterlesung fand ohne ihn statt, in einer durch die Geschichte über das Vorgefallene dünn gewordenen Atmosphäre. In Ermangelung eines Organisators, der in der Lage gewesen wäre, unsere Aktivitäten zu koordinieren, und angesichts des vorwurfsvollen Fernbleibens einiger aus der Gruppe beschlossen Lacruz, Carandell, Mariano und ich, energische Maßnahmen zu ergreifen, und nach der fünften oder sechsten Versammlung erklärten wir öffentlich das endgültige Ende der Literaturveranstaltungen.

Die Doppelzüngigkeit meines Verhaltens bei der schäbigen Episode, über die ich gerade berichtet habe, war sicherlich der Widerschein einer mißlichen Ungewißheit hinsichtlich meiner eigenen Person. Ich war bereits über zwanzig, doch meine Identität, alles, was sich auf meinen Charakter und meine moralischen Bewertungsmaßstäbe bezog, aber auch auf die Phantasmen, die damals mein Leben bestimmten, war weiterhin in einen Nebel gehüllt, der sich nicht auflösen wollte. Seit meiner Jugend hatte ich voller Besorgnis und Überraschung festgestellt, daß mich, im Unterschied zu meinen Freunden und Gefährten, die Nähe oder vertrauliche Gegenwart von Frauen völlig kalt ließ. Die Mädchen aus dem Viertel, denen ich auf der Straße begegnete, ließen weder mein Herz höher schlagen, noch kam mich bei ihrem Anblick der Wunsch an, sie näher kennenzulernen: keine Verliebtheit und keine Liebe auf den ersten Blick, sondern Fremdheit und Zurückhaltung, während José Agustín, ganz im Gegensatz zu mir, Abenteuer und Flirts sammelte und Luis mit bemerkenswerter Frühreife bereits Telefonanrufe von seinen Freundinnen und Bewunderinnen bekam. Diese Gleichgültigkeit dem anderen Geschlecht gegenüber erstreckte sich auch auf das eigene: die engen Beziehungen, die ich zu einigen Kommilitonen unterhielt, schlossen in keinem Fall ein zweideutiges Element mit ein. Meine männlichen Freundschaften waren immer klar und eindeutig und sind das auch weiterhin dort geblieben, wo sie nicht über die Grenzen meines gesellschaftlichen und kulturellen Milieus hinausgingen. Meine Gleichgültigkeit und Abneigung gegenüber den Mädchen und Jungen meines Alters und ganz allgemein gegenüber den Männern und Frauen, mit denen ich täglich zu tun hatte, schlossen jedoch nicht aus, daß mir meine Triebe ständig zusetzten. Wie schon seit Jahren masturbierte ich weiterhin mit monotoner Regelmäßigkeit. Die geistigen Bilder, die in einer solchen Trance auf mich einstürmten, beinhalteten auf immer gleiche Weise Elemente der Kraft und selbst der Gewalt: ich erinnere mich an den Tag, an dem ein Zigeuner vor unserer Haustür aufs brutalste auf seinen Maulesel einprügelte, und diese Szene, weit davon entfernt, mein Mitleid zu erwecken, mich in eine solche Erregung versetzte, daß ich mitten auf der Straße einen Erguß hatte. Die äußeren Attribute einer exotischen, starken, exzessiven Männlichkeit – Fotos vom Militärtraining einiger Sikhs, von zwei in der schlangenhaft engen Umarmung des türkischen Ringkampfs ineinander verknäulten Athleten – wirkten ebenfalls als flüchtiges Stimulans meiner Phantasiebilder. Doch diese plötzlichen und wiederholten Empfindungen stimmten nicht mit meinen übrigen täglichen Erfahrungen überein: sie blieben isoliert und hatten mit den Ereignissen meines wirklichen Lebens nichts zu tun. Da ich die Grenzen der bürgerlichen Welt und des städtischen Raums, in dem ich lebte, noch nicht überschritten hatte, bestand für meine geistigen Vorstellungen und meine geträumten Figuren keine Möglichkeit, Gestalt anzunehmen: es waren einfache, aber hartnäckige Konfigurationen, die aufgrund der äußeren Umstände dazu verurteilt waren, im Zustand der Latenz und der Verborgenheit zu verkümmern. Ich habe später oft an das unglaubliche Mißverhältnis gedacht, das in jenen Jahren zwischen meiner Libido und der objektiven Welt bestand, und ich bin zu der Schlußfolgerung gekommen, daß die Dinge, hätte ich damals in einem heterogenen oder weniger geschlossenen, freieren Milieu gelebt – oder besser noch, im günstigen Schatten des Sotadismus* –, sich völlig anders entwickelt hätten. Da ich jedoch in einem Vakuum lebte, abgeschottet wie unter einem Glassturz, waren die Aufwallungen, die mich bisweilen bedrängten, für mich weder Piste noch Schlüssel, die einen eventu-

* Siehe »Sir Richard Burton, Pilgerer und Sexologe«, *Sarazenische Chroniken*, S. 170–71.

ellen Ausweg ermöglicht hätten: der säuberlich geordnete bürgerliche Raum, ganz von meinesgleichen besetzt, schloß von vornherein jede mögliche Versuchung aus. Da mich niemand in meiner Umgebung körperlich anzog, kam mir nicht einmal der Gedanke, ich könnte homosexuell oder nicht homosexuell sein. Allerdings hatte ich ein Gefühl der inneren Unruhe und der Verblüffung, als mir Mariano – Monate vor seinem Zwischenfall mit dem Dramatiker – anvertraute, daß jemand, den ich einige Tage zuvor zufällig kennengelernt hatte, ihm erzählt habe, ich sei schwul. Der Ankläger – Vertreter eines sehr bekannten argentinischen Verlagshauses – verkaufte Bücher von Haus zu Haus; ich hatte für ihn eine Liste mit Romanen und Essays zusammengestellt, die in jenem Verlag erschienen waren, und wenn mich mein Gedächtnis nicht täuscht, fragte er mich, als er mir die bestellten Bücher brachte, eingehend nach den Gründen für mein Interesse an Wilde und André Gide. Ungläubig und empört konnte ich Mariano dazu bestimmen, ihn zu sich einzuladen und seine Verleumdungen energisch zurückzuweisen. Während dieses Treffen stattfand, lauschte ich, hinter der angelehnten Tür versteckt, der Unterhaltung der beiden. Der Buchvertreter – Sohn aus gutem Hause, der einige Monate später wegen seiner Teilnahme an einem bewaffneten Raubüberfall verhaftet wurde – mußte zwar zugeben, daß er keine Beweise habe, blieb jedoch in Anbetracht meiner literarischen Vorlieben bei seinen Mutmaßungen. Bevor er ging, nannte er noch einige Bekannte, die seiner Meinung nach ebenfalls Homosexuelle und Bewunderer Gides waren. Obgleich der Vorfall bald vergessen war, hinterließ er dennoch einen bitteren Beigeschmack. Die Vorstellung, daß ich für ein Mitglied dieser Zunft gehalten wurde, die Gegenstand allgemeiner Verachtung und Abscheu war, erfüllte mich mit Angst und Schrecken. Der pathologische Horror meines Vaters, der durch das erzwungene Zusammenleben mit dem Großvater von Tag zu Tag größer wurde, hatte mich stark geprägt. Alle meine Freunde, mit ein oder zwei Ausnahmen, bekundeten den gleichen heftigen Abscheu für die »Homos«. In dem Wunsch, jedem möglichen Verdacht zu entgehen, tat ich so, als interessierte ich mich für die Freundinnen Marianos und Juan Eugenio Moreras. Doch diese Versuche, der Öffentlichkeit ein »normales« Bild von mir zu bieten, stießen sofort auf ein Hindernis, für das es keine Lösung gab: meine Zurückhaltung, um nicht zu sagen meine Gefühlskälte gegenüber diesen Mädchen. Da es zwischen uns keine Gemeinsamkeiten gab – Freude am Lesen oder Wesensverwandtschaft –, langweilte mich der Umgang mit ihnen, und es dauerte nicht lange, bis ich ihn abbrach. In den Monaten, die auf das Ende der Dichterlesungen im Café Turia folgten, kühlte meine zuvor enge Freundschaft zu Mariano ab. Während er die Periode seiner literarischen Ambitionen offenbar für abgeschlossen hielt und sich anschickte, eine bewegte Zeit voller Liebesabenteuer und Weibergeschichten durchzumachen, wie ich ein Jahr später in Madrid erfuhr, hatte ich meine Zuflucht im Schreiben gefunden und versuchte, erfolglos allerdings, meinen Roman umzuschreiben. Unter den Personen, mit denen wir während unserer kurzlebigen kulturellen Initiative zu tun hatten, war auch ein aus Santander stammender Poet, Übersetzer und Kunstkritiker, den Enrique Boada und ich in seiner Wohnung besucht hatten. Fernando Gutiérrez war ein Mann von etwa vierzig Jahren, einfach, herzlich und geradeheraus: er empfing uns sogleich mit offenen Armen, und von dieser ersten Begegnung an war sein Haus etwas über ein Jahr lang ein wahres Refugium für mich. Seine Frau und seine Töchter hatten mir ebenfalls Sympathie entgegengebracht, und meine Besuche bei ihnen wurden sehr bald zur Gewohnheit. Trübsinn, Verfall und Alter, die in der Calle Pablo Alcover herrschten, wurden für mich mit jedem Tag erdrückender: da ich gezwungen war, vor meinem Vater den Abbruch meines Studiums zu verbergen, schrieb ich heimlich, in einem Zustand der Angst und des Drucks, was mit Sicherheit zu dem vorhersehbaren Scheitern meines Romans beitrug. Ich mußte diesem unerträglichen Klima entfliehen und meine Arbeit auf eine neue Grundlage stellen. Fernando Gutiérrez verstand das sehr gut und bot mir seine unschätzbare Hilfe an. Nachdem er barmherzigerweise meinem Vater versprochen hatte, mir bei der Durchsicht meiner juristischen Vorlesungen zu helfen, konnte ich mich regelmäßig von zu Hause entfernen, ohne Argwohn zu erwecken. In seiner Wohnung in der Calle de Bailén, die vollgestopft war mit Bildern und Büchern, half ich ihm, seine Übersetzungen zu überarbeiten, bat um seinen Rat bei den Schwierigkeiten und Klippen meines Romans und genoß die Annehmlichkeiten und Vorteile eines Familienlebens, als ob ich dazugehörte. Die instinktive Angst, die Schwelle meiner dämmerigen, sterilen Welt zu überschreiten, mich in andere Bereiche zu wagen, von denen ich dunkel, aber sicher spürte, daß sich dort das Leben abspielte, die Furcht vor diesem Sprung ins Leere, der mir erlaubt hätte, die Wahrheit über mich selbst zu entdecken, hielt mich noch ein Jahr lang im Zustand der Verpuppung, ohne irgendwelche Versuchungen oder Begierden. Weder der plötzliche Ausbruch des Straßenbahnerstreiks, der Barcelona aus seinem Dämmerzustand riß, noch die protzige und schockierende Feier des Eucharistischen Kongresses mit seinen grotesken Zeremonien vermochten mich aus meiner gepolsterten Kapsel herauszulocken. Mein Interesse konzentrierte sich einzig und allein auf den Roman. Fernando Gutiérrez hatte sehr bald die Mängel und Schwächen meines Spanisch aufgedeckt und ermunterte mich, etwas dagegen zu tun. Obgleich es ihm damals, durch meine Unzulänglichkeit, noch nicht gelang, mir seine Liebe zur Poesie unserer Klassiker zu vermitteln, trug er doch zur Verbesserung und Erweiterung meiner Lektüre bei, die zum damaligen Zeitpunkt auf französische Bücher und verworrene Übersetzungen aus Buenos Aires beschränkt war. Seine Großzügigkeit mir gegenüber und seine Bemühungen um mich führten dazu, daß er meine Bewerbung für den vom Verleger Janés, dessen Mitarbeiter er war, gestifteten Preis der Jungen Literatur unterstützte. Trotz ständiger Korrekturen krankte mein Roman in jeder Hinsicht an Schwerfälligkeit und Unreife: der Einfluß Gides und Hermann Hesses war allzu deutlich, Situationen und Personen waren melodramatisch und unglaubwürdig. Dennoch überzeugten das freundliche und parteiische Urteil meines Freundes und sein absolutes Vertrauen in den Wert meines zukünftigen Werkes den Verleger derart, daß er mir den Preis zuerkannte, dazu die für mich unglaublich hohe Summe von zehntausend Peseten. Zum Glück wurde *El mundo de los espejos* (Die Welt der Spiegel) niemals veröffentlicht: selbst Janés hatte mir, als er mich empfing, mit großem Takt zu verstehen gegeben, daß sein Preis lediglich eine Aufmunterung sei, meinen Weg fortzusetzen und eines Tages ein richtiger Schriftsteller zu werden. In Gesellschaft Fernando Gutiérrez' und seiner Familie feierte ich meinen plötzlichen Reichtum mit Austern und Champagner. Seine Frau, die zu allen seinen Freunden sehr enge und leidenschaftliche Beziehungen unterhielt, drängte mich ebenfalls, meine Lehre bei ihnen fortzusetzen, und träumte sogar davon, mich mit einer ihrer Töchter zu verheiraten. Einer ihrer Briefe war meinem Vater in die Hände gefallen, der sich wegen des exaltierten Tons fälschlicherweise Gedanken über die Art ihrer Gefühle machte. Ich klärte ihn zwar sofort auf, doch da er nicht ganz zu Unrecht der Meinung war, meine Freundschaft mit Fernando Gutiérrez halte mich ganz offensichtlich vom Jurastudium ab, um mich näher zur Literatur hinzuführen, erhob er bald Einwände gegen Häufigkeit und Dauer meiner Besuche. Die Fiktion meines Jurastudiums vergiftete mein Alltagsleben, und es wurde jeden Tag schwieriger, sie aufrechtzuerhalten. Ich wußte nicht, wie ich diesem Dilemma, in das ich geraten war, begegnen sollte, als der Zufall die Entscheidung für mich traf. Die Phantasiegeschäfte meines Vaters mit einer dieser Figuren, die ihm immer wieder über den Weg liefen, eine Mischung aus Nazi und Berufsschwindler, hatten im Verlaufe des Jahres neunzehnhundertzweiundfünfzig eine so besorgniserregende Steigerung erfahren, daß sie schließlich katastrophale Ausmaße anzunehmen und uns in den Ruin zu treiben drohten. José Agustín hatte in Madrid die nötigen Schritte unternommen, um den Zusammenbruch des Unternehmens zu vermeiden, das durch den Verkauf eines der Mietshäuser des Großvaters finanziert worden war, doch da er nach dem Studium zum Wehrdienst einrücken mußte, fiel es mir zu, bei dem Schiffbruch zu retten, was zu retten war. Dieser

Schlag hatte meinen Vater endgültig vernichtet, und die Atmosphäre in der Calle Pablo Alcover konnte nicht düsterer sein. Nachdem ich mich von Fernando Gutiérrez und den wenigen Freunden, die ich noch sah, verabschiedet hatte, bestieg ich unbeschwerten Herzens und trotz der ernsten Lage mit einem Gefühl unglaublicher Erleichterung das Flugzeug nach Madrid.

Gesichter, im Verlaufe *eines Morgens von wer weiß woher aufgetaucht: Erscheinungen, von außerhalb gekommen, von der Wand vielleicht, an die man sie gestellt hatte und vor der sie erschossen wurden: für die Gerechtigkeit eintretende anonyme Menge, Symbiose des Massengrabs, aller Namenlosen, die sich die Radieschen von unten ansehen: von neuem gegenwärtig, trotz der großen Säuberung, wie aufgetaucht aus einem hartnäckigen, unerträglichen Alptraum; nutzlos, sich die Augen zu reiben, wach zu werden, mit einemmal am bürgerlichen Horizont des eroberten Friedens einem Leben zuzulächeln, das mit sich selber identisch ist: sie wiederfinden, abweisend, düster, finster, kalt entschlossen: wiedererstandenes Bild aus den Zeiten des Tuschelns, Zusammenzucken, die Klingel ertönt, welke, flüchtige Hand, die einen Vorhang halb zurückzieht, Schritte, gedämpft durch den Teppich im Flur, leise gemurmelte Gebete, Angst, große Angst: in dichten Gruppen aus den vollgestopften Seitensträßchen kommend, durchlöcherte Schuhe, abgetragene Kleider, äußere Zeichen einer unziemlich vorgezeigten Armut: eine Frau mittleren Alters, in Pantoffeln, verteilt Handzettel unter den Neugierigen; heisere, unverständliche Schreie eines kleinen, kantigen Mädchens mit Brille; zu Dutzenden, Hunderten, wie Pilze nach dem Regen aus dem städtischen Asphalt geschossen, marschieren sie die Ramblas hinunter, Parolen skandierend, neben den zertrümmerten Scheiben der Straßenbahnen, Generalstreik der Verkehrsbetriebe, völlig lahme Stadt; Ohnmacht der vom Ausmaß des Protests überraschten Behörden, plötzlich eine kollektive Festtagsatmosphäre, Aufhebung der Angst, die die Lippen verschlossen hielt, schüchternes Lächeln der Vorübergehenden, allgemeine Ver-*

brüderung, schwerfälliges Neuerlernen außer Kraft gesetzter Gebärden und Worte. Vergängliche Bilder, Satzfetzen, besorgte Gespräche mit Papa, Seufzer Eulalias in der Küche, kurzes Intervall, brutale offizielle Reaktion, zitternde Stimme des Nachrichtensprechers, Pressenotizen in allen Zeitungen, infiltrierte Agenten, aufrührerische Gruppen, feindliche Elemente, geschickt von außen organisierte Machenschaften, traditionelle Feinde unserer Werte, obskure Bündnisse, der Haß, der alte Haß auf das traditionelle Spanien.

Allmähliche Gestaltung des Raums: in den Wochen vor dem großen Ereignis sorgfältig geplantes Kontrollsystem: Sauberkeit in der ganzen Stadt, Errichtung von Kreuzen, Podesten, eucharistischen Emblemen, überall Schilder mit dem Symbol, das Aufstellen von Lautsprechern an den Hauptverkehrsadern der Innenstadt, ununterbrochene Rundfunkpropaganda; ganze Zeitungsausgaben, die dem Ereignis gewidmet sind, allgegenwärtiges Foto des Pastor Angelicus, die bis zum Höhepunkt aufrechterhaltene Erwartung; erste Erfahrung mit dem Massentourismus; enthusiastische Wanderungen, Fahnen, Paniere, Flaggen, lateinisch geschriebene Grüße; Priester, Nonnen, Mönche, Prälaten, Kapläne, Diakone, Pfarrer, Vikare, Protonotare, Diözesanbischöfe und Bischöfe in partibus *mit ihren entsprechenden Gewändern, Kleidern, Talaren, Biretten, Hauben, Meßgewändern, Ornaten, Mitren, Pluvialen; vorsorglicher Bau von Mauern, um das auf dem Weg des Zuges liegende Elend der Stadtviertel zu verbergen; sofortige Ausweisung Hunderter von Bewohnern der Elendsviertel, radikale Abschiebung von Prostituierten und Unerwünschten; gigantische nächtliche Razzien in unserer traditionell liebenswürdigen und gastfreundlichen Stadt, die heute von einer unmöglich in Worte zu fassenden Erregung ergriffen ist, während sie die Ankunft des Nuntius und seines beeindruckenden Gefolges religiöser, ziviler und militärischer Würdenträger erwartet; allgegenwärtige verhaßte Stimmen einer aggressiven, erdrückenden Staatskirche, die dich tagelang, wo immer du auch bist, mit hartnäckiger Beharr-*

lichkeit verfolgen werden; nach einer kurzen Inspektion der zerstörten Elendsquartiere nach Hause zurückkehren und deinen Vater kniend vor dem Rundfunkgerät antreffen, das in diesen Augenblicken den feierlichen päpstlichen Segen überträgt.

Jene, die neunzehnhundertfünfundvierzig, kurz nach dem Sieg der Alliierten und nach dem Viermächteabkommen von Potsdam, auf eine befreiende Landung ihrer Flotte gehofft hatten, waren wahrscheinlich nicht dieselben, die an diesem leuchtenden Morgen herbeieilten, um sie an der Mole willkommen zu heißen: Männer, Frauen, Kinder, Alte, angezogen von der Neugier und von etwas ganz Neuem, das bald zur Routine werden sollte – die Flugzeugträger und Schiffe der Sechsten Flotte, die bei ihrem ersten Freundschaftsbesuch am Horizont vor Anker gingen; kleine Wasserfahrzeuge brachten die Matrosen zum Landurlaub an die Mole des Friedens: großgewachsen, stark, gesund, sympathisch, angezogen wie in den Filmen, grüßten sie die Fahrgäste der Motorschiffe, die auf Hafenrundfahrt waren, verteilten unter den jungen Leuten Zigaretten, ließen bereitwillig den Ansturm Schaulustiger und lästiger Bittsteller über sich ergehen, bandelten mit den frechsten und am zeitigsten aufgestandenen Prostituierten an; umgeben von der Bewunderung des Volkes, gingen sie die Ramblas hinauf, überrascht von der heiteren Verfügbarkeit des Weibervolks, den unglaublich niedrigen Preisen, dem geradebrechten Englisch der Fremdenführer und Kellner, der Atmosphäre der Hoffnung und Erwartung, fast eine Festtagsatmosphäre, der gesamten Unterstadt; die Gesellschaft änderte sich, die Politik änderte sich, die Welt änderte sich, und die Amerikaner waren dort, mit ihren makellosen Uniformen und Mützen, genau wie in der Musikkomödie mit Gene Kelly, liefen über die Plaza de Cataluña, mitten unter den Tauben, wobei sie sich fröhlich an den Armen hielten: Straßen- und Amateurfotografen hielten die Szene aus Singin' in the Rain *in der Sonne und im Dreivierteltakt fest, obgleich sie sich, wie mancher melancholisch dachte, sieben verdammte Jahre zu spät abspielte.*

In jener Zeit, in der ich im Schatten Fernando Gutiérrez' und seiner Familie lebte, lockerten sich die Verbindungen zu meinen Kommilitonen von der Universität. In einigen Fällen war es eine auf Gegenseitigkeit beruhende Entfremdung, wie etwa bei Morera und Mariano; in anderen lag es an äußeren Umständen, die unvermutet unsere Beziehungen unterbrachen: Enrique Boada hatte eine Gewissenskrise durchgemacht – der immer häufiger weitere folgen sollten – und flüchtete sich für ein Jahr ins Diözesanseminar in der Calle de Balmes; ich besuchte ihn dort zwei- oder dreimal und traf ihn in einer lächerlichen Verkleidung als Novize an. Bald danach legte er das Ordenskleid ab, sicherlich enttäuscht über die Monotonie und Routine seines Experiments, um dann nach Ableistung seines Militärdienstes in einer Luftwaffeneinheit im Rif in den Orden der Weißen Väter einzutreten, wo er sich eine Zeitlang in der Fata Morgana Algeriens verlor. Der Abbruch meiner Beziehung zu Cortés – allerdings erst nach meiner Madrider Zeit – war noch plötzlicher: obgleich ich seine Abneigung gegen das Regime und seine Sympathie für ein unabhängiges Katalonien kannte, war ich doch völlig überrascht, als ich eines Tages erfuhr, daß er im Gefängnis saß. Er war der Polizei offenbar bei einer Razzia gegen die damals von Pallach geführte Geheimorganisation der sozialistischen Bewegung ins Netz gegangen und wurde bis zur Aburteilung in der Militärfestung Montjuich gefangengehalten.

Als ich Barcelona verließ, tat ich es in der Gewißheit, eine neue Etappe meines Lebens zu beginnen: die Stadt, in der ich geboren wurde und aufgewachsen war, zeichnete sich kaum noch am Horizont ab, sie hatte sich bereits im Nebel aufgelöst, und ich entfernte mich von ihr – wie ein Dichter einmal geschrieben hat – »ohne Kummer und ohne Sehnsucht«. Madrid war noch nicht dieses Land der Freiheit, in dem ich, im Schlaf oder im Wachen, verbissen Asyl suchte; doch die Bewegungsfreiheit, die ich jetzt hatte, frei von Fesseln und ohne die Zugeständnisse, die ich meinem Vater machen mußte, auch ohne meine unüberwindliche Angst angesichts der familiären Situation in der Calle Pablo Alcover, schien mir groß genug, um diese noch ausgehungerte, provinzielle und mittelmäßige, durch den Krieg grausam entstellte Stadt in ein Paradies zu verwandeln. Zum erstenmal mußte ich niemandem Rechenschaft ablegen über das, was ich tat oder nicht tat; obgleich ich meinem Vater versprochen hatte, mein Jurastudium fortzusetzen und mich überdies in der neuen Fakultät für Politische Wissenschaften einzuschreiben, hatte ich keineswegs die Absicht, meine Zeit mit Fächern zu vertrödeln, die ich verabscheute. Ich nutzte also meine Tage, um eine Welt zu erforschen, der ich mich bis dahin, aus Schüchternheit oder Gehemmtheit, nicht einmal zu nähern gewagt hatte, ohne deswegen meine Pläne und Ambitionen als Schriftsteller zu vernachlässigen. Was die katastrophalen väterlichen Geschäfte anging, so zeigte sich, daß meine Aufgaben einfacher waren als vermutet. Mein Vetter Juan Berchmans Vallet, der älteste Sohn meiner Tante María, hatte zwei oder drei Jahre zuvor ein Notariat in der Hauptstadt erhalten, und mit einem Wohlwollen und einer Solidarität gegenüber der Familie, die er auch später bei anderen Gelegenheiten unter Beweis stellen sollte, gab er mir wertvolle Orientierungshilfen im juristischen Labyrinth des Prozesses, den wir angestrengt hatten, um zu retten, was zu retten war. Mein Vetter Juan, traditionsbewußt, katholisch, Vater einer kinderreichen Familie, besaß eine im damaligen Spanien wirklich ungewöhnliche Tugend: den Respekt vor der Meinung anderer. Obwohl er wußte, daß die meine und die meiner Brüder meilenweit von seinen Überzeugungen entfernt war, setzte er sich stets voll für uns ein, zunächst als mein Bruder Luis im Gefängnis saß und dann anläßlich der Kampagne, die das Regime nach der Vorstellung meines Buches *Campos de Níjar* in Mailand gegen mich angezettelt hatte, um der Flut der Beschimpfungen, die die Presse über mich ergoß, ein Ende zu setzen und der Wahrheit wiederaufzuhelfen.

In der Zeit, in der sich José Agustín zum Abschluß seines Jurastudiums in Madrid aufhielt, wohnte er im Colegio Universitario Mayor Nuestra Señora de Guadalupe, das damals in der Calle de Donoso Cortés im Viertel Argüelles lag. Diese Einrichtung war ursprünglich für junge, in Spanien studierende Lateinamerikaner gegründet worden, doch es wohnten auch einige aus der Provinz stammende Spanier dort. Die politischen Charakteristiken des autoritären Franco-Regimes hatten, wie zu erwarten war, eine Handvoll Intellektueller und Akademiker angezogen, die mit ihm sympathisierten; einige von ihnen erhielten sogar offizielle Stipendien und spielten sich als Verteidiger des nebulösen falangistischen Ideals auf: Dichter wie Ernesto Cardenal und Pablo Antonio Cuadra zeigten eine ausgesprochene Bewunderung für die unvergängliche Persönlichkeit José Antonios, bevor sie sich, wie Ernesto Cardenal, andächtig zum revolutionären Ideal bekehrten und dem Bann charismatischer Führer wie Castro und Guevara erlagen. Andere, wie der ebenfalls aus Nicaragua stammende Mejía Sánchez und der Kolumbianer Eduardo Cote, hielten sich hingegen vorsichtig von der Politik fern. Als ich nach Madrid kam, hatten zukünftige Dichter oder Romanciers wie José Ángel Valente und Julio Ramón Ribeyro das Colegio bereits verlassen oder waren im Begriff, es zu tun, doch zwei eifrige Anhänger der schönen Literatur wohnten immer noch dort: Hernando Valencia Goelkel und Rafael Gutiérrez Girardot.

In der Eile der Reisevorbereitungen hatte meine Familie vergessen, mir ein Zimmer vorzubestellen: als ich dort ankam, war alles belegt. Doch Argüelles war damals ein Studentenviertel, so daß es kein Problem war, ein Zimmer zu finden. Ich kam also in einer kaum zwei Häuserblocks vom Colegio entfernt liegenden Familienpension unter, in der es auch Frühstück und Mittagessen gab. Obwohl ich zunächst niemanden kannte, meldeten sich sehr bald die zahlreichen Freunde José Agustíns. Außerdem verlieh mir der Literaturpreis Janés', den ich gerade bekommen hatte, ein gewisses Ansehen, und die Dichter und Schriftsteller, die um Nuestra Señora de Guadalupe herumschwirrten, hatten den Wunsch, sich mit mir in Verbindung zu setzen und sich mit mir anzufreunden. Durch Eduardo Cote und Hernando Valencia entdeckte ich den nordamerikanischen Roman, jedoch leider nur in den äußerst dürftigen argentinischen Übersetzungen: von Dos Passos bis Hemingway war ganz Madrid für mich ein Hochgenuß. Es war das Jahr, in dem *Der alte Mann und das Meer* veröffentlicht wurde, und Hernando Valencia schrieb an einem kritischen Aufsatz über das Buch. Ich erinnere mich, daß mir Hernando einen Roman des damals noch ganz jungen Truman Capote gab, *Andere Stimmen, andere Stuben*, den ich mit der gleichen Begeisterung wie er in einem Zug auslas. Die gewinnbringendste Lektüre jener Monate war zweifellos die William Faulkners. Ich vertiefte mich in seine Romane, gefangen und geblendet, wie ich es nie zuvor gewesen war. Gelähmt von der Pracht und der Heftigkeit seines Universums, hörte ich vorübergehend zu schreiben auf. Diese Pause hat mir und meinem Schreiben gutgetan: befreit von der Last, die ich mir auferlegt hatte, nutzlos Hefte und Papier vollzukritzeln, konnte ich mich schließlich prosaischeren und anregenderen Beschäftigungen hingeben. Meine neuen Freunde besuchten eifrig die Cafés und Kneipen von Argüelles, und mit einer Geschwindigkeit, die mich selber überraschte, machte ich mich in ihrer Gesellschaft mit den Reizen des Müßiggangs, des Bummelns und des Alkohols vertraut.

Während ich diese Zeilen schreibe, stelle ich mir im Geiste die kleine Kneipe, in der wir uns damals zu treffen pflegten, in allen Einzelheiten wieder vor: Honorio, der kahlköpfige Wirt, jovial, freundschaftlich, der mit den Gästen plauderte, während er den Kaffee zubereitete oder Löffel, Tassen und Teller spülte; die Serviererin, die mit ihrer Brille von weitem wie eine Lehrerin aussah und bei der die lateinamerikanischen Stammgäste, von denen sie später einen heiratete, ihre Sorgen und Herzensergüsse abluden und sich ausweinten; die Reihe mit Tischen und Bänken, parallel zur Theke angeordnet, an denen die Studenten,

Stipendiaten oder junge und weniger junge Leute ohne jegliche Beschäftigung den lieben langen Tag tranken, rauchten, diskutierten, Domino oder Karten spielten; das düstere Klo im Hintergrund, zu dem die Biertrinker regelmäßig eilten und in dem ich mich zum erstenmal in meinem Leben im Vollrausch erbrach. Honorios Stammgäste waren mir an Jahren und Erfahrung voraus: sie waren zum größten Teil eingefleischte Trinker, die mehr oder weniger ihr Studium vernachlässigt hatten und nun in Madrid dank einer angemessenen Hilfe ihrer Regierungen oder des monatlichen Schecks ihrer Familien dahinvegetierten. Einige von ihnen besaßen regelrechte Privatweinkeller oder Alkoholmuseen, die nach »Literaturen«, wie sie das nannten, eingeordnet und katalogisiert waren: englische, russische oder französische, je nachdem, ob es sich um Gin, Wodka oder Cognac handelte. Ihre fröhliche Sorglosigkeit und ihre reichlichen Dollars erleichterten die Beziehungen zu den Mädchen und Frauen aus dem Viertel: ihr Lebensstandard, der damals sehr viel höher war als der eines Spaniers, machte sie zu echten Potentaten, und sie genossen das unbekümmert und ohne falsche Scham. Ihre Welt, ihre Manieren, ihr Verhalten, ihr Akzent, ihre Redewendungen waren neu für mich. Ich bin als der jüngere Bruder José Agustíns in ihre Gruppe aufgenommen worden, und der Umgang mit ihnen half mir, meine natürliche Schüchternheit zu überwinden.

Gleich am ersten Tag, an dem ich einen Fuß in Honorios Kneipe setzte, freundete ich mich mit zwei Kolumbianern an, deren Liebe zur Flasche mir aufgefallen war. Einer von ihnen, Lucho P. B., war ein kräftiger Bursche von etwa dreißig Jahren mit einem dunkelhäutigen, wie gemeißelten Gesicht und von ungewöhnlicher Stärke, Vitalität und Anziehungskraft. Er stand vor dem Abschluß des Medizinstudiums, pflegte jedoch den größten Teil seiner Zeit in den Kneipen des Viertels zu verbringen. Der andere war väterlicherseits mit dem einige Jahre zuvor in Bogotá ermordeten populistischen Führer Jorge Eliecer Gaitán verwandt; der junge Pedro Antonio Gaitán sah eher aus wie ein Flamencosänger oder ein Tangotänzer, der im Augenblick wegen betrügerischen Bankrotts seiner Kneipe arbeitslos war. Ungeniert und großschnäuzig, verband er den Erhalt der seltenen Wechsel seiner von ihm enttäuschten Familie mit einer besonders wirkungsvollen und eleganten Kunst des Anpumpens; wie ich sehr bald feststellte, hatte er keine Vorlesungen belegt, ging auch keinem Studium nach und bemühte sich, seinen Aufenthalt in Spanien durch alle möglichen Spitzfindigkeiten und Ausflüchte zu verlängern. Pedro Antonio brachte Lucho eine grenzenlose Bewunderung entgegen: er folgte ihm wie sein Schatten, spendete seinen Witzen Beifall, ermunterte ihn zu seinen alkoholischen Neigungen, und wenn Lucho dann betrunken war, setzte er ihm so lange mit Worten zu, bis er ihn in Harnisch gebracht hatte, worauf er sich genußvoll von ihm beschimpfen ließ.

Zur Gruppe der kolumbianischen Stammgäste in Honorios Kneipe gehörten außerdem drei Studenten, deren mehr oder weniger erfolgreiche Anwesenheit in den Hörsälen mit einem wilden Nachtleben abwechselte, das den vertrauten Rahmen von Argüelles sprengte und sich bis in die Kneipen der Innenstadt und die Bordelle von San Marcos erstreckte: Ramón, Herman, Jorge Eliecer tauchten bei Anbruch der Nacht in Honorios Kneipe auf, wenn ihre beiden Landsleute bereits tapfer Rum, Cognac und Bier durcheinander getrunken hatten und mit einem ihrer ständigen Streitgespräche begannen. Pedro Antonio mit seiner in die Stirn hängenden schwarzen Haarsträhne, die, wie die Kapuze des Mönchs beim Wetterhäuschen, den herannahenden Sturm ankündigte, machte sich unsichtbar, sobald es ans Bezahlen ging, und diese finanzielle Verantwortungslosigkeit rief bei seinem treuen, aber jähzornigen Wohltäter ein Donnerwetter an Beschimpfungen hervor. Bei anderen Gelegenheiten antwortete Lucho, eingehüllt in den düsteren Nimbus eines titanischen Gladiators, auf die Neugier oder Skepsis eines Gastes mit der Vorführung eines seiner berühmten Kraftakte: er umwickelte theatralisch die linke Hand mit einem Handtuch, packte damit eine entkorkte, mit Wasser gefüllte Flasche am Hals und versetzte ihr mit der Kante der anderen Hand einen kurzen, treffsicheren Schlag, so daß der Boden der Flasche in tausend Stücke zersprang. Wie von einem mächtigen, von außen kommenden Luftzug angezogen, verließen darauf die ganze Freundesgruppe auf der Stelle das Lokal.

Kaum zwei Wochen nach meiner Ankunft in Madrid gehörte ich bereits zu jener auserwählten Gruppe von Trinkern. Da sich meine neue Kameraden bewußt waren, daß sie es mit einem Neuling zu tun hatten, trieben sie ihren liebevollen Erziehungseifer auf die Spitze; in jener glücklichen Kaschemme, in die mich mein guter oder schlechter Stern geführt hatte, sah ich bald nicht mehr wie ein ernsthafter, schüchterner, eigensinniger junger Mann aus, der eine vielversprechende Karriere als Schriftsteller vor sich hat. Ich fing an, Wein, Sherry und Cognac in mich hineinzuschütten; ich erinnere mich noch genau an meine unschuldige Überraschung, als sich eine nebelverhangene Dichte meines Kopfes bemächtigte und ich mit unbeholfenen Bewegungen aufstand, um pinkeln zu gehen. Honorios Kneipe wurde sofort mein Lieblingslokal und mein Stützpunkt: nach dem Frühstück ließ ich mich dort mit einem von Cote oder Hernando Valencia empfohlenen Roman nieder und wartete lesend auf die fröhliche Ankunft meiner Freunde. Nachts folgte ich ihnen in die Cafés und Kneipen des Viertels oder klapperte mit ihnen die letzten Spelunken der Calle Carretas und der Calle Echegaray ab.

Promiskuität, Schäbigkeit und Schmutz der Bezirke, durch die wir zogen, verletzten sicherlich mein moralisches Empfinden: doch die Faszination und die Anziehung, die diese Orte auf mich ausübten, wogen schwerer als meine Gefühle der Mißbilligung und des Erbarmens. Mit einundzwanzig Jahren entdeckte ich somit das, was später eine Konstante meines Lebens werden sollte. Meinen Widerwillen, ja geradezu Horror vor den aufgeräumten, sauberen, symmetrischen, hoffnungslos leeren städtischen Vierteln mit ihren gerade gezogenen, peinlich sauberen Straßen, den abgegrenzten Räumen, dem fließenden Verkehr, der schlafwandlerischen Existenz: in ihren Häusern verschanzte Bewohner, Gärten, Umzäunungen, äußere Zeichen nicht geteilten Reichtums, Kälte, Egoismus, betäubte Vitalität. Meine Leidenschaft hingegen für das Straßenchaos, für die unmittelbare Durchsichtigkeit der gesellschaftlichen Beziehungen, die Vermischung des Öffentlichen und des Privaten, die hinterhältige Warenflut, Not, Improvisation, Mangel, den erbarmungslosen Kampf ums Leben, das fruchtbare Labyrinth, die geheimnisvollen Übereinstimmungen. Eine Bipolarität, die sich im Lauf der Zeit derart verstärken sollte, daß sie die bürgerliche Landschaft und meine Gefühle für sie in zwei gegensätzliche, unvereinbare Lager trennte: unwiderrufliche Abneigung gegen die Denkmäler und Symbole einer immer zynischen und erbarmungslosen Geschichte, gegen diese düsteren, bedrohlichen, offiziellen Viertel, deren falsche Größe und Feierlichkeiten verbergen, daß sie auf Kosten von Demütigungen, Leid und Blut errichtet worden sind; Interesse für die spontanen, düsteren, dichten, wuchernden Lebensbereiche, in denen der Schöpfungsakt Wurzeln schlagen kann und aus dem er sich nährt. Mein obsessives Bedürfnis nach Städten wie Paris oder Istanbul, New York oder Marrakesch – mein Umherirren, das mich instinktiv in Landstriche führte, die nicht durch einen Planifikations- oder Kontrollprozeß sterilisiert worden waren – begann möglicherweise vor dreißig Jahren, als ich mit meinen kolumbianischen Freunden meine waghalsigen Streifzüge durch Madrid unternahm. Das Hin und Her der Lastenträger und der Gewerbetreibenden, die brutal zur Schau gestellte Armut, der servile Respekt vor einer Behörde, die, obgleich fern oder unauffällig, dennoch furchtbar und erdrückend war, zeichneten diese nicht mehr heldenhafte, sondern unterjochte und geknechtete Hauptstadt der Nachkriegsjahre aus, die mit ihren Gebrechen und heftigen Zuckungen für mich so etwas wie das Vorzimmer der heutigen Hauptstädte sein sollte, die durch die subtile, rachsüchtige Infiltration ihrer ehemaligen Kolonisierten, Außenseiter und Opfer langsam unterminiert werden.

Meine nächtlichen Ausgänge mit Lucho, Pedro Antonio und ihren Landsleuten liefen einige Wochen lang recht angenehm ab; ich lernte bei dieser Gelegenheit die Nachteile und Unannehmlichkeiten des Katzenjammers kennen, das umnebelte Erwachen am Morgen, den wirren Eindruck der Unwirklichkeit. Meine neue Persönlichkeit als Nachtschwärmer, die nach der Häutung unter der alten aufgetaucht war, hatte mir zu verstehen gegeben, wie unbeständig und falsch meine frühere Persönlichkeit war. Wie bei anderen Gelegenheiten in jenen Lehrjahren meines Lebens stellte ich eine überraschende biographische Diskontinuität fest: das Vorhandensein von Rissen oder Brüchen bei einigen Gewohnheiten und Verhaltensnormen, von denen ich glaubte, sie seien fest verwurzelt. Der neugierige, extrovertierte junge Mann, der, nachdem er eine Schreibpause eingelegt hatte, sich in Honorios Kneipe schon im voraus auf die herzliche Spontaneität seiner Kameraden freute, schien auf den ersten Blick einer sorglosen, überraschungslosen Zeit entgegenzugehen, als ein unvorhergesehenes Ereignis alle seine Pläne umstieß.

Bei einem meiner nächtlichen Alkoholexzesse, die inzwischen täglich stattfanden, war ich mit Lucho und seinen Freunden durch verschiedene Kneipen des Viertels gekommen; ob ich nun an diesem Tag noch mehr getrunken hatte als gewöhnlich oder ob Lucho es darauf angelegt hatte, meine Trinkfestigkeit zu testen, sicher ist jedenfalls, daß wir beide, nachdem wir unsere Zufallsgefährten wie Gegenstände, die ein stürmischer Wind von einer dahingaloppierenden Kutsche fortweht, am Wegesrand hinter uns gelassen hatten, im Morgengrauen in einer Kneipe in Gaztambide landeten, in der Nähe des Colegio. Dort hatten wir, nach einer letzten Runde neben den leeren Gläsern über einem Tisch liegend, wahrscheinlich Herzensergüsse von Betrunkenen ausgetauscht und uns, wie ich glaube, doch ich bin mir der verschwommenen, von der Erinnerung gefilterten Bilder nicht sicher, umarmt, wobei ich ihn vor den gleichmütigen Blicken des Kellners gestreichelt habe. Ich weiß weder, wie wir in Anbetracht unseres Zustands aus dem Lokal gekommen sind, noch wie ich Lucho in mein Zimmer in der Pension schleppen konnte, wo er, kaum angekommen, auf eines der Betten fiel und mich durch die Lautstärke seines Schnarchens daran hinderte, auf dem anderen einzuschlafen. Als wir am nächsten Tag aufwachten, konnte sich keiner von uns an irgend etwas erinnern: wir gingen hinunter in Honorios Kneipe, um einen Kaffee zu trinken, und verabschiedeten uns freundschaftlich. Trotzdem erschien Lucho einige Stunden später mit bekümmerter Miene in der Pension. Ohne jegliche Aggressivität und ohne jeglichen Vorwurf sagte er mir, man habe ihn am Abend zuvor, voll wie eine Haubitze, in einer Kneipe im Viertel gesehen und ein nicht identifizierter Kamerad habe sich ihm gegenüber *seltsam* benommen. Obgleich Lucho mir nicht erklärte, worin dieses seltsame Verhalten bestanden haben sollte, bat er mich, ihn dorthin zu begleiten, und mit einer gewissen Vorahnung folgte ich ihm in die Kneipe, in der wir am Abend zuvor abgestürzt waren. Mein Freund wechselte leise ein paar Worte mit dem Kellner und ging dann wieder mit mir hinaus. Der Kerl sagt, mein Kumpel habe an mir herumgespielt und so, kommentierte er lakonisch. Ich war wie am Boden zerstört, als ich das hörte; doch Lucho brach die Unterhaltung ab: er bestand darauf, mich zum Abendessen einzuladen, und ohne den Zwischenfall oder mein Verhalten auch nur zu erwähnen, umarmte er mich wie gewöhnlich, als wir uns trennten.

Dieser moralische Schock stürzte mich in einen schwer zu beschreibenden Zustand der Demütigung und der Bestürzung: was ich, seit ich der Kindheit entwachsen war, dunkel und instinktiv gefürchtet hatte, war mit überraschender Pünktlichkeit eingetreten. Ich fühlte mich nackt, wehrlos, verwundbar, grund- und schuldlos dem Gespött und der Schande ausgesetzt. Was mich am meisten kränkte und aufwühlte, war die Tatsache, daß diese Geschichte geschehen war, ohne daß mein Wille die geringste Rolle dabei gespielt hatte: ganz natürlich und unabänderlich, eine absurde Strafe oder ein grausamer Scherz des Schicksals. Irgend jemand, der in meinem Innern auf der Lauer lag, hatte sich meine momentane Unaufmerksamkeit zunutze gemacht und mich zu einem unschicklichen Verhalten verführt, das ich selber, wenn ich bei klarem Verstand und Herr meiner Sinne war, ohne Wenn und Aber verurteilte. Doch wer war dieser spöttische und übelwollende Störenfried, der, vom Alkohol ermutigt, mich widerrechtlich mit den allseits verachteten Parias in Verbindung und mich so in die mißliche Lage brachte, mich bei meinen Freunden zu kompromittieren? Angst und Abscheu vor dem unerwünschten Mr. Hyde, dessen verborgener Wirklichkeit ich mir plötzlich bewußt wurde, führten dazu, daß ich meine Wachsamkeit mir selber gegenüber verstärkte: in Zukunft mußte ich, wollte ich mein beschädigtes Image wieder aufpolieren, alle Umstände vermeiden, die sein Wiederauftauchen begünstigen konnten. Doch das Übel war geschehen, und dennoch lehnte ich mich, von sinnlosen Gewissensbissen gepeinigt, mit allen Kräften gegen das Urteil eines fernen, nicht greifbaren Gerichts auf.

Im Lichte meiner späteren Erfahrung ist es sehr einfach, dem Vorgefallenen eine Bedeutung als Vorzeichen zu unterlegen und darauf nun eine unfehlbare Verkettung von Ursache und Wirkung zu begründen. Das ist jedoch nicht meine Absicht, ich will nur die Fakten so darstellen, wie ich sie in dem Augenblick sah, in dem sie sich ereigneten. Meine Hilflosigkeit und die Unfähigkeit, die Dinge richtig zu interpretieren, trugen zu der vagen und lächerlichen Hoffnung bei, die Wahrheit verbergen zu können. Über den einen oder anderen Kanal war die Episode bekanntgeworden: mit schlecht verhohlener Eifersucht spielte Pedro Antonio heimtückisch darauf an. Da ich gezwungen war, dem, was ich als biographische Katastrophe ansah, ins Auge zu sehen, verdoppelte ich meine Bemühungen, den Zwischenfall in Vergessenheit geraten zu lassen. Zum Glück hegte Lucho nicht den geringsten Groll auf mich: seltsamerweise hatte er die Zeichen und Beweise der Freundschaft mir gegenüber noch vermehrt. Mit einem Takt und einem Zartgefühl, die man kaum bei einem Menschen erwartete, der so direkt und schroff war wie er, spielte er nie auf die Geschichte an und erlaubte auch nicht, daß es irgend jemand in seiner Gegenwart tat. Vielleicht genoß er seine heimliche Macht über mich, jedenfalls suchte er meine Gesellschaft, lud mich an seinen Tisch, nahm mich zärtlich am Arm, bestand darauf, daß ich mich der Gruppe seiner Freunde anschloß, wenn sie ihre üblichen Streifzüge durch die turbulenten Bezirke der Stadt unternahmen.

An einem dieser Abende schlossen wir uns zu siebt und oder acht mit zwei Prostituierten ins Chambre séparée einer Bar ein. Eine der Frauen, schlank, blondgefärbt und mit festem Fleisch, hieß Mely; die andere, mit dem gesunden, kräftigen Aussehen eines Bauernmädchens, Fernandita. Der Wein floß in Strömen, löste Sehnsüchte und Zungen, und meine Kameraden waren bereits auf dem gefährlichen Weg des patriotischen Überschwangs: von »Wenn du gegangen bist / werd' ich im Dunkeln sein« bis zu »Sieh, wie sie nach uns schauen / da wir uns in die Augen schauen« tönte der mit Säuferstimmen gegrölte Chor kolumbianischer Lieder voller Begeisterung im Chambre séparée, während Lucho die beiden Frauen im Arm hielt und eine nach der andern auf seinen Knien sitzen ließ. Stolz zeigte er seine Muskeln, trank aus demselben Glas mit ihnen und beobachtete mich mit seinen schwarzen, metallischen, stahlharten, unergründlichen Augen. Ich deutete das als wortlosen Befehl, wechselte den Stuhl und setzte mich neben Mely. Mit einer Kühnheit, die ich mir nicht zugetraut hätte – sicherlich vom Alkohol und der lauernden Nähe Luchos beflügelt –, drückte ich sie ungeschickt an mich und küßte sie. Sie sah mich mit ihren schönen, klaren Augen an – so jedenfalls stelle ich sie mir in der Erinnerung vor –, öffnete, erfahrener als ich, meine Lippen mit den ihren und schob, wie einen Pfeil, ihre feuchte, kühle Zunge dazwischen. Wir küßten und belutschten uns längere Zeit, und ich genoß diese neue, warme Intimität. Lucho hatte unterdessen Fernanditas Brüste freigelegt, doch ich merkte, daß er aus den Augenwinkeln meine Fortschritte beobachtete. Seine stillschweigende Billigung und mein Wunsch, die Erinnerung an den Zwischenfall auszulöschen, gaben mir den Mut, seinem Beispiel zu folgen: ich beugte mich über Melys Brüste, die ich bereits von ihrem schwarzen Büstenhalter befreit hatte, streichelte die Brustwarzen, küßte sie und biß hinein. Ich weiß nicht mehr, ob sie oder ihre Freundin beschloß, daß es an der Zeit sei aufzubrechen. Sie hatte, wie sie sagte, nebenan ein möbliertes

Zimmer, und dort könnten wir unseren jeweiligen Geschäften mit der größten Diskretion nachgehen. Wir beglichen also unsere Rechnung und traten auf die Straße. Ich erinnere mich an die Lieder der betrunkenen Kolumbianer, an Mely, die sich bei mir eingehängt hatte, und an Fernandita, die sich bei Lucho eingehängt hatte, an den schneidenden und trockenen Wind, an die Pause, die wir in der strengen Kälte auf dem Bürgersteig eingelegt hatten, während wir auf den Nachtwächter warteten, der uns die Haustür aufschließen sollte. Dann an die Nacht in Gesellschaft Melys, ihr Zeremoniell beim Ausziehen, an die schwarzen, spitzenbesetzten Strumpfbänder, an die üppig behaarte Scham, an ihre freundschaftliche Hilfe, damit ich eine Erektion bekam, an die verwirrende Liebkosung ihrer Fingernägel, unsere synkopierte, keuchende Vereinigung; und an den leichten, wie von Windstößen erschütterten Schlaf, in dem ich ihren rhythmischen Atem hörte, mein Gefühl der Erleichterung, daß ich den Makel abgewaschen hatte, daß ich so war wie die andern, daß ich Lucho und seinen Freunden wieder ohne rot zu werden in die Augen sehen konnte.

Durch diese erste Erfahrung beruhigt, besuchte ich auch weiterhin die Kneipen und Hurenhäuser von Echegaray und San Marcos. Meine Hemmung und Kälte gegenüber den »anständigen« Mädchen und Frauen hatten sich allmählich gelegt, seit ich mit jenen zu tun hatte, die sich nach Stunden und nach geleisteten Diensten bezahlen ließen. Obwohl ich seit meiner Demonstration vor Lucho nicht mehr das Bedürfnis empfand, für irgend etwas einen Nachweis zu erbringen, setzte ich meine Besuche in den billigsten und verrufensten Bordellen fort, geleitet von einer geheimen Affinität mit jener gierigen, schäbigen, schrillen Welt, die in meinen Augen jedoch eine Kohärenz und eine Vitalität besaß, die durch den Kontrast die von Kindheit an vertrauten Menschen und Landschaften, die Schule und die Universität wie eine sehr alte, verstaubte Vitrine voll alten Plunders in einer bürgerlichen Wohnung erscheinen ließen. Das krude, kunstlose Bild einer sich auflösenden, zerfallenden Gesellschaft, in der das einfache Volk der Hauptstadt nur mit Mühe überlebte, zeigte sich damals, wie ich dunkel und intuitiv erfaßte, in diesen Bordellen, einer Mischung aus Hospiz, Versteigerungshalle, Marktplatz und Stammkneipe, die auf den Pinsel eines Goya zu warten schienen, um uns mit der Wirkung seiner spöttischen Familiarität zu überraschen. In jenem strengen Winter dreiundfünfzig, der so voller Vorkommnisse und Neuigkeiten war, besuchte mich Mariano ganz unerwartet in meiner Pension. Ich war überrascht, wie sehr er sich innerhalb weniger Monate verändert hatte: seine jugendlichen Züge wirkten abgespannt, und er sprach mit einer Sicherheit und einer Gespreiztheit, die völlig neu an ihm waren. Er erzählte mir, daß er mit seiner Familie Probleme habe wegen des Mädchens, mit dem er zusammenlebte: eine dunkelhäutige, sehr schöne Andalusierin namens Argelia, die er mir kurz vor meiner Abreise eines Abends in Barcelona vorgestellt hatte. Argelia besaß auf der anderen Seite des Retiro-Parks eine möblierte Wohnung, und sie hatten beschlossen, sich eine Zeitlang dorthin zu flüchten, bis sich der Sturm gelegt hätte. Für sie beide war die Wohnung zu groß: sie machten den Vorschlag, mir eines der Zimmer zu überlassen, damit ich dort in Ruhe leben und arbeiten könne. Obgleich mir das Angebot nicht zusagte, da es mich von der bunten Schar meiner neuen Freunde entfernte, nahm ich schließlich doch an. Das wenige Geld, das ich von zu Hause bekam, ging bei meinen nächtlichen Streifzügen schnell drauf, und ich hatte bereits jetzt nichts mehr übrig, um die Pension zu bezahlen. Außerdem, hatte Mariano noch gesagt, um mich zu ködern, seien er und seine Freundin sehr häufig in Barcelona: in ihrer Abwesenheit sollte ich mich um die Wohnung kümmern und würde dafür volle Freiheit genießen.

Mariano, der sich wahrscheinlich allein mit Argelia langweilte, wollte unsere alten Gespräche über literarische Themen wiederaufleben lassen. Doch seine Begeisterung und seine Liebe zur Romanliteratur schienen nachgelassen zu haben. Er bezog sich immer noch auf die gleichen Bücher wie vor zwei Jahren, woraus ich schloß, daß er nicht nur nicht mehr schrieb, sondern daß er auch aufgehört hatte zu lesen. Wie viele junge Leute, die sich leidenschaftlich für Literatur interessiert hatten, von ihr aber zurückgewiesen worden waren, hatte er aus Verdruß einen Separatfrieden mit ihr geschlossen. Da ich selbst im Augenblick meine Romanprojekte aufgegeben hatte, konnte ich mit seinen wohlgemeinten Ratschlägen nichts anfangen, im Gegenteil, sie ärgerten mich. Die sattsam bekannten Diskussionen über Hesse oder über den *acte gratuit* Lafcadios[15] klangen, als liefe im Hintergrund die zerkratzte Schallplatte unserer Gespräche an der Universität. Ich hatte versucht, ihn an meiner jüngsten Bewunderung für die nordamerikanischen Romanciers der »verlorenen Generation« teilhaben zu lassen, doch nachdem Mariano die mittelmäßige Übersetzung eines Hemingway-Romans durchgeblättert hatte, erklärte er verächtlich, es handele sich um das Werk eines Bauerntölpels.

Ich nützte seine großzügige Gastfreundschaft aus und lud, zum großen Entzücken Argelias, meine Freundesschar ein. Ich habe nur noch eine recht verworrene Erinnerung an diese Abende mit Musik, Tanz, Liedern und so viel Alkohol, wie man wollte. Lucho hatte der Gastgeberin, die allem Anschein nach darüber erfreut war, Mariano eifersüchtig zu machen, heftig den Hof gemacht und war am Ende so betrunken, daß er sich nicht mehr auf den Beinen halten konnte. Ich begleitete ihn in mein Zimmer und half ihm, sich aufs Bett zu legen. Als ich gehen wollte, hörte ich, wie seine rauhe Stimme meinen Namen rief und mich aufforderte, mich neben ihn zu legen. Selbst heute, nach dreißig Jahren, bin ich mir immer noch nicht der Bedeutung oder der Absicht seiner Worte sicher: war es eine Aufforderung zu einer wirklichen Intimität zwischen uns oder war es, wie ich damals vielleicht irrtümlich glaubte, eine letzte Probe, auf die er mich stellen wollte, um die Wahrheit über mein *seltsames* Verhalten herauszufinden? Doch wenn seine Trunkenheit übertrieben oder vorgetäuscht war, hätte er mir dann nicht öffentlich eine Falle gestellt, um mich vor den andern bloßzustellen? Die Anziehungskraft, die Lucho während meiner alkoholbedingten Verwirrung auf mich ausgeübt hatte, zeigte an jenem Abend, an dem ich nur ein paar Schluck getrunken hatte und nüchtern geblieben war, keine Wirkung: Mr. Hyde tauchte nicht wieder auf. Mit einer Vorsicht oder einem Kleinmut, die ich mir später vorwerfen sollte, tat ich so, als hätte ich nichts gehört und verließ, zwar zufrieden mit mir, aber mit klopfendem Herzen, auf Zehenspitzen das Zimmer. Mein Aufenthalt in Argelias Wohnung dauerte nicht lange: die Folgen der unüberlegten Geschäfte meines Vaters waren einer legalen Lösung nahe, und meine Anwesenheit in Madrid war nicht mehr zwingend. Einige Wochen schlug ich mich noch so gut es ging in Madrid durch, dann nahm ich langsam Abschied von Cote, Hernando Valencia, Ernesto Mejía Sánchez und der Freundesgruppe um Lucho. Die Vorstellung, nach Barcelona zurückzukehren, in das bedrückende Leben und zum Verfall in der Calle Pablo Alcover, deprimierte mich. Doch ich wollte meinen Roman im Lichte meiner neuen Erfahrungen umschreiben und wußte, daß ich dazu erst einmal fern von Madrid sein mußte.

Bewusstsein der Gefahren *und Fallstricke des Schreibens: vergeblicher Versuch, eine Brücke über deine biographische Diskontinuität zu schlagen, einer einfachen Anhäufung von Ruinen einen nachträglichen Zusammenhang beizumessen; den unterirdischen Kanal suchen, der auf irgendeine Weise die chronologische Aufeinanderfolge der Fakten speist, ohne mit Sicherheit zu wissen, ob es sich um die Ausgrabungen eines Archäologen handelt oder um ein funkelnagelneues Werk der Ingenieurwissenschaft: nicht die willkürliche Auslassung als unwichtig erachteter Erinnerungen, sondern Ausarbeitung und Montage der im Bewußtsein gebliebenen. Trügerische Genauigkeit der Einzelheiten, unbewußte Anachronismen, vermeintlich klare Konturen: Aussehen und Gestalt der ersten Frau, mit der du ins Bett gegangen bist, das Transportmittel, das du bei deiner Reise in die Hauptstadt benutzt hast. Nicht nachprüfbare Beschwörungen und Bilder, fehlendes Vertrauen in dein Erinnerungslabor, beunruhigender Mangel an Beweisen. Der Eindruck, mit ungewissem Material zu bauen, die nicht greifbare Wirklichkeit geschickt in den Stoff für ein Buch zu verwandeln. Das, was dir von deiner Vergangenheit bleibt, unter dem verlogenen Vorwand ausräumen, es damit vor der undurchlässigen Dichtheit des Vergessens zu retten. Dein anfänglicher Vorsatz, alles zu sagen, metaphorisch den Hornstoß des Stiers zu akzeptieren, löst sich auf und verliert seine Bedeutung, sobald er den tückischen Gesetzen der schriftlichen oder mündlichen Erzählung unterworfen ist: eine Lebenserfahrung in Stil verwandeln, würde einem naiven Ehrgeiz gleichkommen, der eines Alchimisten würdig wäre. Dein schwieriger, beständiger Kampf mit dem Schreiben hat dir noch nicht das Geheimnis des Steins der Weisen offenbart.*

Während meiner Abwesenheit hatte sich manches verändert: nachdem Luis das Abitur gemacht hatte, studierte er mit der gleichen Lustlosigkeit Jura wie ich und schloß sich bald einer Gruppe intellektuell aktiver Studenten an, die sich eingehend mit Politik beschäftigten; José Agustín schrieb nach seinem in Mahón abgeleisteten Militärdienst an einem Band Gedichte, *El retorno* (Die Rückkehr), mit dem er sich für den Adonais-Preis bewerben wollte; Marta hatte einen etwas undefinierbaren und geheimnisvollen Bräutigam: sein Name, von nicht recht bestimmbarer Herkunft oder Zuordnung, mißfiel meinem wie immer von Fragen der Abstammung besessenen Vater; er sprach von ihm wie von »einem namenlosen Menschen« und verbarg nicht seine Furcht vor einer möglichen jüdischen Abstammung.

Doch die Veränderung war nicht nur familiärer Art: sie erstreckte sich auch auf den Universitätsbereich und die kulturellen Kreise, in denen ich mich bewegte. Mein älterer Bruder, der eine Stelle als juristischer Berater bei einer privaten Wassergesellschaft gefunden hatte, nahm wieder Verbindung zu den Schriftstellern und Intellektuellen um die Zeitschrift *Laye* auf: Sacristán, Castellet, Barral, Gabriel und Juan Ferrater. Diese Zeitschrift hing theoretisch vom Propagandasekretariat der Falange ab und war folglich nicht der Zensur unterworfen. Dank dieser Tatsache und aufgrund der persönlichen Freundschaft einiger Mitarbeiter der Zeitschrift mit dem nominellen Leiter des Sekretariats hatten unsere Freunde das Redaktionskomitee unterwandert und etwas völlig anderes daraus gemacht: ein Forum für Diskussionen, an dem man ohne die sonst notwendigen Vorsichtsmaßregeln in immer deutlicheren Worten die Stagnation, Armut und Unterdrückung des kulturellen Lebens im damaligen Spanien kritisieren konnte. Untersuchungen oder Essays über die poetische Sprache und die erzählerischen Verfahrensweisen des nordamerikanischen Romans wechselten ab mit kurzen, beißenden und vernichtenden Artikeln über die von der offiziellen Presse gelobten Günstlinge und Angeber. Die Schärfe mancher Besprechungen sowie der offenkundige Nonkonformismus, den die Redakteure an den Tag legten, erweckten bald Argwohn und führten zu Schwierigkeiten. Als José Agustín und ich mit jener Gruppe in Berührung kam, die zu den treibenden Kräften von *Laye* gehörte, machte die Zeitschrift bereits eine konfliktreiche Phase durch. Die hier kritisierten Kreise und Persönlichkeiten übten einen von Tag zu Tag größer werdenden Druck aus, um die Einstellung der Zeitschrift durchzusetzen. Ein Journalist, der wegen seiner Angriffe auf die Exilschriftsteller und seiner krankhaften Manie, überall »Rote« zu sehen, zu trauriger Berühmtheit gelangt war, schrieb einige Monate später in einer Zeitung der Falange einen Artikel mit dem Titel »Wir wollen das Natterngezücht nicht länger an unserem Busen nähren«, in dem die kleine Schar schwarzer Schafe regelrecht an den Pranger gestellt wurde. Damit gelang es ihm, nach heftigen Auseinandersetzungen mit dem Leiter des Propagandasekretariats, der indirekt in seine Anschuldigungen verwickelt war, das endgültige Aus für die Zeitschrift zu erreichen. Mein einziger Beitrag für dieses Blatt – eine kritische Besprechung der Romane Guido Piovenes – erschien 1954 in der letzten Nummer. Da sich die Redakteure außerstande sahen, die Gründe für die Einstellung der Zeitschrift offen darzulegen oder diese Tatsache auch nur zu erwähnen, kamen sie auf den Gedanken, eine ganze Seite mit einem schwarzen Trauerrand und dem pikanten Zitat Garcilasos zu versehen: »Ich erleide das, was ich nicht sagen kann.«

Doch ich greife den Ereignissen vor. In jenem Frühjahr dreiundfünfzig bestand die größte intellektuelle Neuigkeit für mich einerseits in der Entdeckung der Politik und andererseits in der Entdeckung des von Castellet vertretenen Objektivismus in der Erzählung. Der Einfluß der Werke Sartres und Claude Edmonde Magnys auf die Romantechnik Dos Passos', Hemingways und Dashiell Hammetts – deutlich spürbar in Castellets Essays aus dem Band *La hora del lector* (Die Stunde des Lesers) und in meinen eigenen, ärmlichen und epigonalen Artikeln aus *Problemas de la novela* (Probleme des Romans) – erreichte uns zur gleichen Zeit wie der Begriff oder besser gesagt das dem Anschein nach unlösbare Dilemma des »Engagements«. Ich schrieb gerade mit meiner unverbesserlichen jugendlichen Eile die endgültige Fassung meines Romans *Juegos de manos* (Die Falschspieler): obgleich ich darin die Atmosphäre und die Erfahrungen meiner Madrider Zeit eingebracht hatte, ließ der Roman immer noch den Einfluß Gides und meiner französischen Lektüre erkennen. Dieser intellektualistische »üble Beigeschmack« und die mißglückten Versuche einer poetischen Schreibweise, die ich mir dann später eine Zeitlang vorwarf, verhinderten jedoch, daß ich in die Substanzlosigkeit einiger jener Werke verfiel, die mir damals als Vorbild dienten. Meine erste Annäherung an die Theorien Lukács' und Sartres mündeten hingegen in Reflexionen, die weniger die Frucht meiner Erfahrungen als Leser und Schriftsteller waren, als vielmehr, wie bei den meisten meiner neuerungssüchtigen Kollegen, ein Zeichen dafür, daß wir zuviel gelesen hatten. Wie Boas, die ungeheuer viel in sich hineinschlingen können, schluckten wir eine nach der andern die heiligen Kühe der neuentdeckten marxistischen Ästhetik und lagen dann da, passiv, stumpf, schwerfällig, und würgten an der ungeheuren Beute. Auch wenn das Ergebnis dieser Fleißarbeiten für einen ausländischen Leser, der direkten Zugang zu den Quellen hatte, an denen wir begierig unsere Ideen und Lehren tranken, ohne große Bedeutung ist, hatten sie in einer provinziellen und geschlossenen Gesellschaft wie der unseren die Funktion, über das, was sich auf der anderen Seite der vom Franco-Regime errichteten Schutzmauer abspielte, zu informieren. Aus der heutigen Sicht erscheint mir das, was ich, wie auch andere spanische Schriftsteller, damals erlebte, als unvermeidlich. Da wir in einer kulturellen Wüste lebten und keinerlei intellektuelle Ausbildung besaßen, blieb es nicht aus, daß wir die Fehler und Irrtümer begingen, die jedem unterlaufen, der, ohne jegliche Unterstützung, seine ersten Schritte macht. Betroffen von der Leere, die wir plötzlich um uns herum entdeckten, schlossen wir uns einem klaren, einleuchtenden, kohärenten Lehrgebäude an, das uns erlaubte, eilig eine Theorie zu entwickeln, die unsere Rückständigkeit erklärte: »Behaviorismus« zunächst, dann »kritischer Realismus«, aus Deutschland oder Frankreich importiert, waren der Tribut, den wir für das intellektuelle Elend der Nachkriegszeit, das wir in unserem wohlmeinenden Eifer ausrotten wollten, zahlen mußten. Wie es bei T. S. Eliot schon heißt, den José Angel Valente in seinem kürzlich erschienenen erhellenden Band zitiert: »Zum Theoretisieren gehört eine ungeheuere Naivität; zum Nicht-Theoretisieren gehört eine ungeheuere Rechtschaffenheit.« Da wir zur Schar der Naiven gehörten, rannten wir offene Türen ein, als wir uns auf einige elementare pragmatische Kriterien einließen. Die Forderung und Ehrlichkeit über den einfältigen Dogmatismus und die opportunistische, manichäische Haltung hinaus wurde erst etliche Jahre später gestellt, als die politische Praxis und die höhnische Hartnäckigkeit der Fakten einige von uns zwang, die Augen zu öffnen.

Meine alte Idee, nach Paris zu fahren, nahm immer konkretere Gestalt an, je weiter ich mit meinem Roman vorankam: um mich auf diesen ersten schüchternen Fluchtversuch vorzubereiten, lernte ich eifrig Französisch und suchte nach Möglichkeiten, mich in dieser Sprache zu üben. Bei den Dichterlesungen im Café Turia hatte ich einen jungen Mann meines Alters kennengelernt, der trotz seiner französischen Herkunft einen britischen Familiennamen hatte: in seiner Villa in der benachbarten Calle de Ganuxer pflegte er Landsleute oder französischsprechende Katalanen zu empfangen, mit denen ich reden und auf diese Weise meinen Akzent und meinen Wortschatz verbessern konnte. Dort hörte ich zum erstenmal Georges Brassens sowie viele Lieder der Piaf mit jener überschwenglichen Begeisterung, die man empfindet, »wenn sich das, was man nicht erwartet hat, der Vorstellung aufdrängt«*. Mit der mir eigenen Hartnäckigkeit, das zu erreichen, was mir in einem bestimmten Augenblick wünschbar erscheint, gab ich nicht eher auf, bis ich die Worte ihrer Chansons verstand. Nachdem ich die Sprache der Romane und Erzählungen Sartres geistig verarbeitet hatte, fühlte ich mich in der Lage, jenen Plan zu verwirklichen, mit dem ich seit meiner Jugend geliebäugelt hatte. Diese geistigen und seelischen Voraussetzungen erklären vielleicht die Tatsache, daß sich mein erster Roman, der später von Maurice Edgard Coindreau großartig ins Französische übersetzt wurde, in dieser Sprache sehr viel besser liest als in dem mangelhaften Spanisch des Originals: als ich ihn vor einigen Jahren für die Herausgabe der bombastischen *Gesammelten Werke* noch einmal durchgehen mußte, gelangte ich durch die ständigen Schwierigkeiten, auf die ich bei der Durchsicht des Textes stieß, zu der Überzeugung, daß es wohl das beste sein würde, das Buch aus der Sprache zurückzuübersetzen, in der es unbewußt gedacht worden war. Meine physische Anwesenheit in Spanien dauerte mit Ausnahme zweier Abstecher nach Paris bis neunzehnhundertsechsundfünfzig. Trotzdem spielten sich mein intellektuelles Leben und meine Phantasien außerhalb von Spanien ab. Ich gab mich nicht mehr mit den aus den Verlagshäusern von Buenos Aires kommenden Übersetzungen ab, sondern las die Werke Prousts, Stendhals oder Laclos' und die anderer ausländischer Autoren ausschließlich auf französisch. Dieser Filter hielt mich jahrelang von der in meiner Sprache geschriebenen Poesie und Prosa fern, mit all den sich daraus ergebenden Folgen. Doch die Literatur ist und bleibt das Reich des Unvorhersehbaren: die Leidenschaft, die ich ihr entgegenbrachte und die ich als einen ausgesprochenen Sprung ins Leere empfand, ließ mich eines Tages aufgrund der gleichen geheimnisvollen Logik, durch die ich in der Sexualität die aggressive Bestätigung meiner Identität finden sollte, den Zauber der spanischen Sprache erkennen.

* Jaime Gil de Biedma: »Elegía y recuerdo de la canción francesa« (Elegie und Erinnerung an das französische Chanson).

BEI MEINEM AUFKOMMENDEN Interesse an der Politik – als Kritik am konservativen, klerikalen und autoritären System verstanden, das Spanien nach dem Sieg der aufständischen Militärs von neunzehnhundertsechsunddreißig auferlegt worden war – spielten nicht nur rein intellektuelle Faktoren eine Rolle. Der Groll auf meine gesellschaftliche Klasse, deren Abstieg und Vergänglichkeit ich am Beispiel meiner eigenen Familie widergespiegelt sah, hatte sich noch verstärkt, seitdem ich voller Bitterkeit hatte feststellen müssen, wie skrupellos und betrügerisch die Leitbilder katholischer und bürgerlicher Tugenden jener Leute waren, die meinen Vater geprellt hatten: Schluß zu machen mit dieser heuchlerischen Gesellschaft, diesem wahren Nährboden der schlimmsten Instinkte der Raubgier, schien mir plötzlich eine moralische Notwendigkeit zu sein. Als mir jemand ein populärwissenschaftliches Lehrbuch über den Marxismus in die Hand drückte, das zur Irreführung eventueller Neugieriger den Umschlag von Ignacio Agustís Roman *Mariona Rebull* trug, war ich beeindruckt, als ich feststellen mußte, daß das darin gezeichnete erbarmungslose Bild vom schonungslosen Konkurrenzkampf und von der barbarischen Ausbeutung durch die Industriebarone jener Zeit Punkt für Punkt mit dem übereinstimmte, was ich selbst hatte beobachten können. So kam zu meinem frühen, heftigen Antiklerikalismus der Haß auf das Bürgertum als Stütze der Kirche: ein Bürgertum, von dem ich damals glaubte, daß es als Opfer seiner eigenen Gewalttaten, Widersprüche und Mißbräuche über kurz oder lang zum Sterben verurteilt sei.

Die kurze, aber fruchtbare Madrider Zeit hatte zum andern meinen sehr beschränkten Horizont erweitert. Der auf Familie und Universität konzentrierte Lebensraum, in dem ich mich gewöhnlich bewegte, bildete im kleinen eine kompakte, gutgegliederte Welt nach, zu der Außenseiter und Fremde keinen Zutritt hatten. Die in den Randbezirken und Vororten Barcelonas herrschende Not und Verwahrlosung waren für mich völlig unwirklich: flüchtige, fast traumhafte Bilder von Holz- und Blechbaracken, zerlumpte Kinder ohne Schuhe, schwangere Frauen, Promiskuität, Schmutz, Kloaken, die ich auf der Fahrt nach Torrentbó vom Zugfenster aus gesehen hatte. Strenge Kontrollen und Sanierungsarbeiten hielten ihre Bewohner von den Gegenden fern, in denen ich verkehrte: ihre ungebetene, irgendwie bedrohliche Gegenwart beunruhigte, und da sie sich dessen bewußt waren, suchten sie bescheiden nach Unsichtbarkeit. Seit meiner Rückkehr aus Madrid sah ich die Dinge völlig anders: weniger gehemmt durch meine Schüchternheit, wollte ich an neuen Orten und Schauplätzen das Experiment meiner nächtlichen Streifzüge wiederholen. Zwar schienen mir die Hütten der Randbezirke schwer erreichbar, doch die wimmelnden, buntscheckigen Mischbezirke, die vom unteren Teil der Ramblas aus sichtbar waren oder von der Straßenbahn der Linie 64, die zu den Stränden und zur alten Landebrücke im Hafen fuhr, machten mir weniger angst. Meinen Plan, mich im dichten, brodelnden Treiben der volkreichen Viertel von Barceloneta und dem Barrio Chino umzutun, dort ein intellektuelles und vitales Stimulans zu finden, das mir die schalen Bezirke, in denen Geschlecht und Phantasie verkümmerten, nicht bieten konnten, setzte ich zunächst allein und tastend, dann, nach meiner Rückkehr aus Paris, zusammen mit meinem Freund Carlos Cortés, der gerade aus der Haft in der Festung Montjuich entlassen worden war, in die Tat um. Niemand war besser geeignet als er, mich in ein Milieu einzuführen, in das keiner meiner früheren Freunde einzudringen wagte: sein Gefängnisaufenthalt unter gewöhnlichen Verbrechern hatte ihn mit diesem Milieu, seinen Bräuchen und seiner Sprache vertraut gemacht. Das direkte Zeugnis einer hermetisch geschlossenen Welt, derjenigen sehr verwandt, die ich später bei Genet finden sollte, erregte mich stark: ich vergesse nicht so leicht seine Beschreibung der Schwulen, die geschminkt und mit Mantilla und Einsteckkamm der Messe beiwohnten, oder des blinden Mädchens, das an den Besuchstagen von seiner Mutter ins Gefängnis mitgenommen wurde, um den Gefangenen für eine Handvoll Münzen einen zu blasen. In meiner völligen Unkenntnis alles dessen, was über die Grenzen meiner sterilen Erziehung hinausging, kannte ich nicht einmal die von ihm benutzten Ausdrücke: Schnallentreiber, Koks, Lötkolben, Rutengänger, Stricher. Mein Freund hatte ein Glossar der Gaunersprache zusammengestellt, das er mir Jahre später großzügig abtrat und dessen ich mich bedenkenlos bediente, als ich *La resaca* (Strandgut) schrieb. Allein oder zusammen mit Carlo kundschaftete ich eingehend die Kneipen und Spelunken der zwischen Conde de Asalto und Atarazanas gelegenen Gäßchen aus: das Criolla, in dem einst der Autor des *Tagebuchs eines Diebes* verkehrte, war zwar verschwunden, doch es gab noch viele andere schmutzstarrende Lokale, die den Ruf jenes Barcelonas rechtfertigten, das sich seit jeher dem homogenen, paternalistischen und faden Ideal seines Kleinbürgertums verweigerte und eine starke Anziehungskraft auf Schriftsteller wie Genet oder Bataille ausübte. Streichholzverkäufer, Schwarzhändler, Krüppel, Rauschgiftdealer, schäbige, kaum beleuchtete Kneipen, Anzeigen für Permanganatwaschungen, Präservativläden, die Galerie der komischen Käuze der Bodega Bohemia, Stundenhotels, Sechspesetenbordelle, der ganze spanische *cour des miracles* spiegelte eine brutale Wirklichkeit wider, die mit einem einzigen Windstoß die Luftblase zum Platzen brachte, die mich umschloß. Die öffentlichen Häuser der Calle Robadors und der Calle Tapias mit ihren üppigen, zuweilen sogar dickleibigen Frauen, die mit gespreizten Beinen und halbnackt in einer Stellung unschuldiger Bestialität versonnen auf den Bänken der Warteräume saßen, zogen mich nicht nur im Namen einer bewußt perversen baudelaireschen Ästhetik an, sondern auch wegen ihrer berührbaren und aufregenden Promiskuität. Seit Madrid hatte ich, wie ich schon sagte, die Zurückhaltung oder Angst vor den Prostituierten verloren: einen geheimen Teil meines

Körpers Lippen, Mündern, Händen anzuvertrauen, die in der Lage waren, mir eine Lust zu verschaffen, die größer war als die meiner einsamen Manipulationen, rechtfertigte auch die wiederholten Besuche. Um das Bild meiner Abenteuer zu vervollständigen, sei noch hinzugefügt, daß ich, um mir nach der kläglichen Episode mit Lucho Klarheit zu verschaffen, meine Angst und meine Verwirrung überwand und damals das Angebot annahm, mit Homosexuellen, die ich in irgendeiner Vorstadtkneipe kennengelernt hatte, ins Bett zu gehen. Doch meine Unbeholfenheit und Gefühlskälte ihnen gegenüber, wie ich sie vermutlich mit einem zimperlichen Mädchen aus gutem Hause ähnlich empfunden hätte, überzeugten mich von der Nutzlosigkeit, meine Bemühungen auf diesem Gebiet fortzusetzen. Mit einer Mischung aus Enttäuschung und Erleichterung – einer Erleichterung, die dennoch ein wenig Traurigkeit einschloß – gab ich mich eine Zeitlang der tröstlichen, betäubenden Vorstellung meiner vermeintlichen »Normalität« hin.

Für die meisten meiner Freunde war meine jahrelange Begeisterung für die verrufenen Viertel unverständlich und sogar schockierend. Monique hat mir immer meine sofortige Anpassung an Situationen und Stätten der Armut vorgeworfen, die für sie ohne den expliziten christlichen oder marxistischen Vorsatz, Abhilfe zu schaffen, unerträglich wären. Ihr Vorwurf ist bis zu einem gewissen Punkt berechtigt, und ich werde an anderer Stelle darauf zurückkommen. Doch dieses vorläufige, egoistische Sich-Abfinden mit einer von anderen als bedrückend und ungerecht erlebten Wirklichkeit, die zum Teil meiner unstillbaren Neugier für das Andersartige, das Nichtassimilierbare und Fremde zuzuschreiben ist – der zugleich literarischen und politischen Neugier eines Zeitzeugen –, schließt indes auch Elemente persönlicher Aufrichtigkeit mit ein, die über mein Interesse am angeblich Vulgären oder Pittoresken hinausgehen. Wenn Jaime Gil de Biedma 1955 in seinem *Diario* einen gemeinsamen Bummel in Begleitung eines betrunkenen, zigeunerhaften und unheimlichen Schuhputzers oder Ex-Legionärs erwähnt, wobei er ausdrücklich auf meinen »übertriebenen Ruchlosigkeitsfimmel« hinweist, übersieht er dabei eine wesentliche Tatsache: meine Sexualität – ausgenommen einige wenige Frauen – spielte sich nie in einem bürgerlichen oder wohlanständigen Rahmen ab. Wie ich ihm einmal im Auto sagte, in dem wir vor seinem Haus bis in den frühen Morgen schwatzend sitzen geblieben waren, fühlte ich mich in keiner Weise von Schriftstellern, Intellektuellen oder ganz einfach von gebildeten Leuten mit Krawatte angezogen. Meine Phantasien eines Nomaden betrafen damals eine Welt, die es in Spanien nicht gab: da mir das kulturelle und physische Vorbild des Körpers fehlte, der Jahre später ganz natürlich bei mir die Oberhand gewann, lief ich unter dem Einfluß des Alkohols hinter einem traurigen, verkommenen Schatten her, im voraus schon ahnend, daß Enttäuschung, Bitterkeit und Fehlschlag darauf folgen würden. Dieses durch Hasch und Branntwein zustande gekommene Trugbild einer Beziehung ging nie über eine einfache Tändelei hinaus. Doch selbst noch in solchen depressiven und für mich demütigenden Augenblicken habe ich nie versucht, mich über mich selbst zu täuschen und scheinheilig die Ebenen zu vermischen. Der Grund für meine Streifzüge durch die Straßen des Barrio Chino war nicht allein die Befriedigung des Geschlechtstriebs. Das städtische Ambiente, in dem ich auf Beute ging, und seine schöpferische Phantasmagorie belebten meine Sicht der Dinge, öffneten mich für neue, verästelte Realitätspartikel.

Die wenige Zeit, die mir die Arbeit an meinem Roman ließ, nutzte ich in jenem Sommer zu einem fruchtbaren Umherstreunen in den Hafenkneipen und im Distrito Quinto. Mein Manuskript war fast fertig, und im September ließ ich es abtippen. Einen Paß zu bekommen, der mir bis dahin wie der Heldin des Romans *Der Konsul* von Menotti entschieden verweigert worden war, war seit kurzem nur noch eine Frage der Geduld: während ich die getippten Seiten meines Buches *Die Falschspieler* korrigierte, füllte ich wieder Anträge aus und erledigte die notwendigen Formalitäten. Als ich den Paß schließlich bekam, lieferte ich den Roman innerhalb der für die Teilnahme am Nadal-Preis festgesetzten Frist im Sekretariat des Verlags Destino ab. Mein Vater hatte sich mit dem Gedanken an meine Abreise nach Paris abgefunden, schrieb Empfehlungsschreiben für entfernte Verwandte, warnte mich vor den Versuchungen und Gefahren der Großstadt: Die Französinnen sind sehr unmoralisch, mein Junge; man muß einen eisernen Willen haben, um ihnen zu widerstehen. Mit einer kleinen Summe vom Großvater – dessen einzige Einnahmequelle sich seit dem Finanzdebakel auf sein Ruhestandsgehalt als Abgeordneter beschränkte – und den Einkünften aus dem Verkauf meiner Bücher – der von der Zensur verbotenen und in Argentinien gedruckten Romane – fuhr ich im Oktober nach Paris, um dort, aus der Ferne, auf das günstige oder ungünstige Ergebnis meines ersten Abstechers in die Literatur zu warten.

Im Zug die Grenze zu überqueren sollte für dich jahrelang eine bedrückende und keine erregende Erfahrung sein: der dumpfe, aber hartnäckige Eindruck, durch eifersüchtig überwachtes Niemandsland zu fahren, wurde immer stärker, je mehr Fahrgäste den Zug verließen, der nun Figueras hinter sich ließ, während Beamte in Zivil eingehend die Pässe kontrollierten, die Landschaft traurig und wüst wurde, die Mauern zerfielen, die Gebäude um Port Bou ein düsteres, bedrohliches Aussehen bekamen und selbst der Bahnhof zu einem baufälligen, ungastlichen Ort mit eindeutiger Kasernenhofatmosphäre wurde. Die Spuren der unmittelbaren Vergangenheit waren hier immer noch vorhanden: Drahtverhaue, Schilderhäuschen, Bunker, Sicherheitskordon, Angst vor möglichem Eindringen von Partisanen, Allgegenwart der Polizei – graue Feldmützen, Tressen und Litzen, Dreispitze –, unheilverkündende Büros, Flure mit Bänken zum Warten: der Raum vielleicht, in dem am sechsundzwanzigsten September neunzehnhundertvierzig eine Gruppe heimatloser Flüchtlinge, Frauen und Männer, stundenlang den gleichgültigen Beamten weinend angefleht hatten, der sich, bequem hinter seinem Schreibtisch sitzend, routinemäßig auf den Text einer Verordnung berief, der ihnen die Einreise nach Spanien untersagte, auf seine Pflicht hinwies, sie unter Bewachung an die Grenze zurückbringen zu lassen, wo sie in einem Lager interniert und ausgerechnet ihren Henkern ausgeliefert werden würden, vor denen sie geflohen waren: genau das, was er, der zur Gruppe gehörende Mann mit dem Aussehen eines jüdischen und wegen seiner Brille ein wenig trotzkistisch wirkenden Intellektuellen schon seit Jahren vorausgesehen hatte: besser dem Spiel hier ein Ende setzen, die nächtliche Rast nutzen und die *sorgfältig für diesen Fall aufbewahrte Dosis Morphium schlukken; obgleich du nichts von ihm wußtest und niemand damals das Grab des Vaterlandslosen mit Blumen schmückte, blieb dennoch, wie du heute glaubst, ein Rest des vergangenen Entsetzens – vergleichbar dem schalen Geruch, der im gelüfteten Zimmer eines Toten zurückbleibt, nachdem man ihm Schuhe, Krawatte, Hut abgenommen, jenen Wundersaft, von dem er sich Heilung erhoffte, weggeräumt, all die verblaßten, pathetischen Zeichen entfernt hat, die seine Identität ausmachten – in dem düsteren Bahnhof des Dorfes zurück, das allem Anschein nach verlassen und menschenleer war und wo du ungeduldig mit deinem Koffer auf die Ausreise aus Spanien wartetest.*

Mit dem Brief meines Vaters in der Tasche war ich aus der Metrostation gekommen, auf der Suche nach dem Boulevard Beauséjour, wo meine Verwandten aus der Familie Gil Moreno de Mora seit ihrer Kindheit wohnten: eine schöne Villa, wie es viele in dieser Gegend gab, eingehüllt in ein Geflecht aus Moos, gelblichen Roßkastanien, kleinen, undurchsichtigen Vorhängen, wattierter Stille, diskreter Greisenhaftigkeit. Die Hausglocke fast tonlos, als sei sie angesteckt von der herrschenden Anämie, hatte im oberen Stockwerk eine gewisse Unruhe hervorgerufen: Minuten danach öffnete eine der Tanten, alt, klein, schwarzgekleidet, die Tür, und nachdem sie sich erkundigt hatte, wer ich sei, begleitete sie mich über eine mit Teppichen ausgelegte Treppe in ihr Wohnzimmer mit den gespenstischen, von weißen Überzügen bedeckten Möbeln. Sie hatte gerade ihre Schwester besucht, eine Nonne, die in einem Kloster des Viertels lebte, in dem sie selbst täglich ihre Gebete verrichtete. Sie fragte nach meinem Vater, nach seiner schwachen Gesundheit, der armen Julia, nach meinen Plänen und Studien, nach dem Grund meiner Reise. Mit einem Bleistift hatte sie sich sorgfältig meinen Namen und den meiner Geschwister aufgeschrieben: in ihrem Alter mußte sie alles in ihr Heft eintragen, um es nicht zu vergessen, vielleicht wollte sie uns, wie ich später vermutete, nacheinander in ihre Rosenkranz- und Bittgebete einschließen, die reich waren an Ablässen und anderen geistigen Vergünstigungen. Dies war mein erster und einziger Besuch in ihrem Haus, ich kehrte nie wieder in das Villenviertel zurück, in dem sie wohnte. Fünfzehn Jahre später schickten meine Tanten, hoch in den Achtzigern und eine von ihnen an Krebs erkrankt, einen ihrer Neffen nach Italien, um den berühmten und charismatischen Pater Pio zu fragen, ob sie im Falle einer Invasion des kommunistischen Chinas in Paris sicherer seien oder in Spanien: die Antwort des Orakels begünstigte den Wunsch der Familie, sie wieder auf der Iberischen Halbinsel zu sehen, wo sie, wie ich glaube, kurz nach ihrer Ankunft erleichtert und in der beruhigenden Gewißheit starben, den Schrecken und Grausamkeiten der asiatischen Horden entgangen zu sein.

Außer dieser anachronistischen Verwandtschaft und zweier französischer Mädchen, die in Spanien studiert hatten, war die einzige Person, die ich bei meiner Ankunft kannte, ein Kommilitone José Agustíns, der ebenfalls von der Jesuitenschule geflogen war und mit dessen Familie wir seit der Heirat einer seiner Schwestern mit meinem Onkel Josep Calsamiglia in Verbindung geblieben waren. Alberto Blancafort studierte Kompositionstechnik, wollte Orchesterdirigent werden und lebte zusammen mit einer jungen Schwedin in irgendeinem kleinen Hotel oder einer Dachkammer im Quartier latin. Durch ihn lernte ich die Werke einer Reihe von Komponisten kennen, die ich mir seitdem ständig anhöre: er spielte auf dem Klavier die *Gnosiennes* und *Gymnopédies* von Eric Satie und las mit großem Eifer immer wieder die Partituren von Milhaud, Poulenc, Béla Bartók. Alberto verkehrte mit einer Gruppe katalanischer Musiker, Künstler und Schriftsteller, die seit vielen Jahren in Paris ansässig waren. Mit einigen von ihnen freundete ich mich bald an. Da er ahnte, daß mir meine geringen Mittel nicht lange erlauben würden, in dem Hotel zu wohnen, in dem er mich untergebracht hatte, bot er sich sofort an, eine Unterkunft für mich zu suchen. Er kannte, wie er sagte, eine alte Dame aus dem siebten Arrondissement, die für eine bescheidene Summe Zimmer an Studenten vermietete: er selber hatte bei ihr gewohnt, bevor er mit seiner Freundin zusammenzog, und konnte mich bei ihr einführen.

Die Wohnung von Mademoiselle De Vitto lag im Erdgeschoß in einer ruhigen Sackgasse, die auf die Rue de Varenne ging: ihre Besitzerin, oder genauer ihre Mieterin, war eine große, steife, schnurrbärtige, mit einer gewissen Nachlässigkeit gekleidete Frau von wunderlichem, kriegerischem Aussehen, vor allem wenn sie ihre extravaganten, an einen verkleideten Bersagliere oder an einen Offizier von Garibaldis Freiwilligentruppe erinnernden Hut trug. In einer weit zurückliegenden Zeit des Ruhms und des Glanzes, an die sie sich wehmütig erinnerte, vor allem, wenn sie sie mit den augenblicklichen Schwierigkeiten verglich, war sie Diseuse oder Sängerin gewesen. Vergilbte Diplome, alte, gedruckte Einladungen zu irgendeinem ihrer Konzertabende, das verschwommene Foto einer denkwürdigen Abendveranstaltung zu Ehren der Kriegsverwundeten, bei der, je nach den immer reicher ausgeschmückten, aufeinanderfolgenden Versionen, Clemenceau oder Pershing den Vorsitz geführt hatte, zierten die verstaubten Tapeten oder lagen auf den mit Figürchen, Blumenvasen und Krimskrams bedeckten Regalen, Konsolen oder einbeinigen Tischchen. Mehrere Katzen bewegten sich geschmeidig in diesem melancholischen Dekor und hockten manchmal mit jener emblematischen, haarsträubenden Ausstrahlung, wie man sie auf alten Bildern über Schwarze Magie oder auf Illustrationen von Hexen sieht, auf der Schulter ihrer Herrin, ihren Liebkosungen und Küssen gegenüber völlig gleichgültig. Mademoiselle De Vitto fand sich nicht mit ihrer bescheidenen Funktion als Untermieterin ab: die Gäste, die sie in ihrer Wohnung aufnahm, mußten ihre Liebe zur Musik teilen, eine verfeinerte Sensibilität für die Künste besitzen, sich andächtig das Repertoire ihrer vergangenen Triumphe anhören. Nach außen hin hatte sie nicht untervermietet, sondern erteilte angeblich Gesangs- und Musikunterricht: oft räusperte sie sich, bevor sie leise die ersten Takte einer berühmten Arie vor sich hin sang oder die Finger leicht über die Tasten des Klaviers eilen ließ. Die Kunst, die große Kunst, der sich einst Männer und Frauen von Geist widmeten, war so gut wie ausgestorben: »*Regardez autour de vous, mes pauvres amis, il n'y a rien, mais absolument rien.*« – Sehen Sie sich um, meine armen Freunde, es gibt nichts mehr, rein gar nichts mehr. Alberto und ich pflichteten ihr mit einem Kopfnicken bei, während sie sich, eingehüllt in die Beschwörung ihrer vergangenen Herrlichkeit, dazu herabließ, mit einer plötzlich rauh gewordenen Stimme und einem nervösen Zucken der Wangen, das ihre Ungeduld und ihre Gier verriet, mit uns über den Pensionspreis zu reden. Nachdem ich bei ihr eingezogen war, hielt ich mich an die Spielregeln einer täglichen Konversation, allein mit ihr oder in Gesellschaft eines anderen Pensionsgastes, eines zarten und ätherischen uruguayanischen Pianisten, bis dann Alberto kam, um mich in eine jener Kneipen in Saint-Germain oder im Quartier latin mitzunehmen, wo er sich gewöhnlich mit seinen Freunden traf. Kurz nach meiner Ankunft gab mir mein Freund die Adresse des heute nicht mehr existierenden Foyer de Sainte Geneviève in der Nähe des Pantheons, wo man, ohne einen Studentenausweis vorzeigen zu müssen, den ich nicht hatte, zum gleichen Preis zu Mittag essen konnte wie in den Universitätsrestaurants. Dort machte er mich eines Tages, als wir mit unserem Tablett in der Hand Schlange standen, mit dem katalanischen Dichter Palau Fabre bekannt, der bereits seit vielen Jahren im Exil lebte, sowie mit dessen Freund, dem Schauspieler Sacha Pitoeff, und mit seiner argentinischen Frau. Palau Fabre, dessen tiefsitzende antibürgerliche Haltung und nationalistische Unversöhnlichkeit mich an meinem Großonkel Ramón Vives erinnerte, hatte alle Verbindungen zu seiner wohlhabenden Familie abgebrochen; er führte lieber ein schwieriges, aber freies Leben in Paris, als ein Regime wie das Francos erdulden zu müssen, der, zu allem anderen, was ihn auch mir verhaßt machte, hartnäckig und verbissen die katalanische Kultur und Sprache unterdrückte. Des Dichters ethische Haltung, die sich in der Strenge und Bescheidenheit seines alltäglichen Lebens widerspiegelte, erfüllte mich mit Bewunderung. Die Heftigkeit seiner Poesie, die den unverwechselbaren Stempel Rimbauds trug, half mir, das Drama und die Frustration jenes entfernten rebellischen Onkels zu verstehen, der in der eigenen Verwandtschaft verhaßt und verkannt war. Palau Fabre, der Artaud noch vor seiner Einweisung in die Irrenanstalt kennengelernt hatte, war ein begeisterter Anhänger von dessen Werk. Ich erinnere mich, daß er mich einmal in seine winzige Dachkammer auf der Île Saint-Louis mitnahm und mir einige Texte vorlas. Da ich noch nicht in meiner sterilen marxistischen Phase war – Karl Marx, *éternel voleur d'energies*, hatte Rimbaud ein Jahrhundert zuvor geschrieben –, bewegten mich seine Texte zutiefst. Palau Fabre war eine originelle Figur, eine Art Freischärler in einem Kulturpanorama, das immer mehr dazu neigte, sich zu politisieren. Als ich mich 1956 endgültig in Paris niederließ, bedeuteten Artaud, Bataille, Breton diesem jungen, vom Marxismus geprägten Spanier, der ich war, zudem Anhänger des sartreschen Engagements, nichts oder sehr wenig. Meine Freundschaft mit Palau hätte mir damals die Gelegenheit verschaffen können, mit den Werken einiger Autoren Bekanntschaft zu machen, die ich, endlich von meinen ideologischen Scheuklappen befreit, erst acht Jahre später entdecken sollte; doch die Kürze unserer Beziehung, unterbrochen durch meine zwischenzeitliche Rückkehr nach Spanien, verhinderte diese einzigartige Gelegenheit, den Weg abzukürzen, der mich zur Eroberung eines persönlichen und verantwortungsvollen Stils geführt hätte.

Die anderen Freunde Albertos pflegten sich entweder bei Dupont am Boulevard Saint-Michel oder im Mabillon beziehungsweise im Old Navy in Saint-Germain-des-Prés zu verabreden. Im Old Navy traf sich am späten Nachmittag eine Gruppe mehr oder weniger angeberischer Schriftsteller und Künstler, deren grandioses Werk, immer wieder in der Kneipe angekündigt, nie zustande kam: ein italienischer Poet, schön wie ein Gemälde von Botticelli, ein Dramatiker, Autor eines Stücks, das im Théâtre de la Huchette aufgeführt werden sollte, ein Operettenbaske, der aussah wie Luis Mariano und von dem es hieß, er sei der Liebhaber der Tochter eines großen Verlegers, derentwegen er sich eines Tages unter hysterischem Schluchzen die Pulsadern aufzuschneiden versuchte. Der unbestrittene Star im Mabillon war El Campesino: der Ex-General des republikanischen Heeres erlebte auf einer der hinteren Bänke, umgeben von einem kleinen Kern von Getreuen, Argentinier oder Chilenen, täglich von neuem die heroischen Augenblicke des Bürgerkriegs, oder er spielte mit einem großen Aufgebot an Gebärden und Gesten die Szene seines Bruchs mit Stalin nach. Später, nachdem wir zusammen ein Sandwich oder eine Wurst mit Pommes frites gegessen hatten, ging Alberto Blancafort manchmal mit mir in ein Lokal in der Rue des Canettes, in das sich die einer Karikatur gleichenden Überlebenden der existentialistischen Fauna flüchteten: dort behauptete eine junge, ernste, feierliche Frau, ganz in Schwarz gekleidet und übertrieben geschminkt, als sei ihr Gesicht eine Maske, sie lebe in einem feuchten Keller voller Ratten, und sie forderte die Mutigsten auf, nachts auf einem Friedhof mit ihr zu schlafen. Das Pouilly war gerammelt voll mit Neugierigen, Drogensüchtigen, Betrunkenen. Die Gäste trugen ihre Kontroversen oft mit Fausthieben aus, und die Ankunft der grünen Minna schlug alle in die Flucht. Einem Provinzler wie mir bot dieses Bohemeleben in den Kneipen ständig Überraschungen. Den ersten spanischen Kommunisten aus Fleisch und Blut lernte ich auf der Terrasse des Old Navy kennen, wo er seine Abende mit der Lektüre der *Humanité* verbrachte, voller Bewunderung seinen Nachbarn die Kommentare oder Reden irgendeines führenden französischen oder sowjetischen Genossen übersetzte, die er später mit dem Bleistift unterstrich, als wolle er die großen Linien ihres Denkens und die Notwendigkeit, in Ruhe auf sie zurückzukommen, besonders hervorheben. Die Lust, von dieser verbotenen Frucht zu kosten, führte dazu, daß ich eines Abends zusammen mit einem Freund Albertos, einem norwegischen Journalisten, einer kommunistischen Versammlung beiwohnte, die, wenn ich mich recht erinnere, von Auguste Lecœur geleitet wurde, kurz vor seinem Parteiausschluß: die spektakuläre Zurschaustellung von Fahnen und die von Lautsprechern übertragenen Hymnen – die den falangistischen oder patriotischen Bekenntnisfeiern meiner Kindheit so ähnlich waren –, die Schrillheit der Parolen, der disziplinierte Rhythmus des Applauses kühlten sogleich meine Begeisterung ab: eine ähnliche Reaktion – ebenfalls die Folge meiner frühen Erfahrung, unter umgekehrten Vorzeichen, mit der Kunst, die Massen zu manipulieren – sollte sich in Kuba während der großen Revolutionsfeiern wiederholen. Meine Antipathie gegenüber dieser Art von Versammlungen, die sich im Lauf der Zeit und mit dem Verlust meiner politischen Unschuld noch steigerte, zeigte sich sehr bald schon, und zwar unabhängig von den wechselvollen Erlebnissen meines aktiven Kampfes und meiner Ideologie. Wenn die Freunde oder Bekannten aus jener Zeit, in der ich ein Weggefährte der Partei gewesen bin, mich gezwungen hätten, an diesen rituellen Handlungen und Versammlungen teilzunehmen, hätte meine etwas reservierte Zusammenarbeit mit ihnen mit Sicherheit nicht lange gedauert: die Siegesparaden, die ich mir zusammen mit meinem Vater und meinen Geschwistern vom Balkon seines Büros in der ABDECA aus angesehen hatte, hatten mich nachträglich von der Demagogie geheilt und ein gesundes Mißtrauen in mir geweckt, was die Ehrlichkeit und die leidenschaftliche Zustimmung des Volkes angeht.

Geblendet von dem Glanz von Paris – was in meiner Lage nur allzu verständlich war –, beschränkte ich meine touristischen Streifzüge auf die traditionell intellektuellen Viertel, die Denkmäler und Museen. Der Wunsch, über alles informiert zu sein, alles zu sehen, zu lesen, zu tun, was mir in Spanien nicht möglich war, führte mich von den antiquarischen Buchhandlungen des Quartier latin und den Bouquinisten an den Seineufern zu der winzigen Cinémathèque in der Rue de Messine, wo ich mir alle Retrospektiven ansah, die Filme Pudowkins und Eisensteins, die französischen Streifen aus der Vorkriegszeit, eine Auswahl der italienischen Filme des Neorealismus. Ich entdeckte gleichzeitig Beckett und die Impressionisten, Genet und Prévert, Schönberg und die ersten Stücke Ionescos. Nie habe ich mich so glücklich gefühlt wie in jenen Wochen, in denen ich, manchmal mit leerem Magen und dem Kopf voller Pläne, stundenlang durch die Straßen lief, um mit der Stadt vertraut zu werden. Ein starker Wunsch, mich Frankreich anzupassen, seine Kultur und seine Sprache in mich aufzunehmen, drängte mich, an meiner Aussprache zu feilen, das Stigma meiner ausländischen Herkunft zu tilgen. Wenn ich mein nachlässiges und undurchsichtiges Französisch von heute – großenteils das Ergebnis einer instinktiven Verteidigung des Spanischen gegen die tägliche, anhaltende Einkreisung durch andere Sprachen – mit dem vergleiche, mit dem ich damals in meinen Gesprächen mit den Einheimischen zu protzen versuchte, komme ich zu der traurigen Einsicht, daß es genau die Zeit war, in der ich die französische Sprache am besten und vollkommensten beherrschte, und daß ich, statt weiter Fortschritte zu machen, wie ein Krebs rückwärts gegangen bin. Der Eifer, den ich als Zwanzigjähriger daransetzte, mir Wortschatz und Akzent einer fremden Sprache anzueignen, kehrte in Abständen auch bei anderen Gelegenheiten und zu anderen Zeiten meines Lebens wieder. Der Hörgenuß, den ich beim Erlernen einer neuen Sprache hatte, die plötzliche Beherrschung des Fremden und Neuen sind vielleicht eine Erklärung für dieses Lustgefühl, auch für die Tatsache, daß der nichtkodifizierte und sich ständig ändernde maghrebinische Dialekt heute immer wieder mein Verlangen weckt, ihn mir anzueignen, ihn zu beherrschen, während die anderen, früher erlernten Sprachen nach und nach in der Rumpelkammer der Gewohnheit und des Bekannten verkümmern. Zu verschiedenen Zeiten meines Lebens nahm ich gierig das Französische und das amerikanische Englisch auf, um mich dann, mit etwa Vierzig, an die späte Erlernung des Arabischen zu machen. Die spanische Sprache, fast ausschließlich zum literarischen Arbeitsinstrument geworden, eroberte sich umgekehrt einen einzigartigen Status: sie wurde zum Feind, mit dem ich einen erbitterten Nahkampf ausfocht, dessen stürmische Unerbittlichkeit seit der *Rückforderung des Conde Don Julián* das Zeichen leidenschaftlicher Liebe trug.

Nach einigen Wochen ging der Geldbetrag, den ich aus Spanien mitgebracht hatte, auf geradezu beunruhigende Weise zur Neige. Um meinen Aufenthalt in Paris bis zum Januar verlängern zu können, beschloß ich, das tägliche Essen auf das Mittagessen im Foyer de Sainte Geneviève zu beschränken. Abends ging ich ohne etwas zu essen ins Bett, falls ich nicht von einem Freund oder einem Bekannten zu einem Sandwich eingeladen wurde, oder ich begnügte mich mit ein paar Keksen. Ein Foto aus dieser Zeit zeigt mich mager, fast abgezehrt, im Mantel eines Jugendlichen aus gutem Hause steckend. Es wurde aufgenommen an dem Tag, als zwei kolumbianische Freunde aus dem Colegio

Guadalupe nach Paris kamen und mich zu einem für meine Begriffe pantagruelischen Bankett einluden. Einige Freunde Albertos sammelten Altpapier, Lumpen und liegengelassene Gegenstände für einen Trödler aus der Rue Saint-Jacques. Es war keine allzu schwere Arbeit, und der Verdienst hätte genügt, meinen Lebensunterhalt zu sichern, doch als Sohn aus guter Familie, als der ich mich fühlte, dazu träge und willensschwach, lehnte ich es umgehend ab, mir diese studentische Möglichkeit des Broterwerbs, die von den andern als Glücksfall angesehen wurde, zunutze zu machen. Vor die Qual der Wahl gestellt, zog ich es vor, meinen Gürtel ein Loch enger zu schnallen und als sparsamer, vorausschauender Mensch, der es gelernt hat, seit dem Frühstück ein mit Senf beschmiertes Stück Brot in seiner Tasche aufzubewahren, früh zu Bett zu gehen.

Mein langsamer körperlicher Verfall beunruhigte Mademoiselle De Vitto: da sie den Grund für meine Magerkeit erriet, versuchte sie, mich nach meinen finanziellen Verhältnissen auszuhorchen, um sich auf mein eventuelles Verschwinden von der Liste ihrer »Schüler« einzustellen. Erwartete ich etwa einen Scheck von meiner Familie? Hatte ich die Hoffnung, daß mir ein Stipendium gewährt wurde? Wenn sie mir die Post gab, blieb sie immer mit einer ihrer Katzen auf der Schulter vor mir stehen und forderte mich stumm auf, den Brief zu öffnen. Da ich der Erpessung nicht nachgab und mich in mein Zimmer einschloß, um meine Post zu lesen, lauerte sie auf den Augenblick, in dem ich das Haus verließ, um mich zu fragen, ob es eine angenehme Überraschung gebe oder ob die Nachrichten auch wirklich gut seien. Entmutigt und auch ein wenig verärgert über meine Ausflüchte, räusperte sich Mademoiselle De Vitto und erinnerte mich daran, daß ich die Miete noch vor Ende des Monats zu zahlen hätte, wenn ich meine angebliche Lehre bei ihr fortsetzen wolle.

Anfang Dezember hatte ich einen Brief von Castellet erhalten, in dem er mir seine Absicht ankündigte, für vierzehn Tage nach Paris zu kommen, und mich bat, bei der Suche nach einem Quartier behilflich zu sein. Ich gab seinen Auftrag an Mademoiselle De Vitto weiter, die nicht nur über den erbärmlichen Zustand meiner Finanzen, sondern auch über die dramatische Fahnenflucht eines anderen ihrer Pensionsgäste besorgt war und die Nachricht wie einen Segen aufnahm. Sie wollte alles über diesen *Signor* Castelletto wissen: über seine Familie, seine Erziehung, seine künstlerischen Vorlieben, seine finanziellen Mittel. Meine Antworten schienen sie zufriedenzustellen, und seine Ankunft wurde sehnsüchtig erwartet. Ich erinnere mich, daß der Besuch eines der Angeber aus dem Old Navy, der sich als Chefarzt der chirurgischen Abteilung des amerikanischen Krankenhauses von Neuilly ausgab, meine Pensionswirtin sehr beeindruckte. Für einige Stunden war sie überzeugt davon, es mit einer der großen Kapazitäten der Ärzteschaft zu tun zu haben, der, da wohlhabend und einflußreich, mir gegenüber die natürliche Rolle eines Ratgebers und Mäzens spiele. Nachdem sich der tolle Knochenflicker in Luft aufgelöst hatte, sollte Castellet für kurze Zeit die ideale Persönlichkeit ihrer Träume werden. Als er sich schließlich vorstellte, empfing ihn Mademoiselle De Vitto mit offenen Armen: das ernste und distinguierte Äußere meines Freundes erfüllte ihre Erwartungen in jeder Hinsicht. Mit seiner Hilfe konnte ich die Miete bezahlen, die ich ihr schuldete, und, während ich Castellet als Fremdenführer und Berater auf dem Gebiet der Bücher, Filme und Theaterstücke diente, auf die Entscheidung der Jury für den Nadal-Preis warten. Castellet kannte einen katalanischen Kunstkritiker, der mir in der Nacht auf den Dreikönigstag sein altes Rundfunkgerät lieh. Eine ganze Weile suchten wir vergeblich die Wellenlänge von Radio Barcelona, das das Ergebnis der Abstimmungen direkt übertragen sollte: wir bekamen den Sender erst in dem Augenblick herein, als mitgeteilt wurde, daß mein Roman, der Favorit bei den Wetten des bei dem Diner anwesenden Publikums, wie der Sprecher erklärte, gerade beim vorletzten Durchgang ausgeschieden war. Der Preis wurde Minuten später dem Werk einer Unbekannten zuerkannt, von der wenige Monate nach der Veröffentlichung des Buches niemand mehr etwas hörte.

Einige Tage vor meiner Rückkehr informierten mich Luis und José Agustín brieflich über das Vorgefallene: gleich zu Beginn der Abstimmung war im Publikum das Gerücht aufgekommen, mein Werk sei »links« und »vorrevolutionär«, eine Tatsache, die allein schon genügte, um seine Disqualifizierung zu erklären. Zu Hause hatten alle am Rundfunk den Ablauf der Preisverleihung verfolgt: Eulalia »weinte wie ein Schloßhund« und war wütend auf die Gewinnerin; mein Vater und der Großvater, für einen Augenblick miteinander versöhnt, hatten die Nachricht enttäuscht und niedergeschlagen aufgenommen.

Kaum in Barcelona zurück, lief ich ungeduldig und voller Hoffnung zu meinem Verleger, der mich ohne Umschweife an die Realität mit ihren Einschränkungen und Grenzen erinnerte. Das Buch interessiere ihn, wie er mir sagte, doch unter den augenblicklichen Umständen scheine ihm eine Veröffentlichung so gut wie unmöglich. Da seine Beziehungen zu dem damals allmächtigen Generaldirektor des Pressewesens zur Zeit nicht die allerbesten waren, wäre es, wie er noch sagte, nicht nur sinnlos, das Buch der Zensur vorzulegen, sondern es bestehe sogar die Gefahr, genau das Gegenteil damit zu erreichen. Das allerbeste für mich wäre es, einen hochgestellten Gönner zu haben, dessen Dienste ich in Anspruch nehmen könnte: sobald mein Roman die Billigung Juan Aparicios oder sogar des Ministers gefunden hätte, würde er es in seine Reihe aufnehmen.

Da ich keinen einflußreichen Freund oder Gönner im Ministerium hatte, suchte ich Dionisio Ridruejo auf, den ich zwar nicht persönlich kannte, der aber im Ruf der Rechtschaffenheit und der Unabhängigkeit stand, was ihn grundsätzlich zu einem idealen Vermittler machte. Obwohl Ridruejo bereits seit Jahren außerhalb des politischen Systems lebte, hatte er dennoch nicht völlig mit ihm gebrochen und war mit einer Reihe seiner ehemaligen Waffengefährten in Verbindung geblieben. Damals leitete er in Madrid eine private Rundfunkstation, und dort empfing er mich herzlich, als ich mich mit dem Manuskript meines Romans in seinem Büro einfand. Er versprach mir, es zu lesen, um sich eine Meinung darüber zu bilden und es gegebenenfalls gegenüber dem Minister verteidigen zu können. Einige Wochen später erzählte mir Ridruejo lächelnd, nachdem er zuvor einige rein literarische Bedenken gegen mein Buch vorgebracht hatte, von seinem Gespräch mit Arias Salgado. Der Minister für Information und Tourismus, der bekannt war für seine Theorie, wonach Spanien, dank seiner besonnenen Führung, das Land mit der geringsten Anzahl zu ewigen Höllenqualen Verdammter sei, hatte meinem Fürsprecher seine höchst bemerkenswerten Kriterien bezüglich des Themas dargelegt: ihnen zufolge war ein Roman nur dann veröffentlichungswürdig, »wenn Mann und Frau, in einer rechtmäßig geschlossenen Ehe, einander das Buch, ohne zu erröten und vor allem, wie er betonte, ohne ›*sich dabei zu erregen*‹ vorlesen könnten«. Ich weiß nicht, ob das gegenseitige Vorlesen meines Romans *Die Falschspieler* beim Ministerpaar Schamröte oder Erregung verursacht hat oder ob Arias Salgado, von seinen vielfältigen und verdienstvollen Beschäftigungen voll in Anspruch genommen, überhaupt die Muße oder Neugier hatte, darin herumzublättern, sicher ist jedenfalls, daß das Manuskript trotz Ridruejos Fürsprache noch mehrere Monate im Ministerium liegenblieb und dort wahrscheinlich bis zur Beseitigung des Regimes in ferner Zukunft weitergeschlummert hätte, wenn es in der Zwischenzeit nicht zu einer neuen und direkteren Vermittlung gekommen wäre.

Auf Fernando Gutiérrez' Rat hin hatte ich José Manuel Lara mein Problem vorgetragen. Der Verleger des Hauses Planeta befand sich dank seiner bekannten Sympathien für die Person und das Werk Francos in einer besseren Position als Ridruejo, um mein Buch wirksam zu unterstützen. Nachdem er von Gutiérrez erfahren hatte, daß ich an einem anderen Roman schrieb, machte er sich gegen das mündliche Versprechen, ihn als erstem das Manuskript von *Duelo en el paraíso* (Trauer im Paradies) vorzulegen, anheischig, sich für mich zu verwenden und mir aus der Patsche zu helfen. Ich nahm den Vorschlag an, und zu meiner großen Erleichterung durfte der Roman kurz darauf mit einigen zum Glück unwesentlichen Kürzungen erscheinen. Mit dem *nihil obstat* der Zensur kehrte ich zum Verlag Destino zurück und unterschrieb im Sommer vierundfünfzig den Vertrag, auch wenn das Buch aus Gründen der Programmplanung erst Anfang des darauffolgenden Jahres erschien.

Neben der Niederschrift des Romans, den ich Planeta versprochen hatte, spielte sich meine Wiedereingliederung in das Barceloneser Leben zwischen meiner neuesten Entdeckung, der schwimmenden Spelunke El Varadero, und den Literaturseminaren Castellets ab. Seit *Laye* eingegangen war und seit unseren vergeblichen Versuchen, eine neue Zeitschrift zu gründen, war auch der eigentliche Kern der Gründungsmitglieder auseinandergefallen: Sacristán war zum Abschluß seines Studiums nach Deutschland gegangen; Gabriel Ferrater reiste durch Europa; Barral, im Begriff, sich zu verheiraten, hatte sich bereitwillig den Verpflichtungen seines Namens und des dahinterstehenden Unternehmens unterworfen. Castellet hatte sich seine Freundschaft mit dem Direktor des Instituts für Hispanische Studien in Barcelona zunutze gemacht und eine Vortragsreihe über den Roman und die Kritik veranstaltet, zu der sich eine Gruppe junger Leute drängte, die sich erst nach meinem vorzeitigen Abgang von der Universität dort eingeschrieben hatten: mein Bruder Luis, Joaquín Jordá, Salvador Giner, Jordi Maluquer, Nissa Torrents, Octavio Pellissa, Sergio Beser und andere, an deren Namen ich mich nicht erinnere, versammelten sich in einem der Salons der alten Wohnung in der Calle de Valencia, um über kritischen Realismus, Engagement und Marxismus zu diskutieren. Während meiner Abwesenheit in Paris hatte sich der Kreis, in dem ich mich bewegte, schlagartig politisiert. Octavio Pellissa, der einer Familie angehörte, die zur Zeit der Republik in der Partei war, machte nicht einmal in der Öffentlichkeit einen Hehl aus seinen kommunistischen Überzeugungen. Durch ihn oder einen anderen Freund Castellets kamen Zeitschriften wie *Europe* und *La nouvelle critique* allmählich unterderhand in Umlauf. Begriffe wie Mehrwert, objektive Bedingungen, richtige Linie, formale Freiheiten, demokratischer Zentralismus gehörten somit bald zu unserem Wortschatz. Ausgerüstet mit einem soliden Netz an Argumenten, paßten wir die Alltagswirklichkeit dem restrukturierenden Prozeß unserer brandneuen Lehre an. Die Lieder Yves Montands, Léo Ferrés, Atahualpa Yupanquis, denen wir oft gemeinsam mit liturgischem Ernst lauschten, erweckten ebenfalls unsere Begeisterung. Mit dem Eifer des Neubekehrten nutzte ich einen Kurzurlaub, um die jüngst erworbenen Ideen unter den Pächtern und Bauern von Torrentbó zu verbreiten: entsetzt über meine Privilegien als Bürgerlicher, kündigte ich ihnen den Beginn eines revolutionären Kampfes an, der ihrer Unterjochung und Ausbeutung bald ein Ende setzen würde. Alfredo und seine Freunde lauschten meinen verworrenen Reden, deren naiver Voluntarismus sich nur schwer mit ihrer täglichen Erfahrung der Realität in Einklang bringen ließ, wahrscheinlich voller Skepsis und aus reiner Gefälligkeit. Meine sentimentale Hinwendung zum Marxismus, größtenteils von dem Wunsch diktiert, daß mir die Erbsünde meiner Klassenzugehörigkeit und die schimpfliche Vergangenheit meiner Familie verziehen werde, stieß jedoch von Anfang an auf unlösbare Schwierigkeiten und Hindernisse. Ich erinnere mich noch genau an den Tag, an dem mir jemand einige alte Nummern der Kulturzeitschrift der im Untergrund agierenden KPS gab: gereizt vom köstlichen Kitzel des Verbotenen, vertiefte ich mich sogleich in die Lektüre, doch der Inhalt rief tiefe Bestürzung bei mir hervor. Es war die Zeit des kalten Krieges, und das auf den Tod Stalins folgende Tauwetter war noch nicht gekommen. Eine brutale Sprache, durchsetzt von Beschimpfungen und Beleidigungen, geißelte nicht nur das Verhalten und die Vorstellungen von Autoren, die wegen ihrer Sympathien für das Franco-Regime bekannt waren, sondern auch das einiger ausländischer Schriftsteller und Intellektueller, die ich über alles bewunderte: Gide, Camus, Malraux und sogar Sartre wurden als Hyänen und Schakale, als Agenten des Pentagons, als treue Lakaien der sterbenden Bourgeoisie beschimpft. Diese lange Kette unbegründeter Anschuldigungen, wie Perlen aneinandergereiht, erinnerten in ihrem Schematismus und ihrer Armseligkeit an die Gebetsleier in der Katechismusstunde Pater Ripaldas und an andere, ähnliche Lehrbücher gegen Freidenker, Freimaurer und Juden. Mit dem Eindruck des *déjà vu* unterbrach ich voller Bitterkeit und Widerwillen die Lektüre. Doch überzeugt, daß es sich hier um einen heilbaren Irrtum handelte, und fest entschlossen, nicht zuzulassen, daß ich vor lauter Bäumen den Wald nicht mehr sah, beschränkte ich mich darauf, mit Castellet und meinen Freunden – die ebenso überrascht und ärgerlich waren wie ich – meine totale Meinungsverschiedenheit mit den Herausgebern der Zeitschrift und ihrer absurden Anhäufung von Schmähungen zu kommentieren. Das Wissen um die Notwendigkeit eines radikalen politischen und sozialen Wechsels in der spanischen Gesellschaft und die moralische Pflicht, daran teilzuhaben, waren der Grund, daß wir an unseren Illusionen festhielten.

Parallel zum Literaturseminar am Institut versammelten wir uns in regelmäßigen Zeitabständen einige Häuserblocks weiter in einem Lokal mit dem Namen Bar Club. Die Diskussionen und Gespräche dort waren vorwiegend politisch gefärbt und drehten sich hauptsächlich um internationale Angelegenheiten – die letzten Zuckungen des McCarthyismus, Guatemala, die französische Niederlage in Indochina. Octavio Pellissa nutzte die Gelegenheit, um die klar erkennbare materielle und moralische Überlegenheit der sozialistischen Systeme hervorzuheben: die kapitalistische Welt, durch ihre inneren Widersprüche und Kämpfe zerrüttet, würde angesichts der unerschütterlichen Festigkeit und Solidarität Chinas und der Sowjetunion am Ende ganz von selbst zusammenbrechen. Eines Tages erhielten wir ganz aufgeregt den Besuch einer geheimnisvolllen Persönlichkeit, die aus Peking gekommen war: der betreffende Gast, dessen Name uns aus elementarsten Sicherheitsgründen nicht verraten wurde, erzählte uns ohne die geringste propagandistische

Absicht einige Vorfälle und Anekdoten von seiner Reise. Obgleich uns seine Kälte enttäuschte, lauschten wir ihm andächtig, ohne zu wissen, daß sich hinter seiner Anonymität der künftige Gründer der *felipes* verbarg, der Diplomat Julio Cerón: als ich ihn nach seiner Entlassung aus dem Gefängnis, gut zehn Jahre später, wiedersah, lebte er als Verbannter in einem Dorf in Murcia, wo ich ihn, wie ich mich erinnere, in Begleitung Ricardo Bofills aufsuchte.

Durch Vermittlung gemeinsamer Freunde war unsere Gruppe mit zwei jungen, in Madrid ansässigen Schriftstellern in Kontakt getreten: Rafael Sánchez Ferlosio und Carmen Martín Gaite. Sánchez Ferlosio hatte einen ungewöhnlichen Roman veröffentlicht, *Abenteuer und Wanderungen des Alfanhuí*, dessen Lektüre mich in Begeisterung versetzte: mit Mitte Zwanzig beherrschte er meisterhaft einen vortrefflichen, nuancenreichen Stil voller Anspielungen und hatte ohne sichtliche Anstrengung jene Dichte des Ausdrucks erreicht, die ich mir, nach großen Mühen und Kämpfen, bei der Niederschrift des *Don Julían* zum Vorbild nahm. Ferlosio und seine Frau waren gerade von einer Italienreise zurückgekommen und nahmen gern meine Einladung an, einige Tage in Torrentbó auszuspannen. Es war der erste einer Reihe gegenseitiger Besuche im Verlauf von zwei Jahren. Während ich meine ganze Energie auf den Lara versprochenen Roman verwandte – ich rechnete fest mit dem Vorschuß, um nach Paris zurückkehren zu können –, vertraute mir Ferlosio das Manuskript eines eigenen, etwas kafkaesk angelegten Werkes an, das er dem Verlag Planeta zur Begutachtung vorzulegen gedachte. *El fontanero* (Der Klempner) – so der Titel des Buchs – war wahrscheinlich ein Markstein auf dem Weg, der von *Alfanhuí* zum wunderbaren Abenteuer des Romans *Am Jarama* führte; selbst wenn man davon ausgeht, daß es sich um ein weniger bedeutendes Werk handelte, zeichnete es sich dennoch durch seine Schärfe, Strenge und Ironie in der literarischen Wüstenei des damaligen Spaniens aus. Einige Monate später, als Ferlosio seinen Plan aufgegeben hatte, das Buch zu veröffentlichen, tauschten wir unsere Erfahrungen über unsere jeweiligen Begegnungen mit dem Verleger aus. Bei *Duelo en el paraíso* (Trauer im Paradies) hatte mich der Verleger mit seinem starken sevillanischen Akzent wissen lassen, daß das Thema Kinder sich nicht verkaufen ließe; trotzdem riet er mir, es zum Planeta-Preis einzureichen, und verpflichtete sich, es zu veröffentlichen. Wie mir Ferlosio erzählte, war seine Unterredung mit ihm amüsanter und farbiger: Lara empfing ihn mit einem feierlichen »Sie schreiben gut; wirklich sehr gut; vielleicht sogar zu gut!« Nachdem er ihm einige Ratschläge gegeben hatte, was beim Schreiben eines Romans zu beachten sei, hatte er ihm versichert, daß er damit eines Tages ein würdiger Nachfolger von Pombo Anguto[16] werden könne.

Die Freundschaft mit Ferlosio, durch mein freiwilliges Exil in Paris unterbrochen, hatte für mich damals die allergrößte Bedeutung. Im Gegensatz zur Selbstzufriedenheit und Eitelkeit sowie zum Exhibitionismus der meisten unserer Kollegen zeigte er durch sein Beispiel, daß man ein ernsthafter Schriftsteller sein konnte, ohne sich allzu ernst zu nehmen. Zurückgezogen, exzentrisch, voller Humor und Ironie, bekundete er eine absolute Verachtung für die theatralische Emphase und den bombastischen Ernst der Angeber vom Dienst. Seine literarischen Meinungen waren immer ehrlich und bedingungslos, und er zögerte nicht, die allgemein anerkannten Ideen anzufechten: ich erinnere mich noch sehr gut an den Tag, an dem er – Castellet und ich hatten den *Bienenkorb* Celas als Paradebeispiel für den objektiven Roman angeführt – plötzlich explodierte und sagte, Cela sei ein tyrannischer Autor, der seinen Personen nicht einmal das Recht zu atmen zugestehe. Seine Analyse war nicht hypothetisch und falsch wie die unsere. Er schrieb bereits an seinem Roman *Am Jarama* und wußte daher ganz genau, was er sagte. Darüber hinaus verkörperte Ferlosio für mich den schöpferischen Menschen, der entschlossen war, die Literatur als Verurteilung oder Gnade zu erleben, nicht aber als einen Broterwerb oder als ein Mittel, zu Geld zu kommen. Sein späteres Verstummen – wie es ähnlich dann auch bei Genet der Fall war – bestätigte seine Auffassung vom Schreiben als ein höchst aleatorischen und ernsten Ereignisses, schön und unvorhergesehen wie das Sichverlieben, etwas, das dem, der diese Erfahrung gemacht hat, die Verpflichtung auferlegt, zu schweigen, wenn ihm plötzlich das Talent abhanden kommt, will er nicht das allgemein verbreitete, unverzeihliche Delikt der Schreibwut begehen. Gegenüber den Wortergüssen der üblichen Verlagsproduktion ist die moralische Kraft, den Mund zu halten und die eigenen Worte hinunterzuschlucken, eine erschütternde und anrührende Offenbarung der persönlichen Treue zu einem Erlebnis, das der Schriftsteller als ein langsames, sanftes Aufgefressenwerden genossen oder erlitten hat: ein neuer zerfleischter Prometheus, der dem zudringlichen Adler, der ihn bedrängt, nicht mehr den Köder seiner wie durch ein Wunder nachgewachsenen Leber anbieten kann.

Es HANDELTE SICH um einen dieser besonderen Schauplätze, die sich, wie etwa der Große Platz von Marrakesch oder der Kleine Souk von Tanger, sofort der Phantasie einprägen und sich geheimnisvollerweise in einen geschriebenen Raum verwandeln: ein rechteckiger, etwa fünfzig Meter langer Ponton, darauf ein Häuschen mit Satteldach, zu dem man über einen kleinen Bretttersteg gelangte. Der von der Straßenbahnendhaltestelle des Viertels Barceloneta kommende Besucher mußte über einen Kilometer zu Fuß an den am Damm gelegenen Molen und Güterschuppen des Hafens vorbeigehen – ein Weg, den fast nur Fischer, Muschelzüchter oder Eigentümer eines der Boote machten, die gerade ausgebessert oder überholt wurden. Wenn das Wetter es zuließ, setzten sich die Gäste des Varadero ins Freie, an die Tische, die der Wirt neben Schiffstaurollen, Angelseilen und Stützbalken aufgestellt hatte. Und während sie einen Kaffee mit Cognac oder ein Glas Bier tranken, konnten sie die Kais und Hafenbecken des Seebahnhofs und die rostigen Türme der Umladebrücke betrachten, konnten dem Treiben im Hafen, den Booten, Schuten, Schleppern, Motorschiffen und Fischerkähnen zuschauen oder dem wetterwendischen Flug der Möwen, die manchmal wie unbeweglich in der Luft standen, bevor sie sich im Sturzflug auf ihre Beute stürzten. Der Ponton schaukelte sanft, wenn die Barkassen der Carabineros oder die mit Außenbordmotoren betriebenen Boote der Amerikaner vorbeifuhren und die an den Pollern befestigten Taue jämmerlich knarrten, mit einem fast tierischen Klagelaut. Zu dieser Szene der Erinnerung gehören, wie Schauspieler eines lebendigen Bühnenbildes, die Stammgäste, immer dieselben: Alonso, der Wirt, klein und untersetzt, mit blauen, melancholischen Augen, die gewöhnlich halb geschlossen waren, einem engelhaften Aussehen und der Stimme eines Eunuchen; Amadeus, schiefsitzende Baskenmütze und offenes Lächeln, ein großer Trinker und stets dazu aufgelegt, Habaneras anzustimmen; Señorita Rosi, um die Vierzig, fett, leidenschaftliche Zigarettenraucherin, die ihre Tasche ständig auf dem Tisch liegen hatte, »genau wie die Nutten«, wie sie selber schelmisch sagte. Muschelzüchter und Matrosen spielen eine Partie Karten, tauschen Witze und Flüche aus, beobachten aus den Augenwinkeln die Arbeit des Kalfaterns. Zwischen ihnen geht barfuß ein Mann hin und her, nur mit einer durchlöcherten Hose bekleidet, der Wassereimer auf den Schultern trägt oder sich anschickt, die Fugen im Rumpf eines Bootes mit Teer und Werg abzudichten. Gebieterisch zieht er deine Aufmerksamkeit auf sich.

Seit deinem ersten Besuch im Varadero fasziniert er dich. Raimondo ist mittelgroß, von athletischem Körperbau, mit muskulösen Armen und Beinen, kastanienbraunem, borstigem und widerspenstigem Haar, behaarter Brust, struppigem Schnurrbart. Sein Gesicht ist derb, aber energisch; seine funkelnden dunklen Augen und seine ganze Person haben eine starke animalische Ausstrahlungskraft. Zu diesen körperlichen Eigenschaften, die du zum ersten und einzigen Mal in deinem Leben bei einem deiner Landsleute schätzt, kommt bei dieser Hilfskraft Alfonsos noch etwas anderes hinzu, das du erst nach Jahren bei jenen Leuten zu erkennen lernst, die in dieser von Sir Richard Burton beschriebenen Zona Sotádica geboren sind, die sich von Tanger bis nach Pakistan erstreckt. Eine gewisse Plumpheit der Formen, die Anmut keineswegs ausschließt; instinktive Verfügbarkeit und natürliche Wärme; hochmütige Ablehnung von Verhaltensweisen und Mechanismen, die in den industrialisierten Ländern die Türen zum gesellschaftlichen Aufstieg öffnen. Obgleich Raimondo offensichtlich nicht zu einer fremden, ausländischen Gemeinschaft gehört wie die aus der Zona Sotádica stammenden Pariser Einwanderer, verkörpert er doch in jeder Hinsicht die totale gesellschaftliche Randgruppe: er kann weder lesen noch schreiben, hat keine Familie im herkömmlichen Sinn und keinen festen Wohnsitz, seine Vergangenheit ist in ein Dunkel gehüllt, das du trotz deiner Bemühungen nicht aufzuhellen vermagst. Er war verheiratet oder lebte zusammen mit einer Frau, von der er eine Tochter hat; er war längere Zeit in Fernando Poo, fuhr als Matrose und Heizer auf einem Handelsschiff; aus nicht geklärten Gründen saß er eine Zeitlang im Gefängnis. Seine Erklärungen wechseln je nach den Umständen, als gehorchten sie den künstlerischen Geboten und Erfordernissen der Erzählung; manchmal ist er Witwer und manchmal nicht; die Schwägerin, die ihn fälschlicherweise der Blutschande mit seiner noch minderjährigen Tochter beschuldigte, wurde später zu seiner eigenen Mutter; die Tat, die ihn ins Gefängnis brachte, wechselt Farbe und Beschaffenheit mit der Leichtigkeit eines Chamäleons. Obgleich er an der Costa Brava geboren wurde, hat er doch keinen katalanischen Namen und ist der Herkunft nach wahrscheinlich Zigeuner. Sein jahrhundertealtes Mißtrauen gegenüber allem, was nicht Zigeuner ist, könnte seine defensive Haltung gegenüber dem Leben, seinen tief verwurzelten, hartnäckigen Individualismus erklären. Welcher Herkunft er auch immer sein mag, sicher ist jedenfalls, daß er allein lebt, auf einigen Säcken in dem Verschlag seines schwimmenden Palastes schläft, keine Besuche empfängt, den Bereich des Hafens nicht verläßt, seine Ausweispapiere verloren hat, falls sie ihm nicht gestohlen wurden. Als du dir der geradezu zwanghaften Macht bewußt wirst, die er auf dich ausübt, kommt es dir keinen Augenblick in den Sinn, ihr zu widerstehen, und zum erstenmal in deinem Leben akzeptierst du diese zweideutige Anziehung mit einem Gefühl des Glücks. Der kulturelle und gesellschaftliche Abgrund, der zwischen euch besteht, spielt jetzt und in Zukunft diese ausgleichende Rolle, nämlich faszinierte Annäherung an das Unbekannte und Fremde, die normalerweise der komplementären Verschiedenheit der beiden Geschlechter zufällt. Die Welt deines Freundes, tausend Meilen von jener entfernt, in der du bis dahin gelebt hast, verwandelt sich für dich in eine Art Droge: monatelang bist du daran festgekettet. Das wilde Aussehen Raimundos, sein verwahrloster

Pfahlbau, der als Heim und Wohnung dient, rechtfertigen deine täglichen Besuche im Varadero; sein strahlendes Lächeln auf dem gegerbten Gesicht, wenn er dich von weitem erblickt, der verlegene, linkische Ausdruck, mit dem er deine bescheidenen Geschenke entgegennimmt, sind deine Belohnung. Obgleich er nichts von der wirklichen Beschaffenheit deiner Gefühle ahnt, fühlt er sich, wie du mit Vergnügen feststellen kannst, von deinem Interesse sichtlich geschmeichelt, und er tut alles, um es wachzuhalten: die Wirkung des Exotischen ist wechselseitig, und wenn er für dich das Elementare und Verbotene bedeutet, so ist er in gleicher Weise von deiner Erziehung fasziniert, von dem Milieu, dem du angehörst. Nach Einbruch der Nacht, wenn er seine harte Arbeit beendet und die hin und her schwankenden Lampen der schwimmenden Schenke sich im öligen, dunklen Wasser spiegeln, trinkt ihr unter den buddhistischen, undurchdringlichen Blicken des Wirts in einer Ecke Cognac und Bier. Das seltsame Gespann, das ihr bildet, erweckt dort keinerlei Aufmerksamkeit. Die Stammgäste des Varadero haben sich bereits an deine Gegenwart gewöhnt: Señorita Rosi flirtet bis in die Nacht hinein mit den Muschelzüchtern und Fischern, und eines Tages, als sie sich von einem etwas groben Kommentar beleidigt fühlt und, plötzlich in ihre Würde gehüllt, damit droht, das Lokal zu verlassen, mischt sich Alonso mit vor Erregung gebrochener Stimme ein und versichert ihr, daß man »sie hier schätzt, sie liebt, sie respektiert, sie anerkennt, sie achtet« – ein Satz, den du im Bar Club verbreitet hast und der seitdem zur üblichen Abschiedsformel der Mitglieder eurer Gruppe geworden ist, wenn sie dir später nach Paris schreiben. Die nächtlichen Gäste der schwimmenden Kneipe pflegen mit dem Taxi zu kommen: die Besitzer der zur Ausbesserung auf Kiel liegenden Boote, Liebespaare, der eine oder andere Ehemann, der die häusliche Atmosphäre flieht. Seit deiner Madrider Zeit verträgst du den Alkohol besser, und manchmal ersetzt du ihn durch Marihuana, das du im Hafen erstanden hast. Raimundos Zunge löst sich mit der Anzahl der geleerten Branntweingläser zunehmend, und leicht beschwipst verabschiedet ihr euch auf den Planken der Brücke, wenn die Stunde der Schließung kommt. Dein langer, einsamer Weg zu Fuß vom Hafendamm bis zu den Bädern von San Sebastián und zur Straßenbahnhaltestelle von Barceloneta hilft dir, den Kopf freizubekommen und wieder einigermaßen normal auszusehen, für den wahrscheinlichen Fall, daß dein Vater, der in seinem düsteren Schlafzimmer in der Calle Pablo Alcover wach liegt, auf deine Rückkehr lauert.

Eines Nachts hast du so getan, als seist du betrunkener, als du es wirklich warst, bist unterwegs umgekehrt und zur Landungsbrücke zurückgegangen. Dort bist du zu der ärmlichen Lagerstatt hinaufgeklettert, wo sich dein Freund zum Schlafen hinlegt. Dein Wunsch, dich neben ihn zu legen, die Wärme seines Körpers zu spüren, ist stärker gewesen als deine Schüchternheit und deine körperliche Hemmung. Doch die befreiende Gebärde, die du von ihm, der ehrlich erstaunt war, dich wiederauftauchen zu sehen, erwartet hast, blieb aus; die Intimität, nach der du dich insgeheim sehnst, ist für ihn offensichtlich undenkbar. Die ostentative, aggressive Männlichkeit deines Freundes ist nicht, wie du es später bei den Söhnen der Zona Sotádica feststellen wirst, ein Zeichen heimlichen Einverständnisses, das in erster Linie auf das eigene Geschlecht ausgerichtet ist. Raimundo ist nicht einmal auf den Gedanken gekommen, daß die Anziehung, die er auf dich ausübt, im wesentlichen physischer Art ist. Zärtlich beschränkt er sich darauf, dich mit seiner einzigen Decke zuzudecken, und nachdem er sich vergewissert hat, daß du bequem liegst, streckt er sich kaum einen Meter von dir entfernt auf seinem elenden und ungastlichen Lager aus. Während er laut vor sich hin schnarcht, denkst du in aller Klarheit über die Tatsache nach, daß du eine unmögliche, unbenennbare Leidenschaft durchlebst; daß die fehlende Übereinstimmung zwischen deinen erotischen Begierden und dem Körper, der sie hervorruft, dich für immer, wie du damals glaubtest, zu einer unerbittlichen, grausamen Einsamkeit verdammt. Eine Gebärde oder eine Initiative, die du wagst, kommt dir wie ein Sakrileg vor. Wie wäre die Reaktion deines Freundes? Beschwörst du nicht etwa die Gefahr einer harten, demütigenden Zurückweisung? Das zarte Gewebe des unsichtbaren Bandes, das euch zusammenhält, kann, wie du weißt, durch einen unbedachten Fehlgriff zerstört werden. Der Ekel, den der ehrenrührige Ausdruck »Schwuler« hervorruft, der schwere, vertraute Makel, den du mit dir herumschleppst, raten dir zu Resignation und Vorsicht. Das Glück, das du trotz allem witterst, ist dir durch Verordnung verboten worden: es ist besser, die Dinge auf sich beruhen zu lassen und deine Erregung ungestraft in eine feige, diskrete Anonymität hinüberzuretten.

Das fast heilige Entsetzen, das dich in deiner Pubertät beim Anblick des Fotos zweier sich beim türkischen Ringkampf eng umschlingenden Männer gepackt hat, überfällt dich im Halbschlaf deiner Nacht im Varadero von neuem mit dieser eindringlichen Macht, die, noch zusammenhanglos und unterirdisch, eines Tages an die Oberfläche kommen und aufgrund des unabwendbaren Gesetzes, von dem Ibn Hazm so schön sagt, daß es »das Sicherste zerstört, das Beständigste auflöst, das Solideste niederreißt, das Festeste zerschlägt, sich in der Tiefe des Herzens einnistet und das Verbotene statthaft macht«, über alle Schutzwälle und Deiche siegen wird. Denn was dich am meisten beeindruckt, jetzt, da du dir nach dreißig Jahren diese Episode in Marrakesch ins Gedächtnis zurückrufst, ist die unglaubliche Genauigkeit, mit der du dich an bestimmte Eigenschaften, Züge und Einzelheiten des menschlichen Körpers erinnerst, die unabhängig von deiner Liebe und den dazugehörigen Gefühlen für dich, wie es der andalusische Dichter beschrieben hat, »Gipfel deiner Wünsche und Höhepunkt deiner Genüsse« sind. Deine Ohnmacht damals Raimundo gegenüber siehst du heute als den obligatorischen Tribut dafür an, daß du in einem unpassenden gesellschaftlichen und kulturellen Milieu geboren bist. Die Abweichung, die später dein Leben prägen sollte, hast du anschließend aus der Entfernung und gegen deine ursprünglichen Anlagen erlebt, als du, in Paris wohnend und glücklich in deiner Beziehung zu Monique, von neuem unter dem Ansturm und dem Ekel jenes alten, beunruhigenden Bildes gelitten hast: die fortwährende Reinkarnation des erträumten Modells in urwüchsigen, instinktiven, gastlichen Körpern, deren plötzliches Auftauchen vor deinem inneren Auge du begrüßt hast, als du fröhlich die mythische Gestalt des Don Juan für dich in Anspruch nahmst.

Der Mißerfolg deines nächtlichen Besuches bedeutet keineswegs den Bruch eurer Freundschaft: Raimundo ist während des Jahres vierundfünfzig das flammende, strahlende Sonnenzentrum, um das deine Existenz sich dreht. Täglich suchst du ihn auf, allein oder zusammen mit deinen Freunden: Carlos Cortés und die Eifrigsten von Castellets Literaturseminar verbringen ganze Abende mit dir im Varadero, eingelullt vom Knirschen der Verankerungstaue und dem unregelmäßigen Plätschern des von einer vorbeifahrenden Barkasse aufgewühlten Wassers. Während ihr trinkt, über Literatur diskutiert oder über den unwiderruflichen und baldigen Fall des Regimes spekuliert, beobachtest du aus den Augenwinkeln seine Bewegungen, den ruhigen Rhythmus seiner alltäglichen Verrichtungen: das zwischen euch beiden bestehende geheime Einverständnis ist ein eifersüchtig gehütetes Geheimnis, und niemand außer dir wird seine Scherze und versteckten Anspielungen verstehen. Ab und zu begleitet er dich bei Einbruch der Nacht in die Gasthäuser und Ausflugslokale von Barceloneta: das später in *Fiesta* (Das Fest der anderen) geschilderte Universum bekommt durch seine Gegenwart für dich bald eine verletzende und brutale Realität. Die ansteckende körperliche Energie deines Freundes zieht um ihn herum magnetisch ein buntscheckiges Gefolge von Flittchen, Zigeunern, Betrunkenen, Bettlern an. Er ist der unbestreitbare König dieser *cour de miracle*, dieses Pulks aus der Unterwelt, gerade wegen seiner Anziehungskraft und seiner unerschöpflichen Vitalität.

Vor und nach deiner zweiten Reise nach Paris ziehst du mit Raimundo durch die Spelunken und Bordelle des Barrio Chino, du stellst ihn einer der Prostituierten vor, die mit dir ausgehen, und untergehakt zieht ihr zu dritt los, die bemalte und fettleibige Frau zwischen euch, bis die Nacht vor dem schäbigen Eingang eines Stundenhotels zu Ende geht. Ebenso unmerklich wie Lucho ist dein Freund allmählich zu einer literarischen Figur geworden, mit der du dich Tag für Tag auf dem weißen Blatt Papier und unabhängig vom realen Vorbild herumschlägst. Dieser *Statuswechsel* impliziert eine stillschweigende Entfremdung vom Vorbild, das Ende deiner früheren Unterwerfung unter seine erdrückende, überwältigende Persönlichkeit. Als er sich aus einem nicht ganz klaren Grund mit Alonso verkracht, verläßt du mit ihm die Bühne des Varadero und folgst ihm an die Orte, an denen er nacheinander für kurze Zeit die Berufe des Bademeister, des Fischers, des Rettungsschwimmers ausübt. Sein rauhes Leben als gesellschaftlicher Außenseiter – schutzlos, frei, mittellos – zieht dich an und empört dich; doch die Triebfeder seiner ursprünglichen Macht über dich ist gebrochen. Raimundo ist nach einem Jahr zu einem lebenden Zeugen der in deinem Roman beschriebenen Wahrheit geworden: jemand, den du deinen Freunden als zusätzlichen Echtheitsbeweis zeigst. Als Monique zum erstenmal nach Barcelona kommt, gehört zum Besichtigungsprogramm auch ein obligatorischer Besuch im Hafen: Raimundo scheint sich zu freuen, als er dich in Begleitung sieht, und ihr laßt euch alle drei lächelnd an seiner alten Arbeitsstelle fotografieren. Später, als du aufmerksam die Fotos betrachtest, entdeckst du in seinem Gesicht die Zeichen eines plötzlichen Altwerdens, die Spuren der Krankheit, die innerlich bereits an ihm frißt. Doch Monique und ihrer warmen Unmittelbarkeit hingegeben, hast du ihm nicht die notwendige Aufmerksamkeit zu schenken vermocht, hast du nicht auf die unheilverkündenden Zeichen seines nahen Todes geachtet. Mit dieser grausamen Gleichgültigkeit, die zum Verlust oder zum Nachlassen des körperlichen Interesses an den Personen gehört, die wir einmal begehrt haben, hast du dein Liebesglück fern von Raimundo und seiner Schar von Parias erlebt. Erst als du mit zehntägiger Verspätung die Nachricht von seinem Tod erhalten hast, von seinem entsetzlichen, einsamen Todeskampf, betrunken in den Gasthäusern und Kneipen am Hafendamm, hast du ein paar späte und nutzlose Tränen vergossen. In deinem Brief an Monique, kurz vor Ende des Militärdienstes 1956, in dem du ihr seinen Tod mitteilst, liest man hinter dem realen Schmerz auch Reue und Schuldgefühle: die nachträgliche Scham darüber, daß du deinen Freund zum Helden eines Romans gemacht hast, um ihn dann seinem schrecklichen Schicksal zu überlassen: das schmerzliche und stechende Bewußtsein deines Egoismus und deiner privilegierten Lage. Der bewegte Hinweis auf seine schwieligen, zu Arbeitsinstrumenten gewordenen Hände wird jedoch von keiner Erwähnung der vergangenen Pracht seines Körpers oder des Rauschs, den er in dir hervorrief, begleitet: Pracht und Rausch, heute in der Erinnerung neu erlebt, tilgen die Grausamkeit und Trostlosigkeit seines Schicksals, heben deine plötzliche Wankelmütigkeit auf und verleihen wie in den Zeiten, in denen du ins Varadero eiltest, damit dir das Glück zuteil wurde, ihn zu sehen, dem Lächeln unter seinem struppigen Schnurrbart, mit dem er dich empfing, eine sanfte und tröstende Dauer.

Langsames Erkennen, Erlernen *des Körpers, auf das du dich mit dieser dir angeborenen Verspätung für alles, was tief ist, eingelassen hast: Schwindel, Untertauchen, Strudel, dessen geheimer Mittelpunkt sich in deinem Innern befindet: stummer Abstieg in den Abgrund, animalische Anziehungskraft. Vernichtungswut, Geheimnisse von Lust und Schmerz, harter, erhebender Kreuzweg: allmähliche, schrittweise Aneignung der erahnten geistigen Eschatologie. Martialische Bilder von Kraft und Unterwerfung, dicht zusammengefügte Glieder, helles Wetterleuchten, verklärtes Glück: verwandtes Leiden, Glückseligkeit, Hingabe an die mystische Erfahrung des Dichters, die der Suche nach dem nicht spaltbaren Zellkern einen diskreten Heiligenschein verleihen.*

Jähe Entdeckung: nur Außenseiter zu sein, die glühende Wirklichkeit des Zentrums nicht zu kennen. Vorsichtig die Tiefe ausloten, aus der blasenwerfend das Magma des Abschaums aufsteigt, glutrote Materie: orgiastischer Krater, schlüpfrige Samenlava; Saftfülle, unstillbarer Durst, wesentliche Dichte, bloßer Hinweis auf den geheimen, im Abgrund verborgenen glühenden Trieb. Dein Wissen vertiefen, es verfeinern, es läutern, die geheimen Gesetze einer intimen, persönlichen Vulkanologie aufstellen; rätselhafte Verbindung zwischen dem kausalen, anstiftenden Bild, der hartnäckigen Auslotung unter glorreichen Mühen und plötzlicher synkopierter Erschöpfung; Felssturz, ein offener Abgrund in dir selber, störrisch und widerspenstig trotz seiner erhellenden, aufklärenden Wahrnehmung.

Bei einem Abendessen in der Rue Saint-Benoît, damals, als Monique und du dort noch verkehrtet, drehte sich das Gespräch um absonderliche Sexualpraktiken, die in einem Buch von Stekel oder einem anderen auf dieses Thema spezialisierten Autor analysiert worden waren: die Geschichte von dem Kunden eines Bordells, der immer mit einem Koffer ankam, in dem er dreiundzwanzig Kilo Ketten hatte. Einige Anwesende lächelten oder machten billige Witze über den Betreffenden, als Marguerite Duras euch mit ihrer tiefen, eindringlichen Stimme, die ihre Freunde und Bekannten schon immer bezaubert hat, unterbrach.

Ich finde es großartig, *sagte sie,* wenn jemand eine so vollkommene Kenntnis von sich selber besitzt, daß er das genaue Gewicht der Ketten bestimmen kann, und so auf exakt dreiundzwanzig und nicht etwa auf zweiundzwanzig oder vierundzwanzig Kilo kommt, denn das Wissen um fast milligrammgroße Unterschiede erfordert ein langes, mühsames Erlernen, das auf sich zu nehmen nur die lautersten Menschen den Mut besitzen.

In den Monaten vor der Reise nach Paris festigte sich meine Freundschaft mit Luis: der einst zurückhaltende und verschlossene Jugendliche hatte sich seit seiner Einschreibung an der Universität in einen ernsthaften, neugierigen und intelligenten jungen Mann verwandelt, der sich genauso leidenschaftlich für Politik und Literatur interessierte wie ich. Der tägliche Ideen- und Meinungsaustausch, unsere jeweiligen Entdeckungen auf dem Gebiet der Lektüre bildeten die Grundlage für eine Verbindung, die sich mit der Zeit als unerläßlich und fruchtbar für uns beide erweisen sollte. Luis schrieb ebenfalls, und zwar mit einer überraschenden und geradezu schlagartig erworbenen Reife: seit dem Erscheinen seiner ersten Erzählung in einer Barceloneser Zeitschrift konnte sich jeder aufmerksame Leser davon überzeugen, daß er es mit einem wirklichen Schriftsteller zu tun hatte. Unsere jeweilige Laufbahn als Erzähler, die wir mit einem Abstand von zwei oder drei Jahren in den fünfziger Jahren begonnen hatten, zeigt in ihrer Ähnlichkeit und ihrer Verschiedenheit, wie breit die Spanne der Freiheiten des Künstlers bei gleicher Bedingung und Herkunft sein kann: das Vorhandensein eines korrigierenden, aktiven Willens, der sich dem Fatalismus und der Trägheit der Notwendigkeit widersetzt.

In einem bekannten Text* stellt Freud, der Autor von *Der Mann Moses und die monotheistische Religion*, eine Hypothese auf, der zufolge sich ein Kind, sobald es entdeckt, daß seine Eltern ganz normale und gewöhnliche Menschen sind, einen

* Dieser sowie die beiden folgenden Abschnitte sind auch in meinem Essay »Lectura familiar de *Antagonía*« (Familiäre Lektüre der *Antigonía*) enthalten, der in der Zeitschrift *Quimera*, 32, veröffentlicht wurde.

»Familienroman« ausdenkt, um mittels der Phantasie irgendwie die Enttäuschung zu kompensieren, die seinen Eintritt in die Welt begleitet. Es erfindet sich nach Belieben eine Familie, die mit ihren Tugenden und ihren Fehlern außerhalb des Üblichen steht, um sich in ihren Schoß zu flüchten und einer unheilsamen Entdeckung zu entgehen und damit den Schock abzuschwächen, den der Einbruch der Wirklichkeit hervorruft. Dieser in einer ungastlichen und undankbaren Umgebung entstandene »Familienroman« ist der Keim aller später vom Schriftsteller entwikkelten erzählerischen Erfindungen: das Samenkorn, aus dem der Baum seines zukünftigen Werkes hervorkeimt. Wenn die Literatur, wie Pavese sagt, »eine Verteidigung gegen die Angriffe des Lebens ist«, dann ging der erste Verteidigungsakt des neurotischen Kindes seinem gesamten Romanschaffen voraus: eine Art versteckter Schlüssel zu seiner Wunde und der Versuch, damit zu einer eventuellen Heilung zu kommen.

Auch wenn nicht alle neurotischen Kinder Schriftsteller werden und nicht alle Erzählungen der Schriftsteller die Frucht einer frühen kompensatorischen Phantasie sind, so besteht doch kein Zweifel, wie Marthe Robert über Flaubert geschrieben hat, daß der ursprüngliche Impuls, der das Werk mancher Autoren hervorbringt, gliedert und lenkt, von einem »Familienroman« herrührt, der ausgedacht wurde, um eine Enttäuschung zu verbergen oder sich vor einer Aggression zu schützen. Bei mir und meinen Brüdern, die wir in einem gesellschaftlichen Milieu aufgewachsen sind, das auf den ersten Blick für die Pflege der Literatur nicht sehr günstig war, läßt sich die literarische Berufung vielleicht durch das Bedürfnis erklären, uns für ein frühes Trauma oder eine frühe Enttäuschung schadlos zu halten. Der ursprüngliche »Familienroman«, den wir uns erfanden, hätte im latenten Zustand des zwanghaften Lügens bleiben können: dies war für mich die erste und unwiderstehliche Versuchung meiner Kinder- und Jugendjahre, von der ich mich erst zu lösen vermochte, als ich mit einer Hartnäckigkeit, die schon an Obsession grenzte, Dutzende und Aberdutzende von Romanlügen schrieb. Mein Entschluß mit zwanzig, Schriftsteller zu werden und mich ganz der Literatur zu widmen, war gewissermaßen das Ergebnis eines vielschichtigen, schwierigen Handels: die sorgfältig getroffene Übereinkunft zwischen dem erdrückenden Bewußtsein der Realität und dem Gegengewicht meiner Lügensucht. Ein langsamer und schwieriger Prozeß, der mich von *Die Falschspieler* bis zu *Identitätszeichen* langsam von dieser Lügerei befreien sollte, um mich zu einem Stil hinzuführen, der frei war von jedem »romanhaften« Schnörkel: langsame Eroberung einer eigenen Stimme, Aufgabe des »Familienromans« im Namen der Ehrlichkeit und der subjektiven Echtheit.

Daß eine gleiche Ausgangssituation – sichtbarer Abstieg unserer Familie auf der gesellschaftlichen Leiter, Ablehnung der Vaterfigur, das plötzliche und brutale Verschwinden der Mutter – eine so unterschiedliche Wirkung auf mich und meinen jüngeren Bruder gehabt hat, könnte für manche allzu eilfertige oder bissige Anhänger der Psychoanalyse ein Grund zum Nachdenken sein. Ausgehend von denselben Wurzeln und Voraussetzungen – Abneigung gegen die traditionellen Werte unseres Milieus, Ablehnung der katalanischen Sprache des mütterlichen Zweigs der Familie, vaterländische und religiöse Gleichgültigkeit, Suche nach einem laizistischen Ersatz für die katholische Ideologie, die den Untergrundkampf gegen das Franco-Regime begründete, eine frühe Vorstellung von der Literatur als dem einzigen sicheren Wert –, schlugen wir später doch völlig verschiedene Wege ein: sicherlich wäre es ein leichtes festzustellen, daß es für Werke wie *Trauer im Paradies, Das Fest der anderen* und *Auf Wegen ohne Ziel* zahlreiche gemeinsame Schlüssel gab, oder gar eine Parallele aufzustellen zwischen irgendeinem Kapitel aus *Identitätszeichen* und bestimmten Landschaften aus *Recuento* (Zählung), doch die Richtung, die jeder von uns in den letzten fünfzehn Jahren eingeschlagen hat, ist jeweils eine radikal entgegengesetzte: während der Rahmen meiner Kindheit nach und nach aus meinem Schreiben verschwand und durch andere geistige Szenarien, durch andere Mythen und Phantome ersetzt wurde, blieben die schöpferischen Hervorbringungen von Luis dieser Welt auch weiterhin treu. Bei mir ein nicht nur innerer, sondern auch ein physischer Bruch mit der Familienatmosphäre, in der ich aufgewachsen bin, mit meiner Heimatstadt, mit Katalonien, wo ich mich immer als Fremder gefühlt habe, mit dem unterdrückenden und von Franco unterdrückten Spanien, um in der Fremde und im Gegensatz zu meiner ganzen Vergangenheit ein Werk zu schaffen und mir, eingebettet in ein französisches, arabisches oder nordamerikanisches Milieu, einen Lebensraum zu schaffen, ohne mich jedoch einbinden zu lassen, moralisch und räumlich heimatlos, aber zwangsläufig mit der Sprache verbunden, in der ich meine ersten Gefühle des »Andersseins« zum Ausdruck gebracht habe und der ich meine Rettung verdanke. Bei meinem Bruder die Treue des Zeitzeugen, der unerschütterliche Wille, Zeichen dessen zu hinterlassen, was vergangen ist, seine frühe Enttäuschung und seinen Zerstörungstrieb durch eine ungeheure und fruchtbare schöpferische Kindesliebe zu mäßigen. Denn *Antagonía* kann, zumindest auf bestimmten Ebenen des Buches, als eine hellsichtige Chronik des entweder eher zum spanischen Zentralismus oder zur katalanischen Autonomie neigenden Bürgertums von Barcelona mit seinen Widersprüchen, seinen Treuebrüchen, seinen Sehnsüchten, seiner wirklichen Not, seinen unmöglichen Wünschen gelesen werden; oder als kulturelle und historische Landschaftsbeschreibung Kataloniens, das, ob es sich nun um Ampurdán oder die ländliche Gegend von Tarragona handelt, um den alten Stadtkern von Barcelona oder den genialen Wahn der Sagrada Familia, niemand vor ihm mit so viel Kraft und Talent, so viel Eindringlichkeit und Objektivität neu zu schaffen vermocht hat.

Dieses frühe Bewußtsein unserer Berufung sowie die frühe Ahnung von unseren jeweiligen Wirkungsbereichen kommt bereits ganz klar in den seltenen Briefen Luis' zum Ausdruck, die ich von unserer Korrespondenz aufgehoben habe. Während sich seine literarischen Vorlieben damals auf Conrad konzentrierten, spiegelten die meinen den Einfluß Faulkners und der jungen Südstaatenautoren wider, die auf ihn folgten. In jenem Sommer 1954, in dem ich die Niederschrift von *Trauer im Paradies* abschloß, war mein Bruder zwar noch nicht in die verbotene KP eingetreten, doch seine Freunde und er standen bereits im Einflußbereich der Partei. In den Nächten, in denen ich nicht im Varadero war, ging ich mit ihnen aus, und wir erforschten die Gäßchen am Arco del Teatro sowie die belebten Querstraßen zur Calle de Escudillers. Unsere Besessenheit, die Grenzen und Möglichkeiten der Nacht voll auszuschöpfen, das regelmäßige und großzügige In-sich-hinein-Schütten von *cubalibres* mit Rum oder Gin gehörten zu unserer vitalen Ablehnung der Franco-Diktatur und der bürgerlichen Lebensformen. Luis' Freunde hatten auch, ich weiß nicht, ob auf eigene Initiative oder unter meinem Einfluß, den Zauber des Unterleibs der Stadt entdeckt, und mehrere Jahre lang – bis sich Anfang der sechziger Jahre die »göttliche Linke« und ihre eleganten Zufluchtsorte im oberen Teil Barcelonas etablierten – verbanden sich die Begriffe Nacht und Alkohol bei uns fast ausschließlich mit dem Besuch einer Reihe mehr oder weniger schäbiger Etablissements, die zwischen den Ramblas und dem Parallelo lagen. Unsere Lieblingslokale waren eine Zeitlang das Pastís – mit seinen progressiven Gästen, die von der Hintergrundmusik mit Piaf-Chansons und der Marseiller Exotik des Wirtsehepaars angezogen wurden – und die nahe Bar Cádiz – in der vor allem Prostituierte und nordamerikanische Neger verkehrten –, Orte, deren Verruchtheit uns Hollywoodbilder aus Hamburg, Singapur oder Tampico ins Gedächtnis rief. Später dann, angewidert vom Gambrinus, der Bodega Bohemia und anderen Kneipen des Distrito Quinto, verlegten wir unsere Hauptquartiere in die Venta Andaluza und andere Lokale in der Nähe des Hotel Cosmos, in das ich mich bald mit Monique einquartieren sollte.

Um diese Zeit erschien in der Zeitschrift *Destino* eine kurze, aber schon alte Erzählung von mir, die eine entfernte Kusine im Auftrag des Herausgebers illustriert hatte. María Antonia Gil war die Nichte jener frommen katholischen Dame, die ich auf väterliche Anweisung in ihrer Villa im Bois de Boulogne aufsuchte: wahrscheinlich habe ich sie Jahre zuvor kennengelernt, als ihre Mutter starb; dennoch hat mich ihr Telefonanruf, bei dem sie mir den Auftrag des Herausgebers der Zeitung mitteilte, sehr überrascht. Nicht nur weil ich nichts von ihren künstlerischen Neigungen und Anlagen wußte, sondern auch weil in Anbetracht der damaligen strengen Barceloneser Klassenbildung, bei der ihre reiche, aristokratische Familie weit über der unseren stand, diese Art der Kontaktaufnahme völlig aus dem Rahmen fiel. Seit María Antonia Waise geworden war, teilte sie die Wohnung der Familie in der Calle de Balmes mit ihren beiden Schwestern, und dorthin lud sie mich auch zum Abendessen ein, zur großen Genugtuung meines Vaters, dem meine neue und unerwartete Verbindung mit dem angesehensten Zweig der Verwandtschaft schmeichelte. Die zukünftige Frau meines Bruders Luis und ich empfanden sofort Sympathie füreinander: ganz offensichtlich gelangweilt von dem althergebrachten, konservativen Milieu, in dem sie sich bewegte, nahm sie meine Einladung an, abends auf ein Glas mit uns auszugehen, und schloß sich fröhlich unserer Gemeinschaft der Verehrer der Barrio Chino an.

Unsere nächtliche Topographie bildete so etwas wie ein Spinnennetz vom Hafen und den Spelunken von Barceloneta bis zu den Freudenhäusern und Kneipen der Calle Tapias. Mit María Antonia, Cortés und Luis' Freunden folgten wir immer demselben Trampelpfad, unterbrochen von Besuchen in verschiedenen Lokalen, die gewissermaßen die Stationen eines profanen und vergnüglichen Kreuzwegs waren. Anläßlich der Verleihung des Planeta-Preises, der in diesem Jahr Ana María Matute zuerkannt worden war, hatte ich bei einem öffentlichen Empfang Ignacio Aldecoa sowie eine junge Frau meines Alters kennengelernt, Josefína Dalmau, die einen Roman geschrieben hatte, der aus mir unbekannten Gründen unveröffentlicht blieb. Ich forderte beide auf, mit mir den nächtlichen Anblick des Varadero zu bewundern, und als Aldecoa nach Madrid zurückkehrte, schloß sich Josefína Dalmau bald unserer Gruppe an, und wir wurden Freunde. Das Hin und Her zwischen Literatur, Alkohol, verrufenen Vierteln und politischem Engagement spiegelte, zumindest in meinem Fall, genau die Einflüsse der verschiedenartigen und gegensätzlichen Strömungen wider, denen wir ausgesetzt waren. Sich in den schmutzigsten und elendesten Vierteln herumzutreiben, freundschaftlich mit der Unterwelt und den Prostituierten verkehren, Kif rauchen, das alles verwandelte sich in eine Art Militanz. Die tiefsitzende, instinktive Abneigung für die Welt, aus der ich kam, fand ein passendes Ventil in einem Milieu, das für mich die lindernde Kehrseite der Medaille war. Eine solche Haltung, die dem kleinen bürgerlichen Kern der angehenden »Progressiven« gemeinsam war, dürfte aus marxistischer Sicht gewiß nicht sehr orthodox gewesen sein. Die Rückkehr Manuel Sacristáns aus Deutschland, mit der reinen Lehre im Gepäck und mit seiner Logik eines Geometers, stellte diesen wirren, störenden Beweis für Dekadenz und sittlichen Verfall bald wieder in Frage.

ALS ICH IM JANUAR fünfundfünfzig nach Paris zurückkehrte, tat ich es nicht aufs Geratewohl, wie beim erstenmal, sondern mit einem ganz genauen Aktionsplan: während mein Vorsatz, außerhalb Spaniens zu leben, immer noch Gültigkeit hatte – doch hierzu mußte ich einen *modus vivendi* finden, der sich mit dem Schreiben vereinbaren ließ –, gab meine Absicht, einen regelmäßigen Kontakt zu den intellektuellen Kreisen der französischen Linken herzustellen, von ihnen materielle und moralische Hilfe für unseren Kampf gegen das Franco-Regime zu bekommen – in den Gesprächen im Bar Club mit Castellet und seinen Freunden immer wieder aufgegriffen –, meiner aufgeschobenen und fast zwanghaften Reise eine nicht ausschließlich egoistische und individuelle Dringlichkeit und Bedeutung. Nachdem ich in einem bürgerlichen Wohnhaus in der Rue de l'Université, ganz in der Nähe des Verlags Gallimard, eine Unterkunft gefunden hatte, womit dieses Problem gelöst war, suchte ich nach Mitteln und Wegen, mit einer jener Zeitschriften in Verbindung zu treten, die seit einigen Monaten unseren kulturellen und politischen, durch die Diät, auf die uns die Zensurabteilung des unerbittlichen Juan Aparicio gesetzt hatte, ungeheuer angeregten Appetit stillten. Irgend jemand, ich glaube, Palau Fabre, hatte mir die Adresse Elena de la Souchères gegeben, die damals als hartnäckige Einzelgängerin die wenigen in der Linkspresse erscheinenden Informationen und Chroniken über Spanien bestritt, und ich suchte sie in den Büroräumen des *France-Observateur* auf, die im obersten Stockwerk des Gebäudes lagen, in dem später *L'Humanité* untergebracht war. Elena war zum damaligen Zeitpunkt eine Frau von etwa vierzig Jahren, blaß, hager, eckig, mit dem nüchternen, aber eleganten Profil einer Medaille, bekleidet mit einem enganliegenden, strengen Kostüm mit Hemdbluse und Krawatte; sie sprach ein korrektes Spanisch, wobei sie das R rollte, als wolle sie sich vor dem typisch französischen Näseln schützen. Wie ich bald feststellen konnte, lebte sie sehr bescheiden in einem kleinen Hotel im Viertel, gehörte keiner Partei an und stellte sich dem Stalinismus mit der gleichen inneren Überzeugung entgegen, wie sie sich Franco entgegenstellte. Ihre Informationsquellen auf der Halbinsel waren zufällig und sporadisch: daher nahm sie meinen Vorschlag, sie ständig über die Veränderungen und Ereignisse, die sich meiner Meinung nach anbahnten, auf dem laufenden zu halten, sehr günstig auf. Sie bat mich, für die Zeitschrift Maurice Nadeaus* einen Artikel über die Zensur und ihre Folgen im künstlerischen und literarischen Leben Spaniens zu schreiben, ermunterte mich, unter einem Pseudonym in *Les Temps Modernes* Chroniken zu veröffentlichen, und da sie meine Ansichten eines jungen Intellektuellen *von innen* verbreiten wollte, forderte sie mich auf, sie vor Claude Bourdet, Don Julio Álvarez del Vayo und dem Botschafter Jugoslawiens darzulegen. Ihre großzügige und uneigennützige Unterstützung der republikanischen Sache – was sicherlich mit der Herkunft ihrer Familie zu tun hatte – stieß jedoch von Anfang an, wie das in Spanien allzuoft geschieht, auf die Zurückhaltung, das Mißtrauen und die Verständnislosigkeit der Hauptnutznießer. Soviel ich weiß, hat bisher noch niemand – obgleich die Linke jetzt offiziell an der Macht ist – Elena de la Souchère eine Anerkennung ausgesprochen für das, was sie jahrelang in selbstloser Weise in der französischen Presse für die jetzige spanische Demokratie getan hat, sowenig wie jemand auf den Gedanken gekommen wäre, sie nach Spanien einzuladen, um ihr die verdiente Achtung zu zollen. Dankbarkeit ist noch nie eine spanische Tugend gewesen, und Groll,

* »La littérature espagnole en vas clos« (Die spanische Literatur hinter verschlossenen Türen) erschien einige Monate später, nur mit meinen Initialen gezeichnet, in *Les Lettres Nouvelles*.

Schweigen und Vergessen sind bei uns in der Regel der Lohn für jede Handlung, die nicht auf Beförderungswünschen oder Ruhmsucht beruht. Meine Erfahrung im politischen Kampf gegen das Franco-Regime hat mir gezeigt, daß jene, die auf die eine oder andere Weise daran teilgenommen haben, nicht immer dieselben waren, die später die Früchte ernteten: auf der einen Seite dieCeróns, Amats oder Porqueras', auf der anderen die alten Technokraten, die heute in den Büros oder Vorzimmern der Regierung sitzen. Während die einen für die Sache einstanden und manchmal einen sehr hohen Preis dafür zahlten, daß sie zur unrechten Zeit die Wahrheit sagten, nämlich dann, als es unpassend und gefährlich war, seine Meinung zu äußern, warteten andere von bequemen, einträglichen Positionen aus geduldig und schweigend auf den geeigneten Augenblick, sich in den Vordergrund zu schieben. Eine so unabhängige Person wie Elena, die außerhalb der Parteien stand und so handelte, wie sie handelte, erregte rechts und links Neid, Mißtrauen und Feindseligkeit: von der spanischen Polizei scharf überwacht, wie ich später feststellen konnte, verbreiteten meine kommunistischen Genossen die absurdesten Gerüchte über sie. Ich erinnere mich noch genau an den Tag, an dem einer von ihnen, mit dem mich damals eine enge Freundschaft verband, mit dem größten Ernst behauptete, er wisse aus sicherer Quelle, daß sie für den CIA arbeite. Diese in jeder Hinsicht falsche Anschuldigung war die erste in einer langen Liste von Verleumdungen, die uns in den Jahren, in denen ich ein disziplinierter, loyaler Weggefährte war, immer wieder eingeflüstert wurden. Mit einer Regelmäßigkeit, die mich beunruhigte und verwirrte, brachten einige »Kader« oder zweitrangige Intellektuelle, mit denen ich zu tun hatte, die gleichen oder ähnliche Anschuldigungen gegen Pallach, Miguel Sánchez Mazas und die militanten Trotzkisten vor. Die französischen Schriftsteller der Linken, mit denen ich Umgang pflegte, verdienten persönlich keine bessere Behandlung; doch mit einem Pragmatismus, der die Doppelzüngigkeit ihrer Moral deutlich machte, baten mich dieselben, die die tödlichen Etiketten zum Zwecke der Einschüchterung aufklebten, die Dienste jener, die sie in Verruf brachten, in Anspruch zu nehmen, um ihre Unterschrift oder ihre Unterstützung für irgendeine Pressekampagne in den verleumdeten bürgerlichen Informationsmedien gegen die Repression des Franco-Regimes oder für eine Amnestie der politischen Gefangenen von Burgos oder Carabanchel zu bekommen. Als sich der Bruch Claudíns und Sempruns mit den Genossen aus der Führungsspitze der Partei vollzog und nun über beide, und indirekt auch über mich, die gleichen Lügen und Falschmeldungen verbreitet wurden, erinnerte ich mich wieder an diesen schlichten, gütigen und weichherzigen Freund, der mir mit einem unsagbaren Lächeln die geheimen Verbindungen Elenas mit dem nordamerikanischen Geheimdienst »offenbart« hatte: ein gemeines und seraphisches Bild, das ich seitdem schwer vergessen kann.

Die Besessenheit der kommunistischen Parteien und der revolutionären Gruppen, diejenigen, die sich von ihnen unterscheiden, als »Lakaien des Imperialismus« oder als »Agenten des Pentagons« zu beschimpfen, ging nicht, wie ich eine Zeitlang glaubte, auf die besonderen historischen Bedingungen zurück, mit denen sich die marxistische und die nichtmarxistische Arbeiterbewegung vor dem Sieg der bolschewistischen Revolution herumzuschlagen hatten: sie entspricht einem Komplex psychologischer und gesellschaftlicher Faktoren, die sich, wie mich die Lektüre Blanco Whites lehrte, im Verlauf der Jahrhunderte in den Begriffen Orthodoxie, Absolutismus und Unfehlbarkeit – mehr noch eine Folge von Paulus als von Marx – nachweisen lassen und zutiefst in der Natur des Menschen verwurzelt sind. »Die in einem orthodoxen Berufsverband zusammengeschlossenen Menschen werden mit allen Mitteln einem jeden Versuch widerstehen, der darauf abzielt, das vitale Prinzip ihres Zusammenschlusses aufzulösen. Als konsequenter politischer Organismus wird eine orthodoxe Kirche bald feststellen, daß nichts den Zusammenhalt menschlicher Gruppierungen besser gewährleistet als ihr Widerstand gegen andere Gruppierungen [...] Daraus folgt, daß deren Verdammung das wahre Wesen der

Orthodoxie ist.«* Eine streng und hierarchisch strukturierte Partei wird daher, wie es Blanco prophezeite, auf den bequemen Ausweg zurückgreifen, diejenigen, die nicht mit ihr übereinstimmen, mit irgendeinem gemeinen Epitheton zu belegen, das sie aus der Fassung bringen und einschüchtern soll und sie dazu zwingt, die wirklichen Ursachen ihrer Meinungsverschiedenheit zu vernachlässigen und verkrampft und dem Anschein nach schuldig ihre angebliche Identifikation in Worten oder Taten mit dem schlimmsten und unversöhnlichsten Feind zurückzuweisen. Die Bezeichnung »bürgerliche Intellektuelle«, »schamlose Pseudolinke«, »kleine Agenten des Kolonialismus«, die der oberste kubanische Führer 1971 Sartre und einigen politisch gleichgesinnten Intellektuellen verlieh, bestätigte in meinen Augen noch einmal diese alte Gewohnheit, die mich allerdings nicht mehr störte oder schmerzte. Meine Nähe zur Welt der Politik in den ersten Jahren meines selbstgewählten Exils hatte mich bis zum Überdruß Unsitte und Mißbrauch eines solchen Mechanismus gelehrt, so daß ich schließlich nicht mehr so leicht zu erschrecken war.

Das Interesse, das mein Auftreten in den Franco feindlich gesinnten politischen und journalistischen Kreisen hervorrief, hatte in mir die naive Überzeugung geweckt, daß nicht nur unser intellektueller Kampf auf dem richtigen Wege war, sondern daß auch, wie ich es immer wieder von meinen kommunistischen Freunden gehört hatte, der Zusammenbruch des Regimes näher kam. Erfüllt von *wishful thinking*, schickte ich den Gleichgesinnten aus dem Bar Club einen chiffrierten Brief, in dem ich ihnen meine Kontakte und meine Aktivitäten aufdeckte: der Schlüssel muß allerdings sehr durchsichtig gewesen sein, wie ich dem besorgten Ton ihrer Antwort entnehmen konnte. Wie dem auch sei, die ersten Notizen und Artikel Elena de la Souchères über die kulturelle Opposition im Franco-Regime, teilweise anhand von Daten und Elementen erarbeitet, die ich ihr geliefert

* Siehe auch meine Ausgabe von *Obra inglesa de Blanco White* (Das englische Werk Blanco Whites), Buenos Aires 1972, S. 256–63.

hatte, erfüllten mich mit Optimismus und Zufriedenheit. Der Gedanke, daß wir nicht allein waren, daß unser Partisanenkampf gegen die Zensur im Ausland mit Unterstützung und Sympathie rechnen konnte, ermutigte mich, in meinen Anstrengungen fortzufahren. Während meines Aufenthalts in Paris war endlich der zensierte Text der *Falschspieler* erschienen, und die Besprechung Castellets, in der er auf den aufrührerischen, nonkonformistischen Charakter des Romans hinwies, erleichterte zweifellos die sofortige Aufnahme des Buchs bei denen, die zwischen den Zeilen zu lesen wußten. Aus den gleichen, weniger literarischen als politischen Gründen unternahmen Elena de la Souchère und Palau Fabre freundschaftlicherweise bei verschiedenen Verlagen Schritte wegen einer eventuellen Übersetzung.

Meine gegen das Franco-Regime gerichteten Aktivitäten hinderten mich ein wenig an meiner ursprünglichen Absicht, ganz ins französische Milieu einzutauchen. Die Idee, Franzose zu werden, Staatsangehörigkeit und Sprache zu wechseln, machte bald einem neuen Projekt Platz, nämlich jenseits der Landesgrenzen den bescheidenen täglichen Kampf meiner Freunde für eine offene Kultur ohne Fesseln zu unterstützen und daran teilzuhaben. Zu meinen ersten, schüchternen Vorbehalten gegenüber dem offiziellen Pariser Klischee und seinen geheiligten Werten trug vielleicht auch eine Zufallsbekanntschaft bei, ein sehr junges Intellektuellenpärchen: Guy Debord und seine damalige Lebensgefährtin Michèle Bernstein lebten in einem Hotel in der Rue de Racine, in der Nähe des Boulevard Saint-Michel, und gaben eine Zeitschrift mit dem Titel *Potlatch* heraus, das Organ ihrer winzigen situationistischen Internationale. Erbitterte und unversöhnliche Feinde eines jeglichen literarischen Establishments, verwickelt in innere Auseinandersetzungen und wilde Ausschlüsse, die manchmal mit Humor die terroristische Sprache Bretons und die stalinistischen Prozesse nachahmten, besaßen sie eine alles verzehrende Neugier sowie eine entmythologisierende und scharfe Sicht der Dinge. Ihre Bewunderung für den »idealen Palast« des Briefträgers Cheval, ihre Leidenschaft, an Orten und Schauplätzen fernab der touristischen Strecken sowie der berühmten Denkmäler oder Sehenswürdigkeiten herumzulaufen, stimmten mit meinen angehenden Erfahrungen überein und gaben ihnen die intellektuelle Rechtfertigung, die ihnen fehlte. In ihrer konsequenten und heilsamen Verachtung alles Bürgerlichen und Angepaßten pflegten Debord und seine Freundin die arabischen Cafés aufzusuchen, die es damals noch in der Rue Mouffetard und in den an die Seine angrenzenden Gäßchen des Viertels Maubert-Mutualité gab, und eines Tages nahmen sie mich im Autobus von der Gare de l'Est aus in die Arbeitervorstadt Aubervilliers mit, in eine Kneipe, in der alte republikanische Exilspanier verkehrten. Diese Kneipe, wenn ich mich recht erinnere, ist zusammen mit dem Wirt in dem schönen Film von Carné und Prévert über die notleidenden Kinder dieses Viertels zu sehen. Die grundlegende, im Laufe der Zeit noch verstärkte Übereinstimmung unserer Geschmäcker und Ansichten verleiht diesem ersten, gemeinsam mit ihnen zurückgelegten Marsch durch einige Viertel, die ich bald allein und auf eigene Rechnung erforschen sollte, den Wert einer Initiation und Taufe: dieses kompakte, uralte und baufällige, von Kanälen, Viadukten, Eisenbahnlinien und rostigen Metroarkaden durchschnittene Paris, das von Belleville bis Barbès an die Illustrationen einer »Fabriklandschaft« aus einem alten, abgegriffenen Schulbuch für den Anschauungsunterricht erinnert. Die harmonische, kosmopolitische, elegante Metropole, die mich bei meinem ersten Besuch geblendet hatte – das berühmte zweite Vaterland aller Künstler, von der »verlorenen Generation« ebenso besungen wie von ihren lateinamerikanischen Schülern –, verlor allmählich ihren ursprünglichen Reiz angesichts einer zwitterhaften, heterogenen Stadt, die durch das Aufeinanderprallen und die Überschneidung verschiedener Kulturen und Gesellschaften infiziert und befruchtet wurde. Als ich bei Einbruch der Dunkelheit mit Debord und seiner Gefährtin die Rue d'Aubervilliers überquerte und an der riesigen Metallkonstruktion des Boulevard de la Chapelle entlangging, war ich weit davon entfernt mir vorzustellen, daß mir eines

Tages allein schon der Gedanke, die Seine zu überqueren, um mich zu einer Verabredung in die intellektuellen Viertel der Rive Gauche zu begeben, in denen ich damals wohnte, so unangenehm und unwahrscheinlich vorkommen würde wie meinetwegen eine Safari nach Kenia: mein fast animalischer Glaube an den Sentier und seine ständige schöpferische Improvisation gestatteten seitdem keine anderen Exkursionen als in jene von Menschen wimmelnden, buntscheckigen Räume voller Reize, in denen ich mir, geleitet vom sicheren Instinkt meines Lehrmeisters, tatsächlich die Sohlen durchlief.

Rinden, Schalen, grosszügige *Häutungen auf dem Weg zu deiner zukünftigen und bereits erloschenen Laufbahn als Intellektueller vom Dienst: wem ausgeliefert? Der Verheißung eines strahlenden Morgens oder diesem armseligen persönlichen Interesse? Jahrelang aufrechterhaltene Zweideutigkeit, die du später, als Unbeteiligter, aus der Ferne, bei den lächelnden Herolden des Fortschritts beobachtest: moralische Kurzsichtigkeit, rentable Dividenden, Anwendung falscher Mittel für noble Zwecke; Möglichkeit, dich zu teilen, aus dir herauszutreten, als ob du ein anderer wärst, und ohne Nachsicht den hinterlistigen Ämterschacher beobachten: wie so viele andere gut gedeihen und dabei historisches Unglück pflegen, dein Bild im Schatten einer verführerischen, mobilisierenden Sache vergrößern – der mythische Bürgerkrieg, die berühmte Million Toter, das ferne, vergängliche Heldentum; Stufe um Stufe dem langsamen, ansteckenden Aufstieg beiwohnen; mit Farbenblindheit abgesteckter Weg, plötzliche Krisen des Verstummens, opportuner Verlust der Sicht, Verblendung; Kalkül, Strategien, zum Glück rechtzeitig abgebrochen im hartnäckigen Krieg gegen dich selbst. Synkopierte Gebärden, leeres Lächeln, Schütteln der gerechten Arme deines Doppelgängers oder Roboters, der, emporgehoben auf die Tribüne eines zerlumpten Ruhms, später in deinen Augen die Schamlosigkeit und das Elend des Betrügers symbolisieren wird.*

Wie gebadet in der schmeichelnden Sonne der Abenddämmerung und ihrer illusorischen Pracht, kehrte ich stolz und zufrieden mit meinem Auftrag nach Spanien zurück. Die Gewißheit, eine erste Brücke zwischen unserer Gruppe und der europäischen *intelligenzija* errichtet und die Basis für eine enge und fruchtbare Koordination gelegt zu haben, verlieh, wie ich glaubte, meiner Flucht nach Paris eine kollektive Transparenz und machte mich gewissermaßen zu einer Art Botschafter. Meine Annäherung an die nichtkommunistische französische Linke um Sartre und den *France-Observateur* ging von der Annahme aus, daß unser Engagement sich außerhalb der Parteien weiterentwickeln würde, im Rahmen eines offenen und pluralistischen Diskurses. Ich mußte jedoch bald feststellen, daß dieser Plan naiv war und weder den augenblicklichen Umständen noch der schwerfälligen Trägheit der Realität Rechnung trug. Wenn jemand mit einer kohärenten, kompakten Ordnung sowohl religiöser und metaphysischer als auch gesellschaftlicher, politischer und moralischer Implikationen bricht, besteht die erste, fast unwiderstehliche Versuchung darin, daß er seine Zuflucht in einem System ganz ähnlicher, wenn auch äußerlich widersprechender und gegensätzlicher Art sucht. Aufgrund einer Reihe tief in seinem Innern verwurzelter Bilder und Gewohnheiten wird sich der Kirchenabtrünnige sehr oft von Sprache, Umfeld und hierarchischem Modell der rivalisierenden Kirche angezogen fühlen. Von Kindheit an im Glauben an einen einzigen, alles zusammenfassenden Erklärungsschlüssel der Welt erzogen, an eine Gesamtheit sich selbst genügender, geschlossener Bezüge, an eine unfehlbare, dogmatische Wahrheit, wird er, sobald er von der ihm eingeschärften Lehre abfällt, mit dem gleichen Eifer und dem gleichen Mangel an kritischem Geist die Lehre des unerbittlichen, aber seinem ursprünglichen Glauben symmetrisch entsprechenden Gegners annehmen. In einem Land wie Spanien, in dem die Auseinandersetzung und die freie Gegenüberstellung der Ideen mit dem Bürgerkrieg und seinen grausamen Abrechnungen verschwunden waren, war es schwierig, den für jede Demokratie notwendigen politischen Freiraum einzuführen; zudem schien die neue Generation von Akademikern und Intellektuellen hieran auch kaum interessiert. Dezimiert durch die Repression des Franco-Regimes, vegetierte die sozialistische und republikanische Linke auf dem Gebiet der Wünsche dahin und hatte praktisch keinen Einfluß auf die Entwicklung des Landes. In den Augen einer Jugend, die sich von Aktionen und Radikalismus angezogen fühlte, krankten Gruppierungen wie die von Reventós und Pallach an Reformismus und Kleinmut. Unter diesen Umständen erschien die kommunistische Partei mit ihrer Disziplin und ihrer strengen Struktur, ihrem ideologischen Zusammenhalt und dem bewundernswürdigen, heroischen Widerstand gegenüber den Razzien und Verfolgungen der Polizei vielen als die einzig mögliche Alternative. Die politischen Schwankungen und die Irrtümer der Stammgäste des Bar Club hinsichtlich der Lehre waren leider vorprogrammiert: aus moralischen und ideologischen Gründen Feinde des autoritären, regimetreuen Katholizismus, verfügten wir außer unseren Gefühlen der Auflehnung und der Abneigung weder über eigene Programme noch über eigene Strategien. Die Sympathien für einen von Sartre überarbeiteten und interpretierten Marxismus wurden nicht in konkrete Aktionen umgesetzt: ohne jegliche Bindungen zur Arbeiterklasse und ihren Kämpfen, gehörten wir noch nicht zu Gramscis vornehmer Kategorie der organischen Intellektuellen. Sacristán fand also bei seiner Rückkehr aus Deutschland ein günstiges Terrain vor: eine Gruppe junger, seiner Lehre nahestehender Leute, die den Wunsch hatten, durch Aktionen gemeinsam am revolutionären Kampf teilzunehmen.

In den Monaten, die auf meine zweite Parisreise folgten, traten Luis, Joaquin Jordá, Pellissa sowie andere Teilnehmer von Castellets Seminar mit Sacristán in Verbindung und bildeten unter seiner Führung die erste Barceloneser Universitätszelle der kommunistischen Partei. Obgleich ich nicht persönlich über diesen kollektiven Zusammenschluß informiert wurde – mein »bohemehaftes« Leben und meine eingefleischte Liebe zum Barrio Chino riefen sicherlich Argwohn und Feindseligkeit ihres gewissenhaften Mentors hervor –, dauerte es nicht lange, bis mir aufgrund der Tatsache, daß ich mit Luis unter einem Dach wohnte, klar wurde, was sich da abspielte. Ich erinnere mich noch genau an den Tag, an dem Sacristán und andere Mitglieder der Gruppe getrennt zu uns ins Haus kamen, wo sich ihre Zelle zur Diskussionsrunde traf. Als die Zahl der Teilnehmer vollständig war, gab mir Sacristán mit einem Lächeln zu verstehen, daß ich hier nichts zu suchen hätte. Diese zwei- oder dreimal wiederholten Treffen in der Calle Pablo Alcover hatten bei meinem Vater Verdacht und Besorgnis ausgelöst. Die strenge, ein wenig preußische Liebenswürdigkeit Sacristáns, das Geheimnis, das diese offiziell Berufsthemen gewidmeten Winkelkonzile umgab, vermittelten ihm das dumpfe Gefühl, daß etwas vor ihm verheimlicht wurde. Im Verlauf dieser Abende war er mehrmals in mein Zimmer gekommen, in dem ich an dem Manuskript meines Romans *Das Fest der anderen* arbeitete, um mir seine Sorgen mitzuteilen: mir ist, als sähe ich ihn noch vor mir, mager, schmal, mit diesem kränklichen Vogelprofil, das er in seinen letzten Lebensjahren bekommen hatte, eingehüllt in seinen alten Morgenrock, den ewigen Rosenkranz in der Hand. Was ich von diesen Versammlungen hielt? Worüber sie wohl stundenlang mit dem merkwürdigen Professor mit der Brille diskutierten? Meine beruhigenden Antworten vermochten seinen Argwohn jedoch nicht zu zerstreuen. Die Politik bringt nichts als Unglück, mein Junge, sagte er unvermutet und brach damit das Gespräch ab: Erinnere dich an die Republik und wie wir unter ihr gelitten haben, deine arme Mutter und ich. Und von neuem hörte ich ihn durch den dunklen Flur irren, sich flüsternd mit Eulalia unterhalten, kurz angebunden vom Großvater die Tageszeitung verlangen, bevor er zum x-tenmal auf das Thema zurückkam: Ob sie wirklich, wie sie sagten, über Vorlesungsfragen diskutierten, warum sie die Tür zum Eßzimmer abschlossen und aufhörten zu sprechen, wenn er hereinkam, um ein Joghurtlöffelchen zu holen oder sie zu fragen, ob sie etwas benötigten? Da die Mitglieder der Zelle sicherlich das Risiko einer möglichen Indiskretion meines Vaters fürchteten, trafen sie sich bald nicht mehr in unserer Wohnung.

Von da an bis zu seinem Tode lebte mein Vater in ständiger Angst und Sorge wegen unserer politischen Meinungen. Obgleich meine Brüder und ich jede Diskussion über dieses Thema vermieden, ließ ihm seine Vermutung, daß die Dinge nicht so waren, wie wir sie darstellten, und daß wir insgeheim zerstörerischen und riskanten Lehren anhingen, keine Ruhe mehr. Weder die äußerliche, rein formale Befolgung des katholischen Dogmas noch die frommen Lügen, mit denen wir alles zudeckten, was unsere Meinungen und unser Privatleben anging, vermochten seine hartnäckigen düsteren Ahnungen zu zerstreuen. Mit einer Unkenntnis und einer Naivität, über die wir später lachen mußten, kommentierte er die internationalen politischen Ereignisse nach den hausgemachten Kriterien des gesunden Menschenverstandes, meilenweit entfernt von der strengen, unfehlbaren Dialektik, der wir damals anhingen. Die Freundschaft zwischen Chinesen und Russen, behauptete er, würde nicht lange anhalten, da die Russen bereits zur Zeit Dschingis-Khans gegen die gelbe Gefahr gekämpft hätten und sich dessen früher oder später auch bewußt werden würden, denn so kommunistisch die Russen auch seien, am Ende blieben sie doch Europäer. Mit größter Herablassung hörten wir ihm zu, glaubten aber nicht im mindesten, daß ihm die Tatsachen wenige Jahre später recht geben könnten: daß der von ihm vorausgesehene Bruch trotz unserer vermeintlich wissenschaftlichen Gesetze und unserer keinen Widerspruch duldenden Argumente eintreten würde, daß der offizielle Barde Jewtuschenko in der *Prawda* ein Gedicht veröffentlichen würde, das uns mit tiefer Trauer erfüllte und das an die heldenhaften moskowitischen Reiter erinnerte, die von dem drohenden Schwarm der asiatischen Horden wegen ihrer weißen Haut und ihrer blauen Augen gehaßt wurden. Wenn ich heute zurückschaue und mir unsere Blindheit angesichts der historischen, ethnischen und geographischen Realitäten und Bedingungen in Erinnerung rufe, die ein so überzeugter Bürgerlicher wie mein Vater jedoch voll erfaßt hatte, muß ich über unsere Anmaßung lächeln: den Reichtum und die Vielschichtigkeit der Welt an einseitiger Lektüre zu messen, aus der Analyse der Wirklichkeit die Träume, Gefühle, Fehler und geheimen Antriebe des Menschen auszuklammern, scheint mir nicht nur eine ungeheure Einschränkung dieser Welt zu sein, sondern auch unglaublich kindisch. Als die Oberhäuptlinge der einzigen und offiziellen Ideologie bei ihren Vorhersagen und Analysen die irrationalen Wesenszüge des Menschen außer acht ließen, breiteten sie, ohne es zu wissen, über ihren gesamten Ideen eine wahnwitzige Irrationalität aus: was man durch die Tür hinausgeworfen hatte, kam schließlich durchs Fenster wieder herein und steckte sie bis aufs Knochenmark an; kaum war der aseptische Schutzwall der idealen Stadt errichtet, in der der neue Mensch leben sollte, sahen sie im Innern schon wieder die Grausamkeiten, das Elend, den Wahnsinn, die Überspanntheiten des alten Barbaren hochkommen, gegen die sie sich ursprünglich erhoben hatten.

Die Vorahnungen meines Vaters hinsichtlich der Gefahr, die uns mit der Verteidigung der neuen und ihm verhaßten Ideen drohte, bestätigten sich noch vor seinem Tode durch die Hetzkampagne der Medien des Regimes gegen meine »antispanischen Aktivitäten« in Frankreich, vor allem aber durch die vorhersehbare Verhaftung Luis'. In einem durch und durch konservativen Milieu lebend, in dem unser Verhalten und unsere Meinungen als Skandal angesehen wurden, fiel es meinem Vater angesichts der Flut von Schmähungen und Verurteilungen, die auf uns herniederging, besonders schwer, uns in Schutz zu nehmen, denn er mußte es gegen seine innersten, tiefverwurzelten Überzeugungen tun. Sein wohlgemeinter Brief an Franco, als Luis im Gefängnis saß, in dem er von seinem Leben und von seinen Überzeugungen als Katholik und Mann der Rechten sprach, von seiner Witwerschaft und dem durch den Krieg entstandenen Unglück, von dem traditionellen und religiösen System, in dem er uns erzogen hatte, trieb mir die Schamröte ins Gesicht, als ich durch José Agustín davon erfuhr. Heute erscheint er mir, nach all den Jahren, insofern erschütternd und ergreifend, als er seine Einsamkeit und den schmerzlichen Konflikt zwischen seinen Überzeugungen und Gefühlen widerspiegelt. Das gegenseitige Unverständnis, das zwischen uns herrschte und keineswegs nur ihm zuzuschreiben war, machte es mir erst sehr viel später möglich, ihn wegen der Isolation, in der er lebte, und wegen seines harten Schicksals zu bemitleiden. Daß er Zuflucht suchte bei diesem anderen, tyrannischen, kastrierenden Vater, dessen Allgegenwart sich auch auf uns erstreckte und seine eigene verdunkelte, offenbart klar und deutlich das zwischen beiden bestehende Kräfteverhältnis und seine schwache, rein repräsentative väterliche Autorität: Ohnmacht, Vergreisung, Enttäuschung eines nominellen Erzeugers, der sich demjenigen unterworfen hatte, der in Wirklichkeit von der Höhe seiner absoluten Macht herab unser Leben lenkte und formte. Mein Haß auf den anderen, den Empfänger des demütigenden Schreibens, verwandelte sich nun in eine wahre Zwangsvorstellung: das nicht zu unterdrückende Verlangen, den Stapel Briefe mit seinem grotesken, auf den Briefmarken unendlich oft wiedergegebenen Bildnis wie ein energischer, pedantischer, wildgewordener Postbeamter abzustempeln, fast zu zerquetschen; die Hoffnung, eines Tages, wie es dann mit fünfzehnjähriger Verspätung eintrat, als ich mich auf nordamerikanischem Boden befand, dem Röcheln eines grausamen, schäbigen und langen Todeskampfes beizuwohnen.

Es ist schwer, die Gründe oder besser die Zweifel anzugeben, die mich daran hinderten, dem Beispiel Luis' zu folgen und um Aufnahme in die Partei zu bitten; intellektuell fühlte ich mich reif dazu: zur gleichen Zeit wie andere Barceloneser Freunde hatte ich den Artikel von Dionys Mascolo in der Sondernummer von *Les Temps Modernes* über die Linke gelesen; seine klar und überzeugend dargelegte These, daß die Suche nach dem kleinsten gemeinsamen Nenner aller nonkonformistischen, rebellischen Positionen und Haltungen unweigerlich zur Übernahme der »alles umfassenden kommunistischen Forderung« führen müsse, hatte mich stark beeindruckt. Sowohl Castellet als auch ich waren versucht, uns zu diesem Schritt durchzuringen, und Jaime Gil de Biedma ging sogar so weit, einen Aufnahmeantrag zu stellen, der jedoch aufgrund der gleichen Kriterien der Intoleranz, die während des Bürgerkriegs die Verfolgung Cernudas gerechtfertigt hatten, abgelehnt wurde. In meinem Falle trugen wahrscheinlich einige antisowjetische Artikel, die ich als Jugendlicher über die Moskauer Prozesse gelesen hatte, sowie meine oft unglückliche Erfahrung mit militanten Kommunisten, die das Dogma des sozialistischen Realismus bis aufs äußerste verteidigten, zur Distanz bei. Da ich einer Welt entfloh, in der ich mich als Außenseiter und Fremder fühlte, fürchtete ich unbewußt, in eine andere Welt zu gelangen, in der ich bald wieder in der gleichen Lage sein würde. Doch der zufällige und zumindest nach außen hin entscheidende Grund, abseits zu bleiben, war meine und Castellets Begegnung mit der Person, die uns in die Partei einführen und, wie Vergil, unsere Schritte ins Innere der Organisation lenken sollte. Der von der KP ausgewählte Verbindungsmann war Juan José Mira, ein Schriftsteller von gut vierzig Jahren, der, wenn ich mich recht erinnere, für eine Art Kriminalroman den ersten Planeta-Preis bekommen hatte. Mira wohnte als Untermieter in einer dieser düsteren, bedrückenden Wohnungen des Viertels Ensanche, die, hätte man meinen können, absichtlich so möbliert waren, daß sie bei den Besuchern einen Eindruck des Unbehagens hinterließen und ihnen nächtliche Alpträume bereiteten. Er empfing uns im Morgenrock, sehr entspannt, und nach einem kurzen Austausch von Begrüßungsformeln und Höflichkeitsfloskeln steuerte er sofort auf den wesentlichen Punkt zu. Er wisse Bescheid, sagte er, über unsere Sympathien für die Partei, und er habe von ihr den Auftrag erhalten, sich regelmäßig mit uns zu treffen, um uns über unsere Probleme und Schwierigkeiten hinwegzuhelfen. Nach einer so erschreckenden Vorrede öffnete er einen Schrank voller illegaler Presseerzeugnisse, die, da nachlässig aufeinandergestapelt, plötzlich und geräuschvoll auf den Teppich fielen. Unter den verstreuten Veröffentlichungen suchte er für jeden ein Exemplar der Zeitschrift *Mundo Obrero* heraus und überreichte es uns. Er empfahl eine lange Rede Bulganins, mit dessen Foto illustriert, unserer Aufmerksamkeit und forderte uns auf, sie zu lesen und in aller Ruhe darüber nachzudenken, um bei unserer nächsten Begegnung mit ihm über ihren »politischen und philosophischen« Inhalt zu diskutieren. Unglücklicherweise, für unseren Führer, kam es zu keiner weiteren Begegnung mehr: kaum hatten die verblüfften Anwärter die Wohnung in nachtwandlerischem Zustand verlassen, warfen sie die ungenießbare Prosa des ordengeschmückten Marschalls in den nächsten Gully und verschwanden für immer aus seinem Blickfeld. Kurz darauf fiel der großartige Bulganin in den »Abfalleimer der Geschichte«, und seitdem hörte keiner von uns – und wahrscheinlich nicht einmal Mira – je wieder von ihm.

Wie vorauszusehen war, und zwar schon vor der Veränderung, die Sacristáns Ankunft mit sich brachte, hatten die politischen Diskussionen im Bar Club und meine französischen Kontakte die Aufmerksamkeit der Polizei auf sich gezogen. Kurz nach meiner erneuten Reise nach Paris und Moniques erstem Aufenthalt in Barcelona bekam ich einen Anruf von einem Inspektor der Gesellschaftlichen Brigade, die damals wegen ihrer unerbittlichen Kommunistenverfolgung berüchtigt war. Antonio Juan Creix spielte zusammen mit seinem Bruder Vicente eine herausragende Rolle im Repressionsapparat des Regimes, und seine Härte und sein Spürsinn wurden zu Recht von den verschiedenen »Familien« der illegalen Opposition gefürchtet. Er sagte, er wünsche mich in einer persönlichen Angelegenheit zu sprechen, und obgleich der Zweck seines Anrufs vollkommen klar war, heuchelte ich Überraschung und verabredete mich mit etwas herausfordernder, tollkühner Ungezwungenheit für den nächsten Tag mit ihm im Pastís. Als ich zur festgesetzten Zeit ankam, erwartete er mich bereits, und aus dem gleichmütigen, verschlossenen Gesicht der Wirtin ersah ich, daß er sie über mich ausgefragt hatte. Antonio Creix war ein kräftiger Mann von mittlerer Statur, er trug einen Trenchcoat à la Bogart und hatte den für seinen Beruf charakteristischen Schnurrbart, so wie Arroyo ihn kunstvoll und genau in seinem neuesten, polemischen Gemälde gezeichnet hat. Unsere Unterhaltung, in einem Brief an Monique wiedergegeben, den ich ihr durch einen Mittelsmann zukommen ließ, drehte sich sofort um meine häufigen Besuche bei Elena de la Souchère: von Paris aus hatte ihn jemand über unsere Gespräche und meine Besuche in der Redaktion des *France-Observateur* informiert. Creix ging ganz natürlich und ungezwungen mit seinen Daten um, und es machte ihm sichtlich Spaß, mir zu zeigen, daß keiner meiner Schritte, nicht einmal im Ausland, dem scharfen Auge der Polizei entging. Wie ich feststellen konnte, wollte er vor allem die Informationsquellen meiner Freundin herausfinden: Ob ich wisse, daß meine Beziehungen zu ihr unangenehme Folgen haben könnten? Ob sie meines Wissens einen Besuch in Spanien plane? Obgleich ich meine Unschuld beteuerte und behauptete, mit ihr nur über Literatur gesprochen zu haben, bestand er darauf, daß ich ihn benachrichtigen müsse, falls sie mich, vielleicht unter falschem Namen, in Barcelona besuchen sollte. Er habe nicht die Absicht, sie zu verhaften oder ihr irgendeinen Schaden zuzufügen, meinte er noch, er wolle nur mit ihr reden, ihr ein Spanien zeigen, das sie nicht kannte, ihr klarmachen, daß ihre Artikel an schlimmen Vorurteilen und an Ungenauigkeit krankten. Als die Sprache auf das Anti-Spanien kam, von dem er völlig besessen war, brachte Creix seine totale Geringschätzung für die bürgerliche und katalanische Opposition zum Ausdruck, während sein Haß auf die Kommunisten eine offenkundige, krankhafte Faszination durchscheinen ließ. Sprach er von ihnen, schien sein unbewegtes Gesicht plötzlich wie erleuchtet und bekam einen menschlicheren Ausdruck. Dann wechselte er das Thema und sprach mit mir über die Welt der Kultur und der Literatur, wie gefährdet wir Schriftsteller wegen gewisser Schwächen oder Defekte seien – er sagte nicht, welcher –, erpreßt zu werden und ohne es zu merken zu Agenten des Feindes zu werden. Während wir zu Fuß die Ramblas hinaufgingen, bat er mich, ihm ein Exemplar von *Trauer im Paradies* zu signieren; dann verabschiedete er sich von mir mit der liebenswürdigen, aber knappen Warnung, daß unsere Beziehungen sich entscheidend ändern könnten für den Fall, daß ich meine Fehler wiederholen würde.

Auf diesen ersten Wink der Polizei folgten andere, die zum Glück ebenso harmlos waren. Wegen des Spektakels, den unsere Gruppe eines Abends anläßlich der Aufführung eines Stücks von Calvo Sotelo[17] im Comedia-Theater gemacht hatte: ein herz- und gewissenloser Kommunist wird am Ende des Stückes wegen seiner zahlreichen Verbrechen unter dem Applaus des bürgerlichen Publikums, das sich für solche Machwerke begeistert, erschossen und fällt mit dem Ruf »Nieder mit Spanien!« zu Boden. Luis, Castellet und ein Dutzend Freunde, die spontan einen der Krachmacher, der von einem Inspektor in Zivil verhaftet worden war, aufs Kommissariat begleitet hatten, wurden in ihren Wohnungen festgenommen und einige Stunden später nach ihren Aussagen über den Vorfall wieder freigelassen. Von Creix bereits vorgewarnt, war ich den andern nicht aufs Kommissariat gefolgt, wo Castellet, wie ich später von ihm erfuhr, im Verlaufe des Verhörs nach meinen nächtlichen Streifzügen und meinen sexuellen Neigungen befragt wurde. Aus dieser Zeit stammen auch meine wiederholten, beklemmenden, sich auf Spanien beziehenden Verfolgungsträume: eine im Kopf stattfindende Inszenierung von Anzeigen, Heimlichkeiten, Hetzjagden, wilden Fluchten vor der Polizei wegen eines obskuren und irgendwie unehrenhaften Vergehens, eine Inszenierung, die weder mit meinem Exil noch mit dem Tod Francos ein Ende fand. Die Szene mit dem Reverend Charles Lutwidge Dodgson in der Polizeipräfektur in meinem Roman *Paisajes después de la batalla* (Landschaften nach der Schlacht) ist die getreue Übertragung eines dieser Träume, in denen Geschlecht und Politik, Exhibitionismus und revolutionäre Aktivität Grund zu Spott und

Zwangsmaßnahmen für eine Gruppe von Inspektoren sind, deren Aufmachung, Aussehen und Verhalten an den erinnern, der mit der feinen Nase des Schnüfflers bereits vor der Zeit den Finger auf meine möglichen *Defekte und Schwächen* legte.

Im Verlauf des Sommers 1955 kam es zu einer Verkettung von Umständen, die meine Pläne, Spanien zu verlassen – jenes Spanien zumindest, das einem anachronistischen, sterilisierenden Willkürregime unterworfen war und das ich mit allen Kräften verabscheute –, unverhofft begünstigten; es war eine Periode persönlicher Enttäuschungen und politischer Zweifel, in der ich zwischen dem Bar Club und dem Varadero hin- und herpendelte und meine freie Zeit sowie meine Energie auf die Niederschrift des Romans *Das Fest der anderen* verwandte. Kurze Zeit nach der Veröffentlichung meiner ersten Bücher schrieb mir der nordamerikanische Hispanist John B. Rust ein paar Zeilen, in denen er sich anheischig machte, mit einem der New Yorker Verleger, die gegenüber der europäischen Literatur aufgeschlossen waren, wegen einer eventuellen Übersetzung des Romans *Die Falschspieler*, von dem er große Stücke hielt, wie er mir versicherte, in Verbindung zu treten. Er fügte hinzu, daß er meine Romane seinem Freund Maurice Edgard Coindreau bei dessen Besuch in Sweet Briar gezeigt habe und daß der französische Übersetzer seine Meinung in jeder Hinsicht teile. Der Hinweis auf das Lob Coindreaus überraschte mich: obgleich ich seine ausgezeichneten Übersetzungen der großen nordamerikanischen Romanciers kannte – Dos Passos, Hemingway, Faulkner, Steinbeck, Caldwell –, wußte ich nicht, daß er auch Spanisch las und sich seit seiner Jugend für unsere Literatur interessierte. Rust hatte mir zuvor einen Fragebogen über meine literarischen Neigungen und Vorbilder geschickt, und in meinen Antworten tauchte eine Reihe von Autoren auf, die ich, angefangen bei Faulkner, oft in den Übersetzungen Coindreaus gelesen hatte. Einige Tage später bekam ich von diesem einen Brief, der mich wegen der darin geäußerten Wertschätzung meiner Arbeit überglücklich machte. Coindreau bestätigte nicht nur das Urteil Rusts, wobei er mich mit sicherlich ehrlich gemeintem, wenn auch dick aufgetragenem Lob überschüttete, sondern er erbot sich auch, meine Romane ins Französische zu übersetzen und sie Gallimard anzubieten. Einem so unerfahrenen und provinziellen Schriftsteller wie mir, der sowohl von den Autoren, die Coindreau übersetzte, als auch vom Ruf des Verlags, für den er arbeitete, geblendet war, kam der Brief geradezu phantastisch vor, zu schön, um wahr zu sein. Durch einen glücklichen Zufall stimmte meine damalige Begeisterung für Faulkner und die jungen Südstaatenerzähler wie Carson McCullers, Capote oder Goyen mit den Vorlieben Coindreaus überein, der damals im Fachbereich Romanische Sprachen an der Universität Princeton noch französische Literatur lehrte, jedoch jedes Jahr nach Europa kam; er schlug mir ein Treffen in Paris vor, wo er sich Anfang Oktober einige Tage aufzuhalten gedachte und mich bei dieser Gelegenheit seinem Verleger vorstellen wollte.

In unserer Korrespondenz aus jenen Monaten, die ich leider nicht aufgehoben habe, zeigte sich Coindreau höchst zufrieden darüber, in den Romanen eines jungen, unter dem Franco-Regime erzogenen Spaniers den Einfluß eines Autors wie Faulkner zu entdecken, dessen Werk er von Anfang an gegen die Feindseligkeit und das Unverständnis vieler seiner Kollegen verteidigt hatte. Seine Vorworte und Essays über Faulkner hatten den Weg geebnet für zunächst eine Handvoll Schüler, dann für eine Schar von Nachahmern, die den Spuren des Romanciers folgten und sich an die Ausarbeitung imaginärer geographischer Räume machten, direkt oder indirekt von seiner zugleich realistischen und phantastischen Sicht der hinfälligen Gesellschaft der amerikanischen Südstaaten inspiriert. Heute, da ich trotz meiner immer noch vorhandenen Bewunderung für Faulkner seit nahezu zwanzig Jahren keine Zeile mehr von ihm gelesen habe, meine ich, daß sein Einfluß auf mich zum Glück nur vorübergehend und oberflächlich gewesen ist und daß er vor allem auf dem Umweg über die Werke Capotes und McCullers wirkte, bevor ich dann bei Pavese und Vittorini eine Realität entdeckte, die der engagierten Kunst viel näher stand. Wie das Beispiel der lateinamerikanischen Literatur der letzten zwanzig Jahre zeigt, hat die Faszination durch das Faulknersche Universum nicht nur positive Wirkungen gehabt: zwar hat sie einerseits die Hervorbringung eines so verführerischen und anziehenden Romanwerks wie das García Márquez' ermöglicht, doch hat andererseits dessen plötzlicher, verheerender Erfolg unter der zugkräftigen, aber zweifelhaften Formel vom »magischen Realismus« eine große Schar von Epigonen hervorgebracht, die als Enkel oder Abkömmlinge des Autors von *Wilde Palmen* die rauschhafte Welt von Yoknapatawpha – durch die bunte Laterne von Macondo mit ihren Levitationen, Hexen, weisen Großmüttern, Wunderkindern, Blutregen und ihren in einem Kapokbaumwald gestrandeten Galeonen gesehen – nicht nur in tropische oder antillesische Gegenden einzuführen versucht haben, sondern auch in so rauhe, sich dieser Art von Wundern widersetzende Gebiete wie die kantabrische, aragonesische oder galicische Provinz. Nichts ist einfacher und verführerischer, als die langen, zähen Sätze Faulkners, ihrer Prosodie, ihres Rhythmus und ihrer Geschmeidigkeit beraubt, in eine oft undurchsichtige Sprache wie das Spanische zu verpflanzen; fügt man dem noch einen klar abgesteckten geographischen Raum hinzu, mit topographischen Plänen und allem, was dazugehört, wie etwa dem Faulknerschen County am unteren Mississippi sowie einen absurden Bürgerkrieg im Hintergrund, die Kopie dessen, was in Macondo wiedererfunden wurde, so können wir aus dem zeitlichen Abstand die großartige Reichweite seines Einflusses und *nolens volens* die Verwüstungen ermessen, die durch ihn hervorgerufen wurden. Allerdings konnte Coindreau damals nicht ahnen, daß die ersten Schwalben des Faulknerismus einen langen, heißen Sommer ankündigten, dessen Ende noch heute nicht abzusehen ist. Mit seinem besonders feinen literarischen Gespür hatte er einfach nur vor allen andern den keimträchtigen Wert eines Werkes erkannt, das durch seine Übersetzungen die Richtung unserer Romanliteratur verändern sollte. Unsere erste Begegnung im Hotel Pont Royal war aber auch der Beginn einer engen und fruchtbaren Zusammenarbeit zwischen uns beiden, die von seiner Übersetzung der Romane *Die Falschspieler* und *Trauer im Paradies* bis zu *Identitätszeichen* währte. Wie ich später erfuhr, hatte sich Coindreau mit *Divinas palabras* (Göttliche Worte) von Valle-Inclán in die Kunst des Übersetzers eingeführt, und lediglich die Zufälle seiner Universitätslaufbahn in den Vereinigten Staaten hatten ihn von unserer Sprache abgebracht und ihn gewissermaßen an der Quelle das Werk der »verlorenen Generation« entdecken lassen. Die Rückkehr, nach über dreißig Jahren, zu seiner Jugendliebe beschränkte sich nicht auf die Übersetzung von fünf Romanen von mir, sondern erstreckte sich auch auf die Werke von Autoren wie Sánchez Ferlosio und Marsé, denen sich dank seines Einflusses und seines Rufs ein Weg in die literarische Welt Frankreichs öffnete.

Bei meiner Ankunft in Paris Anfang Oktober begab ich mich sogleich in den Verlag Gallimard, wo ich mit Coindreau verabredet war. Im Foyer fragte ich die Empfangsdame nach ihm: sie teilte mir mit, daß er gerade weggegangen sei und mich am Abend in seinem Hotel erwarte, daß mich aber die Sekretärin der Übersetzungsabteilung zu sehen wünsche. Ich wartete aufgeregt, und kurz darauf kam über die kleine, mit Linoleum ausgelegte Treppe eine junge, sonnengebräunte Frau mit sehr kurzem Haar herunter, an deren Lächeln ich mich noch ganz deutlich erinnere. Monique Lange sagte mir in einem approximativen Spanisch, daß ihr Chef, Dionys Mascolo, sich mit mir unterhalten wolle, und fragte mich, ob ich Französisch spräche. *Je le baragouine un peu* – so recht und schlecht, antwortete ich mit falscher Bescheidenheit. Ich folgte ihr durch ein Labyrinth von Treppen und Fluren in das geräumige, auf einen schönen Innenhof gehende Büro, in dem mich ihr Chef erwartete. Mascolo empfing mich mit herzlicher Einfachheit. Coindreau hatte ihm geschrieben und ihm wärmstens meine Bücher empfohlen, und er machte sich nun meinen Besuch zunutze, wie er sagte, um mir die üblichen Vertragsbedingungen vorzulegen. Dennoch kam sofort die Rede auf Spanien, wo mein Gesprächspartner in Gesellschaft Marguerite Duras', Vittorinis und einiger Freunde gerade die Ferien verbracht hatte. Ihnen war vor allem die Entwicklung des Landes, selbst unter einem Zwangssystem wie dem Francos, aufgefallen; doch leider konnten sie sich, angesichts ihrer Unkenntnis der spanischen Sprache und des fehlenden Kontakts mit den im Lande lebenden Intellektuellen, kein genaueres Bild von den Dingen machen, wie sie das gern getan hätten. Was hielt ich von der Situation? Sah ich, wie sie, eine Hoffnung auf Veränderung? Eine Stunde lang trug ich Mascolo meine heftigen, von Abneigung gegen Franco geprägten Gefühle vor; mit meinem damaligen naiven Optimismus erklärte ich ihm, daß die neue Generation von Intellektuellen und Akademikern sich der Diktatur widersetze und politische Meinungen vertrete, die immer klarer und radikaler seien. Trotz unserer Isolierung und trotz der von der äußerst harten Repression der Nachkriegszeit hervorgerufenen Angst fingen die Jungen an, die Augen zu öffnen und in Übereinstimmung mit der illegalen Gewerkschaftsopposition Aktionen zu planen, mit denen sie Forderungen durchsetzen wollten. Ich gab unserer winzigen Gruppe eine Bedeutung, die sie gar nicht hatte, und sagte voraus, daß Spanien sehr bald in eine Phase revolutionärer Agitation eintreten würde. Mascolo verschlang meine Worte begeistert, und als wir unser Gespräch beendeten, äußerte er den Wunsch, mich noch einmal zu sehen. Monique, die bis dahin diskret im Hintergrund geblieben war, fragte mich, ob ich Zeit hätte, um bei ihr am nächsten Tag zu Abend zu essen: Jean Genet ist auch eingeladen, fügte sie sogleich hinzu, um mich zu überreden. Ich sagte, daß ich gern kommen wolle, und schrieb mir ihre Adresse auf: 33, Rue Poissonnière, die sehr bald schon zu meinem Refugium und Heimathafen werden sollte: der »ständige« Wohnsitz, der seit fast dreißig Jahren in meinen offiziellen Papieren vermerkt ist.

Wie mir Monique später verriet, hatte Mascolo, als ich gegangen war, ausgerufen: »Das ist der Spanier, auf den wir schon so lange warten«, und sie, verliebt in ihn und beeinflußt von seinen Ideen, hatte diesen Kommentar als einen Befehl gedeutet. Mit dem mangelnden Selbstvertrauen, das sie charakterisiert, hatte sie den Namen Genet und seine Überzeugungskraft in die Waagschale geworfen, um sich keinen Korb zu holen. Mein politisches Ungestüm und meine Ähnlichkeit mit dem Matador Belmonte hatten sie beeindruckt: später fragte sie die Empfangsdame, ob ich mich ihrer Meinung nach für Frauen interessierte. Geneviève sagte ja. Monique war sich nicht ganz so sicher: mein Blick ließ keine persönliche Emotion erkennen, außer meiner Abneigung gegen das System und die Person Francos. Auf jeden Fall meinte sie, daß mein bevorstehendes Gespräch mit Genet sie von ihren Zweifeln befreien würde.

Am Abend des Essens, es ist der achte Oktober, komme ich aus der Metro Bonne Nouvelle, mache sogleich das Filmtheater Rex aus, das gegenüber von den ehemaligen Büroräumen des *Observateur* liegt, wo ich mich einige Monate zuvor mit Elena de la Souchère getroffen habe, suche das angrenzende Gebäude, nicht am Boulevard, sondern in der Straße, fahre mit dem Aufzug in den dritten Stock, komme vor der zweiten Tür links an und klingele. Monique öffnet mir und stellt mich ihren Gästen vor: einem jungen blonden Engländer mit Vollbart namens Peter und, kahlköpfig, klein, bartlos, mit Lederjacke und Kordhosen, Genet. Seine Gegenwart und die Tatsache, unter Unbekannten zu sein, schüchtern mich ein, doch zum Glück scheint sich Genet nur um Peter zu kümmern, mit dem Monique, damals gerade geschieden, eine vorübergehende Liaison hat. Er fragt ihn nach seinen Vorlieben und Abneigungen, macht sich boshaft über ihn lustig, versucht ihn zu dem Geständnis zu bringen, daß er sich irgendwann einmal zu einem Kameraden oder Freund hingezogen gefühlt habe. Peter leugnet, was Genet, der sich auf dem Sofa neben Monique ausgestreckt hat, amüsiert und erregt. Plötzlich wendet er sich an mich und fragt unvermittelt: »Und Sie, sind Sie schwul?«

Verwirrt gebe ich zur Antwort, daß ich homosexuelle Erfahrungen gehabt habe – etwas, was ich bis dahin noch nie öffentlich eingestanden habe und was mir hilft, die Dinge vor Monique, zu der ich instinktiv Zuneigung empfinde, klarzustellen –, doch meine Kühnheit – ich nehme an, daß ich dabei rot geworden bin – beeindruckt ihn überhaupt nicht.

»Erfahrungen! Jeder hat einmal Erfahrungen gemacht! Sie reden wie die angelsächsischen Päderasten! Ich beziehe mich auf Träume, Wünsche, Phantasmen.«

Genet richtet während des ganzen Abends nicht mehr das Wort an mich, und mit einer Mischung aus Enttäuschung und Erleichterung begreife ich, daß ich die Prüfung nicht bestanden habe. Ich lasse ihn also Peter ironisch den Hof machen und widme mich während des Abendessens ausschließlich Monique.

Wenn ich versuche, mir die ersten Bilder von ihr ins Gedächtnis zu rufen, so laufen sie immer ganz klar und deutlich auf die so eigentümliche und ungewöhnliche Aura ihres Lächelns hinaus: ein offenes, warmherziges Lächeln, in dem eine leichte Melancholie mitschwingt, ein Lächeln, das nur ihr eigen ist und das man, wenn man es einmal gesehen und verinnerlicht hat, nicht mehr vergessen kann. Im Lauf meines Lebens habe ich bei keinem anderen Menschen ein Lächeln von einer solchen Intensität des Ausdrucks gesehen: beruhigend, herzlich, sanft, mitfühlend und dennoch durchdrungen von einer geheimnisvollen Zerbrechlichkeit. Selbst noch in den schwierigsten Augenblikken unseres bewegten und manchmal auch schmerzhaften Zusammenlebens hat die einfache Beschwörung dieses Lächelns genügt, um schlagartig kleinliche Vorbehalte hinwegzufegen, Vorsätze des Fortgehens oder des Bruchs zunichte zu machen, die bestürzende Erregung wiederzufinden, die sich meiner bemächtigte, als ich es richtig entdeckte und verwirrt und trunken vor Glück begriff, daß ich der glückliche Empfänger war.

An jenem Abend entsteht zwischen uns beiden, trotz der Gegenwart Genets und seiner erdrückenden Persönlichkeit, eine gegenseitige Neigung, deren Wesensart schwer zu bestimmen ist. Monique ist es gelungen, den zwischen Frauen, außer einem gewissen Typ von Prostituierten, und mir errichteten Schutzwall niederzureißen. Auch wenn ich mich noch nicht physisch angezogen fühle, ist es doch so, daß mich ihr Körper nicht kaltläßt und mir auch keine angst macht. Obgleich ihr nicht ausdrücklich bestätigtes, aber offensichtliches Verhältnis mit Peter unser Näherkommen nicht gerade begünstigt, gibt sie mir doch deutlich zu verstehen, daß mein Erscheinen eine Änderung in ihr Leben und in die Skala ihrer Prioritäten gebracht hat: als der Augenblick des Aufbruchs für mich gekommen ist, verabschiedet sie auch ihn etwas plötzlich, als Zeichen eines geheimen Einverständnisses mit mir und so, als wolle sie mir zu verstehen geben, daß der Platz frei sei. Als ich mir des Vorgefallenen bewußt werde, stehe ich bereits mit Peter auf der Straße, ohne Metro oder Autobus und ohne ausreichende Mittel, mir den Luxus eines Taxis zu erlauben. Es bleibt uns keine andere Wahl, als gemeinsam zu Fuß bis zur Rive Gauche zu gehen, und schweigend legen wir den langen Weg zurück, ich noch aufgerührt von diesem neuen Erlebnis und von der Erinnerung an diesen Abend, während er an meiner Seite offenbar in die bitteren und düsteren Überlegungen eines ausgestochenen Liebhabers versunken ist.

An den darauffolgenden Tagen löse ich mit Coindreau einige der Probleme und Schwierigkeiten, die bei der Übersetzung aufgetreten sind, und unterschreibe die von Mascolo aufgesetzten Verträge, die Monique in die Maschine getippt hat. Mein altes, beharrlich verfolgtes Ziel, mich in Paris niederzulassen, ist schon fast in Reichweite, doch ich muß nach Spanien zurück, um meinen Militärdienst abzuleisten, will ich nicht zum Fahnenflüchtigen erklärt werden und damit alle Verbindungen zu meinen Geschwistern und Freunden abbrechen und, wenn auch vielleicht nicht für immer, so doch für viele Jahre, auf meine Heimat zu verzichten. Überzeugt von meiner Nützlichkeit als Verbindungsmann zwischen unserer Gruppe und den europäischen Intellektuellen, die wir uns zum Vorbild genommen haben, will ich unter keinen Umständen den begonnenen Kampf aus egoistischen Gründen aufgeben und ziehe es daher vor, einige Monate zu opfern und dann, frei von Verpflichtungen und Belastungen, zurückzukehren. Monique, mit der ich über meine Gewissenskonflikte gesprochen habe, billigt meine Entscheidung und verspricht mir, obgleich unsere Verbindung noch nicht sehr fest ist, mich in Spanien zu besuchen. Ich sehe sie täglich, allein oder mit dem einen oder anderen ihrer Freunde: Mascolo, Marguerite Duras, Florence Malraux, Odette Laigle.

In dem Wunsch, mich zu verführen und zu zeigen, wer sie ist, hat sie die glanzvollen Visitenkarten wie einen Fächer vor mir ausgebreitet: sie ist nicht nur mit Genet eng befreundet, sondern auch ein so schwer zugänglicher Mensch wie Faulkner schreibt ihr liebevolle Briefe und ist der Pate ihrer Tochter. Die Liste ihrer Freunde umfaßt tatsächlich eine Reihe von Schriftstellern, deren Werk ich gelesen habe und bewundere. Doch neben dieser ursprünglichen Regung, Eindruck auf mich zu machen, will mich Monique, wie sie mir später gesteht, auch auf die Probe stellen: sie möchte wissen, *si je suis ambitieux* – ob ich ehrgeizig bin – ich habe *vicieux* – lasterhaft – verstanden, und ganz naiv beeile ich mich, sie in dieser Hinsicht zu beruhigen –, ob mich eher das Schreiben an sich interessiert oder, wie das bei vielen meiner Kollegen, mit denen sie zu tun hat, der Fall ist, das Verlangen, Karriere zu machen. Ihre moralische Wachsamkeit gegenüber einer für sie fundamentalen Angelegenheit – von ihrem besonderen Beobachtungspunkt aus hat sie *ad nauseam* die Eitelkeiten, das Beinestellen, den Neid, die schäbigen Erbärmlichkeiten der grotesken literarischen Sippe feststellen können – trägt in den ersten Jahren unseres gemeinsamen Lebens entscheidend dazu bei, mich von meinem anfänglichen Hang zum Arrivismus und von meinem obszönen Gefallen am Berühmtsein zu heilen: ein langwährender und hartnäckiger Kampf gegen mich selbst, in dem ihre Strenge und gleichzeitig das Beispiel Genets verhinderten, daß ich zu einem dieser bauchigen, vor Selbstzufriedenheit überlaufenden Wasserkrüge wurde, die sich in telegener Allgegenwart täglich auf dem kleinen Parnaß der Iberischen Halbinsel zur Schau stellen.

In dem Maße, in dem sich unsere schon sehr zärtliche, doch noch ungewisse und zerbrechliche Beziehung festigte, verriet sie mir nach und nach die Geheimnisse und Einzelheiten ihrer Biographie: ihre jüdische Abstammung, die Kindheit in Indochina, der Übertritt zum Katholizismus und der unmittelbar darauf folgende Verlust des Glaubens, die Entdeckung des Elends in Indien, die Rückkehr nach Paris, die Freundschaft mit Genet, Heirat, Scheidung, Auswirkungen ihrer Reisen nach

Spanien, Eintritt in die kommunistische Partei. Ihr Humor, ihre Aufrichtigkeit, ihre leichte Erregbarkeit fegen mein Mißtrauen hinweg und versetzen mich in die Lage, ihr gegenüber ebenso offen zu sein. An den kümmerlichen, konventionellen Umgang mit den Frauen des damaligen spanischen Bürgertums gewöhnt, bin ich überrascht und zugleich angezogen von ihrer direkten Sprache und dem völligen Fehlen von Scham, von Angst vor dem Gerede der Leute. Nach ihren Bürostunden gehen wir spazieren, und ich zeige ihr meine Lieblingsecken in der Rue Mouffetard, die von Guy Debord entdeckten Kanäle und Kneipen von Aubervilliers. Von ihrer Offenheit und Spontaneität ermutigt, vertraue ich ihr meine Hemmungen und Schwierigkeiten mit Frauen an. Bis jetzt habe ich nur mit Huren bumsen können, sage ich ihr. Alle Frauen träumen davon, für die Männer, die ihnen gefallen, die Huren zu sein, gibt sie mir zur Antwort.

Um die Dinge nicht zu forcieren, verlängert Monique taktvoll die Vieldeutigkeit unser Beziehung. Obgleich wir uns küssen und uns nach außen hin wie ein Liebespaar verhalten, sind wir es noch nicht, und sie richtet es immer so ein, daß sie den Abend mit mir in der Öffentlichkeit beschließt und sich dort auch von mir verabschiedet. Wir sind stillschweigend übereingekommen, das Experiment um einige Wochen hinauszuschieben, bis zu dem Zeitpunkt, an dem sie mich in den Weihnachtsferien besuchen wird. Wie sie mir später sagte, kam ihr dieser Sprung ins Unbekannte, von dem eine ihrer Freundinnen ihr stark abgeraten hatte, wirklich wie eine Verrücktheit vor; doch entschlossen, ihre Wette zu gewinnen, besuchte sie mich zum festgesetzten Zeitpunkt, selbst auf die Gefahr hin, zu scheitern und bei dem Abenteuer Federn zu lassen. Als wir uns am dreiundzwanzigsten Oktober an der Gare d'Austerlitz verabschieden, sind wir beide befangen und aufgeregt: unsere Beziehung ist noch unbeständig und ungewiß; irgendein unglücklicher oder unwägbarer Umstand kann sie zerbrechen, sie auslöschen.

In den Wochen nach meiner Rückkehr, die ich zum großen Teil in Torrentbó verbringe, korrigiere ich das Manuskript meines Romans *Das Fest der anderen*, lese die Bücher Genets, Leiris', Violette Leducs, Elio Vittorinis, die sie mir geschickt hat, lege ein ums andere Mal die Schallplatten auf, die wir in Paris zusammen gehört haben. In meinen Briefen stelle ich ernsthafte Überlegungen im Sinne Sartres über die engagierte Haltung Genets zum Aufstand der algerischen FLN an, die im Gegensatz steht zu der Gleichgültigkeit und dem komplizenhaften Schweigen der »Mandarine«. Ich schäme mich meiner gesellschaftlichen Stellung als »junger Mann aus gutem Hause« – wie es sich ganz deutlich an meinem Umgang mit Alfredo und den Bauern gezeigt hat – und mache mir Gedanken: objektiv bin ich *une ordure* – ein gemeines Schwein –, schreibe ich ihr; ohne es zu wollen gehöre ich ins Lager *des ordures*. Was kann ich tun, um das zu verhindern? Selbst wenn ich wie sie in die KP eintrete, wird das insofern nichts an meiner Stellung ändern, als die wirtschaftlichen Strukturen des Landes weiterhin dieselben sind und nur ein hypothetischer Sieg der Revolution die ungerechten Klassenunterschiede aufzuheben vermöchte. Mich für das Schicksal der sozial Schwächeren zu interessieren, schloß das womöglich nicht auch die Gefahr mit ein, sie mit meinem Paternalismus einzulullen und damit zu einer wenn auch nur vorläufigen Hinnahme ihrer Lage beizutragen?

Als sie, nachdem wir eineinhalb Monate lang Briefe ausgetauscht und miteinander telefoniert haben, in Barcelona ankommt, erwarte ich sie an der alten Estación de Francia am Ende des Bahnsteigs: mit Koffern beladen, ihrem Lächeln und dem hingebungsvollen, sensiblen Ausdruck, den ich von ihr erwarte, kommt Monique auf mich zu. Ich habe ein Doppelzimmer im Hotel Cosmos reserviert, das in der Mitte der Calle Escudillers liegt und mir gefällt, weil es irgendwie an eine Absteige erinnert. Gil de Biedma hat mir nachdrücklich das »Hochzeitszimmer« empfohlen, in dem er einmal eine tolle Nacht verbracht hat, aber es ist besetzt, und wir nehmen ein anderes, bescheideneres. Luis, María Antonia und einige Freunde kommen, um sie kennenzulernen und uns guten Tag zu sagen. Wir essen im Amaya zu Mittag, wir trinken, machen einen Spaziergang zum Hafen; als wir bei Einbruch der Nacht ins Cosmos zurückkommen, sind wir leicht beschwipst. Nackt erforschen wir uns behutsam: ihr Fleisch ist fest, anziehend, sanft, und meine schüchterne Kälte schmilzt bei ihrer Berührung dahin. Erregt und glücklich dringe ich ein übers andere Mal in sie ein, verliere mich zwischen ihren Brüsten, in ihrem Bauch, ihrem Schoß. Mit ihrem Körper vereint, finde ich ohne Eile die notwendigen Gebärden und Bewegungen, teile mit ihr diese so lange aufgeschobene und wunderschöne Intimität. Das Telefon klingelt, und wir nehmen nicht ab: wir leben abgesondert in unserer Feuerblase, von der Außenwelt abgeschnitten.

Fünf oder sechs Jahre lang durchläuft das im grellen Dekor einer Absteige wie dem Cosmos begonnene Verhältnis Höhen und Tiefen, doch es hört nie auf: Monique wird auch auf sexuellem Gebiet das alles verzehrende Zentrum meines Lebens. Wir lieben uns, wir streiten uns, wir betrügen einander, wir versöhnen uns wieder wie jedes x-beliebige Paar in Paris, Italien, Barcelona, Andalusien: wir probieren eins nach dem andern die vier Betten eines feierlichen, anachronistischen Hotels in Cartagena aus; wir lieben uns nackt in den heißen Dünen des Strands von Guardamar, während ein junger Bursche uns dabei beobachtet. Die prächtigen, barocken Bilder von Männlichkeit, verschlingender Heftigkeit verschwinden zwar nicht ganz aus meinen Träumen, aber sie finden nur noch heimlich statt, als vegetierten sie im Hintergrund dahin, jederzeit bereit, wie ich später bekümmert feststellen mußte, wiederaufzutauchen und mich, sobald sich die Gelegenheit bietet, zu überwältigen.

Erschöpft, aber glücklich gehen wir sehr spät am Abend in eine der Kneipen in der Calle Escudillers, essen Aal und trinken Rotwein dazu. Um meine Abwesenheit zu rechtfertigen, habe ich meinem Vater erklärt, daß ich für einige Tage nach Calafell müsse, und seit diesem Tag hat das Wort »Calafell« für Monique und mich die gleiche Bedeutung wie das Proustsche *faire catleya*. Am Tag zeige ich ihr das Varadero und die Tavernen des Viertels Barceloneta, durch die ich mit Raimundo gezogen war; bei Nacht gehen wir zum Negertanz ins Cádiz und trinken in der Venta Andaluza Manzanilla. María Antonia und Luis begleiten uns manchmal, und an einem Abend stoßen wir in der Venta Andaluza auf Gil de Biedma und einen Unbekannten, Jaime Salinas, der, seit dem Bürgerkrieg im Exil, zum erstenmal wieder spanischen Boden betreten hat. Monique bekundet damals eine unwiderstehliche Leidenschaft für Tunten und Bubis: die, die sie in Barcelona kennenlernt, mit ihrem Make-up, ihrem hysterischen Schwänzeln, ihrem wiegenden Gang, ihrem Lächeln, bestätigen die alte Meinung Genets, daß die spanischen Tunten sicher die komischsten, traurigsten, unverschämtesten und entsetzlichsten von der Welt sind. Während ihres damaligen Aufenthalts und bei den folgenden sind der Hafen, die Ramblas, das Barrio Chino, das gepolsterte, prunkvolle Brautbett des Cosmos die Orte unseres erschöpfenden, ausschließlichen Suchens: die einzigen Ausflüge in die wohlhabenden bürgerlichen Viertel der Oberstadt machen wir in die Calle Pablo Alcover und zu einem der literarischen Dienstage in der Wohnung der Barrals, wo uns Castellet erwartet.

Mein Vater empfängt die Französin, die unvermutet seinen Weg kreuzt, mit zwiespältigen Gefühlen, auch wenn er, das sei zu seiner Ehre gesagt, das sehr ärmliche und manchmal zweideutige französische Höflichkeitsrepertoire aus seiner Schulzeit hervorkramt. Eulalia hingegen straft meine Befürchtungen Lüge: sie freundet sich sofort mit ihr an und umsorgt sie während des Mittagessens und danach mit überraschender Herzlichkeit. Der Großvater bleibt in seiner Ecke, blättert in seiner Zeitung oder kratzt sich am Kopf. Der gespenstische, altertümliche und hinfällige Schauplatz der Villa beeindruckt Monique: nachdem sie einige Stunden darin zugebracht hat, sagt sie mir, habe sie sich genauso erdrückt gefühlt wie ich und habe den gleichen Wunsch verspürt zu fliehen.

Obgleich die Versammlung in der Wohnung der jungvermählten Barrals durch die strahlende Gegenwart Ferraters[18] belebt wird, leidet sie doch an diesem mondänen literarischen Bestreben, auf der Höhe der Zeit zu sein, die eine mit Genet befreundete Pariserin als den unheilbaren Komplex provinzieller Intellektueller charakterisiert. Allerdings verschafft das dem

Verleger Barral später auch die Möglichkeit, nicht nur einige Namen, die Monique ihm genannt hat, in Spanien bekannt zu machen, sondern sich mit ihrer Hilfe auch die Grundlage für eine produktive und anregende Zusammenarbeit mit Gallimard zu schaffen, die dann zu den Gesprächen von Formentor[19] und zur Schaffung des zwar kurzlebigen, aber innovativen Internationalen Literaturpreises führte.

Als Monique sich von mir verabschiedet, hat sich unser Leben verändert. Ich muß mich einige Tage später in der Kaserne von Mataró melden, um bei der sogenannten Milicia Universitaria meinen Militärdienst als Sergeant abzuleisten, doch wir beschließen, uns danach wieder in Paris zu treffen und dort einige Monate zusammenzuleben, um im täglichen Umgang miteinander herauszufinden, ob wir für eine Lebensgemeinschaft taugen. In der Zwischenzeit, so unsere Hoffnung, werden Briefe, Telefongespräche und Besuche die Glut einer Verbindung schüren, die, obgleich das damals keiner von uns beiden ahnen konnte, auf unser Schicksal, unseren Charakter und unsere Ansichten einen entscheidenden und dauerhaften Einfluß hatte.

Die Geschichte der auf euer erstes Treffen in Barcelona folgenden Monate ist ausführlich in eurer Korrespondenz festgehalten, und die Rekonstruktion macht keine Schwierigkeiten. Die meisten deiner Briefe, von Januar bis Juli neunzehnhundertsechsundfünfzig, kommen aus Mataró. Unterbrochen wird der Briefwechsel lediglich während der kurzen und seltenen Besuche Moniques. Wenn du diese Briefe fast dreißig Jahre später wiederliest, findest du darin, neben einer oft positiv zu wertenden Offenheit und Empfänglichkeit, bereits bestimmte Charakterzüge, die dir später noch sehr zu schaffen machen: deine pubertäre Neigung, unbewußt alles, was dir zustößt, zu verschönern oder zu verherrlichen, die ganz schnell, hättest du dich nicht rechtzeitig davon gelöst, zu einer krankhaften Angeberei geführt haben könnte; die Eitelkeit des feinen Pinkels von der Linken, von der du dich paradoxerweise durch deinen maßlosen, aber heilsamen schöpferischen Stolz befreien kannst: du hast Tag für Tag, in dem Maße, in dem deine Hingabe an die Schriftstellerei wuchs, feststellen können, daß du nicht bescheiden genug bist, um dich mit den Ehren und dem Ruhm zu begnügen, die sie dir einbringt, daß das Abenteuer des Schreibens, dieses Schwindelgefühl, das du mit *Don Julian* entdeckt hast, in Wirklichkeit dem mondänen Ruhm doch fremd und sogar sein Gegenteil war: ein neuer Ausdruck oder ein unerforschter Bereich deiner Sexualität.

Euer Zwiegespräch auf Distanz zeigt das Vergnügen und die Behutsamkeit jener, die sich zu einem Liebesstelldichein zwischen Dünen und Treibsand verabreden. Die Pläne, die ihr für die Zukunft schmiedet, sind unbeständig und brüchig: bei deiner Rückkehr nach Paris ziehst du allein in das kleine Hotel in der

Rue de Verneuil, und ihr verbringt die Wochenenden zusammen. Jeder von euch behält seine Freiheit und strebt nicht nach dem ausschließlichen Besitz des anderen. Solange ihr getrennt lebt, dürft ihr euch »fröhlich« die eine oder andere Untreue zugestehen. Als Monique dir in allen Einzelheiten ihre Abenteuer vor und nach ihrer Ehe im Verlauf einiger Reisen erzählt, schreibst du ihr, daß du sie noch nie so sehr geliebt hast und daß du noch nie so stolz auf ihre Kühnheit und ihren unabhängigen Geist gewesen bist. Du zählst deine mittelmäßigen, ambivalenten »Calafells« auf und drängst sie, dir nun auch von ihren zu erzählen. Ihre parallel verlaufende Geschichte mit einem gemeinsamen Freund und das unerwartete und schmerzhafte Problem, das sich daraus ergibt, bringen dich dazu, gründlicher über das Thema nachzudenken: das Wort »Hure«, mit seiner moralischen Konnotation, widert dich an. Alle, ob Männer oder Frauen, haben veränderliche Wünsche oder Phantasien dem anderen Geschlecht gegenüber, unabhängig von ihren affektiven Bindungen. Der Begriff »Betrug«, sagst du ihr, ist reaktionär und ungenau: du fühlst dich nicht verraten, weil sie mit einem anderen zusammen war, der wirkliche Verrat bestehe in dem Versuch, es wie eine bürgerliche Ehefrau zu verheimlichen. Das schließt natürlich das Gefühl der Eifersucht nicht aus, aber das ist ein erträgliches und sogar angenehm melancholisches Übel. In Anbetracht deiner Abneigung gegen die traditionelle Passivität und Frigidität der Frauen beeindrucken und erregen dich ihre Eigenschaften als weiblicher Don Juan. Manchmal erzählst du ihr, wie du sie im Traum fickst, ohne dabei zu unterschlagen, daß einmal einige Algerier dabei waren, mit denen ihr zuvor in der Rue de Mouffetard einen getrunken hattet und die dann plötzlich und in erregender Weise mitmachten. Seit Anfang des Jahres bist du in der Kaserne in Mataró, und die Beschreibung des langweiligen, stumpfsinnigen, absurden Lebens, das du dort führst, nimmt einen großen Teil deiner Briefe ein:

Heute morgen Messe. Eine aufregende Zeremonie: der Pfarrer flattert beim Klang der Trommeln und der Jagdhörner mit den

Allüren einer Primadonna vor dem Altar herum. Auf der anderen Seite des Hofes nehmen barhäuptige Gefangene, von bewaffneten Wärtern bewacht, am Gottesdienst teil und knien während der Wandlung nieder. Der Pfarrer, engelhaft und infantil wie eine Puppe, predigt zur Fastenzeit Opfer und Entsagung. Geradezu rührend. Ich betrachtete die Gefangenen – einige sind seit Jahren eingesperrt –, den Pfarrer, die Hostie, die lärmende Militärkapelle, das glänzende Schwert des Offiziers. Alles schön, alles, wie es sich gehört: Moral, Religion, Gott usw. Wie sehr war Genet in meinen Gedanken gegenwärtig, und wie sehr vermißte ich ihn!

Wunderschöne Prozession am Donnerstag! Helm, Maschinenpistole, Stiefel, links zwei drei vier, langsames Einherschreiten hinter dem Jesuskind unter den Klängen der Kapelle. Vor uns die Erstkommunikantinnen mit ihren Kerzen und ihren weißen Flügelchen und Pfarrer, Pfarrer und nochmals Pfarrer, während wir von der Sonne geblendet schwitzen, und ihr Widerschein auf den Bajonetten, links zwei drei vier, und ich, verblödet, erschöpft, abwesend, habe den unangenehmen Eindruck, ein Affe zu sein.*

Um die Wahrheit zu sagen ist dein Leben nicht immer so hart und deprimierend, wie du es beschreibst. Obgleich du einem so rigiden und hierarchischen System wie der Armee und der diffusen, aber realen Unterdrückung der Diktatur ausgeliefert bist, mildern typisch spanische Unordnung, Willkür und Mißverhältnis das, was in anderen Breitengraden zu einer unflexiblen, preußischen Reglementierung hätte führen können. Hier jedoch werden Lücken und Freiräume geschaffen, liebenswerte Löcher im Käse, die das auf den ersten Blick erdrückende, schwerfällige Leben erträglich machen. Der Stundenplan und die tägliche Disziplin in einer Franco-Kaserne – die sich französi-

* Keiner der hier zitierten Briefe, die ich aus dem Französischen übersetze, trägt ein Datum; dieses ergibt sich lediglich aus dem Inhalt: die in dem zweiten Brief erwähnte Prozession ist die Fronleichnamsprozession.

sche Freunde, mit denen du im Briefwechsel stehst, nur voller Angst und Schrecken vorstellen können – enthalten eine Reihe von Unwägbarkeiten, die die Folgen von Launenhaftigkeit, Improvisation und Phantasie sind, die nur die Kenner des spanischen Charakters und seiner Schwächen zu begreifen vermögen, ohne sich darüber zu wundern. Seit deiner Ankunft im Infanterieregiment Badajoz Nr. 26 ruft dich Monique regelmäßig an, und diese Telefonanrufe einer Französin verhelfen dir nicht nur zu dem beneidenswerten Status eines verdienstvollen und verwegenen spanischen Eroberers, sondern sie erwecken bei den Offizieren auch eine deutlich spürbare Erwartungshaltung und Begehrlichkeit: während ein Leutnant deine Wertschätzung durch den Vorschlag zu gewinnen sucht, deine »Verlobte« solle bei einer eventuellen Reise doch eine Freundin mitbringen, zu einem fröhlichen und unbekümmerten Vierer, spielt ein anderer auf die Möglichkeit an, durch sie an eine jener französischen Zeitschriften zu kommen, die heute zwar nicht einmal mehr einen Achtjährigen hinterm Ofen hervorlocken würden, die damals jedoch bei unterdrückten und frustrierten Militärs eine schwer vorstellbare Erregung wecken konnten. Diskret von deinen Vorgesetzten hofiert, ziehst du deinen Nutzen aus der Situation, um dich den anstrengendsten Pflichten deines Sergeantenlebens – Umzüge, Märsche, Paraden – dadurch zu entziehen, daß du auf die Notwendigkeit hinweist, für den Fall eines Anrufs aus Paris in der Nähe des Telefons zu sein. Auch das war das Franco-Regime, und es hatte nichts zu tun mit dem eisernen, monolithischen und totalitären Regime, das Emigranten und Sympathisanten der Republik im Ausland zu beschreiben und darzustellen versuchten: trotz deines religiösen Agnostizismus und deiner bekannten Abneigung gegen das Regime verliehen dir die Telefongespräche mit einer zwar unsichtbaren, aber anregenden und suggestiven französischen Braut innerhalb des Regiments eine bevorzugte und besondere Stellung.

Auch waren die Erfahrungen jener Monate in Montaró nicht ganz negativ; der Kontakt mit Soldaten und Gefangenen erlaubte es dir, versteckte Bereiche der spanischen Wirklichkeit auszuspähen, die du sonst nie kennengelernt hättest. In einer der Erzählungen aus *Para vivir aquí* (Um hier zu leben) beschreibst du das flüchtige Bild des ungerechten, irrationalen Gefängnisuniversums: eine ganze Sammlung bewegender oder skurriler Fälle, zusammengeführt in den Gefängniszellen der Kaserne durch einen Zufall des Schicksals. Du erinnerst dich an den armen Bauernburschen, der desertierte, weil er einen Brief seines Vaters bekam, der verlangte, daß er bei der Ernte helfen solle; der Fahnenflüchtige, der aussah wie eine Illustration der Lehre Lombrosos und dessen Fluchten immer in den Bordellen der Calle Robadors endeten; die Tunte, die dort nur einsaß, weil sie eine Tunte war, und die die Offiziere bei ihren Saufgelagen aus der Zelle kommen ließen, damit sie, geschminkt und als Frau gekleidet, für sie sang und tanzte; der junge Rekrut, der dir eine Botschaft diktierte, adressiert an »Pepe mit den Melonen dort am Rand der Landstraße«, den du nicht davon überzeugen konntest, daß der Brief ohne genauere Angaben nie seinen Empfänger erreichen würde; an den Tag schließlich, an dem sich ein kleiner, stämmiger Häftling in das saubere, weiche Bettlaken eines Kameraden einwickelte, darin masturbierte und das Laken mit seinem Samen befleckte, was den Zorn der andern hervorrief und zu einem lautstarken Lynchversuch führte.

Deine moralische Empörung über den Mißbrauch und die Gewalttätigkeiten des Systems, die in der Kaserne unterdrückt wurde, findet sich auf jeder Seite deiner Korrespondenz. Doch die Ereignisse vom Februar neunzehnhundertsechsundfünfzig – erste offene politische Krise innerhalb des Regimes – und die darauf folgenden Polizeimaßnahmen – Verhaftung Ridruejos, Praderas, Múgicas, Miguel Sánchez Mazas' – zwingen dich zur allergrößten Vorsicht. Dank einiger Freunde, die sich, wie Jaime Salinas, bereit erklären, bei ihren Reisen als Sendboten zu dienen, kannst du Monique pünktlich über alles informieren, was geschieht: in Barcelona, schreibst du ihr, zirkulieren schwarze Listen mit Namen von Oppositionellen, die nötigenfalls neutralisiert werden müssen, darunter auch dein Name als »intellektueller Verbindungsmann der KP zur Außenwelt«. Obgleich es sich nur um Gerüchte handelt, nehmen deine Genossen und du sie ernst, und für einige Tage unterbrecht ihr alle Kontakte und setzt alle Versammlungen aus. »Unter diesen Umständen«, schreibst du, »weiß ich wirklich nicht, was mich erwartet; ich kann nicht einmal Pläne schmieden. Werde ich den Militärdienst problemlos beenden? Wird man mir ein Visum geben?« Zum Glück verläuft alles im Sand, und alles geht nach der Absetzung Ruiz Giménez'[20] seinen alten Gang. Da ihr aber mögliche Hindernisse voraussehst, beschließt ihr, bis zu Moniques nächster Reise nur noch über Mittelsmänner miteinander in Verbindung zu bleiben.

Die häufigen Anrufe und Besuche Moniques in Barcelona haben Auswirkungen auf die heuchlerischen und ausweichenden, jedoch enervierenden Beziehungen zu deinem Vater. Durch deine angeblichen Ausflüge nach Calafell und die langen Abwesenheiten aus der Kaserne und von zu Hause kam dein Vater schließlich darauf, welcher Art diese Verbindung war, die seine katholischen Grundsätze verletzte. Während María Antonia aufgrund ihrer Herkunft und ihrer religiösen Erziehung trotz ihres häufigen Umgangs mit Luis über jeden Verdacht erhaben ist – dein Vater sagte einige Jahre später zu dir, daß beide Seiten einer großen Charakterstärke bedürften, um »nicht der Versuchung zu erliegen« –, besteht an deinem eheähnlichen Verhältnis mit einer Französin nicht der geringste Zweifel. Aber wenn auch Monique, wie du sehr bald feststellst, »die geschiedene Jüdin« ist, mit der du in Sünde lebst, scheint ihn dein Zusammenleben mit ihr von einer Last befreit zu haben und ruft nicht die gleiche Mißbilligung hervor, wie es der Fall gewesen wäre, wenn es sich um deine Brüder gehandelt hätte: die uneingestandene, geheime Angst, du könntest möglicherweise homosexuell sein, eine Angst, die seit der Episode mit dem Großvater in ihm wohnt, hat ihm wahrscheinlich so manche Stunde den Schlaf geraubt, und trotz ihrer Scheidung und ihres »jüdischen Blutes« erschien ihm Monique als das geringere Übel. Seine wohlmeinenden Betrachtungen über sie und das, was er Luis und José

Agustín im Vertrauen gesagt hat, lassen die Zweideutigkeit seines Verhältnisses zu ihr erkennen. Als seine jüngere Schwester zufällig Moniques Mutter in Puerto Alcudia kennenlernt, befreit ihn die sehr günstige Meinung, die sie von dieser Dame aus dem Bürgertum hat, von seiner Furcht, du könntest einer Abenteuerin in die Hände gefallen sein, so daß er schließlich die vollendeten Tatsachen akzeptiert: obgleich nicht von der Kirche gesegnet, seid ihr ein »normales« Paar. Sein Tod, acht Jahre später, erspart es ihm, einer Wahrheit ins Gesicht zu blicken, die für ihn viel schwerer zu verdauen gewesen wäre als die plötzliche Entdeckung, daß ihr mit dem Kommunismus sympathisiertet: dem Wachsen und Aufgehen jener monströsen, aus dem mütterlichen Zweig der Familie hervorgegangenen Saat der Unordnung und der Verirrung bei einem seiner Söhne, diese fixe Idee seines Lebens, einer Saat, die er durch Vorsichtsmaßnahmen und lächerliche Verbote vergeblich zu bannen versucht hatte.

Ein äusserst glücklicher *und für dich folgenreicher Zufall wollte, daß die Kompanie, in der du deinen Militärdienst als Sergeant ableisten mußtest, zum großen Teil aus Murcianern und Andalusiern bestand. Bis dahin hatten die Umstände es nicht mit sich gebracht, daß du jemanden aus dieser Gegend kennengelernt hast: die Ungerechtigkeit und die Kargheit ihres Bodens fliehend, kamen sie in die industrialisierten Gebiete des spanischen Nordens in der Hoffnung, hier Arbeit und ein Dach über dem Kopf zu finden, um sich dann in der Regel einer Ausbeutung gegenüberzusehen, die der, die sie flohen, sehr ähnlich war. Auf engstem Raum neben Zigeunern in jenen Barackenvierteln lebend, die Barcelona umgaben, führten sie eine Randexistenz, von den Einheimischen diskriminiert und mit dem verächtlichen Etikett* Xarnegos *abgestempelt. Die elenden Bedingungen, unter denen sie leben mußten, und der dennoch nicht abreißende Zuwandererstrom hatten dazu geführt, daß du dir oft Fragen über ihre Lage in den Heimatprovinzen gestellt hast; doch außer zufälligen Begegnungen bei deinen Streifzügen durch die verrufenen Viertel fandest du nie eine Gelegenheit, dich unter sie zu mischen oder dich mit ihren Problemen zu beschäftigen. Die negativen Vorstellungen deines Milieus, einschließlich der autonomistischen Kreise, stützten sich auf die Unwissenheit dieser Menschen, ihre Nachlässigkeit und ihre übertrieben hohe Geburtenrate, falls man ihnen nicht ihre angebliche Neigung vorwarf, sich bei der Guardia Civil und den anderen Unterdrückungsorganen des Heeres und der Polizei zu verdingen. Wie an der Universität schon ein Freund Albert Manents gesagt hatte: »Sense aquests guàrdies andalusos que ens envien de Madrid, Catalunya sería lliure.« – Ohne die andalusi-*

schen Polizisten der Guardia Civil, die sie uns aus Madrid schikken, wäre Katalonien frei.

Die Soldaten deiner Kompanie kamen aus den benachteiligten Gebieten des ausgedörrten Spaniens. Ihre kulturelle und gesellschaftliche Hilflosigkeit, die Witze, die die andern über sie machten, nahmen dich ganz selbstverständlich für sie ein. Als wäre es heute gewesen, erinnerst du dich an den Tag, als zwei von ihnen einen Spaziergang machten und sich dabei, wie es früher in ihren Dörfern und heute noch im Maghreb Sitte ist, am kleinen Finger hielten, und an das Gelächter und die spöttischen Kommentare, die ihr unschuldiges Verhalten hervorrief. Aus ihren Höfen und Weilern direkt in die Stadt verpflanzt, schienen einige von ihnen erschrocken über den Verkehr und das Treiben, das dort herrschte. Sie überquerten ängstlich die Straße, beobachteten überrascht das viel freiere Verhalten der jungen Burschen und Mädchen des Ortes. Katalonien war ihr Eldorado, und die meisten schmiedeten Pläne, sich hier niederzulassen. Fast alle hatten einen Verwandten oder einen Freund in Somorrostro, Pueblo Seco, Casa Antúnez oder La Verneda, doch das Wissen um die Schwierigkeiten, mit denen ihre Landsleute tagtäglich zu kämpfen hatten, entmutigte sie nicht. Wie du nach und nach aus den Gesprächen mit ihnen erfahren hast, bedeutete die Armut in den Baracken von Barcelona die Flucht vor einer anderen, noch härteren, unmenschlicheren, unerbittlicheren Armut.

Diese Entdeckung hatte den Wunsch in dir geweckt, ihre Heimat kennenzulernen. Die Rekruten, mit denen du manchmal, gegen das Reglement, in der Freizeit einen trinken gingst, erzählten dir ungelenk und rührend von ihren Dörfern: Mazarrón, Aguilas, Totana, Pulpí, Huercal Overa, Garrucha, Lubrín, Níjar, Carboneras ... Der Bericht über ihr Leben dort, über die Schönheit und Rückständigkeit dieser Dörfer war ergreifend. Obgleich du nur einen Gedanken hattest, nämlich Spanien so schnell wie möglich zu verlassen, sobald du die Uniform abgelegt hättest, wollte Monique ihre Ferien in der Sonne verbringen: beeindruckt vom Zeugnis deiner Freunde, hast du ihr den

Vorschlag gemacht, mit dem Autobus die Küstendörfer von Murcia und Almería abzufahren; begeistert nahm sie den Vorschlag an. Als du endlich deinen Militärdienst hinter dir hattest, hast du sie wie sonst auch am Bahnhof abgeholt, doch diesmal waren eure Glücksräume nicht mehr das Barrio Chino oder die Ramblas, auch nicht das bequeme weiche Bett im Cosmos. Ungeduldig, glücklich, begierig zu trinken, zu schwimmen, euch in einer neuen Umgebung zu lieben, habt ihr den Zug nach Valencia genommen, unterwegs nach Guardamar, Cartagena und zu den fernen, leuchtenden Stränden des Südens.

Reinigungsband, epiphanische Blendung: Überschneidung flüchtiger Bilder, visueller Strudel, expansive Glückseligkeit: schwerfälliges, umständliches Bemühen, die reißende Flut unbeweglicher Bilder in eine verschleierte Ordnung zu bringen, heftige Verwerfung der Schichten, nackte und reine Kreideböden, Erosionen, die die einer langsamen, tausendjährigen Tortur ausgesetzten Ockerfelsen aushöhlen; durstige Schluchten, kümmerliche Oleander, knausrige Vegetation, Allgegenwart der Sonne. Licht, das zu vibrieren und dichter zu werden scheint, während der Autobus sich auf dem bleifarbenen Teer der Landstraße abmüht. Zu Boden gedrückte Hütten, glänzendes Firmament, unterdrückte, kurzlebige Versuche von Grün; sich einprägendes Gefühl von Schönheit und Elend, grausame, ärmliche Existenz, schäbige Mineralpracht: kraftlose Ruhe der Berge mit mageren Kuppen, steilen und zerklüfteten Rückseiten, die Stirn von der launenhaften Palette eines Malers geschmückt; Hauteruptionen, rötliche Verletzungen, gewundene Schmarren, weißliche Narben. Trostlosigkeit, Harschheit, Pracht, zersetzender Schmerz, durchsichtige Fülle: instinktive, spontane Zuneigung zu einer verwaisten, prachtvollen Landschaft, deutliches Aufsteigen einer endlich angenommenen Identität, stechendes Erkennen des dir bestimmten Raums: Affinität, Unmittelbarkeit, Deckungsgleichheit mit einer fast afrikanischen Erde, die der Reise die Initiationsaura einer zweiten, verzögerten Geburt verleiht.

Bitter wie Galle: so definiert der junge Bursche, der neben euch im Sand liegt, seine engere Heimat, während er mit einer Armbewegung die schroffe, verbrannte Landschaft, den unter dem Hitzenebel verschwommenen Strand, das weiße, schmucklose, in eine abgrundtiefe Lethargie getauchte Dorf umfaßt: ausgeplünderte und ausgeblutete Erde, aufgegebene Bergwerke, verfallene Schornsteine, schwärzliches Übermaß an Schlacken; Zeugnisse einer euphorischen Vergangenheit, die durch den Kontrast den traurigen Eindruck der Ärmlichkeit noch verstärken. Horizontale Lebensräume, Höhlenöffnungen, Kalkdürre, atavistisches Beharrungsvermögen, Frauen in Trauer, vorzeitig verbraucht, die mit Krügen zur Wasserstelle gehen; traumwandelnde Bauern, Maultiergespanne, schweigende und traurige Männer, in den Frieden eines Schattenplatzes geflüchtet; keine Veränderung und keine Hoffnung auf Veränderung; Einsamkeit, Wiederholung, Monotonie, Lust zu fliehen, den Staub von den Sohlen der Schuhe abzuschütteln: nach Madrid, Barcelona, Frankreich zu emigrieren, wohin auch immer: zum Preis einer Autobusfahrkarte und im Bündel, als einziges Erbe, ihr fürchterliches Urteil, aber auch ihre Hoffnung.

Eine schläfrige, baufällige Kolonialstadt: Wächter im Drillich, mit Tropenhelm auf dem Kopf, träges Geholper von Pferdekutschen, Promiskuität und Gedränge des Souks, Hotel Simón mit uralten Zimmern.

Entdeckung von Rhythmen, Gerüchen, Stimmen, süßes Erlernen des Müßiggangs. Vorsichtiges Erforschen des städtischen Raums, Faszination und Entsetzen zugleich, innerer Bürgerkrieg, unlösbarer Widerspruch. Pluralität, Wechsel, Zweiphasenstrom: schöpferischer, Sperma enthaltender Funke, Frucht eines gleichzeitigen Zusammenpralls. Einübung in die Kontemplation, Ekstase angesichts einer Welt, die zu gleicher Zeit deine wehrlose moralische Sensibilität verletzt.

Rauher, gutturaler oder singender Akzent des Südens, durch den auf geheimnisvolle Weise vielleicht die Liebe zu deiner Sprache eindringt; schrittweise erobertes Territorium, beim

Lauschen auf Stimmen, die erschöpft sind von Resignation und Armut; zweifaches, allmähliches Erfassen einer möglichen Zugehörigkeit sowie der aleatorischen und ungewissen Beschaffenheit der dir zugestandenen, zweifelhaften Identität.

Die Gleichgültigkeit Spanien gegenüber, dieser fremden, fragmentarischen, unvollständigen, manchmal stumpfen und trotzigen, manchmal brutalen und tyrannischen Entität, in deren nachlässigem Schoß du aufgewachsen bist, wird sich unter dem Eindruck deiner kurzen, aber fruchtbaren Reise nach Almería ändern: deinem jugendlichen Überdruß für diese Gegend, in der du geboren wurdest und die Espriu so schön beschworen hat – pobre, brut, trist, dissortat – *deinen Träumen von der Flucht an einen Ort im Norden, wo die Menschen* neta i noble, culta, rica, lliure, desvetllada i feliç *sind, stellt sich seitdem das Bild einer erstarrten, strahlenden Landschaft entgegen, deren Anziehungskraft deine Kompaßnadel ausschlagen läßt und sie auf die bizarren Formen ihrer Schluchten, Steppen und Berge hin ausrichtet. Die ersten Ferien mit Monique, kurz vor deiner Reise nach Paris, sind somit die Ursache für eine unvorhergesehene und fruchtbare Verbindung: Thema und Motiv von Heimweh, ausgleichende Projektion eines Vaterlandes, das dich enttäuscht hat, Spur, Abglanz und Vorahnung einer noch chimärischen, doch in ihrer stummen, wachsamen Nähe bereits in deinem Geist gegenwärtigen Welt.*

Anhang

Anmerkungen des Übersetzers

1 »Sie werden mir doch nicht weismachen wollen, Monsieur, daß ein solcher Name alltäglich ist!«

2 »die traurige und liebliche Tochter des grünen Erin, Sklavin, so wie mein Land, eines unterdrückenden Gesetzes«.

3 Ich sandte meine Seele weit ins Unsichtbare, / um nach der Botschaft im Jenseits zu suchen / und bald kam sie gelassen zurück / und sprach: »Ich bin mir selbst Himmel und Hölle.« / Frau: Ich will nicht, daß du für mich betest. Gott tut das Seine / auch ohne sie, und die Kraft seiner Vergebung / und seiner Barmherzigkeit, weit wie das Meer, / werden Omars große Sünden bedecken und ihrer nicht achten.

4 *La regenta:* Roman von Clarín (eigentlich Leopoldo Alas), auf deutsch erschienen unter dem Titel *Die Präsidentin* (Frankfurt 1985).

5 Arcipreste de Hita (um 1283 – bis um 1350): spanischer Dichter.

6 FAI: Eine Kampfgruppe katalanischer Bauern, die während des Bürgerkriegs eine wichtige Rolle auf der Seite der Republikaner spielte.

7 UGT (Union General de Trabajadores): Gewerkschaftsorganisation, während des Franco-Regimes verboten und im Untergrund tätig.

8 PSUC (Partit Socialista Unificat de Catalunya): Sozialistische Einheitspartei Kataloniens.

9 Requetés: der auf der Seite Francos kämpfende Bund der Karlisten.

10 José María Blanco White (1775–1841): Schriftsteller; sein berühmtestes Buch, *Letters from Spain*, erschien 1822 zunächst auf englisch.

11 *Don Juan Tenorio:* Theaterstück von José Soria i Moral (1817–93)

12 Luis Cernuda (1902–1963): Lyriker, Angehöriger der Generation von 27, zu der u. a. Lorca, Alexandre, Alberti und Machado zählen.

13 Carlos Barral: Mitbegründer des bedeutenden Verlags Seix Barral.

14 *Quatre Gats:* seit der Jahrhundertwende viel frequentiertes Künstlerlokal in Barcelona.

15 Lafcadio: Hauptfigur in Gides Roman *Die Verliese des Vatikan.*

16 Pombo Anguto: Autor sentimentaler Romane à la Courts-Mahler.

17 Joaquin Calvo Sotelo (*1905): Dramatiker; besonders bekannt ist sein Stück *La muralla.*

18 Gabriel Ferrater i Soler (1922–1972): katalanischer Lyriker.

19 Der Prix Formentor, gestiftet von einer internationalen Verlegergruppe, wurde u. a. an Borges, Gadda und Gombrowicz verliehen.

20 Joaquin Ruiz Giménez: von 1951–1956 spanischer Erziehungsminister.

Juegos de manos, Roman
Destino, Barcelona 1954; dt.: Die Falschspieler, Ü: Gerda von Uslar, Rowohlt, Reinbek bei Hamburg 1958
Duelo en el paraíso, Roman
Destino, Barcelona 1955; dt.: Trauer im Paradies, Ü: Gerda von Uslar, Rowohlt, Reinbek bei Hamburg 1958
El circo, Roman
Destino , Barcelona 1957
Fiestas, Roman
Destino, Barcelona 1958; dt.: Das Fest der anderen, Ü: Gerda von Uslar, Rowohlt, Reinbek bei Hamburg 1960
La resaca, Roman
Librairie Espagnole, Paris 1961; dt.: Strandgut, Ü: Ana Maria Brock, Aufbau Verlag, Berlin und Weimar 1965
Para vivir aquí, Erzählungen
Sur, Barcelona 1960
Campus de Nijar, Roman
Seix Barral, Barcelona 1960
La isla, Roman
Seix Barral, Barcelona 1961, Joaquín Mortiz, Mexiko 1961; dt.: Sommer in Torremolinos, Ü: Gerda von Uslar, Rowohlt, Reinbek bei Hamburg 1963
La chanca, Essays
Librairie Espagnole, Paris 1962
Fin de fiesta, Roman
Librairie Espagnole, Paris 1962
Pueblo en marcha, Reportage
Librairie des Espagnole, Paris 1963
Señas de identidad, Roman
Joaquín Mortiz, Mexiko 1966; dt.: Identitätszeichen, Ü: Joachim A. Franck, Suhrkamp, Frankfurt 1978
El furgón de cola, Essays
Ruedo Ibérico, Paris 1967; dt. erschien daraus: Spanische Gewissenserforschung (Exámen de conciencia), Ü: Susanne Felkau, Langewiesche-Brandt, Ebenhausen 1966

Reivindicación del conde don Julián, Roman
Joaquín Mortiz, Mexiko 1970; dt.: Die Rückforderung des Conde don Julián, Ü: Joachim A. Franck, Suhrkamp, Frankfurt 1976
Obra inglesa de José María Blanco White (Auswahl, Übersetzung und Einleitung)
Formentor, Buenos Aires 1972
Juan sin Tierra, Roman
Seix Barral, Barcelona 1975; dt.: Johann ohne Land, Ü: Joachim A. Franck, Suhrkamp, Frankfurt 1981
Disidencias, Essay
Seix Barral, Barcelona 1977; dt.: Dissidenzen, Ü: Joachim A. Franck, Suhrkamp, Frankfurt 1984
El problema del Sàhara
Anagrama, Barcelona 1979
España y los españoles
Lumen, Barcelona 1979; dt. Spanien und die Spanier, Ü: Fritz Vogelgsang, Suhrkamp, Frankfurt 1982
Makbara, Roman
Seix Barral, Barcelona 1980
Crónicas sarracinas, Essay
Ruedo Ibérico, Paris 1981
Paisajes después de la batalla, Roman
Montesinos, Barcelona 1982; dt.: Landschaften nach der Schlacht, Ü: Gisbert Haefs, Suhrkamp, Frankfurt 1990
Coto vedado
Seix Barral, Barcelona 1985; dt.: Jagdverbot. Eine spanische Jugend, Ü: Eugen Helmlé, Hanser, München 1994
En los reinos de taifa
Seix Barral, Barcelona 1986
Las virtudes del pájaro solitario, Roman
Seix Barral, Barcelona 1988
Aproximaciones a Gaudí en Capadocia, Essays
Grijalbo-Mondadori, Barcelona 1990
La cuarantena, Roman
Grijalbo-Mondadori, Barcelona 1991; dt.: Quarantäne, Ü: Thomas Brovot, Suhrkamp, Frankfurt 1993
El bosque de las letras, Essay
Aguilar, Madrid (in Vorbereitung)
Cuaderno de Sarajevo
Aguilar, Madrid (in Vorbereitung); dt.: Notizen aus Sarajevo, Ü: Maralde Meyer-Minnemann, Suhrkamp, Frankfurt 1993
La saga de los Marx, Roman
Grijalbo, Barcelona (in Vorbereitung)

Spanischsprachige Literatur
im Carl Hanser Verlag

María Cano Caunedo
Der Amerikaner
Roman
Aus dem Spanischen von Christiane Rasche
1993. 136 Seiten

In ihrem ersten Roman erzählt die spanische Autorin María Cano Caunedo von einem seltsamen Emigranten, der in den zwanziger Jahren in sein Heimatdorf in Asturien zurückkehrt. »Den vom Abhang« nennt man ihn immer noch, aber auch »den Amerikaner«. Zwei Namen, zwei Welten: die archaische bäuerliche Landatmosphäre und der Traum vom besseren Leben in Amerika. Wobei im Spanischen mit »Amerika« vorrangig Südamerika gemeint ist. Hier geht eine Autorin ans Werk, die die Welten, von denen sie berichtet, sehr genau kennt. Zwischen Argentinien und Asturien liegen Meere und Zeitalter, aber die Erinnerungen springen hin und zurück, ohne auf die Entfernung zu achten.

Die Presse

María Cano Caunedos erster Roman *Der Amerikaner* ist die Beschwörung einer untergegangenen bäuerlichen Welt, eines Lebens der wortkargen Verständigung und bedeutungsschwerer Gesten und Rituale. Ihre Sprache ist knapp und dicht – wunderbar.

Welt am Sonntag

Kein Wort zuviel in diesem kleinen, atemlos zu lesenden Roman, der in der Magie seiner Bilder wohl schwer zu übersetzen ist, sich aber in der deutschen Version von Christiane Rasche nicht wie ein übersetzter Text liest.

Süddeutsche Zeitung

Spanischsprachige Literatur im Carl Hanser Verlag

Augusto Roa Bastos
Menschensohn

Roman
Aus dem Spanischen nach der Neufassung von 1986
von Curt Meyer-Clason
1991. 376 Seiten

Es gibt in der Literatur Lateinamerikas diesen Glücksfall Augusto Roa Bastos, dessen überragendes Werk uns ein Land überhaupt erst ins Gedächtnis ruft. Das Lebenswerk dieses Schriftstellers ist schwer erkauft und auf komplexe Weise mit dem Schicksal Paraguays verflochten. Entstanden ist der Roman *Menschensohn* in einem doppelten Kampf: gegen die Widrigkeiten des Exils (der Autor lebt in Frankreich) und gegen die Mächte, die Paraguay als Land und seine Geschichte auszulöschen versuchten.

Eine lange, eine verzweigte, eine bestürzend schöne Lektüre. Sie hat mir erneut bestätigt, daß auch nach dreißig Jahren Augusto Roa Bastos Roman in seiner Überarbeitung das große Epos über das »verleumdete Volk Amerikas« bleibt.

Süddeutsche Zeitung

Paraguay, aber wo liegt es? Ein im Vergleich zu seinen gigantischen Nachbarn zwergenhaftes Land, dessen Schicksal seit undenklichen Zeiten durch Weltabgeschiedenheit und Isolation gekennzeichnet war: Eingeklemmt zwischen Fluß-, Sumpf- oder Wüstengrenzen, ohne Zugriff aufs Meer, nach innen geprägt von einer merkwürdigen indianisch-europäischen Mischkultur, zweisprachig pendelnd zwischen Guarań und Spanisch, ist diese Region zwischen Chaco, Paraguay- und Paranáflüssen manchmal als Eldorado und irdisches Paradies, öfter jedoch als Stätte letzter Verlorenheit und als Hölle beschrieben worden. In dem 1917 in Asunción geborenen Schriftsteller Augusto Roa Bastos hat diese rätselvolle Weltzone ihren weltliterarischen Chronisten und mythologiekundigen Geschichtserzähler gefunden.

Frankfurter Allgemeine Zeitung

Spanischsprachige Literatur im Carl Hanser Verlag

Juan Rulfo
Pedro Páramo

Roman
Aus dem Spanischen von Mariana Frenk
1989. 136 Seiten

Ich konnte nicht einschlafen, bevor ich das Buch nicht zum zweiten Mal gelesen hatte. Bis zum Jahresende konnte ich keinen anderen Autor lesen, weil mir alle schwächer vorkamen. Rulfos Werk sind nicht sehr viele Seiten, aber ich glaube, daß sie überdauern werden.

Gabriel García Márquez

Im Zentrum dieses Werks steht die Auseinandersetzung mit der durch Unterdrückung und Ausbeutung geprägten Geschichte seines Landes. Rulfo, das ist nicht bloß ein mexikanisches Kuriosum, Rulfo, das ist Weltliteratur, die man gelesen haben muß.

Die Presse

Der goldene Hahn

Mit einem weiteren Filmtext des Autors
und einem Nachwort von Jorge Ayala Blanco
Aus dem Spanischen von Mariana Frenk
1984. 128 Seiten

In dieser Erzählung entfaltet Juan Rulfo einmal mehr seine Themen mit Meisterschaft: die Liebe, die keine ist, die Einsamkeit und die Unmöglichkeit für einen armen Schlucker, zu Reichtum zu kommen. Denn der Preis, den er dafür bezahlen muß, ist das Ganze: das Leben.

Vorwärts

Band 5/II: Essays 1952–1979
Mit einem Nachwort von Michael Krüger. Aus dem Spanischen von Karl A. Horst, Curt Meyer-Clason und Gisbert Haefs.
1981. 320 Seiten

Band 6: Borges und Ich
Gedichte und Prosa
Mit einem Nachwort von Claudio Magris. Aus dem Spanischen von Karl A. Horst, bearbeitet von Gisbert Haefs.
1982. 164 Seiten

Band 7: Buch der Träume
Mit einem Nachwort von Caroline Neubaur. Aus dem Spanischen von Curt Meyer-Clason.
1982. 208 Seiten

Band 8: Einhorn, Sphinx und Salamander
Buch der imaginären Wesen
Mit einem Nachwort von Dietmar Kamper. Aus dem Spanischen von Ulla de Herrera und Edith Aron.
1982. 172 Seiten

Band 9: Borges über Borges
Herausgegeben von Curt Meyer-Clason. Aus dem Englischen von Christiane Meyer-Clason.
1980. 148 Seiten

Geschichte der Nacht
Neue Gedichte
Zweisprachige Ausgabe
EDITION AKZENTE
Ausgewählt und übertragen von Curt Meyer-Clason.
1984. 104 Seiten